网络文学100丛书

欧阳友权◎主编

网络文学网站100

Network lierature

纪海龙◎等著

中央编译出版社
CCTP Central Compilation & Translation Press

图书在版编目（CIP）数据

网络文学网站 100 / 纪海龙等著. — 北京：中央编译出版社，2014.6
ISBN 978-7-5117-2016-0

Ⅰ.①网… Ⅱ.①纪… Ⅲ.①小说研究－中国－当代
Ⅳ.①I207.42

中国版本图书馆 CIP 数据核字（2013）第 321917 号

网络文学网站 100

出 版 人：刘明清
出版统筹：董 巍
责任编辑：陈 肃 曲建文
责任印制：尹 珺
出版发行：中央编译出版社
地　　址：北京市西城区车公庄大街乙 5 号鸿儒大厦 B 座（100044）
电　　话：（010）52612345（总编室）（010）52612363（编辑室）
（010）52612316（发行部）（010）52612315（网络销售）
（010）52612346（馆配部）（010）66509618（读者服务部）
传　　真：（010）66515838
经　　销：全国新华书店
印　　刷：三河市天润建兴印务有限公司
开　　本：710 毫米×1000 毫米 1/16
字　　数：311 千字
印　　张：22.5
版　　次：2014 年 6 月第 1 版第 1 次印刷
定　　价：62.00 元

网　　址：www.cctphome.com　**邮　　箱**：cctp@cctphome.com
新浪微博：@中央编译出版社　**微　　信**：中央编译出版社（ID:cctphome）

总序

哪里才是网络文学研究的“阿里阿德涅彩线”?

欧阳友权

网络文学超乎想象的快速崛起，覆盖的是网络文化空间，改变的却是整个文坛格局和中国文学生态。凭着“技术丛林”和“山野草根”两把大刀开路，短短十几年间，网络文学终于以“另类”的面孔和“海量”的作品确证了自己的文学在场性和文化新锐性。

时至今日，随着网络对文学市场份额的强力扩张，以及人们对这一文学关注度和认知力的提升，特别是与传统主流文学互动交流的增多，网络文学在赢得技术权力话语的同时，自身发展中的困惑和矛盾也日渐凸显。譬如：

——网络文学生产一直存在的“高产”与“低质”“速成”与“速朽”“大跃进”与“泡沫化”“人气堆”与“快餐性”之间的矛盾，它们渊源何在又如何化解?

——网络文学是技术与艺术的“合谋”，但技术的“霸权性”与艺术的“边缘化”带来的文学“父根”与“母体”的“审祖式”追问，该怎样摆脱其间张力关系的失衡与失依，进而有效根治这一文学因“技术依赖症”而剑走偏锋的病灶?

——时下大型文学网站的“全版权”经营、产业链商业模式、以读者为中心的市场导向，让文化资本的利润增值成为支撑文学发展的引擎，但市场化、产业化对艺术审美的遮蔽，加剧了网络文学的去文学性和非审美化，如此语境，文学生产该如何处理好网络市场与文学审美的悖论？

——网络文学对文学惯例和创作体制的“格式化”僭越，悄然置换了传统文学的逻辑原点，造成了传媒载体对文学传统的断裂与失范，这时候，网络文学的逻各斯命意何在？它还要不要重新律成自己的价值和意义模式以调适传统与创新的矛盾？

——还有，网络文学所依凭的后现代主义文化逻辑和消费社会的大众文化语境，导致文学诗性品质的娱乐化脱冕，但新媒体图文语像的艺术祛魅和数字化技术灵境中的诗性复魅所由形成的解构与建构并生的辩证过程，能否为网络文学提供电子诗意的返魅路径？

应该说，近年来我国网络文学理论批评界一直在思考并试图回答上述问题，只不过思考的角度不同，切入的研究路径各异，对解读网络文学的理论有效性也颇为不同——

有的把传统文论学理简单套用到网络文学身上，用中外经典的文艺理论概念、范畴和理论模式，实施“六经注我”或“我注六经”式的疏瀹与反思，急于构建网络文学的理论体系，让这只本该黄昏时高飞的“密涅瓦的猫头鹰”① 在黎明时便折翅起飞，结果不仅对实际的网络文学现象体认有“隔”，也于这一新兴文学的理论开启无补，导致网络文学研究的“聚焦失准”与凌空蹈虚。

另一种是技术分析模式。这类研究者的眼中只有“网络”没有“文学”，或只有“技术文学”没有“人文文学”。他们没有把这一文学看作

① “密涅瓦的猫头鹰在黄昏起飞”是黑格尔的一句名言。密涅瓦是罗马神话中的智慧女神，栖落在她身边的猫头鹰是思想和理性的象征。这只猫头鹰在黄昏起飞就可以看见整个白天所发生的一切，可以追寻其他鸟儿在白天自由翱翔的足迹。黑格尔用这一比喻意在说明，哲学是一种反思活动，是一种沉思的理性，而“反思”是“对认识的认识”，“对思想的思想”，是思想以自身为对象反过来而思之。如果把“认识”和“思想”比喻为鸟儿在旭日东升或艳阳当空的蓝天中翱翔，“反思”当然就只能是在薄暮降临时悄然起飞。

是人类文学审美的一个历史节点，或文学发展的一个特定阶段、一种特定类型，而是将其仅仅视为传媒载体中的一项内容，或技术之树结下的文化果实，认为技术传媒和信息工具才是它与传统文学的本质区别，于是用技术的眼光和工具理性来分析网络文学现象。由于缺失人文审美的致思维度和价值立场，其对网络文学的理论言说往往会变成技术分析的文化读本，或新名词术语的“集束式轰炸”，结果是文学人看不懂，技术人不屑于看，于实际的理论批评建设意义甚微。

当然，还有先入为主的“断言式”和即兴点评的“感悟式”评说。前者多出现在不懂网络或者很少上网阅读的“银发学人”中，他们常常会武断地以为，文学创作如春蚕吐丝，非呕心沥血不可为，而网络乃玩家“灌水”之地，如马路边的一块木板，谁都可以上去信手涂鸦，不会有什么好东西；或者简单地认为网络无非就是一种传播的载体和工具，就像龟甲竹简、布帛纸张也曾是承载作品的工具一样，它不会改变文学的性质，因而断定，根本就没有什么“网络文学”，不值得为之置喙饶舌。后者常出自网友之口和传媒评论，这类话语能够有感而发，目击意达，直指本性，三言两语，即兴评点，有时也能搔到痒处，戳到痛处，或机智俏皮，或犀利泼辣，倒也开心解颐，生津止渴。只不过有时难免蜻蜓点水，浅尝辄止，或文不对理，持而无据，甚或脱口而出，不切肯綮，姑妄说之，不负责任。

于是，网络文学的“理论江湖”可谓群伦并起，理路纷呈，涉足者不啻走入迷宫，莫辨路向。作为一种学术研究、理论建设，总有其持论的起点和逻辑的支点，相对于传统的文论“大厦”，网络文学研究才刚刚起步，而与云蒸霞蔚的网络文学创作相比，其理论批评更是远远落伍不辨后尘。那么，今日的网络文学研究该以哪里为肇端、怎样寻求突破，或者说，哪里才是走出网络文学研究迷宫的那条“阿里阿德涅彩线”[1] 呢？

---

① “阿里阿德涅彩线”来源自古希腊神话，常用来比喻走出迷宫的方法和路径，解决复杂问题的线索。

窃以为，“从上网开始，从阅读出发”，也许可以作为打开网络文学迷宫的一把锁钥，从这里或许可以破解诸多难题，找到那条引导我们走出迷宫的“彩线”。

其实道理并不复杂，正如研究任何问题一样，我们研究网络文学的出发点和立足点都必须以实践为基，从对象出发，进而全面了解和认识对象，找出问题症结，发现蕴含的规律，提出解决问题的可能之道，或构建切中实际的观念范式，而不能先入为主，生搬硬套，东向而望，不见西墙，或如刘勰所说：“会己则嗟讽，异我则沮弃，各执一隅之解，欲拟万端之变。”① 面对异军突起的网络文学，我们当然需要有亚里士多德、康德和黑格尔赋予的理论底气，也摆不脱孔子、刘勰和王国维的丰厚积淀，中外历史上所有的文论资源均应该吸纳传承，因为它们许多都依然有效。不过，我们能做的第一步，却应该并只能从对象的实际出发，以研究的本体为据，于网络文学研究者而言便是点击网站，阅读作品，下足新批评派所倡导的“close reading”(经细读) 工夫，了解和把握网络文学的生产方式、作品形态、传播载体和接受方式，以及功能结构与意义蕴含等。特别是对时下的类型化写作与阅读市场细分的相互催生，文学网站经营的全版权商业模式构建，网络写手的创作方式与生存状态，文学读者群欣赏趣味选择和消费市场的竞争格局，文化资本的新媒体寻租、产业运作和盈利手段，以及数字技术带来的文学与影视、游戏、动漫、视频影像等多媒体兼容的微妙关联，还有三网融合、自媒体和信息增值方式对网络文学的生产与消费的影响等等，更是文学“扩容”、版图“越界”带给我们的新课题，尤其需要网络学人切入现场，明察深思，做一个网络文学的“局内人”。这样才有可能赢得对它有效言说的话语权，才不至于使自己的理论批评成为隔岸观火、隔靴搔痒或隔空取物之论。可见，“从上网开始，从阅读出发”虽说简单，却很重要，实为我们了解网络文学、研究网络文学绕不过去的一道“铁门槛”。

① 刘勰：《文心雕龙·知音》。

正是基于这样的学术动机，我们中南大学网络文学研究团队在陆续出版了《网络文学教授论丛》(2004)、《文艺学前沿丛书》(2005)、《网络文学新视野丛书》(2008) 和《新媒体文学丛书》(2011) 等 4 套丛书之后，又策划了这套《网络文学 100 丛书》。本丛书共有 7 部，它们分别是欧阳友权的《网络文学评论 100》、曾繁亭的《网络文学名篇 100》、欧阳文风的《网络文学大事件 100》、禹建湘的《网络文学关键词 100》、聂茂的《名作家博客 100》、聂庆璞的《网络写手 100》和纪海龙的《网络文学网站 100》。这些选题看似简单、平实而波普可辨，实则是研究网络文学的入门之功和基元之论。这套丛书是我所主持的国家社科基金重点项目“网络文学文献数据库建设”的阶段性成果，也是我和我的团队负责组建成立湖南省网络文学研究会 (2012) 和全国网络文学研究会 (2013) 后，首次奉献给学界的一套集体成果。我们试图通过对这些网络文学前沿和基础问题的梳理与评辨，实现“广撷资源，夯实基础，明辨学理”的学术构想。丛书的作者都是我们网络文学研究基地的学术骨干，大家携手同心做一件有意义的事情，可谓“累，并快乐着”。作为丛书主编，我对他们的学识水平和敬业与协作精神均报以深深的感佩！

新生的网络文学还是“小荷初露”，对它的理论研究也才千里始足，任重而道远。从 2004 年出版第一套理论丛书至今，我们中南大学文学院网络文学研究团队在这一领域筚路蓝缕、荷戟远征已逾十年。无论“十年一觉扬州梦”，抑或“江湖夜雨十年灯”，过去的都将留给历史，笔下的都在书写今天，而过去和今天都将托付于未来。就让这套丛书为我们的十年耕耘献上一份小礼并画上一个稍感宽慰的句号吧。

2013 年 10 月 12 日于中南大学文学院

目　录

引　言

一

1995年，世界上首份中文网络诗刊《橄榄树》在美国创刊，创始人为诗阳、鲁鸣、天天等一批常于互联网上发表诗歌的诗人。第二年《橄榄树》建立了网站，通常认为，这是第一个汉语原创文学网站。从那时算起至今，汉语原创文学网站已有近20年历史，成为网络文学在中国迅猛发展的最好见证。据CNNIC（中国互联网信息中心）2013年7月发布的第32次《中国互联网络发展状况统计报告》数据显示，截止2013年6月底，我国网络文学网民数达到了2.48亿，网民网络文学使用率则达到了42.1%。[①] 网络文学已成为中国文学市场的一股重要力量，不仅改变了文学的写作、传播方式，同时也深刻影响了人们对于文学的传统观念。

而网络文学的兴起与蓬勃发展，离不开文学网站这样一种平台。很难想象，如果没有榕树下、起点中文网、晋江文学城、幻剑书盟这样一批文学网站，网络文学在中国会有今天这样兴盛的面貌。文学网站是网络文学主要创作、阅读之场所，"是专门传播与发布文学信息的网络节点，它一般由文学机构、文学社团、文化公司或文学网民个人建立，是

① http://www.cnnic.net.cn/hlwfj/hzylwxzbg/hlwtjbg/201307/t20130717_40664.htm

文学在网络虚拟空间的聚散地，也是网络文学的具体承载体”。① 网络文学与文学网站之间确实有着密不可分的关系，二者相辅相成。

提供网络文学服务的网站，按照其专业程度，一般可将其分为专业的文学网站与非专业的文学网站两大类。专业的文学网站是指那些以提供网络文学服务为主营业务的网站，如起点中文网、红袖添香、17K 小说网、逐浪网、烟雨红尘、翠微居等。这是文学网站最主要的形式，目前发展得最为火爆，同时也最能集中代表网络文学特征。由于其专业性强，该类网站往往能吸引大量用户。

非专业的文学网站又可以分门户网站下的文学频道，论坛、贴吧等论坛类网站，文档分享、资源下载类网站及其他一些网络平台的文学频道等。门户网站下的文学频道如新浪读书、腾讯读书、搜狐读书、网易读书等。这些门户网站通常都是综合类网站，能够提供诸如新闻、娱乐、财经、军事、教育、体育、文学等诸多方面的资讯、信息，拥有强大的用户资源，容易聚集人气。较之专业文学网站，该类文学网站通常定位会更加高端、严肃，内容则更加丰富、广泛，不仅有网络原创作品，还有大量的传统图书，能够满足不同类型读者的需求。不过，其在原创性上不如专业文学网站。

诸如百度贴吧、天涯论坛、西祠胡同这些论坛类的网站，以及百度文库类的文档分享网站，尽管它们并未开展专门的网络文学服务，却常常有一些用户在其上转载、发表或上传网络文学作品。由于这些网站拥有十分丰富的用户资源，影响力巨大，也逐渐成为网络文学阅读、创作之重要场所。鉴于网络文学市场的火爆，其他一些网络平台也将触角伸入到这一领域，开展网络文学服务。如专门开展电子商务业务的淘宝网，也推出了“淘宝电子书”频道，在这里，卖家可以通过淘宝电子书的数字平台发布、销售、推广自己的内容，买家则可以通过该平台获取内容并按照商品价格进行支付活动。此外，还有一些文学机构建立的网站，

① 欧阳友权主编：《网络文学概论》，北京大学出版社 2008 年版，第 66—67 页。

如中国作协成立的网站“中国作家网”、中国社科院文学研究所成立的网站“中国文学网”等，其并不主要上传或发表文学作品，但是却方便了文学信息的网络交流，对网络文学的发展起到了促进作用，因此，也并不能被忽视。

CNNIC（中国互联网信息中心）2011 年发布的《中国网络文学用户调研报告》显示，在各类型文学网站中，门户网站的文学频道最受用户欢迎，专业文学网站、文档分享网站、论坛则紧随其后。但是在文学网站的用户渗透率方面，门户网站的文学频道则逊于专业的文学网站，其中，起点中文网吸引了最多的网络文学用户，使用起点中文网阅读的用户比例达到了 24%，新浪读书次之，用户比例为 23.2%。[①] 这些文学网站共同促进了中国网络文学的繁荣。

二

从创始至今，汉语原创文学网站的发展经历了不同的阶段。

最早的文学网站主要是由对文学感兴趣的个人或文学观念相近的个人组成的群体创建而成，如上文所言的《橄榄树》网站、1996 年创办于美国的第一个汉语原创女性文学网站《花招》等都是如此。大陆的文学网站最初一般都设在一些门户网站如网易、雅虎等提供的免费空间里，读者通过门户网站以及各文学站点间的友情链接进入，单独寻找某一网站较为困难。而网站上的作品多以转载或扫描武侠、言情等实体书籍为主，原创性不足。这一时期最具影响力的网站为“黄金书屋”。其成立于 1998 年 5 月，站长为 youth，目的是将黄金书屋“做成网上最成功的中文书库”。[②] 黄金书屋开始在广西湛江的“碧海银沙”网站申请了免费空间，后来改在网易建立了个人网站。网站上的书籍主要由 youth 收集整理，然后发到网上，所收书目的内容涵盖武侠、惊悚、言情、经典名著等，内

① http://www.cnnic.net.cn/research/bgxz/wmbg/201108/t20110819_22594.html

② http://www.yuncheng.com/reader/#10/26106/669850

容齐全，分类详细，因此短时间内吸引了大量读者，一时之间网络上还流传着“上网读书不识黄金书屋，再称网虫也枉然”的说法。不过，黄金书屋的原创作品少，与读者间的互动也并不积极。1999 年，黄金书屋被多来米中文网收购，由于担心版权纠纷，以往那些没有授权的作品无法继续使用，也不能够再直接转载他人作品，由此流失了读者群。这一时期，另一重要的文学站点为 1997 年由美籍华人朱威廉创立的“榕树下”。

“榕树下”最初是朱威廉 1997 年 12 月创建的一个个人主页。1999 年 8 月，朱威廉注册了“上海榕树下计算机有限公司”，这标志着中国大陆独立的文学网站开始起步。创始人朱威廉试图将“榕树下”打造成一个网上的《收获》杂志，能够收集网络上所有的优秀文章。成立初的“榕树下”邀请著名作家陈村担任“躺着读书”版主，网站人气急剧上升，周围聚集了一大批在华语文学界颇具影响力的作家，包括安妮宝贝、宁财神、李寻欢、刑育森、蔡骏、今何在、慕容雪村等等，从而使“榕树下”一时间成为华语文学网站的领头者与代名词。实行公司化经营后，“榕树下”的收入主要来自于其图书出版与广告营收。不过，由于并未找到合适的商业运行模式，“榕树下”逐渐衰落。2009 年 10 月，“榕树下”被盛大文学收购，成为其旗下的一个子品牌。这一时期国内文学网站另一个引人注目的现象是天涯、西祠胡同等论坛文学版块的兴起。事实上，早期国内的个人文学网站经历了 2000 年美国互联网泡沫引发的经济危机后，大部分都处于关闭状态。之后，西陆 BBS、天涯论坛、西祠胡同等论坛的文学版块则聚集了大量原创文学爱好者。这些论坛尽管大多都是综合性论坛，但成立初，其文学版块无疑最为火爆。发表在其上的作品多以短篇文学为主，类别包括散文、诗歌、小说等。天涯社区的“舞文弄墨”版、“莲蓬鬼话”版人气尤高，大量优秀的小说、诗歌作者都曾出没于这里。发表在这些论坛上的作品基本上不含有商业元素，作者发表作品没有稿酬，读者也免费阅读这些作品。

随着各文学网站流量的不断增大，网站的维护、运营成本不断提高，单靠广告收入已无法满足网站需要。这种情况促使内地的原创文学网站发展进入了一个新阶段——商业化转型期，并由此带动了网络文学产业化潮流的出现。

早在2000年，由4位中国留学生在美国硅谷创办的博库网正式登陆中国。而这家网站就试图实施电子收费阅读计划。博库网是全球第一个与作家签约的网络公司，登陆中国后，大量收购作品电子版权。不过，2000年互联网经济泡沫的破碎使博库网受到冲击，博库网的大量电子版权作品无法被有效转换，这一尝试宣告失败。而被转手给德国传媒巨头贝塔斯曼的“榕树下”网站也处于颓败状态，流量流失超过了90%。这种形式下，2002年，起点中文网成立，并于2003年推出了VIP付费阅读模式，正式开始向读者收费。收费阅读模式的确立对中国网络文学以及文学网站的发展意义重大。一方面网站通过设置作品VIP章节向读者收费，所得一部分为作者发放稿酬，另一部分则用以网站运营，这激励了网络原创作者的积极性，使网络文学界短短时间内出现了大量的原创作者；另一方面，为了吸引读者，增加作品点击量，这些原创作者也努力创作出优秀作品，促使了一批网络文学经典作品的出现。

起点中文网推出VIP收费阅读制度后，包括幻剑书盟、翠微居等在内的几乎所有文学网站都开始实施这一制度，一时间，网络文学市场蔚为大观。这一时期，国内的文学网站发展有两个重要趋势：其一即是由免费阅读过渡到收费阅读；其二便是网站文学作品由短篇作品向长篇小说发展。之前各文学网站的作品多以短篇小说、散文、诗歌为主，但现在各网站推出VIP制度均是以字数为基准收费，作者的收入与创作字数直接相关，因此导致了作者更乐于创作长篇小说，而散文、诗歌等受众面较小的体裁在网站的商业化经营中逐渐失去了优势。

网络文学市场的潜力刺激了商业资本的大量涌入。2004年10月，起点中文网被上海盛大网络公司收购，这引发了国内文学网站新一轮的发展潮流，其后，针对文学网站的一系列收购、兼并、资源整合等活动纷纷出现，网络文学产业化呈现出不可阻挡的势头。2006年3月，国内另一老牌文学网站劲旅幻剑书盟接受"TOM 在线"2000 万元注资，成为其旗下的子品牌，2008 年，"TOM 在线"再次增资 500 万元，收购了幻剑书盟余下股份；2006 年 5 月，被誉为中国数字出版领跑者的中文在线数字出版股份有限公司推出了 17K 小说网；2006 年 6 月，逐浪网被江苏大众书局的投资集团鸿国集团收购，二者联合成立了大众・逐浪网；2007 年 11 月，盛大网络收购了晋江原创网；2008 年 3 月，盛大网络收购了红袖添香；2008 年 6 月国内领先的网游企业北京完美时空推出了纵横中文网；2008 年 7 月，盛大网络成立了盛大文学有限公司，2009 年盛大文学收购了老牌文学网站榕树下，2010 年 2 月收购了小说阅读网，2010 年 3 月收购了言情小说吧，至此，盛大文学占有了网络文学市场超过 80%的份额，成为了网络文学界的"大鳄"。与此同时，国内最重要的几大门户网站腾讯、新浪、搜狐、网易等也都推出了文学频道。在这一产业化浪潮中，国内文学网站如雨后春笋般大量涌现。

三

在这股网络文学的产业化热潮中，作为网络文学载体的文学网站，其发展目前呈现出几个重要的趋势。

首先，盈利方式日益多元化，全版权经营成为网站必然选择。国内的文学网站成立之初，其收益主要来自广告。后来，随着规模的不断扩大，广告收益不足以满足网站营运需要，商业化经营势在必行。事实上，网络文学中确实包含了大量的商业元素，不仅可以面向读者收费阅读，而且可以实体出版，进行影视、游戏、动漫改编等，从而使文学网站获利。这其中，盛大文学采用的全版权营运模式得到了众多文学网站的认可，不仅自身获利丰厚，也为其他文学网站树立了榜样。

所谓网络文学的"全版权经营"，是指"一个产品的所有版权，包括网上的电子版权、线下的出版权、手机上的电子版权、影视和游戏改编权，以及一系列衍生产品的版权等，以版权为核心，在版权的所有渠道上扩张、销售，包括阅读收费、无线阅读、影视改编、游戏改编、线下出版等多个领域的版权开发”。[①] 而盛大文学目前拥有起点中文网、晋江文学城、红袖添香、潇湘书院、榕树下、小说阅读网、言情小说吧 7 家原创网络文学网站，以及进行有声读物研发与市场运作的天方听书网、数字出版发行网站悦读网，此外还有华文天下、中智博文、聚石文华 3 家图书策划出版公司。盛大文学还与新丽传媒联合投资成立了北京盛大新丽影视文化有限公司，与华数传媒网络有限公司共同出资成立了浙江华云数字科技有限公司。而盛大公司的游戏业务在业内处于顶尖水平。由此，盛大文学旗下的原创网站既可以对读者收费阅读，同时，其优秀原创作品可以由图书出版公司实体发行。丰富的作品也为影视、游戏、动漫等改编提供了大量的内容支持。而国内其他文学网站如幻剑书盟、17K 小说网、纵横中文网等也都在实施全版权经营策略。

移动互联网的迅速发展则使众多文学网站纷纷将无线业务作为近期努力的重点。来自 CNNIC（中国互联网信息中心）的调查数据显示，近年来，我国使用手机上网的用户数量一直呈快速增长态势：2012 年底，我国手机网民规模为 4.20 亿，比 2011 年增加了约 6440 万人，网民中使用手机上网的用户占比达到了 74.5%[②]；截至 2013 年 6 月底，我国手机网民规模达到了 4.64 亿，较 2012 年底又增加了 4379 万人，网民中使用手机上网的人群占比提升至 78.5%[③]。而有数字显示，2012 年盛大文学来自中国移动手机阅读基地的访问用户数近 1.5 亿，相对于 2011 年实现了翻番；在盛大文学自有移动互联网端上，日活跃用户超过了 500 万，移动渠道的收入已经超过 PC 端。[④] 在此基础上，盛大文学 2013 年 7 月宣布将其私募融资所获 1.1 亿美元主要用于其开放战略与移动战略方面。在移动战略方面，盛大文学主要会提升用户的使用体验，完善内容发现

---

① 禹建湘：《产业化背景下的文学网站景观》，《中南大学学报（社会科学版）》2012 年第 2 期。

② http://www.cnnic.net.cn/hlwfzyj/hlwxzbg/hlwtjbg/201301/t20130115_38508.htm

③ http://www.cnnic.net.cn/research/bgxz/wmbg/201108/t20110819_22594.html

④ http://www.eguan.cn/guanchajiashijiao/7388.html

与搜索引擎功能，努力将移动渠道打造为国内绝对领先产品。再如幻剑书盟。幻剑书盟是中国移动阅读基地第一批内容提供商，2013 年，为大力推进无线业务发展，幻剑书盟专门推出了主要针对无线阅读业务的作者福利政策。可预见的是，接下来，移动互联网将成为文学网站间竞争的主战场。

其次，网络文学市场竞争白热化，“让利作者”成为文学网站一大趋势。2013 年，网络文学市场发展可谓波涛汹涌。3 月，原起点中文网创始团队从盛大文学集体离职，并于 5 月与腾讯联手上线了创世中文网。该事件令业内极为震惊，因为目前国内网络文学行业的基本模式、行业标准、工作制度等基本都来自该团队的创造，其与腾讯公司的强强联手，必将对国内网络文学界产生重大影响。2013 年 6 月，新浪网拆分了读书频道，成立了新公司。从一个文学频道转变为独立的公司，这意味着新浪阅读拥有了更加明确的目标、更加独立的经营地位，运营起来将更加专业、更加灵活。由此业内认为，新浪网的此种做法标志着其加大了对网络文学市场的推进力度。2013 年 6 月全球最大的中文搜索引擎百度正式推出了百度多酷文学网。基于百度这样一种优秀的平台，该网站的签约作品将同时在 PC、手机、平板电脑等不同终端上获得推广，同时，百度贴吧、百度文库也将支持百度多酷文学网相关业务的开展。面对这种情况，网络文学“大鳄”盛大文学及时调整了策略。其旗下起点中文网宣布投入亿元用以提高作者福利，为作者提供收入保障、医疗保障，并提高收益分成等。一时间，网络文学市场硝烟弥漫。此种形势的好处在于有利于打破文学网站的“马太效应”，为网络文学市场增添了更多的色彩与活力。

网站之间的竞争，最关键的即为作者资源的争夺，因为只有优秀的原创作品才能吸引读者，因此，作者成为文学网站的核心价值。在激烈的市场竞争中，各文学网站纷纷推出优惠政策，使“让利作者”成为文学网站发展的一大趋势，并相当程度上改变了过去通行的行业标准。自 2003 年起点中文网推出 VIP 收费阅读政策以来，千字收费几分钱一直是文学网站的基本收费标准，作者则按照一定比例与网站分成。不过，这其中一个通行的潜规则是，网站只在合约中规定作者所得稿费，其他第三方渠道、无线渠道收入的稿费则作为作者的福利存在，这意味着作者的这部分收入不受法律保护，网站可随时更改、扣除这部分费用。新上线的创世中文网改变了这种做法，将无线阅读等渠道收益作为作者的基本收益，全部写入合约中。又如，大多数网站的标准分成合约中，除去网站与作者约定分成的电子版权外，作品的衍生版权多为网站控制，网站还会要求作品永久性的版权。对此，创世中文网的做法是对版权的主张只设定年限，其后作者可收回自己的版权。盛大文学除提高了作者的福利等，还宣布实施开放平台战略，其将旗下起点中文网作为开放承载平台，作者可以在这个平台上自主上架销售、自主站内站外促销。百度多酷文学网则将作品收入的八成出让给作者，同时还提供快速垫付稿酬等服务。因此可以说，在网站与作者之间，后者越来越占据主动地位。

再次，文学网站积极促进网络文学的“主流化”，成绩显著。一直以来，网络文学的商业性、娱乐性、通俗性就受到部分传统作家、评论家的指责。的确，粗制滥造、低俗内容蔓延正是大量网络文学的通病。也因此网络文学常被视为不能入文学艺术的大雅之堂。不过，近几年来，网络文学的迅猛发展却使人们再也不能忽视这种文学现象，一批网络经典作品的出现则改变了大家对网络文学的传统印象，甚至有学者将网络文学视为“新世纪民族文化新的标志形态之一”。[①] 多位网络作家则加入了中国作家协会。这种现象与文学网站的努力密不可分。仍以盛大文学为例。近年来，盛大文学不断推荐作家参加中国作协开办的网络作家培训班，提高了旗下写手创作素质的同时，也增强了其与主流文学界的联系。针对人们对网络文学的印象一般都停留在玄幻、言情、仙侠等层面，盛大文学有意识地提高现实题材作品在原创文学中的比例，且收获颇丰，如《裸婚——80后的新结婚时代》(作者唐欣恬，改编为电视剧《裸婚时

---

① http://book.sina.com.cn/news/c/2010-05-20/2216269218.shtml

代》)、《请你原谅我》(作者文雨，改编为陈凯歌导演电影《搜索》)、《小儿难养》(作者宗昊，改编为电视剧《小儿难养》)等，都是贴近生活的优秀作品，相当程度上改变了人们过往对网络文学的看法。盛大文学还出资购买传统文学的版权，其中包括王蒙、贾平凹、莫言等人的优秀作品，将其放在旗下网站推广。其他网站如17K小说网、纵横中文网等也都在有意识地扩大网络文学影响，加强其与传统文学、主流文学间的联系。这样一系列的措施确实加快了网络文学同传统文学、主流文学的融合，缩小了两者间的距离。

有鉴于文学网站对国内网络文学发展起到的巨大促进作用，及这些网站自身在读者乃至社会中产生的重大影响，本书特别遴选出100家文学网站，向读者介绍它们的发展历程、运营方式、网站特色等。这些网站有专业的网络文学网站，门户下的文学频道，吸引了众多原创文学爱好者的论坛、贴吧、文库，还有一些文学组织、机构创办的网站。本书也收入了香港、澳门、台湾及海外的一些华语网站，这是因为，一方面海外华语网站对汉语原创文学有着极为重要的意义，如上文所言，第一个汉语原创文学网站就创办于美国；另一方面，这些华语网站下的文学专区常有一些优秀的原创作品出现，活跃了华语文学圈。本书将这些网站分类别列出，排序方面则综合考虑了这些网站的Alexa排名、历史影响、发展势头、作品题材等多方面因素，期待通过这样一种努力，能够使读者对国内原创文学网站乃至网络文学的历史、现状及未来的发展趋势有所了解，进一步促进人们对网络文学的关注与认识。

一 专业文学网站

1. 起点中文网（http://www.qdwenxue.com/）

起点中文网是目前华语文学最大的网络文学阅读与写作平台，也是国内网络文学最重要的旗帜性网站。它推出的“在线收费阅读”服务、作家福利、版权管理等政策，成为中国原创文学产业的先锋，对国内网络文学网站具有巨大的启示意义。2004 年，起点中文网在 ALEXA 世界互联网排名中排位第 100，成为国内首家进入世界百强的原创文学门户网站。来自 iResearch 艾瑞咨询的数据显示，2013 年 7 月，起点中文网的日均覆盖人数达到了 214 万人，日均网民到达率为 0.9%，两项数据在所有文学网站中都居于第一。① 可以说，起点中文网是国内网络文学网站中当之无愧的“大佬”。

起点中文网的前身为成立于 2001 年 11 月的一个论坛——玄幻文学协会，创始人为吴文辉与其他 5 个网络文学爱好者。2002 年 5 月，该协会筹备成立文学性质的个人网站，起点中文网正式成立。以被盛大网络收购为标志，截至目前，起点中文网的发展大致可分两个阶段。第一阶段，起点中文网更为重视的是网站的文学性定位与建设：其进行了第一版、第二版网站的改良工作，它的页面设置成为今天众多网络文学网站竞相模仿的对象；启动了 VIP 付费阅读制度，此做法标志着起点中文网正式开始了商业模式化运作，千字两分钱的收费标准后来成为了整个业界的标准，VIP 制度推出后不到一年，起点中文网在 ALEXA 的排名即进入了世界百强；2003 年在全国个人网站大赛中获得第一名，使其知名度得到了迅速提升。

---

① http://media.iresearch.cn/portals/20130902/210731.shtml

2004 年 10 月，起点中文网正式宣布被盛大网络收购，标志着其进入了“盛大”时代。盛大给予其资金、技术等方面的支持，使起点中文网获得了迅猛发展。除进一步采取各种措施，不断发展、完善 VIP 付费阅读模式外，起点中文网不断拓展其业务领域。它与国内著名的影视公司、网游公司、出版社合作，将网络小说改编为影视、游戏，出版优秀网络文学图书，形成了较为完善的产业链。2005 年 7 月，起点中文网当月签约作品稿酬发放突破 100 万，创造了当时业内的奇迹；2005 年 12 月，起点累计支付作者稿酬已达 1500 万；2007 年 4 月，起点启动了“千万亿计划”，出资为网络文学作者开创高级研修班，并进一步提高原创作者的待遇与福利。2007 年，在由中国社科院等共同举办的优秀文学网站推荐活动中，起点中文网荣获了“最佳原创平台”“十大最具影响力文学网站”“网络文学杰出贡献网站”等称号；2008 年，起点中文网荣获中国版权协会所颁发的“中国版权产业最具影响力企业荣誉称号”；2011 年，起点中文网已经成为用户粘性最强的 10 家独立文学网站之首，成为国内文学网站的标杆。

网站页面设置上，起点中文网充分重视用户的舒适度与便捷性。网站页面以红色与白色为基调，文字则主要采用绿色与黑色，对比清晰、醒目。进入页面后，读者即可看到起点中文网的各个主要版块，包括排行榜、搜书、商城、微博、作者专区、论坛、充值、起点秀、盛大手机、电子书、客户端、文学精品和 Web 游戏等类别。类别下面即为书库、各种题材小说、搜索功能项目以及排行榜，保证了读者的操作效率，使读者能够以最少的点击次数到达作品。主页面上还包括了各类排行榜、热点作品推荐、热门作品精选、起点女生网、起点文学网、实体出版频道等其他几个重要的子网站，能够有效地帮助读者快速找到所需服务。

内容建设方面，起点中文网试图走一条多元化发展道路，将作品题材分为玄幻、奇幻、武侠、仙侠、都市、青春、历史、军事、游戏、竞技、科幻、灵异、同人、动漫几类。在大的类别下，起点还进一步进行细分，例如“都市”类别下又细分为官场浮沉、娱乐明星、商战风云、异术超能、都市生活、恩怨情仇等小类，“战争”类别下又分为抗战烽火、军事战争、战争幻想等。并且特别针对女性读者，起点中文网还开辟了女生频道——起点女生网。女生网的作品题材细分为古代言情、现代言情、浪漫青春、玄幻仙侠、异界奇幻、游戏竞技、灵异推理、同人美文几类。

作者队伍方面，起点中文网重视原创作者的培养，旗下囊括了大部分以玄幻小说为代表的网络文学作家。文学网站吸引读者的关键性因素当然在于网站内容的优劣，这就是所谓的“内容为王”，而作品品质的保证直接来自于作家。因此，各网络文学网站十分重视培养、挖掘原创作者。起点中文网自成立初便有此做法。在起点，读者所付阅读费用，大部分都付给了作家，以此鼓励作家创作。起点还推出了各种针对作家的鼓励计划、扶持制度，如有针对新手的“雏鹰展翅计划”，有“完本奖励计划”，有“全勤奖计划”等等。2013 年，起点又推出了新的福利计划，提高作家待遇，如，针对那些订阅数低于 1000 的签约作家，给予每月 1300 元的最低保障，提升原创作者的医疗保障、奖励制度、收益分成等。目前，起点拥有超过业内 80％的优秀作者，著名作者如唐家三少（《天珠变》《斗罗大陆》《琴帝》）、我吃西红柿（《星辰变》《盘龙》《吞噬星空》）、天蚕土豆（《斗破苍穹》《武动乾坤》）、辰东（《不死不灭》《神墓》《长生界》）等人。其中，唐家三少等人还加入了中国作协。

业务模式方面，起点主要通过付费阅读、广告、实体出版、作品改编、无线增值服务等方式盈利，已经形成了较为完整的产业链。起点实行会员收费阅读制度，普通会员大致每千字五分钱阅读起点 VIP 作品内容，初级 VIP 会员则需每千字 3 分钱，高级 VIP 每千字 2 分钱。可以说，收费阅读是起点盈利的主要来源，有数据表明，付费阅读收入占起点总收入的 90％以上[①]。此外，起点还积极拓展自己的业务模式，通过授权漫

① 易薇：《网络文学网站的发展现状与未来趋势——以起点中文网为例》，《出版参考》2012 年 3 月（上）。

画、影视、游戏改编等方式，将丰富的原创内容衍生到其他产业，形成了较为完整的产业链。起点中文网创始人吴文辉曾将网络文学作品比喻为苹果，认为这些苹果既可以直接拍卖，也可以制作苹果酱，将内容改编成游戏策划、影视剧本、手机文章等。最近的数据显示，起点拥有网络文学作家、作品的数量，几乎占据整个市场的半壁江山。如此众多的资源，保证了起点能够充分从中获利。以天下霸唱作品《鬼吹灯》为例，该作品在 2006 年迅速蹿红，迅即出版纸质作品，并被译为英文、法文、泰文等，改编为游戏后，仅两年时间，起点便从中获利 500 万元。依附于盛大文学，盛大也积极进行资源整合与开发，将起点的资源与其旗下其他 10 余个子公司之间有序流转并创造价值。盛大文学 CEO 侯小强表示，未来，起点还会加速与其他网站整合，使起点中文网的版权不是只能在起点卖，也可以拿到红袖去卖。图书出版、广告、无线增值服务、图书周边等领域都给起点带来了收益，有效地提高了其抗风险的系数。据称，2012 年，盛大文学营收 10.8 亿元，其中，起点中文网即贡献了 3.6 亿元①。

然而，2013 年 3 月，起点中文网却发生了一起令业界震动的事件，起点中文网创始人、原起点中文网 CEO 吴文辉携近 20 余位中层以上编辑出走至腾讯旗下，联手腾讯成立了创世中文网，这也即业内有名的“起点中文网核心团队离职事件”，被称为“起点风波”。同时，原起点中文网白金作者猫腻、苍天白鹤等，也加盟创世中文网，给起点带来了不小的打击。起点中文网则宣布，将斥资亿元升级原创作者基本收入保障、医疗保障、收益分成、奖励制度等，以此稳定作者队伍。目前，核心团队的离职给起点中文网带来的影响还不可估算，但凭借自身强大的实力基础，起点中文网仍是国内最顶尖的文学网站。

（纪海龙）

① http://net.chinabyte.com/424/12593424.shtml

2. 晋江文学城（http://www.jjwxc.net/）

晋江文学城创立于2003年8月，原名晋江原创网，是福建晋江市的一家文学网站。2007年11月，晋江原创网接受了盛大网络发展有限公司的投资，成为盛大文学旗下品牌，盛大文学拥有晋江文学城50%股权。2010年2月，晋江原创网正式更名为晋江文学城，总公司设于北京。

晋江文学城以建设全球最大女性文学基地为宗旨，经过多年发展，已经成功成为内地最大的女性文学基地之一，吸引了众多女性文学写手与读者。在牛华网2012年2月评选的国内十大文学网站排名中，晋江文学城位列第五。[①] 国内知名调查公司艾瑞咨询网络用户行为监测工具iUse Tracker数据统计显示，2013年7月，晋江文学城在国内垂直文学网站中，无论是在日均覆盖人数还是用户有效浏览时间方面，均仅次于起点中文网，排名第二，日均网民达到率达到了0.6%，月度有效浏览时间达到了851万小时。[②] 晋江文学城也曾多次荣获“十大最具影响力文学网站”“年度最佳文学网站”等奖项，是业内公认的品牌文学网站。

目前，晋江文学城主要分为原创言情站、耽美同人站、完结作品库、出版影视、游戏娱乐、晋江商城、晋江论坛七大版块。与大部分文学网站不同的是，用户点击进入晋江文学城后，并非直接进入某一版块的主页面。其首页即为这七大版块的链接以及这七大版块的精品内容推荐或站点简介，用户可以根据需要自行选择，内容非常清晰、明朗。晋江文

---

① 《国内十大文学网站排名，盛大文学独占半边天》，http://www.newhua.com/2012/0217/146083.shtml

② http://media.iresearch.cn/portals/20130902/210731.shtml

学城的最新作品主要集中于原创言情站与耽美同人站内。原创言情站首屏导航栏的背景色以及大部分分频的频首背景色都使用了鲜绿色，鲜亮、富有活力；耽美同人站则使用了墨绿色，相对而言更为典雅、端庄。这两个版块页面设计相差不多，内容主要包括网站强推作品、各种排行榜以及不同类型小说导引等。考虑到很多用户来自海外或者香港、台湾，晋江文学城还特别设计了繁体版页面。注册晋江文学城用户的步骤也比较简单，用户还可以使用盛大通行证、支付宝、腾讯 QQ、新浪微博、手机号等诸多方式登录。晋江文学城为用户设置了个人管理中心，为读者提供个性化的服务，非常注重与用户间的交流互动。值得一提的是，晋江文学城的搜索栏较之很多网站都很有特色，设计了诸如根据原创性（细分为原创、同人两类）、性向（分为言情、耽美、百合、女尊几种）、时代（近代现代、古色古香、架空历史、幻想未来几类）、类型（爱情、武侠、奇幻、仙侠等 15 类）、风格（悲剧、正剧、轻松、爆笑、暗黑几类）、标签（灵魂转换、性别转换、幻想空间等几十种）进行搜索的选项，用户可以轻松的找到所需作品。不过，晋江文学网页面各频之间空隙有较多的广告，页面还有一些弹出广告，推荐作品过多，信息量很大，给用户一种拥挤感，影响了用户的使用体验。

晋江文学城拥有数量庞大的作品，其官网称，晋江文学网平均每 2 分钟就有一篇新文章发表，每 6 秒就有一个新章节更新，拥有版权作品 3 万部以上，平均每个月新增版权 2000 部以上。[①] 截止 2013 年 7 月底，网站累计发布字数达到 260 亿。[②] 晋江文学城创作主要是以女性为导向。其官网上的数据显示，晋江文学城男女用户比例达到了 7：93，有旺盛消费力的女性用户是其主力消费人群。[③] 虽然其原创作品有多种形式，包括小说、散文、诗歌等，且小说也分为古言武侠、都市青春、科幻悬疑网游、

---

① http://www.jjwxc.net/aboutus/

② 《晋江文学城在京举行十周年庆典》，http://news.jschina.com.cn/system/2013/08/06/018161019.shtml

③ http://www.jjwxc.net/aboutus/

短篇小说等多种，但是仍以最贴近女性文学的穿越、言情、都市爱情、职场婚姻、青春校园、耽美同人类最受欢迎，这些也是晋江文学城重点建设的内容。其中，穿越小说尤其是晋江文学城的一大亮点，曾产生过《木槿花西月锦绣》《鸾：我的前半生，我的后半生》《迷途》《末世朱颜》《梦回大清》《步步惊心》《瑶华》《独步天下》为代表。后4部作品又为清穿小说，也即穿越回清朝的穿越小说经典代表作，因为清朝最接近现代，史料丰富，还有许多野史秘闻流传于世，足以吸引读者胃口。在这些小说及部分经由小说改编的电视剧影响下，读者与观众中还衍生出了“四爷党”“八爷党”等群体。穿越小说并不仅限于回到清朝，还有穿越回汉朝、唐朝，甚至还有一些进入了武侠仙魔世界。晋江文学城作者蜀客的一系列穿越言情之作如《穿越之第一夫君》《穿越之武林怪传》《落花时节又逢君》等也极受读者欢迎。此外，反映女性婚后生活的小说《新婆媳战争》、描述汉代幔帐幕帘之后的美人尔虞我诈、斗智斗勇的小说《未央·沉浮》、描述女明星爱情生活的小说《票房毒药》等都是晋江文学城的优秀原创作品。晋江文学城十周年庆典活动页面上则开辟了专区，盘点自2003年成立以来晋江文学城的优秀作品，它们在读者中都享有着较高的人气。①

晋江文学城原创作者队伍庞大，官网数据显示其拥有注册作者50万人，签约作者12000人，这个数字还在每天递增。② 这里曾诞生了很多优秀的作者，如顾漫、天籁纸鸢、安宁、沧月、明晓溪、梦三生、匪我思存等人。为吸引、培养更多优秀的原创作者，晋江文学城力推作家培养计划，推荐旗下作者参加作协举办的网络作家培训班，为作者提供尽可能多的福利政策，协助作家打击盗版等等。2013年伊始，在2012年九周年庆典时推出的推陈出新奖、发扬光大奖基础上，晋江文学城又推出了全勤奖、续约奖、创新奖三大奖励政策，尽量为作者提供良好的待遇，

---

① 参见晋江文学城十周年庆典活动页面 http://www.jjwxc.net/sp/10years/sznzp.html

② http://www.jjwxc.net/aboutus/

而且，对作品的版权要求较之以前更为放松，将签约作者的实体、影视版权由独家代理改为非独家代理，允许作者自行洽谈改编事宜，晋江文学城不再收取代理费。晋江文学城还积极拓展各种渠道，增加作者的收益，如为读者进行无线业务操作、扩大电子书以及实体出版渠道等，事实上达到了双赢的效果。不过，较之其他大多数文学网站清晰的作家福利体系，晋江文学城的页面上并未明确其给作家提供的福利体系，对于最初进入晋江文学城写作而想要了解福利信息的作者而言并不太便利，用户的收入需要在页面上方“账务”一栏下“收益记录”中查询。

盈利模式上，晋江文学城已经形成了经营作品的在线版权、无线传播权、纸媒体出版权、影视动漫游戏改编权等一套成熟的全版权营销模式。目前，其盈利主要来自于 VIP 收费阅读，影视、动漫、游戏改编，线下与定制出版、电子商务几大方面，形成了自己多元化的盈利模式。晋江 VIP 收费系统开始运行于 2008 年 1 月，之前，其主要依靠广告收入维持网站运行，此举则标志着读者付费正式成为其盈利模式。短短时间内，凭借着数量众多的版权作品和大量的读者，晋江文学城获得了不小的收益。2009 年，晋江文学城改革了 VIP 阅读制度，将原来的每千字收费 3 分钱的单一付费制改为灵活浮动制，VIP 作者可以自行定价，给读者折扣等。晋江文学城的作品实体出版非常火热，目前，已有超过千部作品成功出版，平均每天都有 2 本新书被成功代理出版。晋江文学城与磨铁图书、江苏文艺出版社、浙江出版联合集团乃至港台的麦田出版、禾马文化等达成了合作意向，为优秀作者提供实体出版机会。同时，晋江文学城还为读者提供了定制印刷的方式，读者可以通过晋江网下订单，获得个性化的印刷图书。作品的影视、动漫、游戏改编也是晋江文学城获取利润的重要方式，《步步惊心》《佳期如梦》《来不及说我爱你》等小说都被搬上了屏幕。游戏本来就是盛大商业体系中最具竞争力的版块，晋江的原创作品可以成为游戏内容的素材来源，《星辰变》《大清后宫》已被改编为游戏，晋江游戏娱乐城也为用户提供几款游戏。无线增值方面，晋江文学城与中国移动、中国联通、腾讯阅读等成为无线渠道合作方。电子商务无疑是晋江文学城商业运营的一大特色，晋江商城“囧囧商城”成为其销售自己网站图书的一大平台，至此，读者看书、评书、购书都能在晋江文学城一个网站内完成。目前，囧囧商城并不仅限于售卖图书，还扩大了营业范围，包括图书、手机通讯、电子书、箱包、数码、厨房电器、卡通玩偶、家居用品等等，逐步向更广阔的市场延伸。

可以说，晋江文学城在国内文学网站中已经成功建立起了自己的品牌，吸引了大量读者与优秀作者驻站写作，盈利模式也日益成熟。不过，针对腾讯、新浪、百度等著名网站 2013 年在网络文学市场的大动作，目前晋江文学城还未见到相应的应对措施。在竞争日益激烈的网络文学市场，如何继续保持自己的优势，这是晋江文学城必须思考的问题。

（纪海龙）

3. 言情小说吧（http://www.xs8.cn/）

言情小说吧成立于2005年。建站伊始，网站就致力于打造最好的言情小说阅读体验平台与华语言情小说阅读基地，在网络文学界走出了一条极具特色的产业化之路。言情小说吧现拥有论坛、网游以及站内家园等多个版块，给读者提供读书、休闲、娱乐的全方位感受。经过不断的发展，言情小说吧的日浏览次数已经超过6300万，拥有350万注册用户。2009年7月，言情小说吧开始采取付费阅读的方式来维持网站运营。在此项政策的推动下，言情小说吧不断发展，其原创作品日更新字数已超过300万。言情小说吧正朝着网络言情小说写作者首选平台的目标迈进。2010年，言情小说吧被盛大文学收购，成为其旗下的一个子品牌。

在页面设置上，言情小说吧使用浅绿色为页面主色调，可以使读者在阅读时感受更为舒适。网站整体风格呈现出一种柔和的氛围，这是因为女性读者是其主要的阅读群体，这种做法能够让女性读者产生一种亲切感，吸引更多的新读者。网站页面设置整齐有序，在主要版块放置新上架的小说和人气较高的连载小说，在页尾不太显著的部分放置已经完结的长篇小说。同时，言情小说吧针对那些不想付费但又想阅读小说的读者，专门设置有几个免费小说阅读专区，读者可以不用付费便有机会阅读到小说，右下侧有一个永久免费小说专区，读者能够无限阅读其中的小说。言情小说吧页面右下方专门设置了百元播报打赏和讨论专区，随时滚动更新打赏情况，用户可以一目了然地看到作品的受欢迎程度。言情小说吧账号的注册过程也非常便捷，用户只需要花费一分钟时间便可注册完毕，体验良好。用户阅读小说需要充值付费，言情小说吧也针对此推出了一系列优惠政策，定期举办优惠活动，如活动期间使用支付宝快捷支付充值小说币的用户就能享受减免2元的优惠。在言情小说吧页面上展示有支付宝、网上银行、手机充值卡、paypal、手机短信、电话、小说吧体验卡、游戏卡等多种充值付费手段，用户可以根据自己情况选择其中一项进行充值付费，快速便捷。用户充值数额越大，获得的小说币就越多。其中，用小说吧体验卡兑换小说币的做法是言情小说吧对热情会员采取的更为优惠的奖励措施，网站不定期会对热心会员发放小说吧体验卡，会员可以用小说吧体验卡来抵消小说币，从而得以在首页上阅读到更多的新鲜文学作品。

在内容建设上，言情小说吧为用户提供免费港台言情小说在线阅读、独家言情小说在线阅读等服务。网站现有古代言情、现代言情、豪门总裁、穿越架空、宫廷斗争、青春校园、奇幻仙侠、悬疑恐怖、职场励志、言情小本等十种故事类型，划分明确，读者可以根据自己的需求选择作品。言情小说吧针对港台言情小说用户，推出了繁体版的页面，使得读者更加顺畅地阅读言情小说。在短短几年的时间，言情小说吧已经推出了一系列广受好评的作品。如浅尝辄逝的《浮生萦云》、浅倾城的《倾城绝—封印公主》、戚惜的《4岁小新娘》、蓝影梦凝的《小爹地：新郎18岁》、姬水灵代的《总裁的女人》、江菲的《邀君宠·美人怜》、若儿飞飞的《穿越：丑颜泪之下堂王妃》、花蕊随风飘的《新娘不该是你》、夏浅依的《首席执行官的合约情人》等等，在读者中反响热烈。为了提高小说的写作质量，言情小说吧还设置了专门的书籍讨论论坛，用户在注册了用户名之后，可以发表自己对书籍的评论，畅所欲言。论坛划分有多个版块，管理区、接待区、推书区、小说区、作家区、女性区、休闲区、游戏区，内容丰富，涉及范围广。

在作家队伍建设上，言情小说吧培养了一大批具有较高人气的作家。如姬水灵，苏子、殷寻、戚惜、彦茜、苏沫沫、甘如饴、吾心、水中亭等。其中姬水灵人气最高，她是言情小说吧第一言情天后，也是该网站第1位月稿费突破4万的作者，代表作有《总裁的女人》《契约情人18岁》等。为了提高作者创作的积极性，言情小说吧推出了一系列奖励措施，设立了丰厚的奖励资金，设置了月票奖、订阅奖、酬勤奖多个奖项。月票奖是奖励当月小说受欢迎度进入榜单前十名的作家，其中第一名当月可以获得 10000 元的奖励，二、三名分别有 5000 元、3000 元的奖励，往下逐渐递减，第十名每月可以获得 1000 元的奖励。每日更新章节超过 6000 字的 VIP 作家也可以获得 300 元的奖励。此外还有订阅奖，当月订阅的第一名可以获得 2000 元的奖励，依次减少，第四名到第十名可以获得 300 元的奖励。除此之外，言情小说吧还实行了一系列的奖励计划，共有一鸣馆无线稿酬垫付计划、封神榜作品扶植计划、月票榜奖励计划、新书月票奖励计划、签约及上架奖励计划、完结小说奖励计划、创新小说奖励计划、低保奖励计划、酬勤奖励计划、全本买断奖励计划、出版基金扶植计划等 11 项奖励举措。这些举措可以有效地激发作者的创造性，激励其每日不断地更新稿件，有效地维持了言情小说吧的人气，得以挖掘更多有潜力的作者，提高网站言情小说的质量，同时也可以留住读者。

言情小说吧形成了一套完整的盈利方式，包括在线收费阅读，作品的动漫、影视、游戏改编，无线业务等。凭借丰富的内容与良好的用户体验，言情小说吧吸引了大量用户，成为国内顶级的文学网站之一。

（谢青芸，纪海龙）

4. 潇湘书院（http://www.xxsy.net/）

潇湘书院创建于2001年，最初是由鲍伟康（网名“潇湘子”，现任潇湘书院文化发展有限公司总经理）和几个热爱武侠文学的人组建的武侠小说网站。2007年，潇湘书院全面转型为女性言情原创文学网站，是国内最早发展女生网络原创文学的网站之一。2010年，潇湘书院为盛大文学所收购，成为盛大文学旗下的子品牌。目前，潇湘书院已经成为国内领先的原创文学网站，用户数量、访问流量在国内文学网站中均名列前茅。据国内知名调查公司艾瑞咨询网络用户行为监测工具iUse Tracker数据统计显示，潇湘书院在2013年7月国内垂直文学网站日均覆盖人数排名方面位列第六，日均网民达到率为0.2%，用户有效浏览时间排名方面位列第四，月度有效浏览时间达到了812万小时。[①] 潇湘书院与国内另一家女性原创文学网站晋江文学城，都吸引了大量女性原创文学作者和读者聚集于此。

潇湘书院的网站标识是一位年轻女性手捧书籍坐在草地上阅读，显示出了网站的特色，其目标定位人群主要为女性。网站以淡蓝色与白色作为基础底色，频道题目、榜单名称等使用了天蓝色，其余作品题目、内容简介等则多用红色、绿色与黑色。页面使用的颜色整体给用户的感觉清新、活泼。首屏展示给用户的是潇湘书院主要内容版块链接（包括古言馆、现代馆、玄幻馆、手机版、图书馆）、各类型小说导引以及提供给用户的诸如包月书库、VIP小说、如何申请潇湘书院的作家等服务。各分频包括网站强力推荐、编辑推荐、热门推荐、月票榜、钻石榜、更

① http://media.iresearch.cn/portals/20130902/210731.shtml

新榜、潇湘论坛以及各类型小说库等。在潇湘书院申请用户也非常简单，用户按照网站注册提示操作即可，还可以通过腾讯 QQ 登录。不过，潇湘书院首页给读者的信息量偏大，页面稍显拥挤，并且首屏还有一些广告。

潇湘书院 95%以上的用户为 15—35 岁的女性，[①] 其内容设置也主要针对女性。目前，潇湘书院的小说类型主要分为穿越、架空、历史、都市、青春、豪门、魔幻、玄幻、异能、短篇、耽美几种。“玄幻”类型为 2009 年潇湘书院新加入的类型，旨在打破玄幻作品由男性文学一统天下的格局。穿越、架空类小说是潇湘书院的主打类型小说，其曾成功打造了“红楼同人小说”精品品牌。潇湘书院也有男生频道“昆仑中文网”，其小说类型主要有玄幻·奇幻、武侠·仙侠、都市·娱乐、历史·军事、竞技·同人、科幻·游戏、悬疑·灵异诸多种类。作为国内知名女性原创文学网站，潇湘书院推出了众多具有相当高人气的作品，如《血嫁》《凤隐天下》《绝色锋芒》《妾本惊华》《扶摇皇后》等等。目前占据潇湘书院总点击量前五名的作品为《宝宝他爹是哪位》《地下情》《百变闺秀》《恋上吸血鬼大叔》《暴戾王爷的贱妾》，2012 年作品粉丝人数榜前五位的作品为《鬼王的金牌宠妃》《神医傻妃》《市长夫人》《天才儿子腹黑娘亲》《嫡妃不如美妾》几部。天下归元的作品《扶摇皇后》曾获中国当代文学研究会女性文学委员会颁发的 2011 年度十大优秀女性文学奖。

潇湘书院拥有众多优秀的写手，如天下归元、风行烈、君幻凤、夏广寒、萧萧十香、沧海明珠、蓝色紫色、周玉、倾城之恋、古默、任逍遥等。目前，潇湘书院的作者等级分为签约作者、铜牌作者、银牌作者、金牌作者以及白金作者几级。作者的等级越高，其 VIP 分成比例也越高。白金作者的分成比例达到了 70%。为吸引更多优秀写手到潇湘书院发表作品，潇湘书院给予了作者较为优厚的待遇。其 2013 年福利体系包括签约 100%保障、VIP 完结红包、买断计划、月票奖励、道具分成、步步高

① http://www.xxsy.net/about.html

升、金品征文几大类，类别上与其他文学网站相差不大。其中，签约100%保障针对A签作者（A级签约是指作者将名下所有作品独家授权给潇湘书院，除A签外，潇湘书院还设有B签类，即作者将某一部作品授权给潇湘书院），A签作者只要正常完结书稿，即可得到稿酬。金品征文的目的是为鼓励作者进行精品创作，而给予其每月保底稿酬，加入此计划的金牌作者每月保底稿酬达到了1万—2万元。不过，潇湘书院对新写手的推荐力度很大，曾为新人开辟过绿色通道，新人作品上架几率较高。目前，潇湘书院大约拥有编辑40人，其主要任务即是管理、帮助、辅导作者，让作者尽快步上正规的写作道路。

营收方面，2010年加入盛大文学后，潇湘书院当年营收有1800万元人民币，2012年这一数字达到了9000万元，2013年，其营收预计将过亿。目前，潇湘书院的盈利方式包括广告、在线收费阅读、实体出版、影视改编、无线阅读等。2007年之前，潇湘书院的运营主要依靠广告收入。其后，在文学网站纷纷推出收费阅读制度的大环境下，2007年7月，潇湘书院正式推出了收费阅读制度。然而资金仍是潇湘书院的短板，为了网站的发展，2010年3月，潇湘书院接受了盛大文学的收购。之后，潇湘书院的营收实现了翻番。据鲍伟康介绍，收入的增加源于用户群的增大，实施收费阅读之初，潇湘书院每个月付费用户只有几万人，现在每个月都有几十万人。[①] 此外，盈利方式的多样性也是潇湘书院营收增长的重要原因。潇湘书院与国内众多出版社形成了良好的合作关系，获得了长江文艺出版社、春风文艺出版社等知名出版社的作品连载授权，并发行了多部优秀作品，包括《血嫁》《凤隐天下》《绝色锋芒》等，这些作品在当当网、卓越网等销量靠前。《暴君，我来自军情9处》《盗情》等作品则成功签约影视。移动互联网是潇湘书院收入的较大来源，据鲍伟康介绍，移动端收入已经大致占到了潇湘书院总收入的55%，而这

① 任晓宁：《网络文学不能“注水”——访潇湘书院（天津）文化发展有限公司总经理鲍伟康》，《中国新闻出版报》2013年8月15日。

55%只是在潇湘网站上在线订阅的部分，并不包括营运商阅读基地的收入。其在杭州的移动阅读基地也收入颇丰。目前，潇湘书院有自己的无线事业部，并在积极开发自己的APP，在产品层面保持独立。

凭借雄厚的作者实力与庞大的读者数量，潇湘书院已经成为目前国内最具知名度的原创中文女性言情小说网站。2013年，潇湘书院宣布其发展重心为作品培养、移动阅读与对外合作三大方面，这些都已初见成果。然而，目前，文学网站之间的竞争已白热化，腾讯、百度等都对网络文学市场形成了很大的竞争力，在吸引作者方面推出了新的政策。未来，潇湘书院必须根据市场环境的变化，不断积极进行自我调整，以期获得更大的发展。

（纪海龙）

5. 小说阅读网（http://www.readnovel.com/）

小说阅读网成立于2004年5月，是国内成立较晚的一个文学网站，但却发展迅速，目前已经成为了国内领先的原创小说阅读网站。在牛华网2012年2月评选的国内十大文学网站中，小说阅读网超过了潇湘书院、红袖添香等老牌知名文学网站，位列第4。[①] 国内知名调查公司艾瑞咨询网络用户行为监测工具iUse Tracker的数据统计则显示，2013年7月，小说阅读网的日均覆盖人数达到了41万人，日均网民达到率为0.2%，在国内垂直文学网站中排名第9。[②] 2008年，小说阅读网获中国出版年会小说类综合排名第1的优异成绩。2010年2月，小说阅读网被盛大文学收购，成为了盛大文学旗下的子品牌。

目前，小说阅读网分为男生网、女生网、校园网、游戏中心四大版块。网站首页简单、清晰，主要是这四大版块醒目的链接，其下即是网站的“重磅小说推荐榜”及其他的一些推荐作品。各大版块内部之间风格有一些差异，如：男生网标题栏背景色多使用了蓝黑色，更显严肃、大气；女生网则多使用了蓝色与淡蓝色，活泼、清新；校园网使用了翠绿色与蓝色，洋溢着青春的气息；游戏中心首屏背景色使用了富有诱惑力的红色。但它们整体给用户的感觉都非常简单清晰，且注意内容安排的整齐与恰当，并不会给用户带来信息量大的拥挤感，为其营造了舒适的使用环境。无线阅读方面，小说阅读网专门开发了自己的客户端。小

① 《国内十大文学网站排名，盛大文学独占半边天》，http://www.newhua.com/2012/0217/146083.shtml

② http://media.iresearch.cn/portals/20130902/210731.shtml

说阅读网为用户提供细致、全面的服务。用户申请成为小说阅读网的会员后，点击进入其男生版、女生版或校园版，即可发现页面上方的“用户中心”一项。“用户中心”为用户提供了诸如收藏、最近阅读、订约、包月等服务，还为用户推荐了一些折扣与特价作品。如果用户想发表作品或成为小说阅读网的作者，直接点击首频右侧的“作家中心”，里面提供了发表作品以及签约的详细步骤。为加强读者、作者、网站之间的交流，小说阅读网还特别设立了“交流中心”，该中心交流频繁、活跃，吸引了 15 万余的会员加入。舒适、人性化的网站设计为小说阅读网吸引了不少的用户。来自小说阅读网官网的数据称，小说阅读网拥有超过 1500 万的注册用户，每天有 6000 万次的页面浏览量、200 万的独立访客。[①] 而其官网报道，2009 年 4 月小说阅读网新版上线，推出了全新的阅读平台与写作平台后，网站的订阅成绩明显上升。[②]。

从小说内容上看，小说阅读网可分为男生版、女生版、校园版三类。男生版下的小说类型有武侠仙侠、都市小说、玄幻奇幻、网游竞技、历史军事、灵异推理科幻、乡村幻想几类；女生版分为古代言情、总裁豪门、穿越小说、仙侠魔幻几类；校园版分为校园小说、同人销售、素锦年华、魔幻传奇几类。不过从小说阅读网的用户性别上看，其女性用户占到了 70%，[③] 侧面反映出小说阅读网的女生版相对而言更为活跃。目前，其网站首页上女生版也是重磅小说推荐的默认版块。且女性言情小说也雄踞了小说阅读网书友总点击榜的前五位，分别为《跨过千年来爱你》《穿越之绝色皇后》《VIP 情人》《若爱只是擦肩而过》《绝世王子妃》。这五部作品点击量都过亿，前两部小说的点击量已经超过 2 亿。从作品数量上看，小说阅读网拥有 8 万余部热门长篇小说，每天更新字数达到了 1000 万字。为鼓励作者创作出更优异的作品，并在一定程度上引

---

① http://www.readnovel.com/ggfw.html

② http://www.readnovel.com/activity/100days/100days.html

③ http://www.readnovel.com/ggfw.html

导作者的创作方向，小说阅读网经常举办高水平的创作大赛。2009、2011年其分别举行了两场网络文学原创大赛，在业内引起了巨大反响。2013年，其女频又进行了以“强势妈咪来袭，宝宝我要打怪”为主题的征稿活动，要求作者主要以架空朝代或玄幻大陆为故事背景，主要内容则是女主角带着宝宝和魔兽一路升级打怪。此外，2013年小说阅读网还举办了“农妇山田有点钱”的征稿活动，要求作者提供乡村修真、乡村生活、乡村种田、励志生涯、乡村官场类的小说。这些大赛均为读者提供了优厚的奖励条件，并且收效显著，吸引了众多作者投稿，产生了很多优秀作品。

来自小说阅读网官网的数据显示，目前小说阅读网拥有驻站作者30万人，并且每月还以3万人的速度递增。小说阅读网曾造就出秋夜雨寒、魔女恩恩、安知晓、淡妆浓抹、赵赶驴、燕垒生、三月暮雪、戴日强等知名网络作家。其中赵赶驴的《电梯奇遇记》堪称2006年网络上最火爆的爱情小说，网上点击率很短时间内就突破了1亿次。言情小说作者秋夜雨寒代表作“三生三世”系列——《若爱只是擦肩而过》《跨过千年来爱你》《终难忘》网络点击量达到了10亿次，成为了网络作家中穿越言情类的一个符号。魔女恩恩创造了小说阅读网单章订约过万速度最快、月稿酬收入过万元最快的两项纪录，作品不仅畅销网络，而且实体出版后也广受读者欢迎。其余，还有众多位在读者中人气极高的作者。小说阅读网为作家提供全勤奖、新作保底奖、完本奖、优秀作品买断奖等福利，较之起点中文网、创世中文网等名目并不多，同时对作者的培训方面花费精力亦不如起点中文网、晋江文学城等国内其他知名文学网站。

小说阅读网的收益主要来自广告、VIP收费阅读、实体出版、影视游戏改编、无线增值几方面，且已经形成了较为成熟的全版权经营盈利模式。小说阅读网页面内有一些植入的广告，但这并不是其收益的主要来源。2009年4月，小说阅读网推出了VIP阅读计划，其后又推出了红包榜、催更榜、鲜花榜等，VIP系统开通后不久，就迅速缔造出月薪过万的作家150多人，也给网站带来了可观的收入。线上作品的活跃带动了线下实体出版以及影视游戏改编活动的兴盛，且小说阅读网有意识地推动这些业务的开展，其举办原创作品大赛时，均邀请悦读纪、磨铁等国内知名出版公司参与，以便让比赛中的优秀作品得到出版机会。小说阅读网也与国内多家知名出版公司以及无线运营商达成合作意向，拓展作品的盈利渠道。

凭借为用户提供的丰富的内容、舒适的使用体验，小说阅读网成功吸引了大批读者，成为国内原创网络文学网站中的佼佼者。2013 年，网络文学市场竞争日益激烈，国内一些大型文学网站纷纷推出了更加吸引优秀作者的优惠政策，并探索网络文学盈利新模式。小说阅读网采取何种做法应对这种形势，无疑对其未来发展有着重要意义。

（纪海龙）

6. 红袖添香（http://www.hongxiu.com/）

红袖添香网正式创立于1999年8月，是目前国内历史最悠久的文学网站，也是为数不多的长、短篇共存，涵盖了长、短篇小说，日记，散文，杂文，诗歌，剧本等多种体裁的文学网站。2008年，红袖添香接受了盛大文学投资，现隶属于盛大文学。在国内众多文学网站中，红袖添香以其丰富的内容、独特的风格、为用户提供的优质服务独树一帜，成为国内最受欢迎的原创文学网站，同时也是目前国内最富知名度、最受推崇的女性原创文学平台、中文女性阅读第一品牌。

“绿衣捧砚催题卷，红袖添香伴读书”——这是古人读书的一种理想境界，也是红袖添香网现任CEO孙鹏的一种美好向往。1999年，孙鹏与几位热爱文学的网友成立了荆棘鸟工作组，这正是红袖添香网的前身。其后，红袖添香见证了国内网络文学发展的两个重要历程：首先是短篇文学逐渐让步于长篇文学，其次是由免费阅读过渡到收费阅读。红袖添香自身也经历了多次改版。最初，红袖添香集中力量制作个人文集，网站多以短篇文学为主；2003年，红袖添香正式启用了长篇连载系统；2005年确定了网站目标为建成内容最精细、最专业、最有深度的文学网站；2006年红袖博客开通；2007年实施VIP付费阅读，并推出“听网—红袖版”。如此等等，据时代发展，红袖添香不断调整自己。现在，红袖添香在业界享有极高声誉，多次获得诸如“2010年度最佳文学网站奖”（中国网络文学节颁发）、“2011年度新闻出版业网站百强”（中国出版协会颁发）、“2011年度最佳女性文学网站”（国家产业服务平台评选）等重量级奖项与荣誉。

红袖添香的网站设计独特，功能完备，用户使用起来快捷、方便。

为适应用户多为女性的特殊性，红袖添香网页色调柔丽，部分版块使用淡粉、浅紫、浅蓝为底色，重要标题、栏目名称则使用醒目的红色，精美、细致。用户进入红袖添香主页后，首先进入眼帘的是左上角的网站标识，右面就是网站的搜索功能，用户可根据标题或作者搜索作品。标识下面为网站主要的内容链接，包括言情小说、最新更新、全本小说、免费小说、排行榜、包月库、短篇文学、游戏、手机阅读、出版影视、作家福利等。红袖添香网下设言情小说站、幻侠小说网，还有经典站。幻侠小说网成立于 2011 年 7 月，是面向男性读者的专业幻想小说阅读网站。红袖添香还有两个特别推荐的版块：风尚阁、一品红文馆。前者收入清新、文艺、轻松风格的小说，后者收入网站精选优质作品，阅读价格要高于其他 VIP 作品。言情站、幻侠站、经典站、风尚阁、一品红文馆的链接置于上述主要内容版块之下。这些链接之下即是网站各分频道，包括各类别小说推荐及精选、编辑强推、免费专区、全本小说订阅榜、红书月票榜等。不过，较之页面更为简单、清晰的纵横中文网，红袖添香页面稍显拥挤，信息量大，给用户造成了一种紧张感。

红袖添香的注册简单，用户只需填写几项必需的信息即可成为会员，还可通过腾讯 QQ、微博以及盛大通行证登录。红袖添香的一个特色是用户注册时并不区分读者与作者，网站为每个用户都设置了详细的个人中心，里面包括创作、阅读、充值、修改资料等各类服务，且每种服务都非常细致，给用户一种宾至如归之感，也很容易激发用户的创作欲。

内容建设方面，红袖添香堪称目前国内知名文学网站中体裁最全的网站，既有长篇小说，又有短篇文学。如上所言，为适应商业化运营需求，国内文学网站大多放弃了短篇文学，而发展长篇小说，因为诗歌、日记、散文等并不能吸引太多读者付费阅读。但相较跟风严重、创作模式化的长篇网络小说，短篇文学显然包含了更多的文学性，更容易产生精品——这正是红袖添香坚持发展短篇文学的原因，也使该网站在商业气息浓厚的文学网站中独树一帜，于文学的综合性与纯粹性上领先于它者。然而为满足经营需要，红袖添香网站也需要重点发展原创长篇小说。

其言情站的小说题材主要有穿越时空、总裁豪门、古典架空、魔法幻情、青春校园、都市情感、白领职场、女尊王朝、玄幻仙侠几类。幻侠站则分为玄幻奇幻、都市情感、悬疑、科幻、网游、武侠仙侠、惊悚、历史、军事几类。众多类型中，红袖添香尤以言情、职场等类型小说闻名于众，创作出了众多读者耳熟能详的作品，如《裸婚》《盛夏晚晴天》《逃婚俏伴娘》《空姐日记》等等。截止 2013 年 8 月 23 日晚 24 时，占据红袖添香网小说总点击榜前五的作品为《百变情人：恶少杠上女家教》《斗罗大陆续集：五行大陆》《暖妻：总裁别玩了》《独宠冷妃》《总裁的温柔乖乖妻》，点击量均在 5000 万次以上。红袖添香实行的是"以文养文"政策，以向大众休闲阅读的收费所得，培育精品短篇文学、长篇文学的发展。

作家队伍方面。由于红袖添香对注册用户不区分读者与作者，所以很难确切知其作者人数。但确定的是，其囊括了目前国内网络文学女性写作方面的众多一流写手。红袖添香评定作者的最高级别为 A 签 5 钻，目前，这一级别作者即有妖千千、南官夭夭、芥末绿、吉祥夜、恍若晨曦、miss _ 苏、冰蓝纱 X、蔚然语风、婉转的蓝、abbyahy 等 10 人，其余从 1 钻到 4 钻还有 300 余人，名写手包括涅槃灰、纳兰静语、明珠还等。红袖添香对签约作者的要求是，将协议有效期内签约作品的信息网络传播权独家、排他地授权给红袖添香照协议使用，红袖添香给作者的稿酬是定价价格/千字×用户订阅次数×销售分成比例，这个比例为税后 50%；出版实体书作者的收益为 30 元/千字；作品改编的收益是作者获得 50%。红袖有一系列针对作者的福利，其最新 2013 年福利体系包括聚新作品扶植计划、月票榜奖励计划、金手指奖励计划、出版基金扶植计划等 9 种。其中聚新计划是针对新人写手。在培育作家方面，红袖添香专门设有"新人学院"，为其提供网络小说写作、如何成为作者、红袖添香奖励与考核等方面的课程。而且，红袖添香还会推荐优秀作者去中国作协等专业作家机构举办的网络作家培训班学习，尽最大可能培养优秀的原创网络文学作家。

盈利方式上，红袖添香综合利用在线付费阅读，移动阅读，实体出版，影视、游戏、动漫改编等多形态文化产品，进行立体化版权经营。而且，目前其业务已经拓展到电子商务方面，实现了多渠道多元化的创收。付费阅读方面，红袖添香针对不同级别读者实行差异收费，普通会员阅读收费章节价格为 0.04 元/千字，初级 VIP 会员收费 0.03 元/千字，高级 VIP 会员和至尊 VIP 会员则收费 0.02 元/千字。但在业界具有开创意义的是，红袖添香开创了“按质定价”收费体系，以体现对优秀作者、优秀作品的鼓励。网站内“一品红文馆”的作品，平均每千字价格要高于馆外其他收费作品。面对 3G 时代迅猛发展的新机遇，红袖添香率先建立了无线互联网领域销售渠道。事实上，在无线阅读方面，红袖添香在国内文学网站中发展很早，早在 2005 年，网站已经开通了免费的 wap 站点，具有上网功能的手机都可以访问。2008 年开始，红袖添香开始与移动梦网、知名厂商、手持设备厂商合作，寻找网络文学盈利的新模式。2009 年，红袖添香又推出国内首个无线版权结算平台红袖“移动阅读版权自助结算平台”，作者可以实时登录，实时结算。红袖添香还不断进行技术更新，以给无线用户更好的阅读体验。利用作品的影视、动漫、游戏改编盈利，这点，红袖添香在业界算得上比较成功。据其原创小说《裸婚》改编的电视剧《裸婚时代》播出后引发了一股强烈的收视热潮；据另一部小说《盛夏晚晴天》改编的同名电视剧亦收视率不俗。红袖添香网有专门的影视改编频道，推介自己的作品，该频道上线月余就售出近 10 部小说的影视改编权。《逃婚俏伴娘》《盛夏晚晴天》等作品的动漫改编权也已售出。现在，红袖添香也已经涉足电子商务领域。利用自身女性用户居多、对女性读者有强大吸引力的特性，红袖添香推出了美妆频道，推出韩国进口美妆产品网购业务，尽可能把自己的人气、流量与电子商务结合，实现多元化创收。

自成立起，红袖添香就非常注重品牌建设。其常与著名杂志社、出版社乃至企业联合举办各种征文、评选活动。如，其曾与中华书局（香港）联手举办新武侠小说大赛，与中华杂文网举办幽默杂文大赛，与 MSN 小说、图书频道举办红袖添香七周年优秀中文原创作家评选活动等。目前，其举办的最具影响力的赛事当为华语言情小说大赛，每年均能吸引大量作者投稿，且获奖作品都在读者中有着较强反响，如《逃婚俏伴娘》《裸婚》等。为使大学生了解、支持、创作网络文学，红袖添香还举办了“走进校园”系列活动，进入北京工商大学、北京外国语大学等知名高校，与大学生畅聊当代文学。这些都进一步增强了红袖添香的知名度与影响力，为其开展品牌营销奠定了坚实基础。

（纪海龙）

7. 榕树下（http://www.rongshuxia.com/）

榕树下最早是由美籍华人朱威廉 1997 年 12 月创建的一个个人主页，目前已成为国内历史最悠久、最具品牌力的一个文学网站。建站之初，榕树下倡导“生活·感受·随想”的理念，以网友及自发性的文学社团为基础，使文学通过网络这一快捷的载体真正成为了大众的文学。网站曾聚集了一大批在华语文学界极具影响力的作家，如安妮宝贝、宁财神、李寻欢、刑育森、蔡骏、韩寒、今何在、郭敬明、饶雪漫、慕容雪村等等，甚至一度成为了网络文学的代名词。但由于并未找到合适的商业运行模式，榕树下曾经非常落魄，并几易其主。2009 年 10 月，榕树下被盛大文学收购，成为其旗下的一个子品牌。

回顾榕树下的发展历程，其大致经历了四个阶段：朱威廉时期、贝塔斯曼时期、欢乐传媒时期与盛大文学时期。朱威廉时期堪称榕树下网站发展最为光辉的时期。正是在这一时期，榕树下聚集了大量极具影响力的作家，成为华语文学网站的领头者与代名词。朱威廉试图将榕树下打造成一个网上的《收获》杂志，能够收集网络上所有的优秀文章。网站的文学性非常强，体裁上以短篇小说、诗歌、散文为主，主要读者群则集中于年轻的“小资”、白领阶层。1999 年 8 月，朱威廉注册了“上海榕树下计算机有限公司”，开始了榕树下的商业运作。这一时期，榕树下的收入主要来自于其图书出版与广告营收。然而，随着榕树下规模的不断扩大，原有的盈利模式不足以满足榕树下日常运行的费用。2002 年，因为资金问题，朱威廉以 1000 万美元将榕树下转让给德国传媒巨头贝塔斯曼。然而贝塔斯曼时期的榕树下不仅没有保持住在国内文学网站的领先地位，反而损失了大量的知名网络写手，流量流失超过 90%。2006

年，榕树下被贝塔斯曼以500万美元转让给欢乐传媒。作为国内的一家民营传媒机构，欢乐传媒希望通过收购榕树下扩大自己在新媒体领域的影响力，同时将榕树下的作品影像化，找到新的盈利模式。然而，这一初衷并未实现，网站人气持续低迷。由于域名管理混乱，用户甚至很长一段时间无法访问该网站。2009年10月，榕树下又被盛大文学所收购，成为其旗下一员。此后，榕树下开始了其复苏过程。凭借其已有的品牌影响力以及一系列整改措施，短时内，榕树下吸引了大量用户。有数据显示，截止2010年2月11日，榕树下的用户与访问量增加了50余倍，日投稿字数达到了320万。[①] 2010年底，在《新周刊》主办的"2010网络生活价值榜"评选活动中，榕树下荣获了"年度最有价值网站（文学类）"称号。2012年2月牛华网评选的国内十大文学网站中，榕树下也成功入选。[②]

目前，榕树下网站由长篇小说、短篇小说、群组、出版、作品库等版块组成。网站的Logo是一棵郁郁葱葱的大榕树，象征着生机与活力。与此相适应，网站首屏导航栏的背景色与一些分频的标题栏都使用了绿色，活泼、清新。网站首页主要是各类排行榜、各类型小说推荐，以及群组分频。群组频道里是榕树下各个文学社的链接。文学社是榕树下网站初期的一个特色，是其为了给用户一个小空间而特别建立起来的组织。无论是首屏的导航栏还是各分频里的内容安排，榕树下给用户的感觉并不拥挤，页面整体而言非常简洁、大方。用户需要在榕树下注册一个账号成为其用户，也可使用盛大通行证登录。想要发表作品，用户还需进一步注册成为作者。榕树下为每一位注册用户提供了个性化的服务，用户只需点击页面上方的"我的榕树"，即可看到微博、书评、个人文集、作品管理、原创投稿等选项，并依据自己的需要点击使用。

---

① http://www.rongshuxia.com/c/2012/02/20/1158402165.html

② 《国内十大文学网站排名，盛大文学独占半边天》，http://www.newhua.com/2012/0217/146083.shtml

盛大旗下的榕树下在内容建设上一定程度上延续了以往的风格，以现实题材为主，作品篇幅大都不像其他文学网站流行的网络小说那样长篇巨制，还设有专门的短篇区。短篇区的小说类型有传奇、言情、悬疑、都市，此外还包括剧本、微小说、散文、诗歌、杂文等体裁。但是，榕树下也有一些超长的文学作品，这在一定程度上是为了适应当下网络小说的发展潮流。榕树下的长篇小说类型主要有都市、言情、青春、历史、军事、悬疑、幻想几大类，却并不包含其他文学网站常见的武侠、仙侠、游戏、竞技、耽美、同人等类，侧面也反映了其网站侧重于现实类题材作品。事实上这也是盛大收购榕树下的一个原因。因其之前收购的起点中文网、红袖添香文学网与晋江文学城，尽管也有部分现实题材的作品，但仍以玄幻、言情、仙侠等类为主。盛大需要榕树下这样一家风格迥异的文学网站完善自己。“网络原创文学大赛”是榕树下的一大品牌赛事。1999年，榕树下就举办了首届“网络原创作品奖”大赛，其后接连举办了两年，邀请到余华、苏童、王安忆、王朔、李敬泽等担任大赛评委。其中，第一届大赛收到作品7000余件，第二届即收到74000余件，2001年的参赛作品超过了158000件。这在当时引起了极大轰动，曾在文化界引发了以“榕树下”为代表的“网络文学”现象全国大讨论。大赛既提高了网络文学的知名度，同时更增加了榕树下品牌的美誉度。盛大接手后的榕树下继续了这一赛事。2011年10月，榕树下宣布举办“第六届网络原创大赛”，邀请到马原、麦家、陆川、高群书、白冰等知名作家、导演等担任评委。但与以往不同的是，本次大赛按照类型征稿，特设都市生活、悬疑推理、都市情感、军事历史、青春言情几类，并邀请漓江出版社、接力出版社等出版社，小马奔腾、乐视网等影视、媒体公司合作，争取优秀作品的实体出版以及影视改编。榕树下还新举办了金故事大赛，意为获得优秀短故事的版权，为微电影储备版权。此外，榕树下还经常有各种类型的征稿活动，提高了网站的知名度，并聚集起了相当一批优秀的作品。

最初盛大接手后的榕树下网站，优秀作者早已流失殆尽。且在相当长一段时间内，盛大下的榕树下网站仍没有实行VIP收费阅读制度，影响了作者的收益。因此，作者队伍方面，榕树下一直以来并未有太大的动作与起色。至2012年12月，榕树下在举办“十五周年”庆典活动时，宣布2013年将实施付费阅读制度，同时还揭幕了“2013年榕树下千万福利计划”。千万福利计划包括“状元计划”“买断计划”以及其他作者福利体系，以提高榕树下作者的收入水平。此举使榕树下与一般的文学网站接轨，有利于吸引优秀作者驻站写作。由于网站仍主要以现实题材为主，作品一般都较短，因此，并不催促作者每天大量的创作或者更新，这是榕树下较之其他文学网站值得称道的地方。榕树下还与《文艺报》合作少数民族文学征文，并与北京市新闻出版局一起重点扶植青年写作者，都是为了提高网站知名度，吸引优秀作家。

在盈利模式方面，诚如上文所言，最初榕树下网站的颓败正是因为其没有探索到一套行之有效的商业模式，从而在文学网站大规模商业化的大潮中被淹没。但其品牌影响力却一直存在。盛大接手后，并未急于使榕树下进行商业化运行。最初，其重点置于加强榕树下的人气与网站推广工作。榕树下主打了“怀旧牌”。2009年12月25日重新上线当日，榕树下邀请了王蒙、陈村、路金波，歌手老狼、叶蓓等各界知名人士共同见证，还特别推出了歌曲《那年榕树下》，营造出一股温馨怀旧的氛围。此外，榕树下还与中央电视台《见证》栏目合作《我的父亲母亲》，主题为讲述父辈们在建国后文革前那一段岁月中的命运变幻。一系列此类的活动使榕树下迅速复苏，重新积攒了大量人气。榕树下也开始尝试商业化运作。2011年9月，意识到无线互联网的快速增长对网络文学的巨大影响，榕树下开始启动无线战略，每月大约有100部版权作品接入到中国移动阅读基地。2012年，榕树下推出了自己的首款手机客户端软件，扩大自己在无线阅读市场的影响力。出版与影视改编是榕树下谋求利润的另两个重点，目前，其已与上百家出版机构、近百家影视机构建立了联系。相对于其他网站，榕树下的一大特色是题材以现实类为主，风格偏于严肃，篇幅大多不会太长，注重作品的文学性，因而有其得天独厚的优势，与主流出版物、主流电视剧出版类型相契合，而且作品的现实性也影响到改编影视的资金投入要求一般不会太大。榕树下也联合举办了几场影视作品推介会，基本每个季度都会有几部作品被影视公司买走。然而，榕树下仍然坚持免费阅读制度，直至 2012 年 12 月在其“十五周年庆典”上，才宣布开始实施收费阅读计划，以应对现阶段各大网站对优质作家资源的抢夺，吸纳更多优秀作品。此举意义非常，意味着榕树下已经实行了十余年的免费阅读制度正式停止。不过，鉴于其作品大多篇幅较短，不适于文学网站通行的按字收费模式，榕树下主要实行了单本定价以及包月措施。

凭借已有的品牌影响力以及一系列行之有效的措施，目前，榕树下网站已经一步步走出了之前的困境，恢复了相当的活力，于在线阅读、实体出版、影视改编、手机阅读等领域都取得了一定的成绩，在网络文学版权经营方面形成了一个较为完整的产业链。不难看出的是，在网络文学市场激烈的竞争中，榕树下走的是一条差异化竞争之路，在题材上主要以现实类为主，不追求作品篇幅过长，注重作品的质量。然而，不必讳言，榕树下毕竟错过了本世纪第一个十年起点中文网、红袖添香、晋江文学城等国内文学网站高速发展的一个重要时期，现在这些网站在用户中已积累了相当的人气，探索出了较为成熟的盈利模式，建立起了自己的品牌。较之这些网站，榕树下无疑还有一定的差距。来自艾瑞咨询网络用户行为监测工具 iUse Tracker 的数据显示，2013 年 7 月，榕树下在国内垂直文学网站中，无论是日均覆盖人数还是月度有效浏览时间方面，都未进入前十位。未来，榕树下还需做出更多努力。

（纪海龙）

8. 盛大文学（http://www.cloudary.com.cn/）

盛大文学成立于2008年7月，负责盛大网络集团旗下文学版块业务的经营与管理。盛大网络集团是一家国内领先的互动娱乐媒体企业，旗下有盛大游戏、盛大文学、盛大在线等子公司，着力以原创文化内容为产品，向用户提供多元化的互动娱乐内容与服务。盛大游戏在业内享有盛名，堪称是国内顶尖的网络游戏开发商、运营商、发行商。通过产业布局，盛大网络集团已经完成了对原创文化内容产品的全产业链建设。盛大文学在此产业链中，主要负责原创内容的提供。成立后短短几年时间，盛大文学通过整合国内优秀的网络原创文学力量，构建起了国内乃至全球最大的网络原创文学平台，旗下拥有国内数量最多的优秀写手与作品，并发展起了付费阅读、实体出版、影视、动漫、游戏等文化产业，打造出了一条完整的网络文学产业链。盛大文学曾多次荣获诸如“中国文化创意产业十大领军企业”、全国新闻出版业网站“最具商业价值网站”“中国版权产业最具影响力企业”“中国十大互联网品牌”“国家文化出口重点企业”等殊荣，是国内网络文学市场当之无愧的领军企业。

目前，盛大文学旗下拥有起点中文网、红袖添香网、小说阅读网、榕树下、言情小说吧、潇湘书院、晋江文学城等7家国内知名原创文学网站以及天方听书网、悦读网，同时还拥有华文天下、中智博文、聚石文华3家图书策划出版公司。此外，盛大文学还与新丽传媒联合投资成立了北京盛大新丽影视文化有限公司，与华数传媒网络有限公司共同出资成立了浙江华云数字科技有限公司。早在2004年10月盛大文学集团还未成立之时，盛大集团即收购了起点中文网，目前的起点中文网是华语文学最大的原创文学创作、阅读网站。其后，2008年后的不到3年时间内，盛大文学即一举收购了余下 6 家文学网站，从而占据了国内网络文学市场超过 80%的份额。盛大收购的文学网站业内都享有较高的名气。2012 年 2 月牛华网评选的国内十大文学网站中，起点中文网独占鳌头，其余小说阅读网、晋江文学城、潇湘书院、红袖添香、榕树下也赫然在列。① 国内知名调查公司艾瑞咨询网络用户行为监测工具 iUse Tracker 数据统计显示，起点中文网长期占据国内垂直文学网站日均覆盖人数及用户有效浏览时间排名榜榜首位置，晋江文学城、红袖添香、潇湘书院、小说阅读网等也经常入围榜单前十。

众多国内顶尖的文学网站确保了盛大文学原创作品的数量与质量。数据显示，截止 2012 年第一季度，有 160 万名作者在盛大文学平台上写作，每天创作 8000 万字。② 读者中人气火爆的那些网络作家和作品大部分都来自盛大旗下的这些网站，诸如唐家三少（《天珠变》《斗罗大陆》《琴帝》）、我吃西红柿（《星辰变》《盘龙》《吞噬星空》）、天蚕土豆（《斗破苍穹》《武动乾坤》）、辰东（《不死不灭》《神墓》《长生界》）、唐欣恬（《裸婚》）、柳晨枫（《盛夏晚晴天》）、涅槃灰（《逃婚俏伴娘》）、姬水灵（《总裁的女人》《契约情人 18 岁》）等。在“2011 百度搜索风云榜”中，盛大文学旗下作家、作品频频上榜，如“十大网络小说”中，盛大文学的作品占据了 9 席位置；“十大时间杀手”中，我吃西红柿的小说《吞噬星空》位列第 4；“十大移动热词”中，天蚕土豆的作品《武动乾坤》名列第 2。众多的优质原创作品为盛大文学的全版权运营奠定了坚实的基础。而其实施的“在线收费阅读”服务、作家福利、版权管理等政策，是中国原创文学产业的先锋，对国内文学网站的建设具有巨大启示意义。

现在，盛大文学旗下所有网站均实施 VIP 付费阅读制度。其中，榕树下网站该项政策实施的时间最晚，不过也于 2013 年初正式开始启动。

---

① 《国内十大文学网站排名，盛大文学独占半边天》，http://www.newhua.com/2012/0217/146083.shtml

② http://tech.hexun.com/2013-01-07/149874331.html

庞大的消费者群体为各个网站带来了可观的收益。例如，起点中文网2003年开始实行VIP收费阅读制度，此项制度使其2006年就开始盈利。而且，也正是被这种独特的付费模式吸引，盛大集团2004年收购了起点中文网。付费制度的确立对中国网络文学的发展影响深远，促使了一批专职网络文学写手的出现，对于优秀网络文学作品的出现也是一种刺激。

优质作品网络上的火爆带动了实体出版的发展。网络作品的出版与传统书籍并不同。传统书籍出版后才开始经历市场的考验，而那些得以出版的网络作品早已在读者中积累了相当的人气，因此并不用担心市场问题。盛大文学旗下拥有华文天下、中智博文、聚石文华三家图书策划出版公司，都是国内顶尖的民营图书出版公司。几家公司为盛大文学网站优秀作品的出版提供了方便。此外，盛大还与国内多家知名出版公司达成了合作意向，向其推荐优秀的文学作品。

在影视等版权开发上，盛大文学也取得了令人刮目相看的实绩。仅2012年一年，盛大即售出了影视方面的版权作品900余部。根据其旗下小说改编的影视作品，均取得了较好的票房或收视率。例如：《小儿难养》电视剧在湖南卫视金鹰独播剧场播出时，收视率蝉联全国第1；《裸婚时代》获江苏卫视收视率第1。陈凯歌导演的《搜索》、赵薇导演的《致青春》等也都获得了很好的口碑与票房。2013年4月，盛大文学又成立了编剧公司，这是中国首家编剧培训公司。其成立初衷在于推动网络小说作家转型为编剧，为盛大旗下原创作品改编为影视提供更多的可能。从最初为影视业提供“最适合影视改编的网络小说”名单与大纲，到成立专门的编剧公司，为市场提供优秀、成熟的剧本定制，可以说，盛大文学在作品影视改编运营方面的实力进一步得以增强。此外，在游戏改编方面，盛大文学亦业绩不俗，其玄幻类作品《斗破苍穹》《星辰变》《兽血沸腾》等都非常受游戏公司的欢迎。而且，盛大游戏本就在业内享有盛誉，盛大文学也为盛大游戏的改编提供了源源不断的内容支持。

随着移动互联网业务的兴盛，近年来，盛大文学也积极布局发展该项业务，且成绩斐然。其官网提供的数据显示：2011年，盛大文学成为中国移动、联通、电信三大运营商阅读基地的最大内容提供商，起点中文网自开始了移动业务后，2013 年第一季度收入超过了 2012 年全年，第二季度收入环比增长了 100%。[①] 2013 年 7 月，盛大文学宣布，其新近融资所得 1.1 亿美元中的一部分将会用于实现盛大文学的移动战略。盛大文学将会对旗下各移动端作品进行战略重组，提升用户的使用体验，完善内容发现与搜索引擎功能，把移动渠道打造为国内绝对领先。

凭借强大的实力，盛大文学占据了国内网络文学界的首席地位，相当程度上代表了国内网络文学的发展水平，并引领着网络文学发展的潮流。可以说，网络文学成长为文学界不可忽视的一股强劲力量，这其中盛大文学功不可没。而在此过程中，盛大文学也在不断寻求各种途径，努力提高网络文学作品的水平，使其被主流文学界所接受。其与中国作协合作开办网络作家培训班，推荐旗下优秀写手到鲁迅文学院学习；促使旗下写手与国内知名作家、评委结成对子，为他们寻求更好的写作指导；与《文艺报》举办“起点四作家作品研讨会”；举行中国网络文学女作家研讨会；推动旗下作家与诺贝尔文学奖得主对话等等。这些大大增加了网络文学的知名度，为学界了解网络文学作品提供了有益的窗口。通过这些活动，盛大文学主流化成绩显著。其旗下已有多位作家加入了中国作协，其中唐家三少还当选为中国作协全国委员会委员；作品《阳关古道苍凉美》入选了牛津大学出版社“香港中学语文教材”；作品《大江东去》获得了中宣部“五个一工程奖”等等。而且，近年来盛大文学一系列优秀的现实题材作品如《裸婚——80 后的新结婚时代》《子弹上膛》《侯卫东官场笔记》等很大程度上也改变了人们对网络文学的印象，使其看到网络文学的严肃性、文学性一面。

不过，网络文学市场的火爆却也使这里的竞争更加激烈。盛大文学在网络文学市场的优势地位不断遇到各种挑战。一方面，国内新兴的文学网站层出不穷，其中很多都拥有相当的实力；另一方面，其已有的竞

---

① http://www.cloudary.com.cn/introduce.html

争对手也不断调整策略，试图占据更多的市场份额。2013 年，网络文学市场的竞争尤其激烈。腾讯联手原起点中文网核心团队打造了创世中文网，该网站一上线即获得了极大的关注，而原起点核心团队出走盛大事件也被部分人称作是盛大文学自成立以来遇到的最大危机；百度则推出了百度多酷文学网站；新浪拆分了原读书频道，成立了文学公司。有文章指出，这种情势下，以前盛大文学一家独大的局面现在已难以为继。[①]面对这种情况，盛大文学迅速地做出回应，宣布已募得资金 1.1 亿美元，并将这些资金主要用于实现盛大文学新的开放战略和移动战略。开放战略中的一个举措就是平台开放。盛大文学将以起点中文网作为开放承载平台，作者可以在这个平台上自主上架销售、自主站内站外促销等。另一个举措则是针对作者收益，盛大文学重塑了起点中文网收益模式，以吸引更多优秀作者。移动战略主要针对其移动互联网业务。可预见的是，短时间内，盛大文学在网络文学市场的优势地位仍会继续保持，但它必须根据市场环境不断调整自身发展策略，以应对激烈的竞争。

（纪海龙）

① http://www.qianzhan.com/indynews/detail/150/130531－f7ddf0b4_2.html

9. 创世中文网（http://chuangshi.qq.com/）

创世中文网正式上线于 2013 年 5 月 30 日，是由起点中文网出走团队与腾讯联手打造的，集阅读、创作、互动社区、版权运营于一体的网络文学网站。资深的运营团队、新颖的发展理念、著名网络作家的加盟与支持，以及与腾讯的合作等，都使这家网站一上线就备受瞩目。

2013 年 3 月，网络文学界发生了一件令业界震惊的“起点风波”事件，原起点中文网创始团队从盛大文学集体离职，并于 5 月与腾讯联手上线创世中文网。创世中文网总编辑杨晨即为起点中文网原内容副总监，公司法人代表、公司相关执照持有者罗立为起点中文网原副总经理。尽管目前无法确切得知创世中文网与腾讯间的战略合作商业细节，但二者间的密切关系却不言而喻，这从创世中文网的域名 *chuangshi. qq. com* 即可得知。并且用户还可通过腾讯 QQ 登录创世中文网。腾讯也谈到了会给创世中文网提供用户流量、云服务、架构与数据等方面资源，微信平台以及 Q 币支付服务也在详谈中。

由于主要创始人为同一团队，创世中文网与起点中文网在许多地方有颇为相似之处。与起点中文网一样，创世中文网也将网站定位于给予平台作家自写作的发掘、扶持、培养。两个网站页面设置上非常相似，以红色、绿色、黑色、白色为基本颜色基调，清晰、明了，注重用户的舒适度、便捷度。并且，创世中文网创始团队有意凸显自己对网络文学发展的贡献、为起点中文网创造的成绩。起点中文网简介中提到：“原创网络文学行业从基本模式、行业标准到工作制度，以及许多互动功能均由起点中文网创立并主导。”[①] 创世中文网的简介则写道，自己的团队是“目前中国网络文学从核心商业模式、行业标准到具体通用功能的主要创造者”，“核心团队从无到有建立了网络文学运营机制、作家制度、编辑制度、版权运作制度等网络文学产业主要运行机制”。[②] 其中的含义不言自明。创世中文网甚至还曾在首页上发出大字宣言“十年团队，更懂阅读”，以此表明自身在业内的资深地位，与起点中文网颇有分庭抗礼之势。建站初期，网站的工作重点是要建立、完善网站功能、机制，做好网站的推广、宣传工作，打通、整合各种渠道。

从内容建设上看，目前，创世中文网将作品分为玄幻、奇幻、武侠、仙侠、都市、青春、历史、军事、游戏、经济、科幻、灵异、同人、短篇、女生、言情几类。与起点中文网相似，各大类下面又具体细分为几种小类，如：“军事”类下又分为战争幻想、抗战烽火、军旅生涯、谍战特工等；“都市”类下又分为现实百态、异术超能、娱乐明星、官场沉浮、恩怨情仇等。

作家队伍上，尽管刚成立，凭借创始团队在网络文学界的多年耕耘，以及目前出台的富有吸引力的制度，创世中文网上线伊始就聚集了包括众多“大神”在内的数百位签约作家，如原起点中文网白金作家苍天白鹤、猫腻。创世中文网总编辑杨晨透露，还有很多“大神”和作者在与创世中文网沟通中，作家人数还会继续增长。但仅凭目前的作家阵容，以及作品的吸引力，创世中文网已可跻身于网络文学网站第一阵营。其玄幻小说《啸五荒》已经产生两位“百万盟主”（“百万盟主”是针对读者而言，读者对单本书籍消费 1000 元人民币即可获得“盟主”称号，消费 10000 元即升级为“百万盟主”）。

读者参与上，创世中文网充分重视与读者间的互动，通过作者与读者、读者与网站乃至读者间的互动、交流活动，提高读者的参与度，增

---

① http://www.qidian.com/aboutus/aboutus.aspx

② http://chuangshi.qq.com/read/about/about_us.html

强其对网站的粘着度。例如，网站设立的“粉丝体系”就是网络互动的一大表现。读者通过特定做法，如阅读作品、投月票、对作家打赏等方式，赚取“粉丝值”，粉丝值越高，用户等级即越高，用户在网站所能享受的待遇、权利越高。读者充值也非常方便，可以通过财付通、网银、移动充值卡、移动短信、PayPal 外币支付多种方式充值，简单快捷。

盈利模式上，创世中文网的目标是能够实现跨平台、全产业模式下的一体化、全环节运作，使作家、平台、渠道、下游能够长期共赢，做全产业链。可以想象的是，背靠腾讯这棵“大树”，创世中文网将充分发挥自己的原创资源优势，同时积极整合各种资源，打造自我生产运作的良性循环机制。

尽管延续了很多在起点中文网的做法，创世中文网创始团队明显还有更大的野心，宣称要“成为网络文学强势崛起的新锐力量和行业格局的主要变革者”。[①] 从目前公布的政策看，创世中文网确实有其创新之处，较之当下行业流行的做法更显透明、公正。

创世中文网首创作家等级制度，这一改网络作家评级无量化标准、容易受人为因素干扰的弊端，而是通过严格数据化的评判标准，赋予作家相应等级，作家也按照等级享受相应的福利。

签约方式上，起点中文网令人称道的是提出了“分成上架转买断”的方式，签约作品 VIP 上架 10 天后，作家可以使用经验值向创世中文网兑换买断权，成功后即可与网站重新签订买断协议。如此做法降低了作家本身的风险，同时给予了作家更多的自由。另一种“买断直签”的方式也大大鼓励了作家的积极性。如果一部作品没有被签约，但是已经达到了一定篇幅，作家可以申请签约，其后获得稿酬与奖励。

目前，大多数网站标准分成合约中，除去网站与作者约定分成的电子版权外，衍生版权多为网站控制，网站还会要求作品永久性的版权。对此，创世中文网进行了较大的改革，在标准分成合约中，其对版权的

---

① http://chuangshi.qq.com/read/about/about_us.html

主张，只设定年限，达到年限后，作者可要回自己的版权。

现在的文学网站还有一个通行的潜规则，即只在合约中规定网络作家稿费，而诸如其他第三方渠道、无线渠道收入的稿费则作为福利存在，这意味着作家这部分收入不受法律保护，网站可随时更改、扣除这部分费用。创世中文网则将无线阅读等渠道收益作为作者的基本收益，将作家应得稿费全部写入合约中，以法律形式加以保护。

资深的运营团队、较富吸引力的政策、腾讯公司庞大的资源支持——众多优越的条件使创世中文网具有相当大的发展潜力。然而，盛大文学并未眼睁睁看着其核心团队出走而无所作为，起诉了部分离职人员和毁约作家，其中起点中文网原重要创始人之一、创世中文网注册人和域名所有人罗立被刑拘，据传原因是盛大举报其受贿 20 万元人民币。盛大试图通过这种方式阻碍创世中文网之发展。可预见的是，未来两家网站乃至国内文学网站之争将会愈演愈烈。

（纪海龙）

10. 百度多酷文学网（http://www.duoku.com/）

作为百度旗下的原创文学网站，百度多酷文学网成立于2013年1月，并在6月正式上线，同期，百度旗下的导航网站Hao123页面也相应地推荐了多酷文学网。这一致力于参与国内网络原创精品文学建设、努力为作者及其他从业人员提供更大发展空间的文学网站，在其成立伊始即搭载着“百度”这一强有力的资源平台。根据相关报道，百度多酷文学网的签约作品，将基于百度平台，同时在PC、手机、平板电脑等不同终端上获得多维度推广，其中百度旗下的贴吧、文库、阅读、百科、知道以及多酷书城等多种平台也将积极支持相关业务的推广[①]。另外，这一新兴竞争者的出现同时也意味着百度继新浪、腾讯之后，正式参与进了网络文学市场领域日益激烈的竞争，在给盛大文学等网络文学巨头带来了挑战的同时，也折射出国内网络文学市场的火爆。

早在正式上线之前的2013年2月，百度多酷文学网站即在多家大型文学论坛中以非常优厚的待遇及发展条件，广泛招募优秀作者和编辑团队。发展至2013年4月份，百度多酷文学网开始局部上线，同时还实现了与手机版文学网站的数据联通，并通过分成模式展开了相关的推广工作。现今的百度多酷文学网掌舵者孙祖德，原是国内著名的在线休闲游戏网7k7k的总裁。百度高层中负责战略合作、Hao123事业以及投资项目管理等相关部门工作的副总裁张东晨，也将直接负责百度多酷文学网站的相关工作。从中可见百度对于该网站的高度重视。百度多酷文学网另一引人注目之处在于，这一网站很可能会成为百度旗下呼应手机端多

① http://tech.qq.com/a/20130608/017810.htm

酷书城的 PC 端阅读平台。现阶段的多酷书城据称已拥有 10 万册约 250 亿字的文学资源，占据了移动阅读领域很大的市场份额。而定位于互联网阅读的百度多酷文学网不仅将开辟百度 PC 端平台阅读市场，还可能与多酷书城、百度文库实现资源共享等[①]。总体看来，百度多酷文学网自身所提供的全新阅读体验、个性化的阅读界面以及智能化用户服务等，使其在短期内争取到了大量阅读用户。百度搜索引擎为其提供的置顶、推荐、流量优先分配等支援，也能够极大地推动这一网站的发展，同时也可能会打击到很多依赖百度搜索而为受众所知的文学网站。

就其页面设置来看，百度多酷文学网站整体呈现出了简约、清晰的特点，这不仅体现在其简单化的色调选择、页面容量等方面，还体现在主页各栏目布局、内容分类上。作为百度旗下的分支品牌，多酷文学网沿用了百度的 Logo，并标明为百度旗下原创文学网站，这可借百度已有的知名度推广自身的品牌。网站识别标志右侧即为站内快速检索栏，用户可根据书名、作者、关键词和综合等具体标签进行内容查找。检索栏以下则为网站的内容导引栏，具体包括书库、排行、作家中心、充值、客户端、论坛、帮助和游戏频道等主要版块链接。导引栏下方即为站内作品库的分类链接，百度多酷文学网收录的作品主要有玄幻奇幻、武侠仙侠、都市娱乐、军事历史、网游科幻、社会悬疑、古代言情、现代言情、女强幻想、穿越架空、青春校园和耽美同人等十余类。其中前六类属于男生频道，后面几类则属于女生频道。百度多酷文学网的主页大致按照“推荐—排行—更新”的布局顺序，而分为五频四个部分：第一频主要为站内作品封面展示推荐、男频/女频强推以及网站公告栏；第二、三频分别为男生专区和女生专区，区左侧为男生/女生点击榜，右侧则为男频/女频的分类作品封面推荐；第四频主要为站内作品的排行榜，具体包括了男生新书榜、女生新书榜、收藏榜和 VIP 周更新字数榜的前 12 名作品列表；最后一频主要为站内作品更新列表、作家访谈专区、最新签

---

① http://www.lieyunwang.com/archives/9990

约作品列表以及最新驻站作品列表等。百度多酷文学主页目前并没有插入任何广告。另外，它还在右侧设置了在线客服链接、返回顶部功能键以及网站的微信二维码。这些功能多方位地方便了用户使用。

就其内容建设方面而言，截止2013年8月底，百度多酷文学网收录的作品有玄幻奇幻、武侠仙侠、社会悬疑、古代言情等十余类，总计2万余部。这也意味着该网站上线三个月以来，保持着月均近7000部的新书入库量。就具体的作品类型而言，多酷文学网收入玄幻奇幻类作品最多，其次分别为社会悬疑类、古代言情类、都市娱乐类、现代言情类、穿越架空类、武侠仙侠类、青春校园类、网游科幻类、军事历史类、女强幻想类、耽美同人类。就站内作品的排行榜来看，位列书库综合排行榜前五名的作品分别是《神逆》（横行的螃蟹）、《桃花村的女人》（17楼）、《猎艳乡村》（千年的癞蛤蟆）、《神秘超级力量》（张功成新）和《乡村禁爱》（田家小四）。

在作者队伍建设方面，百度多酷文学网以激情、领先、简单、快乐、创新、发展、专注和勤奋作为网站发展定位的关键词，积极培养原创作者，并在2013年5月推出了一系列优厚的作者福利计划。该年度福利计划具体包括新人保底奖、勤奋更新奖、畅销排行奖、闪耀新星奖、完结续签奖、新类型奖励、年度奖和精品买断等奖项。新作者的首部VIP作品在满足基本的更新字数要求后，即可连续6个月得到500元、800元和1200元三档的保底月收入。再如，百度多酷文学网针对上架两个月以内和以上的作品分别设置了闪耀新星奖和畅销排行奖，也即在作品更新进度满足基本要求的基础上，根据男频/女频的各畅销排行榜奖励排名前五名和前十名作者。另外在作者的稿酬结算方面，不同于目前国内文学网站流行的五五分成结算方案，百度多酷文学网将作品收入的八成留给作者，同时还提供快速垫付稿酬等服务。并且该网站还将作品的改编版权交由作者自己保留，而仅使用作品的互联网络以及无线版权。这些优惠政策可谓是百度多酷文学网能够快速吸引大批优秀作者的重要原因①。

在盈利模式方面，百度多酷文学网凭借百度提供的坚实平台，积极发展多种盈利渠道。它与“百度多酷”下的多酷音乐、多酷游戏、多酷下载尤其是多酷书城相互打通，共同营造出了一个多维度的盈利空间。目前，多酷文学网更新的所有作品中，有超过80％的原创作品包含VIP章节，也即收费阅读章节。在收费阅读标准方面，多酷文学网采用了目前国内文学网站流行的1000字/3分钱的标准计费。用户注册成功后即可通过支付宝、网银、充值卡、财付通、手机话费等渠道完成充值。但互联网收费阅读仅占百度多酷文学网全部盈利的一小部分。用户通过多酷账号还可进入多酷书城（移动阅读平台）、多酷音乐平台、多酷下载空间以及多酷游戏平台等多个关联平台体验相应服务。多酷文学网也积极发展原创作品的版权运营以获取丰厚收益。

在用户体验方面，百度多酷文学网区别于其他很多文学网站的一个重要特点，就在于其能够为用户提供极速、流畅的浏览体验以及书籍翻页效果，同时拥有智能化的阅读推荐服务，以帮助读者快速查找到目标内容。百度多酷文学网还积极关注网站页面、功能以及内容设计之于用户具体体验的实际效果，通过设计智能书签、护眼阅读背景、本地在线书架、用户阅读记录等功能项，最大限度地为用户创造一个简单、愉悦的阅读环境。另外，百度多酷文学网下还有多酷论坛。在这里，用户可以参与发帖讨论，与他人交流阅读体验、评论站内作品、推荐精品小说、分享奇文新篇以及学习创作技巧等。

整体而言，虽然成立时间不久，但依托于实力雄厚的百度，百度多酷文学网已然显示出了强劲的发展势头。随着它的上线，网络文学市场的竞争已经越来越激烈。不过，这却也预示着未来网络文学的发展和盈利空间也会更加广阔，其潜在的价值也会获得更广泛、深入的挖掘。

（李玲，纪海龙）

① http://money.163.com/13/0610/06/910560R500253B0H.html

11. 17K 小说网（http://www.17k.com）

17K 小说网创建于 2006 年 5 月，隶属于被誉为中国数字出版领跑者的中文在线数字出版股份有限公司，是一家集创作、阅读、版权交易等服务于一体的知名文学网站。该网站以“让每个人都享受创作的乐趣”为使命，以“成就与共赢”为价值观，吸引了大量优秀网络文学写手前来写作，推出过相当多著名的原创网络文学作品，被中宣部认定为中国“网络文学重点园地”，经常在国内网络文学评奖中斩获各类奖项，日均访问量则达到了 5000 万次。据国内知名调查公司艾瑞咨询网络用户行为监测工具 iUse Tracker 数据统计显示，2013 年 7 月，17K 小说网在国内垂直文学网站日均覆盖人数排名方面位列第三，仅次于起点中文网与晋江原创网，日均网民达到率为 0.4%，用户有效浏览时间排名方面位列第六，月度有效浏览时间达到了 473 万小时。① 网站也曾获得“十大最具影响力文学网站”“新闻出版业网站百强”等多个荣誉奖项，是业内公认的顶尖文学网站之一。

17K 小说网提供给用户的服务全面而便捷。目前，该网站主要分为首屏、男频、女频、VIP 小说专区、尾屏等版块，用户选择起来非常便捷、简单。网站标识和首屏的底色主要使用了橙色，醒目而雅致，页面内容则主要使用了黑色、红色，内容排列整齐，彼此间留有一定的间距，并不带给用户一种信息量巨大的拥挤感。主页面主要包括全站热点推封、强力推荐、频道推荐、排行榜、网站最新动态新闻、网站重要活动专区等内容，用户并不需要点击多次，就能够快速到达所去页面。申请成为

---

① http://media.iresearch.cn/portals/20130902/210731.shtml

17K 小说网用户也非常便捷，点击页面上方的“注册”栏，按照提示填写几项必要的资料即可，还可使用腾讯 QQ 账号登录。登录到 17K 小说网后，用户可以点击进入“个人中心”，里面有“我的账户”“我的书架”“我的书评”等各类服务。如果想在 17K 小说网发表原创作品，用户则需要点击首屏上的“成为作者”栏，该栏目为用户提供了非常清晰的操作流程图示。不仅支持在电脑上写作，17K 小说网还支持用户在手机上进行创作。它推出了国内首款手机写作客户端。这一客户端不仅拥有强大的阅读功能，还可使作者使用手机发表原创内容，拥有离线稿件、在线创作、自动保存、创作统计等功能。可以说，17K 提供给用户的阅读、创作体验均非常优异。

17K 中文网目前拥有作品近 37 万部，主要收入在主站与女生网两个站点内。其中，主站拥有作品近 26 万部，其内容主要针对男性作者，类型分为玄幻、奇幻、仙侠、武侠、游戏、竞技、都市、历史、军事、科幻、惊悚、同人诸多种类。女生网拥有作品近 10 万部，类型主要有古装言情、都市言情、幻想言情、穿越重生、耽美同人几类。这些类型又被细分为诸多小的种类，如玄幻类分为东方玄幻、异界大陆、异世争霸、异术超能几种，奇幻分成传统西式奇幻小说、领主贵族、魔法校园几种，古装言情分成宫廷贵族、家宅布衣、女生武侠、军史传奇几类，耽美同人分为耽美言情、百合之恋、女生同人几类，等等，读者可以根据自己的兴趣，迅速找到所需作品。事实上，17K 中文网吸引众多读者的一个重要原因即在于作品类型丰富，数量众多，且不乏优秀之作。它的很多作品在读者中都拥有相当高的人气。如在历史架空小说方面，酒徒的“隋唐三部曲”《家园》《开国功贼》《盛唐烟云》堪称代表作，广受读者赞誉，不仅在大陆出版，还在台湾出版，一举登上了金石堂、诚品、博客来三大书店排行榜。玄幻小说作家烟雨江南的作品《亵渎》被誉为网络小说史上的里程碑式作品，其情节设计、语言风格、艺术手法都达到了很高水准。网游小说作家失落叶的作品《网游之盗版神话》点击率已超过 2000 万次，另一部作品《网游之天下无双》点击率已经超过了 3 亿。骁骑校作品《橙红时代》、鱼歌作品《错惹霸道首席》、匪我思存作品《千山暮雪》、人海中作品《钱多多嫁人记》等都是获得了很高的点击率与赞誉的小说。在2008年由国家版权局和北京市人民政府共同主办的“2008原创网络文学评选”活动中，酒徒小说《家园》与陈峰小说《人事经理》获得了十大优秀作品奖，是所有参评网站中获奖作品最多的网站。截止2013年9月底，17K小说网主站点击率排名前五的作品为《杀手房东俏房客》《网游之天下无双》《我的美女老师》《橙红年代》《暧昧高手》。

17K小说网拥有庞大的作者队伍，目前已有网络作者超过30万人，知名作家2000余人。其中最著名的有历史架空小说“班霸”酒徒，超人气玄幻小说作家烟雨江南，修真鼻祖萧潜，星战小说创始人玄雨，超人气网游小说作家失落叶，作品《橙红年代》久居17K周点击榜首位的骁骑校，网络小说乡土流开创者小农民，入选中国图书商报评选的“十大当红网络女作家”鱼歌、水流云在，被誉为17K女频穿越言情文第一人的冬虫儿，以《后宫·甄嬛传》崛起于网络的女小说家流潋紫，热播电视剧《钱多多嫁人记》的作者人海中以及人气小说《千山暮雪》的作者匪我思存等等。一些作家的作品经常入围畅销文学排行榜、网络原创作品排行榜等。酒徒、烟雨江南还加入了中国作家协会。2011年，17K小说网创办了被誉为“网络文学培训第一品牌”的17K商业写作青训营。青训营有由诸多签约编辑、责任编辑组成的“青训课堂”，还有那些超人气作者为新人作者开设的“大神课堂”。青训营充分利用QQ群、QQ单聊、论坛BBS评点、站内信等便捷方式对新人展开培训。17K小说网总编辑刘英还（网名血酬）撰写了《网络文学新人指南》《网络小说写作指南》两部作品帮助新人进行创作。如今，17K青训营培训作者超过10000人，其中近千名作者成功签约，被誉为是“业内公认的中国创建时间最早的网络文学培训组织，也是影响最大的网络培训组织，更是品牌认可度最高的网络文学培训组织”。[①] 17K小说网也会推荐作者参加中国作协

① http://book.163.com/12/1210/13/8ICA4VQ000923M2M.html

下的鲁迅文学院培训班，以多种方式提高作者创作素养。17K小说网还成立了作者顾问中心，为作者提供个性化的人文关怀、生活关怀、心理关怀，同时也有对作者家人的关怀。为了使编辑能够更好地为作者服务，引导、帮助作者创作，2006年17K小说网还成立了网编培训营，这是中国第一家网编培训营，从这里走出去的编辑活跃在国内各大原创文学网站中，被誉为网编的“黄埔军校”。17K青训营、17K作者顾问中心与17K网编团是17K小说网三大特色品牌。此外，17K小说网提供给作者全面、细致的福利体系，其2013年福利体系分为分成奖励、买断保障、全勤奖、特色单项奖励四大体系共17项内容，堪称福利保障体系最完善的原创小说门户之一。

17K小说网通过在线收费阅读、实体出版、影视动漫游戏改编、无线收费等方式获取利润。2006年12月，17K小说网正式推出了VIP系统，对读者进行有偿收费阅读活动。17K小说网通行的虚拟货币为K币，1元人民币可兑换100K币，作品VIP收费章节为3K币/千字，包月则收费30元。用户可以通过移动短信、网银、财付通、游戏点卡、联通一卡充、神州行充值卡等方式充值，一次性充值达到特定金额还可享受到优惠。2008年1月起，17K小说网陆续开通了千龙网、21cn、迅雷、联众等合作平台，在其上面开辟17K小说网阅读专区，使其作品在更多的平台上展示，开创了一种新的运营模式。目前，用户在淘宝电子书上也可以看到17K小说网的作品。众多高人气的作品使17K小说网的实体出版运营也风生水起。其与人民文学出版社、作家出版社、长江文艺出版社、山东人民出版社等多家知名出版机构成为了合作伙伴，酒徒作品“隋唐三部曲”、骁骑校作品《橙红年代》、萧潜《秒杀》、唐川《家里养个狐狸精》等等都是成功出版的作品。影视改编方面，17K小说网与海润影视、小马奔腾、唐德影视为合作伙伴，并在网页上设立了专门的影视改编专区，推介有潜力的作品进行影视改编。目前，其已经成功签约影视改编权的作品有求无欲的《诡案组》、酒徒的《隋乱》、骁骑校的《橙红年代》、仇若涵的《婚前房后》等等，此外还有《后宫·甄嬛传》《钱多多嫁人记》等作品成功改编为影视并热播，进一步带动了网络作品的改编热潮。失落叶的《斗神》、无境界的《黑暗帝国》等则已经被改编为游戏。17K小说网还向中国移动提供内容，在其手机阅读基地平台上进行销售，在扣除中国移动60％销售分成后，作者将会与17K小说网享受五五分成待遇。

为扩大品牌影响力，吸引更多的人关注17K小说网、关注网络文学发展，17K小说网还与中国作协等权威机构合作，联合举办了“网络文学十年盘点”“鲁迅文学院网络作家培训班”等大型文学活动，并举办了17K小说网网络文学联赛等重要赛事。凭借雄厚的实力，17K小说网已经成功吸引了大量的读者与优秀的作者，成为国内首屈一指的文学网站之一。不过，目前，各大文学网站之间的竞争非常激烈，腾讯、百度、新浪等都加大了对文学网站的关注与投入，如何在竞争日益激烈的文学网站中继续保持优势地位，这决定了17K小说网的未来发展。

（纪海龙）

12. 纵横中文网（http://www.zongheng.com/）

纵横中文网成立于2008年9月，隶属于北京幻想纵横网络技术有限公司。尽管与起点中文网、幻剑书盟等老牌文学网站相比成立时间较晚，纵横中文网却是一枝后起之秀，发展势头非常迅猛。据iResearch艾瑞咨询数据显示，2013年2月，在垂直文学网站日均覆盖人数的1220万人中，纵横中文网日均覆盖数达到75万人，网民到达率为0.4%，同类网站中居第4；阅读有效浏览时间为558小时，同类网站中居于第7。[①] 纵横中文网已成为中国网络文学发展中的知名品牌原创中文阅读网站。

纵横中文网坚持原创精品理念，致力于传承、革新，并在全球范围内发扬中国本土优秀文化——因此，其网站设计颇富中国传统文化色彩——打造具有主流影响力与商业价值的综合文化平台，扶助、引导优秀作品的产生，最终推动中国文化软力量的发展。这种发展理念来自于其投资方北京完美时空（PWRD）。北京完美时空是国内领先的网络游戏企业，截止2012年底，完美时空在国内企业中已经连续6年海外游戏出口第一，其经验多次被央视《新闻联播》《经济半小时》《朝闻天下》等报道。完美时空秉持精品化、全球化的发展战略，坚持民族原创，大力拓展海外市场，力图“墙内开花墙外香”，创造出著名的“完美模式”。完美时空下的著名游戏包括《诛仙》《赤壁》《神雕侠侣》《倚天屠龙记》《修罗刹》《神鬼世界》《降龙之剑》等。2008年6月，完美时空出资成立北京幻想纵横网络技术有限公司，主要承担完美时空文化战略方向业务。

---

① 《艾瑞iUserTracker：2013年2月垂直文学网站行业数据》，http//media.iresearch.cn/others/20130327/196033.shtml

完美时空试图构建线上阅读、线下出版、动漫影视改编、游戏概念等整条文化产业链。经过几年的迅猛发展，纵横中文网一举跃升为国内一流原创阅读网站，为完美时空的网络游戏创作提供了持续的文化支撑，其打造的产业链收获的效果也日益显著。

在页面设置上，较之起点中文网、逐浪网等，纵横中文网尤其显得清晰、干净，以最简单明了的方式于最主要位置展示自己的书籍作品，各栏目间的空隙则插入几款纵横的游戏，相对而言，信息量并不大，不会给用户带来紧张与压迫感。值得称道的是，纵横中文网页面几乎没有广告，使用户能够更快、更直接地到达所需服务，给用户带来非常好的整体直观感觉。纵横中文网的整体页面在设计时偏重传达中国传统文化感觉，古色古香。例如其“排行榜”一栏即用古文竖版的方式排版，并置于这一栏的右边，左边则分栏设置了“百万字精品榜”“VIP 作品榜”“红票、黑票榜”，带给人一种仿佛古书般的缓缓展开卷轴之感，且每一分栏设计得如同一枚书签，底色则与竹简色相似。用户注册纵横中文网也非常简单，从注册到阅览读者所需时间大概为 2 分钟左右，而且用户也可用完美通行证登录。曾有调查表明，起点中文网、逐浪网、纵横中文网国内三大知名文学网站中，纵横中文网带给读者的阅读体验最好，有利于减少读者阅读时的疲惫感。①

内容建设方面，纵横中文网试图走多元化发展道路，旗下作品分为奇幻、玄幻、武侠、仙侠、历史、军事、都市、娱乐、竞技、同人、科幻、游戏、悬疑、灵异几大类。2011 年，纵横中文网开设了女生频道“纵横女生网”，女生网下设古代言情、都市言情、幻想时空、耽美同人几类。纵横中文网还特设名著一栏，收入古代经典、近代经典、外国经典作品。然而，纵横中文网众多类别作品中，通过查阅书库发现，截止 2013 年 8 月 20 日，其收入最多的分别为奇幻玄幻（45127 部）、武侠仙侠（18744 部）、都市娱乐（17738 部）、科幻游戏（10381 部）几类作品。这

---

① http://www.cnii.com.cn/internet/content/2010－05/18/content_766065.htm

既是因为几类作品更能吸引读者眼球，同时也是因为相对而言，奇幻玄幻、武侠仙侠、科幻游戏几类作品更容易改编为游戏，符合完美时空的要求。目前纵横中文网最有名气的作者大多为玄幻奇幻类作者。纵横中文网书库中总收藏排位前五的作品分别为《永生》（梦入神机）、《修真世界》（方想）、《天才医生》（柳下挥）、《星河大帝》（梦入神机）、《圣王》（梦入神机）。需指出的是，纵横中文网下还特设动漫频道，于2009年3月上线。目前纵横动漫拥有数千余部国产原创漫画，推出过诸如《鬼王》《降妖伏魔记》《塔西里亚故事集》等多部重量级作品，成为了中国动漫品牌网站，有“中国原创动漫第一站”之称。

作家队伍建设上。目前，纵横中文网最有名气的写手包括梦入神机、方想、柳下挥、火星引力、无罪、低手寂寞、烽火戏诸侯、更俗、缘分0、流浪的蛤蟆、食堂包子、伟岸蟑螂、半步沧桑、cuslaa、乱世狂刀01、汉隶、沙漠、减肥专家、初恋璀璨如夏花、观众老人、四排长、半步沧桑、罗霸道、8难、习惯呕吐、知白等人。其中，梦入神机、无罪、柳下挥、方想、烽火戏诸侯、更俗等人以前都是活跃于起点中文网的知名写手，后来被“挖角”至纵横中文网。吸引他们的正是纵横中文网相对宽松的签约条件、创作环境和较好的福利待遇等。鉴于起点中文网在国内文学网站中的绝对领先地位，其给作者开出的签约条件较为苛刻，公众作者并不容易获得签约机会，签约也并不意味着能够获取稿酬，只有作品上架后才能获得稿酬，而上架作者在签约作者中的比例只有15%—20%。并且，为了巩固自己的垄断地位，起点中文网要求作者不能在别的网站发文章，作品带来的实体书、游戏电影改编的著作权归起点所有，作者获得的分成项目也很少。纵横中文网的签约条件则较为简单，成立初的发展策略正是针对起点中文网对作者的苛刻制度，尽量为读者营造宽松的创作环境。纵横中文网还在业内首创非独家试用签约制度，签署此项协议后，纵横中文网允许作者在纵横首发某作品的章节1小时后再去其他发表。在付费阅读比例设计上，纵横中文网只保留一成，其余九成均归作者。作品以其他形式再次发行得到的收入，或者是改编为游戏、影视等文化资源时，作者得到的收益也要高于纵横中文网。目前，纵横中文网的福利体系包括作品保障、全勤奖、作品买断、签约送礼、完本奖、天道酬勤、无线增值几大类，最近并无更新。反而遭遇核心团队离职的起点中文网 2013 年 5 月后有了新的福利体系，签约作家的最低保障提到了 5200 元/4 个月，高于纵横中文网的 4800 元/6 个月，其他方面也有所改变。

盈利模式上，纵横中文网尽量挖掘多元化盈利模式。付费阅读标准上，纵横中文网采用了业界普遍的收费模式，VIP 会员 1 级每千字阅读收费 3 分钱，2 级及 2 级以上 VIP 会员每阅读千字收费 2 分钱。读者还可以选取“单本包月”，花 3 元人民币即可获得作品 30 天的所有章节阅读权。但阅读收费只是纵横中文网收入的很小部分，纵横中文网更重视网络文学产业链的开发。依托完美时空的资源，一部成功的网络文学作品写出后，纵横中文网可将其改编为影视、游戏，并进行无线市场开发。完美时空的优势在于游戏开发、制作上，投资成立纵横中文网一个重要原因即在于从中选择优秀作品改编为游戏。目前，《罗浮》《修真世界》《仙魔传》等都已改编为游戏。2010 年初，纵横中文网被完美时空转交给 178 游戏网运营，178 游戏网创始人及总裁张云帆担任纵横中文网总经理，其中的含义更是不言自明。完美时空旗下还有完美时空影视文化有限公司，近期出品的电影包括《非常完美》《钢的琴》《失恋 33 天》，电视剧《北京青年》《楚汉传奇》《姐姐立正向前走》等，都是热门之作。纵横中文网中的优秀作品同样可以被改编为影视，墨叶铭殇的作品《黑狐》已经被改编为电视剧。无线阅读也是纵横中文网非常看重的一块收益来源，纵横中文网提供 iphone 版、Android 版阅读，方便手机等移动客户端阅读。未来，游戏改编、移动阅读仍将是纵横中文网收益的主要来源。

（纪海龙）

13. 幻剑书盟（http://hjsm.tom.com/）

幻剑书盟最初是2000年10月由书情小筑、石头书城、小书亭、凝风天下四个文学书站组成的网站联盟，取名为幻剑书盟。2001年5月这四个成员站正式合并为一个站点，并启用了国际域名，自此幻剑书盟开始走上正规成长之路。2006年无线互联网门户TOM在线注资2000万元收购幻剑书盟，幻剑书盟成为TOM集团旗下的一个子品牌。经过多年发展，现在幻剑书盟已成为国内著名原创网络小说网站。国内知名网站牛华网2012年2月评选的国内十大文学网站，幻剑书盟仅次于起点中文网，排名第二。[①]

作为TOM在线旗下的子品牌，用户可以在TOM网首页（http://www.tom.com/）看到“幻剑书盟”的链接，点击之后即可进入幻剑书盟站点。幻剑书盟网站的上方也设置了TOM网各频道的链接。幻剑书盟的主页面整洁有序，主要是网站作品强推、分类精选、女生专区、免费专区以及主要的几类排行榜等内容，并没有给读者罗列过多作品，且各频及频道内部各部分之间都留有较大间隙，因此，页面不会给读者带来一种内容繁杂的紧张感。用户可以使用TOM通行证登录幻剑书盟，也可以单独在幻剑书盟申请用户名。成功登录后，幻剑书盟页面右方的醒目位置就会出现用户登录后的标识，还有“个人中心”“短消息”“我的书架”“退出登录”等功能选项。用户使用起来非常方便。首屏的下方则是不断滚动的用户动态，包括作者更新的小说信息以及读者发布的书评等。整体而言，幻剑书盟给用户的使用体验比较优异。不过，近期，幻剑书盟网站部分功能链接出现

① 《国内十大文学网站排名，盛大文学独占半边天》，http://www.newhua.com/2012/0217/146083.shtml

了问题。截止 2013 年 9 月底，点击其主页面首频导航栏的“帮助”以及主页面底部的“关于幻剑”“读者指南”“合作伙伴”等功能项，网站自动跳转到幻剑书盟网站首页，这一定程度上给用户带来了不便。

幻剑书盟在作品内容建设上试图走一条多元化发展道路，目前，其下小说主要分为奇幻·玄幻、武侠·仙侠、都市·游戏、悬疑·科幻、历史·军事、竞技·同人类几大类。为吸引女性读者，幻剑书盟还专门成立了女生频道，女生频道内的小说分为浪漫纯爱、宫闱情仇、现代言情、耽美幻想、古典言情、历史架空、青春校园、时尚豪门诸多种类。诸多类作品中幻剑书盟尤以武侠、奇幻类小说最为著名，其网站成立初也主要发布这两类小说。被誉为后金庸武侠圣经的小说《诛仙》即是幻剑书盟网站的签约作品。《诛仙》的发表曾引起了国内武侠奇幻小说的热潮，其 2005 年的出版使该年被称为“武侠小说年”。此外，《搜神记》《狂神》、历史小说《新宋》、纯爱小说《和空姐同居的日子》等广受网络读者追捧的作品，也出自幻剑书盟网站。截止 2013 年 9 月底，幻剑书盟的书库内共有近 8 万部作品供读者挑选阅读。为扩大网络文学影响力，鼓励更多优秀网络原创小说的出现，幻剑书盟还经常举办或参与各类网络小说创作赛事。2012 年，其举办了“精小说大赛”。2013 年，其与国内多家知名文学网站共同承办了由北京市互联网宣传管理办公室、首都互联网协会主办的“2013 互联网文化季”活动，并参与了其中“网络长篇小说大赛”“网络短篇小说大赛”两项赛事。

作为国内成立时间较早、富有知名度的原创小说网站，幻剑书盟拥有一批国内“大神”级的网络作者，唐家三少、萧鼎、玄雨、说不得大师、明寐、老猪、阿越、八戒、寒香寂寞等人都曾在幻剑书盟创作。幻剑书盟为作者提供优厚的福利待遇，以吸引优秀写手驻足。2013 年，幻剑书盟致力于打造无线畅销作品，其推出了以买断、保底预付为主的合约形式。对于分成签约的作者，其将按比例获得收益，其中在线部分作者收益分成达到了 80%，而无线部分作者收入分成为 50%。买断签约形式的作者将按月得到稿酬，稿酬从千字 20—500 元。此外，还有保底预付签约类的作者，这些作者在创作阶段会得到保底金扶持其进行写作，而作品登录无线后，作者再按照合约与幻剑书盟分成获益。

早在2003年6月，幻剑书盟就组建了北京幻剑书盟科技发展有限公司，从此开始了其商业化探索与转型。2004年2月，幻剑书盟推出收费阅读服务，这是国内较早开始试水收费阅读的文学网站。用户需要用人民币兑换幻剑书盟内流通的虚拟电子货币幻剑币，以购买部分电子书的阅读权限，兑换标准为1元=10幻剑币。为吸引更多读者，幻剑书盟的网站宣传语打出了“中国首家永久免费原创文学门户”的字样。不过，这只是针对网站部分作品而言，读者可以免费进行阅读，幻剑书盟承担作者由此项政策受到的损失部分。2005年，在网络原创小说大举进军实体书界的热潮中，幻剑书盟不甘落后，推出了《诛仙》《新宋》《她死在QQ上》《搜神记》《和空姐同居的日子》等热门作品。随着原创出版市场的日益成熟，幻剑书盟对外宣布由网络进入到实体出版市场，以便更好地为出版商与作者服务。2007年，幻剑书盟联合《出版参考》杂志举办了“首届网络原创作品研讨会”，这是国内文学网站与出版机构在网络原创作品出版方面，举行的第一次盛会，吸引了上百家大型出版机构的负责人出席该会议。奇幻、武侠类作品包含了很多容易被改编为游戏、影视的因素。这方面《诛仙》即是代表，已经被改编为游戏、电视剧。早在2009年，幻剑书盟就开始全力出击新兴的无线阅读市场，成为了中国移动阅读基地第一批内容提供商。2013年，为大力推进无线业务发展，将更多优秀作品推到无线阅读基地，幻剑书盟推出了主要针对无线阅读业务的福利政策。可以说，幻剑书盟已经形成了一条比较成熟的盈利模式。

不过，2013年下半年以来，盛大文学、百度、腾讯等知名公司在推动自身网络文学发展方面，都推出了很多优惠政策，使网络文学市场更加风起云涌。这种情况下，幻剑书盟却显得颇为沉寂。如何跟上竞争对手的步伐，继续保持自己在国内同类文学网站中的优势，这应该是未来幻剑书盟需要思考的重点。

（纪海龙）

14. 烟雨红尘（http://www.cc222.com/）

正式创立于 2001 年的烟雨红尘最早曾是我国原创网络文学领域的三大网站之一，同时也是华南地区具有较强影响力和知名度的原创文学网站。烟雨红尘最初主要定位于发表中短篇作品，至 2006 年才正式推出长篇频道。现阶段的烟雨红尘仍是国内网络文学领域中一家举足轻重的原创文学网站。它还与广东省作协建立了合作关系，共同致力于推进地方文化与网络文学的和谐发展。作为国内重要的原创文学网站，烟雨红尘将成为国内原创网络文学第一品牌作为自身奋斗目标，积极为广大文学爱好者提供展示自己的平台，努力推动原创网络文学事业的发展。目前烟雨红尘拥有 500 多万的注册用户、超过 2 万名的驻站作者，同时还拥有数十万部作品的电子版权，并被国家社科院互联网研究中心认定为国内十大最具影响力的文学网站①。

从网站的页面设计和整体布局来看，烟雨红尘主要采用蓝色作为主页面内容导引和各栏目标题的基色，从而使整个网站显得清新而宁静。在烟雨红尘首页面，网站 Logo 的下方并未紧接内容导引栏目，而是用户个人中心、小说排行榜、VIP 作品、编辑部等内容版块的快捷链接栏。从该页面以蓝底突出的站内导引栏可发现，烟雨红尘网主要包含了社会、历史、都市、生活、恐怖、奇幻、言情、校园等多种类型的网络文学作品，以及诗歌、散文、杂文、短篇小说等短篇幅的作品。在检索站内作品方面，用户不仅可通过快速检索栏查找目标作品、作者和会员，同时还可以设置相关作品创作进度、是否付费、具体类型等筛选条件，以对

① http://www.cc222.com/chapter/634707.html

整个书库进行选择，查找个人感兴趣的相关作品。

目前，烟雨红尘网首页根据推荐、排行以及更新等相关栏目，大致划分为五频，并且各分频之间主要穿插站内宣传广告作为过渡。具体来看，第一频主要包括了站内作品封面展示、网站最新动态、百家争鸣、短篇精华、热门小说和经典完本列表等栏目；第二频有热门小说推荐、分类作品推荐、新书订阅榜/订阅总榜、劲爆小说榜/更新月榜等内容栏目；第三频则涉及了烟雨文学、编辑特别推荐作品展示、更新/完本 VIP 作品排行榜、短篇关注榜等；第四、五频主要为短篇名家、长篇名家、作品更新列表、新书潜力榜、签约书架以及最新作品等栏目。虽然烟雨红尘网站首页并没有插入外挂商业广告，并且各内容栏目的布局也紧凑有致，但网站主页的图文内容信息也存在过多的嫌疑，一定程度地影响了用户的使用体验。

就其内容建设方面而言，烟雨红尘网作品主要包括了社会·历史、都市·生活、恐怖·奇幻、言情·校园等类型，具体到相关类型又有官场小说、职场小说、伦理小说、历史军事小说、社会纪实小说、婚姻生活类小说、都市异能小说、都市重生小说、虐恋小说、恐怖灵异小说、悬疑推理小说、玄幻仙侠小说、网游重生小说以及现代言情小说、古代言情小说、青春校园小说、穿越言情小说等。由于受限于烟雨红尘网书库的筛选和统计服务设计，暂时难以发现其收录作品数量情况。这其中可能有因收录作品数量过大而使网站服务器难以承载等原因，但也反映出这一具有较长发展历史的文学网站亟需在服务技术层面进行调整和更新。根据站内的小说评分、畅销情况、收藏状态等排行榜，近期《官色：攀上女领导》《女公务员的日记》《我的美艳师娘》等作品颇受读者追捧。另外，烟雨红尘还开辟了短篇文学园地，供用户分享个人的诗歌、散文、杂文等作品，他们还可以与其他用户进行交流讨论，以文会友。

作为国内具有较长发展历史以及较大影响力的原创文学网站，烟雨红尘在继续自身的原创文学事业追求的同时，也积极挖掘网站潜在的盈利空间。它正积极完善自身的电子资源销售渠道，这方面，它在收费设置上给予了作者更多权限。与此同时，网站还推出了“出版·影视”频道，专门推介站内书库中具有纸媒出版、影视作品以及剧本改编潜力的相关作品，其中也设有已出版作品以及合作出版机构的展示区。除凭借电子资源销售、出版、改编等渠道获取盈利外，烟雨红尘还通过基于网站流量的外挂商业广告来获得相关收益，并在近期积极筹备手机版“烟雨红尘”，这也意味着该原创文学网站也将拓展自身的移动阅读业务。在取得经济收益的同时，网站也在全面考虑新人作家、传统作家和老作者的利益基础上，推出了全新的作者福利计划，其中不仅包含了作品签约奖、全勤奖、新书销售奖、作品完本奖、作品买断等常规性奖励计划，还特别设置了优秀作品保底奖、“一鸣惊人”奖、“再创辉煌”奖、作家转型奖等奖项，以支持驻站新人、转型的短篇作者和纸媒作家、老作者等群体的创作活动，从而促使网站的福利计划得以最大限度地覆盖到不同作者群。

综观烟雨红尘网站的发展，目前，这一原创文学网站凭借丰富的内容和自身的特色，吸引了一批网络文学爱好者，仍是国内一家重要的文学网站。它也在不断地拓展业务，积极地促进站内原创作品的出版、影视改编等。但未来，这家老牌文学网站仍需进一步深化在内容、技术、运营策略等方面的改革，与时俱进，如此才能在时下竞争日益激烈的网络文学市场中稳步前进。

（李玲，纪海龙）

15. 逐浪网（http://www.zhulang.com/）

逐浪网成立于2003年10月。其前身为蒋刚、李雪明二人1999年创办的、曾获《电脑报》编辑选择奖以及二十大个人站等荣誉的国内知名文学站点——文学殿堂。逐浪网成立后发展非常迅速，2005年3月在ALEXA世界网站排名中，进入了1500名之内，2006年3月又进入500名内。2006年6月，逐浪网被江苏大众书局的投资集团鸿国集团收购，二者联合成立了大众·逐浪网。2009年11月，逐浪网被处于国内无线互联网产业领导者地位的空中网收购，成为其旗下全资子公司。作为国内文学网站的一支老牌劲旅，逐浪网成功吸引了大量网络原创小说作者及读者，并曾凭借其独特的经营管理理念以及出色的业绩，多次获得权威机构颁发的“最具投资价值文学网站”“中国十大最具投资合作价值传媒产业公司”等殊荣。

逐浪网页面简洁清晰，设计合理。其首页以简单明了的方式于各主要位置展示网站的作品，页面内容涵盖量并不过大，且各部分内容间留有一定的空隙。用户点击进入后，首先即可得到一种良好的整体直观感觉。逐浪网页面也有一些广告，但是这些广告夹于部分分频之间，并不醒目，而且没有弹出广告，因此并不会特别影响用户的使用体验。逐浪网的网站标识是一只跳跃起来的海豚。为配合该标志，网站首屏导航栏背景色以及一些重要的文字都使用了大海的颜色——蓝色。女生频道部分则使用了粉红色。用户登录逐浪网非常方便，除在逐浪网注册用户这种方式外，还可以使用空中网通行证、腾讯QQ、新浪微博、百度通行证、网易通行证、开心网用户名、人人网用户名以及豆瓣用户名等登录。登录成功后，用户即可在页面最顶端发现自己的登录信息，点击其中的

“会员专区”，即可看到逐浪网为用户提供的诸多个性化服务。此外，逐浪网的各项功能都非常简单，用户并不用点击多次，即可完成相应操作。逐浪网还推出了专门的手机阅读网站，该网站与逐浪网完全实现了同步共享，极大方便了移动用户的使用。因此，就整体而言，逐浪网能够提供给用户良好的使用体验。

来自其官网的数据显示，目前，逐浪网拥有数万部优秀小说的版权交易代理权、数十万部授权小说库。[①] 其主要提供给读者都市小说、玄幻小说、武侠小说、网游小说等类别作品欣赏。其主站小说类型有言情、玄幻、网游、都市、修真武侠、历史军事、科幻、竞技体育、灵异推理、同人等。女生站小说类型有总裁豪门、言情穿越、都市言情、历史架空、恐怖灵异、玄幻武侠、耽美同人等。经过多年发展，逐浪网拥有一大批在读者中人气非常高的作品如《唐寅在异界》《官途》《异界之魔武流氓》《官运》《黑道特种兵》等。截止 2013 年 9 月底，占据逐浪小说网总点击数前五位的作品分别为《谢文东 2》(都市类)、《唐寅在异界》(玄幻类)、《都市少帅》(都市类)、《LM 老师》(都市类)、《谢文东》(都市类)。这些作品的点击率都超过了 4 千万次，《谢文东 2》的点击率已接近 1 亿次。

逐浪网拥有一批在读者中人气很高的作家，如六道、空神、夜独醉、一起成功、明朝无酒、韦贝贝等。其中最火爆的作家无疑为六道，上述逐浪网作品总点击榜排位前五的作品，除《读书少帅》《LM 老师》外，其余三部都为六道之作。在逐浪网申请作者步骤简单，用户填写完个人资料后，只需在线提交 2000 字的作品内容给编辑审核即可。为吸引优秀作家驻站写作，逐浪网为作家提供了较为优厚的福利待遇。其 2013 年作家福利体系包括全勤奖、完本续签奖、作品销售奖、鲜花榜奖励、年终奖、优先买断计划、作品保障、道具分成、渠道增值分成、年度作家峰会福利、特殊奖励等 11 项福利。

逐浪网 2005 年创立了 VIP 制度，对读者开始实施收费阅读措施。其

---

① http://www.zhulang.com/help/zl_help.html

VIP系统的收费标准为3逐浪币/千字（逐浪币为逐浪网内流通的虚拟电子货币，1人民币=100逐浪币），也即每千字三分钱。

在网络小说实体出版的热潮下，逐浪网也不甘落后，加快了网站小说实体出版的步伐。事实上，2006年逐浪网被大众书局所收购，这一行为即有达到资源互补之意。大众书局为国内著名的民营连锁书店，逐浪网则拥有众多优秀的网络原创小说资源，二者强强联手，必将会推动彼此业务的开展。这一行为确实也有所收效，来自逐浪网的官方消息称，被大众书局收购后的逐浪网发展迅速，短短6个月时间进入了行业网站三甲位置。[①] 不过，据逐浪网总编孔令旗所言，大众书局当时覆盖面主要在江、浙、沪，不能支撑起逐浪网作品的出版销售，而逐浪网在网络上也没有将大众书局实体出版的书炒起来。[②] 因此，后来当空中网向逐浪网抛来橄榄枝时，鸿国集团将其转给了空中网。但是逐浪网的实体出版并没有因此沉寂，其仍然是网站盈利的重要途径之一。逐浪网与时代文艺出版社、东方出版社、上海人民出版社、广西人民出版社等国内多家知名出版单位都达成了合作意向。其2007年9月上线的女生频道成立仅两周年，实体出版的作品就将近200本。

收购逐浪网的空中网是国内领先的无线互联网公司，主要经营无线增值业务、手机游戏以及无线娱乐互动门户Kong.net，为广大手机用户提供手机音乐、图铃下载、手机游戏等无线互动产品。其收购逐浪网主要原因在于逐浪网拥有众多的网络原创小说以及原创作者。此前，早在2005年，空中网即开辟了手机"小说阅读"频道，但其内容主要来自《故事会》和出版社等内容合作方。逐浪网的加入无疑很大程度上为空中网解决了内容来源问题。而空中网强大的无线推广能力也是逐浪网最为看重的质素。二者的联合使逐浪网在无线增值业务上受益匪浅。此外，

① http://www.zhulang.com/help/zl_help.html

② 邸荣芬：《构建完整的数字出版产业链是必然趋势——与逐浪网主编孔令旗的网上对话》，《出版参考》2009年第23期。

空中网的游戏业务非常发达，被收购后的逐浪网也着重发展游戏业务。一方面，逐浪网那些优秀的原创小说可以为游戏提供内容支持，另一方面逐浪网也经营多款页面游戏。数据显示，截止 2011 年 12 月，逐浪游戏累计运营网页游戏超过 30 款，注册用户达到了 500 万。①

不过，近年来，随着盛大文学的崛起，以及百度、腾讯等互联网大牌对网络文学市场投入的不断加大，逐浪网的优势正逐渐减少，写手不断流失。面对竞争日益激烈的市场，如何吸引更多优秀的原创作者，掌握优质的原创资源，这是逐浪网必须首要关注的问题。

（纪海龙）

① http://www.zhulang.com/help/zl_help.html

16. 红薯网（http://www.hongshu.com/）

红薯网创建于 2009 年 12 月，是一家集创作、付费阅读、作品加工、版权贸易于一身的中文小说阅读网站。它以“看书、交友、轻松生活”为口号，秉持专注、坚持、开放的理念，试图将自身打造成为国内首个原创小说与 SNS 平台相结合的网络平台。红薯网拥有较为完备的作品管理系统、质量较高的原创书库、独具一格的读者交流社区和包装小说的功能，特色鲜明，风格独特，因而在众多文学网站中独树一帜。红薯网还努力扩大自身的知名度，先后举办多次活动，希望吸纳更多的优秀写手加盟网站。如，2010 年 6 月，其举办了名为“我和 ta 在夏天的日子里”的微博短篇主题征文活动。活动共收到征文 3000 篇，网络投票参与人数达到了 20 万人。2010 年 8 月，红薯网举办了第二次微博活动“超级变变变”，引发了热议。

在页面设置上，红薯网自成立起，已经历过四次改版。网站首页现以白、蓝、橙为主要色调。其中，深沉的蓝色对应男生频道，热情的橙色则是在呼应女生频道。首页顶部是热门人气小说推荐，下面竖直排列了“男生频道”“女生频道”，最底部是广告和其他网站链接。版块分布有序，画面整洁，视觉效果较好。首页的醒目位置还放置了男生网、女生网、排行榜、充值共 4 个标题，点击标题，用户可以访问子网页。男生网左侧一栏有强力推荐、编辑推荐、新书推荐、完本小说推荐、作者访谈 5 个栏目，右侧一栏则有签约推荐、站点公告、红票榜、点击榜、鲜花榜 5 个栏目，对应分布，排列整齐，使人一目了然。女生榜版块排序情况与男生榜相同。排行榜页面设置了男生排行榜和女生排行榜两大排行榜，有总点击数榜、周点击数榜、月点击数榜、周鲜花榜、月鲜花榜、新书潜力榜、评分榜、总收藏数、总字数榜、日更字数榜、红票榜 11 个小分类排行榜。在用户体验度方面，用户大致只需花费不到 1 分钟，就能在网站注册成功。红薯网还支持其他的登录方式，用户可以采用 QQ 账号、新浪微博和支付宝账号登录，方便快捷。特别的是，红薯网还设有用户阅读指南，用户可以通过网站的各类推荐，如焦点推荐、一周好书、分类推荐、编辑推荐、PK 推荐等，或是点击榜、新书榜、总字数榜等作品排行榜等方式，快速找到自己想看的作品。

在内容建设上，红薯网作品有玄幻小说、武侠仙侠、都市小说、历史军事、青春校园、穿越架空、总裁豪门 7 大类别题材小说。现在，男生网设有玄幻小说、武侠仙侠、都市小说、历史军事、科幻灵异等栏目，网页作品定期更新，较受欢迎的作品主要有玄幻、仙侠、重生、历史、异界、修真、异能、科幻等类型。女生网也划分成青春校园、穿越架空、总裁豪门、古代言情、都市言情等栏目，其中的热门搜索关键词有总裁、王子、王妃、穿越、虐爱、黑道、妖孽、豪门等。从中可以看出，红薯网小说内容丰富，几乎涵盖了当今网络小说的所有题材。不过在所有题材中，言情类小说发展得最好，红薯网也侧重于发展该类小说。

在作家队伍建设上，红薯网自成立伊始便积极挖掘潜力小说写手，完善作家福利制度，提高原创小说的质量。红薯网对上架作品的最低要求是：女生网作品字数须满 10 万字及以上，男生网作品字数则须满 20 万字及以上。并且作者需提交上架申请，经由编辑部审核通过后作品方可上架。从 2011 年 5 月起，红薯网实行合约分成制度，所有独家签约的原创作品可以享受当月订阅全额奖励的奖励计划，作品每千字 3 分，总字数再乘以每月订阅人数便是这个作家的当月收益。在优惠福利制度的推动下，红薯网吸纳了一大批优秀作家。2013 年 7 月，知名网络写手六道携新作《叛逆的征途》进驻红薯网，引发了强烈反响。六道在加入红薯网前就已经写出了《坏蛋是怎样炼成的 1》《坏蛋是怎样炼成的 2》《唐寅在异界》《奇门药典录》等热门作品，拥有大批粉丝。此外，红薯网还拥有随心、采妮、微思物语、果菲、剑之晶、不觉晓、断欲、国民等等一批小有名气的写手。《恶总裁的待嫁新娘》《俏丫头与校草同居》《霸总裁的玩偶娇妻》《情陷夜叉总裁》《冷总裁的替身情人》《村支书销魂的三十年》等作品在网站拥有较高的点击率。

在盈利模式上，红薯网主要依靠收费阅读、广告、实体图书出版等获利，现已形成较为完整的产业链条。红薯网采用会员收费制度，初级VIP会员每千字4分钱阅读红薯网作品收费章节，中级VIP会员收费每千字3分钱，高级VIP会员则收费每千字2分钱。只注册没有充值的用户为普通会员，一次性充值低于20元的用户可以成为初级VIP会员，一次性充值20元以上即可成为中级VIP会员。中级会员可再用5000红薯币直接购买高级VIP会员资格。红薯币是红薯网站内流通的虚拟货币，充值方式不同，获得红薯币的数额也不同，如用网银充值，1元人民币可兑换100元红薯币，手机充值卡方式充值则1元人民币兑换85元红薯币。付费阅读是红薯网收入的主要来源。此外，红薯网还积极拓展自己的业务模式，通过实体出版、版权交易等方式盈利，如红薯网签约小说《桃花脉》已经在2011年出版。

作为一个成立较晚的文学网站，红薯网在较短的时间内就聚集了相当的人气，吸引了一批网络文学爱好者，充分说明了其确实具备一定的实力。不过，较之起点中文网、纵横中文网等国内大牌文学网站，红薯网的差距仍很明显。在激烈的网络文学市场竞争中，如何吸引更多的用户，这是红薯网未来必须解决的问题。

（谢青芸，纪海龙）

17. 冠华居小说网（http://read.guanhuaju.com/）

注册于2008年2月的冠华居小说网，可算是国内文学网站大军迅速扩充过程中的一员，并在几年的发展历程中逐渐扩大，成为业内以提供热门小说阅读服务为主的文学网站。冠华居小说网紧紧抓住“热门小说”这一发展领域，以“做最优秀的免费小说阅读、共享网站”作为自身的发展目标，自网站初创以来坚持每日更新网络文学领域最新热门作品[①]。另外，冠华居小说网在进入稳步发展阶段后，曾对网站进行改版并积极拓展原创文学空间，而调整后的冠华居小说网成为兼连载和原创两大小说空间的文学网站。

对比冠华居小说网改版前后的主页设计，虽然改版后网站依然延续了之前的蓝色作为站内基色调，但另一方面，网站主页的内容导引、版块布局以及各版块内容等都做了较大调整。改版前，其主页中具体包括都市恋曲、菁菁校园、网络牵情、前世今生、穿越时空、异国恋歌、玄幻小说、完结作品、精品小说、用户面板、作家专区等栏目的内容导引。而2011年全新改版后的冠华居小说网主页内容导引，则主要涵盖了在线书库、我的书库、申请作家、购冠华币、VIP小说、帮助中心、作者福利、用户面板以及作家专区等内容版块，同时将各类型小说的链接置于内容导引栏之下。其由仅限于作品分类链接转变为包括阅读书库、用户服务、作者专区等内容的主页导引栏，即充分说明了冠华居小说网在做大自身规模的过程中，正朝着专业化文学网站方向发展。同样地，区别于之前将网页分割为主副两栏来布局各具体版块，现今使用的冠华居小

---

① http://read.guanhuaju.com/

说网主页大致可划分为全站推荐展示（第一频）、连载书库（第二、三频）、原创书库（第四、五频）三个主要区域，并且基本都以三栏式布局具体版块，较之旧版页面更具逻辑层次性。其中，连载书库具体包含了编辑推荐、风向标、热门作品精选、分类作品展示、点击榜和推荐榜等内容版块；而原创书库则包括了原创推荐榜、原创最新入库、作品更新列表、原创排行榜以及原创最近更新等内容版块。另外，冠华居小说网的用户注册流程也较为简易，注册后可进行在线阅读、订阅作品、管理书架、充值升级以及申请作者等操作。除了两侧和右下方的外挂商业广告外，冠华居小说网主页并无其他站外广告，因而给读者提供了较舒适的浏览体验。

在网站内容建设方面，冠华居小说网现今收录的作品主要涵盖了都市言情、美文同人、玄幻魔法、武侠修真、历史军事、网游、竞技动漫、科幻、灵异推理等众多类型小说，同时还单独推出了散文诗词、连载小说以及全本小说等内容栏目。截止 2013 年 8 月 26 日，冠华居小说网所收录的作品共计近 86000 部，其中原创书库收录了 958 部作品，而连载书库收录的作品则高达 84866 部。具体在各类型小说中，都市言情类 35150 部，美文同人类 610 部，玄幻魔法类 14926 部，武侠修真类 2732 部，历史军事类 19388 部，网游动漫类 2021 部，科幻类 1002 部，灵异推理类 1202 部等，另外还包括一部分其他类型小说以及诗词散文作品。从上述统计数据也可发现，冠华居小说网所收录的海量小说作品中，站内原创作品实际所占的比例仍非常小，仅为 0.01%左右。所收录的小说作品中以都市言情、历史军事、玄幻魔法类数量最多，其中都市言情类小说数量在全站作品中所占比例更是高达 41%，可见这一网站目前依然是以更新热门都市言情等类型小说为主。另外，从冠华居文学网站内作品的总点击榜来看，位列前 5 的《腹黑女 VS 狐狸男》（席英璇）、《异界春宫》（及时雨）、《九岁魔法师》（使君）、《穿越小花子》（小花子）和《望族缱卷》（格格好）等作品都获得超过 400 万次的点击量，而排行榜中的前 15 部作品的总点击次数都在 300 万次以上。

正如前文所述，考虑到自身发展实力以及面临的潜在问题，冠华居小说网在网站改版后积极拓展站内的原创书库，并打出了“有原创才有文学的进步”这一发展口号。在鼓励原创作者发表作品的过程中，冠华居小说网向作者们抛出的第一个诱饵即是针对站内独家签约作品的全新福利计划，具体来说包括了签约奖励、非VIP全勤奖、VIP更新保障、完本续约奖、季度奖励、月票PK奖励、作品买断奖以及额外奖励等奖项。例如，作品上架后，作者在获得稿酬外还可获取500VIP点/本的签约奖励；全勤奖栏目中，在作者更新进度符合基本要求的基础上，网站根据作品的有效更新字数设置梯级奖励，非VIP作品更新5、8、12、18、25万以上将分别获得50、100、150、200、300元不等的奖励，而VIP作品在更新相同字数梯级时将获得100—600元不等的奖励；针对有意同网站长期合作的作者，冠华居还根据已上架书籍的销售额向作者提供200—1500不等的完本续签奖金。与作者福利相对应的则是冠华居的盈利方式，该网站目前主要依托VIP小说付费阅读、商业广告等渠道获得经济收益。冠华居小说网中统一使用的交易币为“冠华币”，目前的在线充值有支付宝以及网银两种充值渠道，人民币与“冠华币”之间的兑换比例统一为“1元人民币=100点冠华币。用户在完成充值后即可使用冠华币阅读站内的VIP章节，通常支付约3点冠华币即可阅读1000字的VIP章节。

虽然较之起点、纵横、晋江等大型文学网站还存在较大差距，但后起的冠华居文学网始终紧追着网络文学的最新发展潮流。如若继续保持这种积极进取的发展劲头，更多地吸引优秀原创作者，冠华居文学网将势必会获得更大的发展。

（李玲，纪海龙）

18. 飞卢小说网（http://b.faloo.com/）

飞卢小说网正式创立于2006年3月，下设男生频道（也称“大众版”）、女生频道和飞卢美图库（主要提供时尚、新潮的各类美图，是飞卢旗下的图片阅读基地）。飞卢中文网以“写作无极限，阅读有精彩”作为口号，在建站后的数年间稳扎稳打，专注于网站精品内容以及优秀作者团队的建设，最终以后起之秀的身份迅速跻身国内优秀网络文学平台行列[①]。根据“站长之家”上的相关统计信息，2013年8月底，飞卢中文网以2928的综合得分位列国内小说网站排行榜第18名[②]。

正如其网站Logo将“飞卢”二字化为一只翱翔碧空的飞鸟，飞卢小说网始终致力于成为一个文学爱好者的梦想起航之地。为了使网站成为作者快乐创作的空间，同时也为了激励作者的创作热情，飞卢小说网长期实行尊重小说作者的版权管理策略，并且不同于很多文学网站，飞卢小说网对于旗下签约作品改编后以影视、游戏等形式再次发行时的收入，全部交由原作者。在数年的发展过程中，飞卢小说网虽一度遭遇黑客攻击，导致网站被迫暂时性地关闭。不过其并未因此退缩，而是重装上阵，继续服务于广大书友和作者。现今的飞卢小说网在业界赢得了重视产权保护、氛围自由宽松、尊重作者创作等良好的口碑，成为吸引了众多用户的大型阅读、创作平台。

就其网页的整体设计而言，飞卢小说网选用绿色作为主页基色（主页中女生小说版块则选用粉色以示区别），色调的整体视觉效果较为轻松

---

① http://faloo.com/

② http://top.chinaz.com/top500? p=2&t=77

舒适。用户进入“飞卢”主页便可在页面顶端进行登录/注册，注册流程包括用户ID、密码、邮箱、提示问题以及验证码等信息的录入，需花费1分钟时间左右。飞卢小说网主页的内容导引栏依次包括女生小说、同人小说、在线书库、VIP小说、下载书库、包月书库、排行榜、作家福利、申请作家、VIP充值、印刷和摇摇奖等版块链接，导引栏下方则为站内小说分类链接栏。飞卢小说网主页大致包含了以三栏式布局的四个主要内容区，各内容区之间以横幅站内或外挂商业广告间隔。其中，第一个版块主要是站内强荐、作品封面展示、用户登录管理、站内新闻公告等具体栏目内容；第二个版块则包括了热点关注小说和分类作品展示、文宣推荐、月票PK榜、自制印刷小说征订、小说点击榜、小说鲜花榜和小说收藏榜等栏目；第三个版块是为“飞卢女生小说”专设，具体包含了名家访谈、女频重磅推荐、女频专区/青春校园列表、编辑推荐小说封面展示等；最后一个版块主要包含最新小说更新列表、最新签约、新书PK榜、当月字数榜、新书入库、月下载榜、客服联系方式等栏目。总体来看，飞卢小说网主页各栏目布局较为紧凑，各栏目框内文字填充相对饱满。不过一旦用户浏览时间过长，也很容易产生疲乏之感。

就网站的内容建设而言，截止2013年8月底，飞卢小说网已收录涵盖各类网络小说共计近55000部作品，其中原创书库收录的作品数量达到了42000余部。具体来说，飞卢小说网更新的作品中包括玄幻奇幻类小说1万余部、武侠仙侠类小说近3000部、都市言情类小说6000余部、青春校园类小说近15000部、军事历史类小说1500余部、科幻网游类小说2500余部、同人小说1万余部、恐怖灵异类小说近千部、女生小说近2000部、短篇及其他小说2000余部。可见飞卢小说网中更新的作品以青春校园类、武侠仙侠类和同人小说的数量最多，它们的总数占据了全站小说的65%以上。另外，在站内人气排行总榜中，位列前五的作品分别是《穿越：冷傲王爷》（伤小惜）、《无限轮回之斗破苍穹》（朽叶）、《血继限界》（势不可挡）、《斗罗大陆之死神传说》（大饼夹油条）和《斗破苍穹之穿越轮回》（光影）。另外在2013年8月度的相关排行榜中，小说

《我的二次元禽兽》（大山猪）同时位列网站同人小说排行榜、热门 VIP 小说排行榜、小说关注排行榜、鲜花排行榜、评价排行榜以及月票 PK 榜等的第一名。

飞卢小说网在发展过程中始终坚持为站内作者营造最佳创作氛围和条件，不仅在知识产权保护上更为尊重作者，而且为旗下签约作者提供了较之同类网站更显优越的福利计划。具体来说，飞卢小说网的作者福利计划包括了非 VIP 全勤奖、VIP 更新保障、完本续约奖、季度奖励、月票 PK 奖励、作品买断、额外奖励、福利申请等奖项。例如在月票 PK 奖项中，排行前三名将分别获得 600 元、300 元和 200 元的奖励，第四至十名则可获得 3000－10000 不等的 VIP 点；作品买断奖项中，作品每 1000 字可获得 10－1000 不等的稿酬，并且针对的是作品的纯电子版权。另外，飞卢小说网所采用的 VIP 七三开的分成模式目前在同类网站中也属比较优厚。

就盈利模式而言，飞卢小说网目前的收益渠道包括站内付费阅读、商业广告、飞卢游戏平台、飞卢定制印刷等。用户在注册后可通过网银、游戏点卡、支付宝、电话充值卡、短信服务、银行汇款等途径充值兑换飞卢小说网的 VIP 点，其中 VIP 点可用于站内 VIP 会员升级以享受会员相应权限，还可用于阅读作品 VIP 章节等。另一方面，飞卢小说网也为注册用户提供了多种免费获取 VIP 点的途径，具体包括淘宝返利、游戏体验、调查问卷、晋升任务以及摇摇奖（抽奖）等，用户完成具体任务后即可获得相应奖励。另外，飞卢小说网推出的定制印刷服务同样是该网站的一项个性化服务，这不仅有利于网站发展和扩充线下出版业务，而且又能实现具体创作者对作品印刷成册的期待，还将给读者带来优越的纸质阅读体验，现阶段这一面向用户的特殊服务正在逐步升级和发展。

（李玲，纪海龙）

19. TXT 小说网（http://www.txtbbs.com/）

TXT 小说网是国内一家知名的小说阅读网站，其前身是成立于 2006 年的 TXT 论坛。该论坛致力于为读者提供最优秀、最耐读、最热门的言情小说，并提供免费阅读、免费下载等服务。2010 年 3 月，其正式推出付费阅读业务。2010 年 11 月，网站全新改版，原有的言情小说版独立出来，成为女生版，同时新增加男生版，原本颇具人气的论坛继续保留。

TXT 小说网整体设计简单、清晰。首页以白色为底色，文字为黑色，对比鲜明。进入网站，即可见醒目的男生版、女生版、TXT 论坛三大版块。以下则为读者的临时书架，读者通过它可看见自己的已读书目和阅读进度。最下则为热门排行，分男生版完本小说、男生版人气排行、女生版完本小说和女生版人气排行。页面左上角为网站名称，紧挨着的是作品搜索。为方便读者选择，“搜索”栏旁还有部分高人气作品供读者快速选择。首次进入网站的用户只需点击页面最上方的注册，简单填写用户信息就可完成注册，全程不过 1 分钟。

TXT 小说网的网站建设充分注重差异性。其男生版以蓝色为基本色调，分玄幻、奇幻、仙侠、都市、历史、军事、游戏、惊悚、科幻、武侠等内容。男生版页面设计有热门小说、推荐小说、最新更新小说、点击最高小说和新小说入库。女生版为了迎合女生的爱好以粉色为主色，内容有最新言情小说、言情小说排行榜、全本小说、下载排行榜、穿越架空、现代言情、古代言情、青春校园，版面设计有热点推荐、最新言情小说、推荐言情小说以及各类榜单（包括点击榜、推荐榜、完结榜）。TXT 论坛是读者交流的场所，读者在此处可以就感兴趣的内容发帖，与广大网友讨论、分享。论坛以白色为底色，干净利落，包括群组、家园、排行榜、言情小说、穿越小说、玄幻小说、帖子导航等内容，共有论坛事务、心情驿站、TXT 小说、书友交流、书友休闲等五大版块。会员在这里既可交流读书心得，也可创作文学作品互相分享，内容上则既可畅聊生活、抒发心情，也可讨论时尚美容、娱乐热点，带给了用户评论、分享、休闲、娱乐等多方位体验。TXT 论坛非常火爆，常常吸引上万人同时在线，最火爆时则达到了 7 万多人。网站首页和男生版、女生版主页都无广告，但进入论坛或者进入具体作品开始阅读则会出现一些游戏广告，给读者的阅读带来了一定的困扰。

不过，TXT 小说网主要是一个小说阅读网站。它与国内其他知名原创文学网站如起点中文网、红袖添香、言情小说吧等建立了合作关系，这些网站的作品可在 TXT 小说网点击阅读，故读者的阅读选择主要集中在这些网站的人气作品。目前，TXT 小说网男生版点击量位于前列的小说是《斗破苍穹》（天蚕土豆）、《盘龙》（我吃西红柿）、《吞噬星空》（我吃西红柿）、《武动乾坤》（天蚕土豆）、《从零开始》（雷云风暴）、《遮天》（辰东）、《斗罗大陆》（唐家三少）、《九鼎记》（我吃西红柿）、《神墓》（辰东）、《星辰变》（我吃西红柿）。女生版点击量位于前列的小说是《黑色豪门之纯情老婆》（橙市香馨）、《绝色妖精在古代》（蓝小郁）、《总裁的女人》（姬水灵）、《撒旦总裁之霸爱》（水中亭）、《豪门罪爱Ⅱ残忍契约》（雨归来）、《豪门：总裁的七日欢恋》（殷寻）、《总裁的小妻子》（紫恋凡尘）、《外卖老婆：前妻已送到》（夜琉璃）、《总裁的天价前妻》（韩祯祯）、《过气王妃有人追》（浅蓝樱）。这些作品点击量均在 4 千万以上，其中《黑色豪门之纯情老婆》过两亿，《绝色妖精在古代》和《斗破苍穹》过亿。天蚕土豆、我吃西红柿、雷云风暴、辰东、唐家三少都是起点网作家，而橙市香馨、蓝小郁、姬水灵、水中亭、雨归来等一众作家都属于言情小说吧。从中可看出，TXT 小说网缺乏原创作家。可预见的是，尽量吸收有才华的作家加盟，推出自己有特色、有影响力的作品以满足读者需求，是 TXT 小说网今后的发展方向。

现在，TXT 小说网的主要盈利模式是付费阅读。网站内流通的货币叫小说币，它是读者阅读、下载的凭借，阅读一章大约需要 8 到 12 小说币，会员充值 30 元，大概可阅读 250 到 375 个 VIP 章节。小说币也可兑换成 TXT 论坛的“金钱”和“威望”，1 小说币相当于 1 论坛金钱。读者有多种充值方式，如网上银行、支付宝、手机充值卡、手机短信、电话支付和游戏卡支付。其中，网上银行和支付宝方式最省钱，两者的兑换比例均为 1∶100，即 1 元相当于 100 小说币。手机短信支付比例最低，为 1∶40。其他方式则 1∶50、1∶80、1∶85 不等。由于 TXT 小说网主要提供小说阅读服务，不像其他网站有大量原创作品，所以移动阅读、实体图书出版、影视动漫改编等业务并不发达。

相比较其他老牌文学网站，TXT 小说网尚处于起步阶段，它更像是优秀作品陈列室——读者在这里点击阅读网络文学界的火爆作品。缺乏原创是其目前最大的问题，这是因为网站最初依赖于论坛发展，而论坛不过是为大家提供免费阅读的机会。要想在网络文学界立稳脚跟，TXT 小说网需要在扶植新人作家上下功夫。

（王洋圆，纪海龙）

20. 飞库网（http://www.feiku.com/）

飞库网是一家融合了网上阅读与下载的电子书阅读网站。网站成立于2005年8月，自其成立之日起，便一直致力于推动手机阅读的发展。2007年10月，飞库网启动“网络原创文学发展计划”[①]，这标志着飞库加入原创文学网站大军，步入了新的发展阶段。改版之后的飞库网以“成就作者写作梦想，建设读者阅读家园”为追求，力争在新领域实现突破。

飞库网首页给用户的第一感受即是简单、清楚。页面底色为白色，主色为蓝色，整洁又大方。最难能可贵的是，无论读者进入哪一页面都不会遭遇到广告、弹出游戏。网站的名称与标识列在首页左上方，旁边列出了网站口号“让阅读更轻松”。这也确实给读者一种轻松之感。与口号并列的是网站的搜索功能，大气醒目。除了这些细节外，网站的“简单”追求还体现在注册的便捷。这方面，就笔者所知，飞库网堪称是国内注册最简便的文学网站之一，用户只需填写用户名跟密码两项就可完成注册。网站首页设置有免费电子书、女性言情、排行榜、全本完结、充值等功能项。在女性言情页面，考虑到女性读者的审美偏好，页面主色换成了粉色。排行榜里是各类排行，如热门榜、VIP榜、完结榜、下载排行榜、新秀榜、潜力榜、女频榜、更新榜等等，读者可根据个人爱好随性选择。全本完结是所有已完本的小说，网站按其点击数由多到少排列。飞库的版面设计只有两大版。第1版包括电子书潜力榜、分类题材作品推荐、石鼓轩推荐、电子书编辑推荐、电子书重磅推荐和电子书重点推荐。分类题材作品推荐的下方是网站新闻公告。第2版为电子书

① http://www.baike.baidu.com/view/1373617.html

精品推荐、电子书 HOT 封面推荐、电子书最新更新、电子书 VIP 专区。不过相较其他同类型网站，飞库的最新更新数量比较少，所以读者每天可阅读的新章节有限。进入阅读界面，读者可根据需要自行调整阅读底色、字号大小、字体色彩和字体。

飞库网的作品内容多元，包括奇幻、游戏、都市、玄幻、历史、武侠、竞技、科幻、美文、军事、灵异、仙侠、同人、校园、恐怖。其中作品数量最多的是都市题材，其次是奇幻和仙侠类作品，相对而言数量较少的是竞技、美文和军事类。每一类下又可细分，如玄幻奇幻还可分为西方奇幻、东方玄幻、异世大陆几类；都市言情包括都市生活和青春校园类等。目前，网站内的人气作品有《无赖时代》《天生废物异界逍遥行》《龙头》《和小龙女同居的日子》《剑神心》《兽血燃烧》《植物人玩转网游》《九阳至尊》《流氓少爷》《流氓大亨》《最后一个流氓》《网游之幻灭江湖》《极品复仇》《大唐寻芳》《异界风流神帝》等等。其中前 5 部作品点击数都超过 1000 万次，其余的也达到了 600 多万。前 15 部小说中，有 8 部是都市言情类，由此可见，在飞库网都市言情类小说不仅数量最多也最受读者欢迎。

飞库网的知名作家有老周同志、叶落、河帅、水白文、谢讯 1987、植物人儿、骑着蜗牛去旅行、东城、风口独悲、辣椒江、阿木七郎、假愚、八极书生、金钻、喜欢雨中行、猪柳蛋、大头、雨夜殇魂等。签约作者与网站合同约定的分成比例是 67%，为激励作者勤奋创作，在基本分成外，网站又推出了作者稿酬激励计划，最高奖励可达到 77%的分成。计划具体有如下几项：更新奖、全勤奖、完本奖、存续奖、订阅奖。作者达到规定的更新量，即可获得额外发放的 5%的更新奖，那么作者累加分成为 72%。作者每个月保证至少 22 天的稳定更新，网站就发放 3%的全勤奖，累加分成达到 75%。作者把 VIP 书续签飞库，视作品数量，网站发放 0.5%、1%、2%的存续奖，若存续奖为 2%，作者就可享受最高 77%的分成。

飞库网的盈利模式相对简单，主要是付费阅读和实体图书出版。网站内的流通货币叫飞币，读者阅读 VIP 章节依据字数不同需花费不同的飞币。比起其他网站众多的充值方式，飞库的比较少，只有网上银行、支付宝、联通手机充值卡和移动手机充值卡 4 种。前两种的兑换比例是 1∶100，即 1 元人民币相当于 100 飞币，后两种的为 1∶85。所以前两种方式对读者而言更为划算。除付费阅读外，飞库还与国内多家出版社如朝华、暖流、春风文艺等建立了合作关系，助力出版网站内高质量精品小说。其 2008—2010 年推出了《九阳至尊》《流氓大亨》《最后一个流氓》《行尸天下》《黑道太子》等颇具影响力的实体书①，实体图书出版也成为网站创收模式之一。

综合来看飞库网与传统文学网站还是有一定差距，还不能说位于一线之列。其作品点击量与其他网站动辄过亿比起来还稍显逊色，作品知名度也还有待提升。网站内也没有供读者交流互动的平台，读者对网站的参与度、黏着度和在网站的活跃度并不太高。当然，飞库网值得充分肯定的是它为读者营造的全程无广告、无弹出游戏的良好阅读环境，带给读者一种沉浸式阅读体验。不过，要想跻身一流文学网站，飞库网还需在内容上下功夫，进一步提升作品质量。这样才能吸引更多读者，扩大网站影响力，并实现网站盈利方式的多元化。

（王洋圆，纪海龙）

① http://novel.feiku.com/About/1.shtml

21. 磨铁中文网（http://www.motie.com）

磨铁中文网正式创立于2010年12月，是隶属于北京磨铁数盟信息技术有限公司的一个集阅读、写作、博客和微博等诸多服务于一体的社交化阅读平台群，并且已面向PC网站、移动互联网以及APP市场等推出了多种类型的客户端。根据“站长之家”2013年8月的相关统计数据，磨铁中文网以25545的综合得分，在当前国内所有小说网站中位列第34①。

磨铁数盟信息技术有限公司坚持“与文化死磕”这一个性化的经营理念，其中“磨铁”即被赋予“以铁磨铁，磨出刃来”等具体含义，而旗下的磨铁中文网则打出“卓俗并纳，和而不同”的发展口号，致力于打造一个囊括不同领域和题材、兼容高雅和通俗的开放而独特的文字空间。在不到三年的发展历程中，磨铁中文网集合了一批优秀作者，设计了精致的网站界面，能够为作者提供优秀的产品及时尚化的交流空间，同时还具备了较强的实体出版渠道。凭借自身的努力和优异表现，磨铁中文网获得了2012年度北京市西城区电子商务“十强企业”称号。

初次进入磨铁中文网，用户即可被这一网站深沉风格的暗色调以及干净、简约的主页面设计所吸引，两者的综合让磨铁中文网明显地区别于一般文学网站而拥有了自身独特的个性。磨铁中文网首页顶端识别标识旁即为站内书库、排行和论坛等版块内容的导引链接，其他还包括站内检索栏以及用户注册/登录栏。其中，用户可通过腾讯或新浪微博直接登录到磨铁中文网，同时也可通过邮箱进行注册并激活后登入网站，并

---

① http://top.chinaz.com/top500?p=3&t=77

且注册的具体流程也非常简单。用户个人中心又具体包括了我的书架、微博、小组、我的磨铁四个版块，实质上这里属于集合了参与论坛小组讨论、更新或查看微博、管理个人书架、创作、写书评等多种功能服务的综合性空间。磨铁中文网主页包括男生版（以竖立的利剑为标识）、女生版（以蝶引牡丹图标识）和图书版（以架上图书为标识）三大版块，各个版块主页面的整体布局基本相同。以男生版为例，主页的各版块内容基本呈“主—副”两栏布局，且各版块以比底色稍亮的填充色凸显自身。左侧主栏区依次包括封面展示、新书推荐、精品推荐、分类展示、VIP小说/最新小说/新书更新列表等具体内容栏目；右侧的副栏区则主要涉及点击榜、推荐榜、订阅榜、新书排行榜、完本精品榜、免费精品榜等各类列表以及客服联系区。磨铁中文网主页暂未投放任何弹窗、横幅广告，加之简约化的页面设计使用户能够直接进入目标栏目内容，因此使用户获得了非常舒适的使用体验。

就网站的内容建设而言，磨铁中文网所收录的作品涵盖了悬疑（1092部）、言情（2627部）、历史（396部）、都市（1345部）、军事（67部）、玄幻（1075部）、奇幻（323部）、仙侠（525部）、武侠（243部）、科幻（232部）、财经（63部）、生活（318部）、社科（204部）、游戏（83部）、耽美（313部）、同人（140部）和文学（1247部）等众多类型。其中，所收录和更新的作品总数达到了万余部，并包括2557本已出版的作品，所占比例在25%左右。如按照站内三大版块划分，男生频道共收录作品4501部，女生频道和图书频道分别收录了3381部和2474部，所占比例分别为43.5%、32.6%和23.9%。另外，从站内总点击榜、总推荐榜和总订阅榜相关数据可发现，位列各排行榜前五名的作品除《你是我不能说的秘密》（文安初心忆故人）属言情类小说外，其他都属于悬疑和都市类小说。并且《我当道士那些年》（仐三）、《苗疆蛊事》（南无袈裟理科佛）和《不良之年年少轻狂》（抚琴的人）在各排行榜中都保持在前五以内（以上数据信息均根据2013年8月27日更新统计）。

就其作者队伍而言，磨铁中文网在建站初期的内测首日即接受了 300 位作者加入网站。在其发展过程中，磨铁中文网曾成立磨铁夜校并邀请业界知名作家做客，针对驻站作者成立磨铁新星学院，并开设系统化的写作课程以及实行一对一指导，开通磨铁中文网直播间并邀请众多知名作者与粉丝交流互动等。另外，磨铁中文网还启动了“伯乐计划”“金秋秀女计划”“千书出版计划”，举办了“下一站天后·言情通关赛”等活动，鼓励各原创作者和作品创作。目前，磨铁中文网拥有相对强大的作者阵容，其中包括当年明月（作品《明朝那些事》系列）、沧月（作品《羽·黯月之翼》《飞天之星坠》《帝都赋》等）、半度微蓝（《爱之局》《默止于初见》等）等近 90 名优秀作家；另外还有金子就是钞票（作品《我老公是鬼物》《我当师太的那些年》）、只爱金泰妍（作品《你乱青春伤不起》）等一批热评网络作者。

在网站作者阵容扩充的同时，磨铁中文网推出了优越的奖励和福利计划。根据网站最新的奖励计划，站内作品实行分级签约，并且作者一旦签约即可计算作品全勤奖而不受“上架”门槛限制。针对 A、B、C 级签约作品网站设置了新书奖、完本奖（1 元/1000 字）、全勤奖和出版推荐等奖项。其中，全勤奖根据签约级别设置梯级化奖励，奖金额度较高且计算条件较其他网站更为宽松。一般来说，签约作者的级别以及作品的收益情况基本都根据作者粉丝数量、书友的点击、订阅、推荐等情况来考察。另外，用户在注册后可充值兑换磨铁币以阅读站内小说的 VIP 章节，磨铁中文网现已开通网银、支付宝、财付通、移动短信、手机充值卡、游戏点卡和 Paypal 等充值渠道，但各渠道的兑换比例略有差异。

（李玲，纪海龙）

22. 龙若中文网（http://www.longruo.com/index.html）

龙若中文网成立于2009年，是一家集原创小说、原创漫画、3G无线、实体出版、小说改编、影视创作等业务于一身的专业网络资源版权运营公司。网站于2011年进行改版升级并以全新面貌与读者见面。龙若中文网是福建键桥网络科技有限公司自主开发的网络阅读门户网站，该公司成立于2009年，为福建省最大的原创内容提供商，是一家集小说阅读与写作服务、APP开发、无线内容提供、原创漫画策划与制作、手机漫画加工、版权运营等业务为一体的高新技术综合性企业。经过4年的运营，龙若中文网已成为排名全国前列、综合数值全国第七的中文阅读网站，是福建最大的原创阅读门户网站，也是中国最大的原创文学网站之一。

龙若中文网以“抒写新世界，开创新生活”为口号，坚持精品理念，一直致力于原创文学作者的挖掘与培养，为广大文学爱好者提供一个优秀健康的全新阅读平台。目前它已与国内多家知名阅读终端如中国移动、联通、电信、百度多酷、汉王股份科技有限公司、淘宝淘花科技有限公司、网龙91平台、掌上书院、墨客书虫、百阅、掌媒等，建立了长期的战略合作关系，积累了丰富的平台运营合作经验，由此对阅读市场需求有着精准的把控能力。龙若中文网力图将网络小说与中国传统文化和全球文化相结合，促进文化产业的发展。

在整体页面设计上，龙若中文网为了让广大用户有良好的阅读体验，调整视角以读者的眼光去建设一个最合适阅读的平台。它放弃了国内大部分网络阅读门户网站所看重的平台广告收益，不插入任何广告，是无广告绿色原创小说平台。用户进入页面以后便可在左上角看到网站的

Logo——渐变的龙纹图案，下方即为网站主要内容导引，包括排行榜、会员中心、小说书库、作者专区、作者福利、漫画分类、充值、央视游戏这几栏。内容导引之下又设一栏按内容将整个网站以场所命名进行分类，有武侠仙侠天、玄幻奇幻界、游戏经济社、都市言情会、历史军事林、科幻灵异场、同人漫画馆。整个页面非常规整，大致可分为左右两个区域，左区占绝大面积，以作者和读者为中心，自上而下分别为：滚动推荐作品以及网站公告、读者推荐（尤重视已签约作者）、热门榜单、精品 VIP 作品推荐、上述各大类别场所门下的精品推荐以及作品更新等栏目。而右区则主要展现各类榜单，如龙若风云榜、本周精品推荐、点击排行榜、会员推荐榜、新书潜力榜、完本人气榜、完本激励榜，另外改版后还设有作者访谈栏目，并在客服栏内分列编辑组和客服组。可见，龙若中文网不仅追求为读者提供完美阅读的视觉页面，还力图为读者推送最丰富的阅读内容。网站还有一个非常创新且温馨的地方，就是特设“网站 BUG 有奖提交”栏，并以卡通龙的形象推送到网页，更体现了网站的无毒、绿色、安全的理念。

在内容建设方面，龙若中文网将小说类型分为武侠仙侠、玄幻奇幻、游戏经济、都市言情、历史军事、科幻灵异、同人漫画，并将近似类别归总。它还通过滚动窗口向读者展示最新以及最受欢迎的作品，以便读者能快速找到所喜好的内容，并能及时了解最新讯息。截止 2013 年 8 月底，龙若中文网拥有作品 6000 余部，短篇（15 万字以上）4000 余部，中篇（50 万字以上）1500 余部，长篇（百万字以上）500 余部，保证作品的完结率和更新率。各类型题材的作品丰富，能涵盖现在所有热点题材如玄幻、奇幻、武侠、仙侠、官场、都市、言情、历史、军事、灵异、恐怖、同人漫画等，同时其数量还以每个月 300 本的速度递增。从龙若风云榜等榜单中可看出，该网站的人气作品多集中在玄幻和言情类中，占据龙若风云榜前五名的是：《贵贝》（半路傻子）、《仆风恋》（风间）、《远古天劫》（孤独土豆丝）、《电影魔帝》（铉子）、《吾若为后》（叶薇儿）。

作者队伍方面，龙若中文网非常重视原创作者的培养，不提倡转载它站作品，平台作品均为自己平台的签约作品，力求给用户提供一个真正的原创小说平台。[①] 目前网站旗下维持长期合作关系的优秀作者达3000多名，龙若中文网的主要版面都用来推送作者及作品，对读者开放免费阅读平台，推送优秀买断作品，通过各方面数据设置各大榜单，以此鼓励作家创作。另外，该网站还推出了各种针对作家的奖励计划，如“全勤奖”“完本奖励”等。另外为吸引更多的优秀作者的合作，龙若中文网一直贯彻实施买断计划，作品买断后，龙若中文网将负责签约作品的发布档期、上架销售及相关推荐、包装安排。作品发表到一定字数后，网站将视其整体质量与销售成绩进行价格提升。至于销售分成，其对象是龙若中文网的VIP作品，会员订阅每千字章节内容为3个龙币，而作者获得其中的2个龙币（龙币按1：1兑换人民币，即1分钱人民币可兑换1枚龙币），千字以下的章节内容忽略不计。[②] 龙若中文网以优厚福利扶持作者发展，只要有作品签约龙若中文网，按福利要求保持好作品的更新，就能轻而易举拿到属于作者的数份福利奖金。

另外，龙若原创动漫于2012年6月上线。这是龙若中文网为塑造龙若原创动漫品牌，培养优秀漫画作者而打造的一个原创动漫平台。它拥有一套完整的原创漫画创作体系，在未来还将推出一系列衍生服务，利用品牌效应助力动漫产业的良性发展，并努力将网站打造成文化界的一个经济产业链。虽然龙若中文网相对于起点中文网等老牌网站成立较晚，但由于本身鲜明的特色与独特的旨归，在这几年里的发展态势颇强。如果保持该种劲头，它势必会吸引更多优秀作者和读者，进而提升网站的实力。

（李玲，纪海龙）

① http://www.longruo.com/about/

② http://bbs.tianya.cn/post－no124－25162－1.shtml

23. 连城书盟（http://www.lcread.com/）

连城书盟是一家颇具人气的原创文学网站。网站创建于 2006 年，以“全球华人原创社区：人性阅读，至诚创作”为口号，自上线以来深受广大网络文学爱好者的喜爱。2008 年 12 月连城书盟正式实行 VIP 制度，从而开启了网站全新的发展模式。

页面设置上，连城书盟的底色是白色，文字以黑色为主，间以蓝色和红色，清楚、明晰。首页左上方是网站名称与标识。不过与其他同类型网站相比，连城书盟标识比较小，不够醒目。新用户既可通过点击页面最上方的“新用户注册”，也可通过点击标识右边的“注册”来完成注册。相对而言，连城书盟注册需要填写的信息比其他网站稍多。网站设置的快速链接键有申请作家、青春小说、言情小说、铁血小说、穿越小说、同人小说、网上书库、小说排行榜、VIP 全本、原创大赛、耽美小说等。为了活跃作家创作，连城书盟每月都会举办“连城读书华语原创大赛”，连城作者均可报名申请，评委则为网站的付费会员和活跃会员。读者可通过投出橄榄枝为喜爱的作品增加 PK 值。当然，不同的橄榄枝代表的 PK 值不一样，每枝普通橄榄枝代表 5PK 值，最高的无敌橄榄枝相当于 100PK 值。前 10 名作品可获得 700 到 15000 元不等的奖励。

连城书盟首页的版面设计比同类网站要复杂，共有 5 大版块。第 1 版块设有在线小说推荐、公告板、原创大赛 PK 榜、书友小说推荐榜、驻站名人堂，在“驻站名人堂”读者可看见网站知名作家的作品列表、博文、作家对其他作品的评点；第 2 版有小说热门标签、VIP 最新上架、VIP 最新完本、VIP 作品推荐、VIP 推荐榜、包月作品推荐和最新包月；第 3 版是各类榜单，包括收藏榜、推荐月榜、新书点击榜、点击周榜、点击月榜、勤更小说；第 4 版是各分类小说，每一类型小说都会显示周点击和新书 PK 前 10 的榜单；第 5 版是小说更新列表。网站搜索设计在网站标识下，旁边照例是热门搜索，部分热门作品还用红色标记了出来。连城的网页设计别具匠心，网页格调与小说主题相适应，不同的小说类型设置了不同的页面风格，如历史小说的页面背景凸显出了古典气质，而恐怖小说的页面以黑色为底色，间以红白两色字，营造出一种惊悚的气氛。连城还有一个网友互动的“爽吧”，爽吧分类细致，包括读书、体育、娱乐、休闲等各类交流区。读者可选感兴趣的爽吧发帖交流。特别值得一提的是，网站内没有任何游戏广告，读者真正实现了轻松阅读、舒适阅读。

连城书盟的内容建设相当齐全，几乎包含了目前网络文学应有的所有作品类型，具体有青春校园、玄幻科幻、言情、都市、恐怖灵异、武侠仙侠、历史军事、推理、网游、体育、短文、剧本、同人、漫画等。网站在主打小说体裁的同时，还难得地设有短文、剧本类，扩大了读者的选择范围。其中，每一类作品下面又被细分为不同的小类别，如奇幻小说就被分为西方奇幻、转世重生、奇幻魔法、王朝争霸、异术超能、远古神话、骇客时空、异世大陆、吸血家族、东方玄幻、变身情缘等。如此细致的区分一方面方便读者能最快地找到感兴趣的作品，另一方面却也一定程度上使网站显得过于复杂。

目前，网站内人气较高的作品有《醉玲珑》（作者十四夜）、《梦醒时分》（作者恍然若梦）、《下一站巨星》（作者蓝月晓舞）、《灵异医学院》（作者不系舟）、《特种国家卫士——职业杀手》（作者月影）、《猎犬》（作者九道莲华）、《紫语魅灵异小说集》（作者冷玉紫轩）、《人人都可以梦想成真》（作者夜航船）、《玄毓》（作者 toto）、《倾城长歌》（作者幸福之旅）、《若爱只是擦肩而过》（作者秋夜雨寒）、《网游之百里帝国》（作者汐馨月）、《秋水谣》（作者伊锦）、《笑倾三国》（作者梦三生）、《梨香夫人》（作者青葵）。前 15 名的作品点击量均过 6000 万，其中《醉玲珑》《梦醒时分》和《下一站巨星》都已破亿。

连城书盟有大量签约作家，网站按其专栏积分的不同将其分为小虾米、玄铁级、青铜级、白银级、黄金级、蓝钻级、骨灰级 7 类。专栏积分不过千的是小虾米，达到 4 位数不过万的是玄铁级，以此类推，骨灰级作家积分均需过亿。网站知名作家有恍然若梦、紫色木屋、静夜阑珊、柴鸡蛋、十四夜、梦幻之歌、黑麒麟、万灭之殇、SJ 姣儿、懒王、水印、尹琊、火狸、雪舞菱絮、汐木等等。为了打造名家，网站推出了连城百万作家养成计划，共分 5 波，分别是作家稿酬大派送、千里马计划、神笔计划、橄榄枝计划、漫卷书香醉连城计划。其中漫卷书香醉连城计划就是对于与连城签出版授权的作家，如果其作品年度销量在连城排位 10 名，就可获得最高 30000 元的奖励。

连城书盟的盈利方式多样。在收费阅读方面，普通会员需要为每千字作品支付 4 分人民币（即 4 个连城铜板），白银会员 3 分每千字，黄金会员则只需 2 分每千字。读者的支付方式亦很多，除了网上银行、支付宝、移动充值卡、联通充值卡、电信充值卡、骏网充值卡、固话充值外，网站还开通了 PayPal 支付和西联汇款以方便港台和海外读者。不过各种方式兑换比例有差异。连城还与国内多家出版社有合作，近期出版的作品有《天下卿颜》(网站上的名字是《颜倾天下》)、《美人了了》。

从作品点击量、知名度、影响力和网站内读者参与度、活跃度来看，连城书盟在国内的文学网站中可以说已经占据一席之地。未来，它还需不断吸引更多优秀作家，创作出更多优秀原创作品，巩固和提升自己在网络文学市场中的地位。

（王洋圆，纪海龙）

24. 凤鸣轩小说网（http://fmx.cn）

凤鸣轩小说网建立于2000年。刚刚成立时它只是一个个人性质的网站，经过几年的不懈努力，2004年凤鸣轩网络科技有限公司正式成立，2006年网站被正式命名为凤鸣轩。凤鸣轩小说网以“凤鸣华夏，畅享好文”为口号，致力于繁荣中国文学原创事业，如今已发展成国内较成熟的一个网络文学创作与阅读平台。

在整体页面设计上，凤鸣轩小说网称得上清晰、美观。用户进入页面后即可在左上角看到网站名称标识，下方即为网站主要内容导引，包括完本阅读、包月阅读、精品小说、书库、排行榜、作者中心、充值续费、手机客户端、论坛几部分。用户在页面上方直接填写用户名和密码即可快速登录，首次使用该网站的用户则需要完成网站的注册。根据自身需要，用户可进入男生频道或者女生频道。网站左边的各种榜单清晰明了，主要有销售榜、人气榜、红花榜、点评榜、更新PK榜等。网站中下方的版面较大，囊括了部分作品最新更新的章节，方便读者的续读。凤鸣轩小说网也有一些广告，但整体上并不影响用户的使用，很好地照顾到了用户感受。

内容建设方面，凤鸣轩小说网分为男生频道与女生频道。男生频道的作品类型主要有都市异能、玄幻奇幻、武侠仙侠、历史网游、灵异推理、军事竞技六大类。女生频道则主要包括总裁豪门、穿越架空、女强宫斗、都市高干、玄幻重生、青春校园六种。众多类型中，凤鸣网以言情小说为主打类型，比如现代言情、古代言情、校园言情、台湾言情、都市暧昧等。其中花开不息的《破身虐妃》、梦中销魂的《豪门总裁夜欢妻》等作品在读者中享有较高的人气。凤鸣轩小说网还为读者推出了定制印刷服务。作者发起订单后，读者可自由预定，达到最小印量 10 册时，作者可选择立刻开始印刷，网站负责印刷包装并为买家提供送货上门服务，极大地方便了网络文学爱好者。为扩大网站影响，2010 年凤鸣轩携手江苏省作家协会、中国江苏网举办了江苏省作协网络小说大赛。大赛本着“推动原创文学事业健康发展，打造网文爱好者梦想家园”的宗旨，吸引了众多网络文学爱好者踊跃参与。大赛一等奖有 8 万元人民币，这种额度在其他网络文学大赛中并不常见，在高额奖金刺激下，大赛从大量的青年作者中发现了很多有潜力的文学新人。

在作者队伍方面，目前，凤鸣轩小说网拥有签约作家超过百人，著名作者包括一剪钟情（作品《凤凰情劫》）、似微尘（作品《青春有悔》）、白纸儿（作品《溺爱魔嫣儿》）、冷水（作品《阔少娶娇郎》）、月下销魂（作品《豪门禁宠枕上欢》）等。凤鸣轩小说网给作者的福利尚可，其最新推出的作者福利体系显示，其福利共包括签约奖励、新型月票、月票、全勤奖励、红花榜奖励、点评榜奖励、道具奖励、月更新 PK 奖奖励、完本奖励、浴火重生计划等诸多种类。网站的签约作者如果登上了该网站的某些榜单，排名前三的可以获得 500 元到 100 元人民币不等的奖励金。对于签约上架的 VIP 作品，凤鸣轩小说网奖励幅度更大，排位一至十名的作者将获得 4000 到 200 元人民币不等的奖励金。凡凤鸣轩签约出版协议或版权买断协议的作品，且该作品获简体出版成功，如该作品出版销量达到凤鸣轩年度内出版作品销量的前三名，则作者将获得凤鸣轩“出版奖励”，分别奖励 10000 元、8000 元、5000 元。

在盈利模式方面，凤鸣轩小说通过广告、VIP 收费阅读、影视游戏改编等方式获取利润。凤鸣轩小说网将网站内流行的虚拟电子货币称作金币。目前，用户可以通过网银在线、盛付通、银联在线、中国联通卡（电信卡、神州行卡）、支付宝、财付通等方式换取金币。但是各种充值方式间的兑换比例并不相同，其中支付宝、网银、财付通、网银在线、盛付通这几种支付方式最为划算，1 元人民币兑换 100 金币，其余几种支付方式价格稍高。用户账户余额高于 1 元时，即可成为凤鸣轩小说网 VIP

会员，在此基础上，用户每年消费 50 元即可成为网站白金 VIP 会员。白金 VIP 会员可享受到所有 VIP 章节 8 折的优惠、送礼送鲜花 8 折优惠、签到金币双倍拿、评论积分翻倍涨的优惠。

当然，目前凤鸣轩小说网的发展较之起点中文网、纵横中文网、红袖添香等网站还有一定距离，其拥有作者、作品数量，网页日浏览量，知名度等都仍与那些老牌知名网站有较大的差距。但它的存在无疑为网络文学市场增添了更多色彩与活力。

（王今，纪海龙）

25. 一千零一页小说网（http://www.1001p.com）

一千零一页小说网成立于 2010 年，其前身为恐怖小说网站“我怕怕”。2010 年 8 月网站得到点金堂文化发展（北京）公司注资开发重新建立，2010 年 10 月一千零一页网站第一版正式上线。

一千零一页小说网以“指尖畅想，阅趣横生”为建站口号，以“创作阅读无处不在”为愿景，秉持着“创作改变人生”的价值观，目的是为作者提供无忧的创作环境，为读者找到心仪的作品。网站得名于建站者的美好愿望，盼望自身能够在众多文学网站中与众不同、独树一帜，使读者能够“翻过他们的千篇一律，享受我的一千零一页”。[①] 一千零一页小说网由男生站、女生站、影视改编几部分组成。经过几年发展，该网站已经成为一个集创作、阅读于一体的国内知名原创小说网站，并建立了一个融合付费阅读、移动阅读、实体图书出版、影视改编等多种盈利模式于一体的运营方式。

在整体页面设计上，一千零一页小说网算得上清晰、整洁。用户进入页面后即可在左上角看到网站名称标识，下方即为网站主要内容导引，包括免费小说、全本小说、书库、充值中心、用户中心、网编专区、家园、论坛几部分。首次使用网站的用户只需在页面右上角点击“注册”，之后简要填写个人信息即可，此外还可以通过腾讯 QQ 与新浪微博账号登录。根据自身需要，用户可以进入男生站、女生站，想了解网站影视改编则可以点击进入“影视改编”页面。2012 年底，一千零一页小说网对其首页进行了小部分改版。改版后，网站第一频包括热门小说分类、

---

① http://www.1001p.com/02.html

网站公告栏、红文榜人气作家（展示）、热门小说推荐、最新完结小说几类；第二频为“点金堂”版块，汇集全站优秀原创签约的作者、作品，以“主题小说推荐”形式面对读者；整页扩充至第三频，包括红文榜、新书榜、最新小说更新小说列表、红包打赏播报几项内容。然而，该网站包含着较多商业广告，并且经常伴随着用户的点击而出现弹出广告，较大地影响了用户的阅读感受。

内容建设方面，一千零一页小说网男生站将小说分为玄幻、奇幻、都市、异能、仙侠、修真、历史、军事、悬疑、灵异、科幻、游戏、竞技、同人几大类题材，女生站则将其分为穿越时空、古代言情、现代言情、豪门总裁、青春校园、魔幻仙缘、美文同人几大类。在网站首页第一频的“热门小说分类”中，一千零一页小说网还将这些类别向读者展示、推荐，帮助读者根据题材快速找到所需作品。现在，一千零一页小说网拥有原创作品5万余部，书库中有各类作品近3万部。截止2013年8月21日晚24时，一千零一页小说网最新更新玄幻小说2452部、都市异能小说1006部、仙侠修真小说512部、历史军事小说164部、悬疑灵异小说11541部、科幻游戏小说849部、竞技同人小说44部、穿越时空小说1325部、古代言情小说2870部、现代言情小说1736部、豪门总裁小说375部、青春校园小说1937部、魔幻仙缘小说586部、美文同人小说500部。其中，占据优势地位的是悬疑灵异、古代言情、玄幻奇幻、青春校园、现代言情、穿越时空几类小说，从中也可看出该网站的优秀作品主要集中于这几类。占据2013年8月一千零一页小说网红文榜前5位的作品分别为《劈腿你就死定了》（夏末秋至）、《倾世红妆：女王魅天下》（紫夜残雪）、《月下王妃》（小蔑）、《梦里不知身是客》（夏远远）、《眷眷柔情》（沛涵）。

作者队伍方面，目前，一千零一页小说网拥有签约作家超过百人，著名作者包括陌鸢兮（作品《我的爷：丫头要翻天》《妃常倾城：腹黑王妃不好惹》）、莉莉（作品《职场诱惑：情陷办公室》）、紫夜残雪（作品《樱兰 kiss6 加 1》《霸情索爱：偷心王妃别想逃》）、海月明（作品《风雨修仙传》)、浅斟低唱（作品《鹤冲天》)、风雨断肠人（作品《诡道》)、Mr. 猫（作品《第二观众》)、乐无忧（作品《误偷总裁心，冤家别想逃!》)、安妮婷儿（作品《死神总裁的复仇天使》)、锦言妙鱼（作品《我的皇后：袖手天下》)、隐世判官（作品《灭魔救世录》、秋暝（作品《天恸》）等人。相较而言，一千零一页小说网给作者的福利尚可。其 2012 年 10 月推出的作者福利体系显示，其福利共包括红文 PK 榜、唯我独尊榜（女生站名为落雁倾城榜)、签约送大礼、更新全勤奖、创作保障金、完本奖计划、终极买断奖、专职作家计划、年度作家峰会、渠道增值收益十大类。其中部分福利如更新全勤奖、创作保障奖、完本奖等因为男生站与女生站而有所区别，女生站福利较之男生站更为优厚一些。如更新全勤奖，男生站达到此项要求的签约作者，每日更新 VIP 字数 3000 字（含）以上，可获 300 元，每日更新 VIP 字数 6000 字（含）以上，可获 500 元，每日更新 VIP 字数 9000 字（含）以上，可获 800 元，同等条件下的女生站作者则可分别获得 300、600、900 元。与起点中文网、纵横中文网等更知名的网站不同的是，目前一千零一页小说网的签约作者还无最低保障奖，但那些已经与一千零一页网站签约且在网站完成 3 本以上 VIP 作品、每部作品总字数超过 200 万字（女生网作者要求 60 万字）的作者，一千零一页网站为其提供 500－3000 元不等的额外保障，以鼓励其安心创作。一千零一页网站也为创作新手开办“零训营”，为其提供写作培训机会，帮助他们提升写作能力。值得一提的是，一千零一页小说网明确表示，网站所拓展的作品诸如手机阅读、实体出版、游戏改编、影视改编等收入，将其中的 50%折算为人民币发放给作者，这较之一般的文学网站条件优厚很多。

盈利模式上，如上所言，一千零一页小说网站融合了付费阅读、移动阅读、实体图书出版、影视改编、游戏改编、动漫改编等多种方式，此外，还有页面广告收入。一千零一页小说网将网站内流行的货币称作零一币，目前，用户可以通过支付宝、网银、手机充值卡、游戏卡、腾讯 Q 币、中国移动短信支付、财付通等方式换取零一币，但是各种充值方式间的兑换比例并不相同，其中支付宝、网银、财付通三种支付方式最为划算，1分人民币兑换1零一币，其余几种支付方式价格稍高。用户单笔充值达到30元（短信充值除外），即可成为VIP会员，在此基础上，用户每月只需10元即可购买网站白金VIP会员。白金VIP会员可享受到免费的白金书库阅读，而且有全站免弹出广告等特权。实体出版，影视、动漫、游戏改编是一千零一页小说网又一重要来源。目前，网站已有《上官婉儿》《职场的诱惑》《狐狸的小男人》等多部书籍出版，森岛的小说《爱谁谁》既出版了实体书籍，也被改编为同名电影，房祖名、范文芳、张娜拉等人主演。此外，针对移动3G时代的迅猛来临，一千零一页小说网极为重视无线阅读渠道的开拓，力图推出多样性移动客户端产品，以适应日益增长的手机阅读人群。其网站上称支持所有型号手机访问，而且手机上的更新与互联网完全同步，VIP收费章节在手机与互联网之间二者只需付费一次，即可自由阅读，不需二次交费。

当然，就目前而言，一千零一页小说网的发展仍不可与起点中文网、纵横中文网、红袖添香等同日而语，其拥有作者、作品数量，网页日浏览量、知名度等都仍与那些老牌知名网站有较大的差距。未来，一千零一页小说网还需吸引更多优秀的作者加盟，并进一步努力扩大网站知名度，以跻身国内一流原创文学网站。

（纪海龙）

26. 翠微居（http://dlirvzkwww. cuiweiju. com/）

翠微居是国内成立最早的文学网站之一，其历史可以追溯到 2001 年。该年 3 月，翠微居成立人“翠微居士”在西陆申请了一个免费论坛，以此作为个人的藏书库，方便自己阅读。论坛名称即选择了翠微居士当时的 ID 名称 *cuiweiju*。随后黄环、爱菱等人加入了翠微居论坛，共同管理这个站点。论坛建立初期，人气并不高，发文量也很小。直至 2001 年 10 月，翠微居士在网站发布一则帖子，抒发自己的一些不满，从而引发了强烈反响。之后，炽热的吻、风い梦、幻马、寒江挽月等网络名人加入了翠微居。他们于当年 10 月底召开了翠微居第一次版主会议，商议如何提高翠微居知名度。经过一段时间的努力，翠微居论坛的访问量有了大幅增加。在此基础上，翠微居论坛许多版主开始提出设立翠微居主页的想法。2002 年 3 月，翠微居网站正式推出自己的第一版内容。现在，经过十余年发展，翠微居实力不断壮大，已跻身国内知名文学网站行列。

翠微居网站根据网站名称，使用了浅绿色为主要背景色，部分重要的标题与文字也使用了浅绿色，淡雅、大方。首页的醒目位置放置了在线书库、排行榜、VIP 专区、订阅记录、在线充值、会员中心、作家专区、写作素材 8 个主要版块。各版块之间留有较大的空隙，且版块内部内容安排也并不拥挤，配上淡雅的色调，给读者带来一种赏心悦目之感。网站的在线书库设了筛选条件和作品列表两个部分，用户可以根据自身阅读需要选择作品和作者。翠微居在页面的醒目位置也设有搜索一栏，用户只要输入关键字，便能快速找寻到自己想要阅读的作品。翠微居的排行榜有总点击榜、月点击榜、周点击榜、总推荐榜、月推荐榜、周推荐榜、总收藏榜、总字数榜、最新入库、最近更新、总鲜花榜、月鲜花榜、周鲜花榜、总月票榜等共 14 个排行榜，分类细致，既能推荐新近作者、作品，又能维持原有作者、作品的热度，从而得以更有效地提高作品的阅读率，扩大作者的影响力。VIP 专区则是好评度较高作品的所在处，其中的作品在情节故事、人物设定等方面都更能吸引读者，读者通过点击该版块，也可以快速阅读到质量较高、可读性更强的文学作品。值得一提的是，翠微居别出心裁地增设了写作素材版块，这一内容的设置主要是为了让作者学习网络小说，特别是玄幻小说的写作技巧，其中有素材收集、写作技巧、玄幻小说素材、历史小说素材、都市小说素材、武侠小说素材、网游小说素材、军事小说素材、竞技小说素材、恐怖小说素材、科幻小说素材、两性小说素材、小说资讯、字词句篇描写、封面素材等 15 个部分。写作素材模块涉及范围较广，其内容丰富多样，为写作者提供了一个详实的素材资料库。

在内容建设上，翠微居致力于打造一个原创玄幻小说平台，主推玄幻题材小说，但也推出了多种类型的作品。目前，翠微居的小说题材包括玄幻、奇幻、都市、官场、武侠、同人、言情、耽美、仙侠、修真、历史、军事、游戏、竞技、科幻、灵异等 16 种类型。早在成立初期，翠微居就已推出了《天鹰神谭》《不灭传说》等广受读者好评、反应热烈的小说。不过一段时间内，由于监管不严格等原因，翠微居出现了一些低俗化、艳情化的小说的内容，使网站受到了一些用户的批评。现在，翠微居致力于打造一个纯洁无色情的网络文学环境，屏蔽了一些带有情色小说性质的作品。

在作家队伍建设方面，相较于起点中文网、红袖添香等知名文学网站，翠微居的准入门槛较低，实行的是撒网政策，尽量吸纳更多新的作者，因此比较适合新作者发表作品。用户如果想成为翠微居的作者，只要在“申请作家”选项里给系统管理员发信息，再将自己不少于 800 字的作品发给管理员，通过审核后，便可以成为翠微居的作家。而只要在翠微居发表字数达到 5 万、上过强力推荐版块的原创小说作者，就可以申请加入 VIP。翠微居与作者的收入分成是 6：4。同时，翠微居推行一系列奖励措施，建立一个完备的作者福利体系，设有全勤奖、完本奖、低保金、月票榜、打赏以及催更收入等 5 项措施，覆盖面广，只要是翠微居的签约作者，都可享受以上福利。

在业务模式方面，翠微居主要以付费、广告、出版等方式盈利，现已建立较为完整的产业链条。翠微居在站内设立虚拟货币“翠微币”代替人民币流通，供用户在阅读小说的 VIP 章节时使用，1 元人民币等于 100 翠微币。VIP 章节的价钱为每千字 3 个翠微币，相当于人民币 3 分钱。翠微居采用注册会员付费模式，付费阅读是翠微居盈利的主要来源。翠微居还针对台湾地区的用户，设置了台湾地区用户购买专区，推出繁体字版页面，其中台湾用户可以通过卖场购买来充值，进行付费阅读。此外，翠微居还积极扩展自身的业务，利用自身在网络文学界十多年的发展经验，与新浪、网易、多酷、腾讯、熊猫、掌阅、联通等达成战略合作，广泛扩大自身的影响力，积极打造原创玄幻小说的更为广阔的平台。通过这种互利互惠的方式，翠微居努力实现自身的发展，希冀在未来的网络文学市场上分多一杯羹。

（谢青芸，纪海龙）

27. 半壁江中文网（http://www.banbijiang.com/）

半壁江中文网正式上线于2008年4月1日，是国内热销杂志《故事会》官网“故事中国网”的合作网站，该网站的负责人董江波在2010年还创立了专注于长篇小说发展的公益性网站——明月阁小说网。2013年8月，笔者从艾瑞咨询专业数据统计信息查询到，半壁江中文网在国内文学类网站中近三个月的排名为第29位[①]；另根据“站长之家”的统计数据显示，半壁江中文网的综合得分为2382，在国内所有小说类网站中排名第52位[②]。

半壁江中文网定位在将网站打造为传播国内文化领域综合资讯、提供原创网络阅读平台，引领时尚、生活、娱乐等多方面发展潮流的知名中文网站。在数年的发展过程中，半壁江中文网前后经历了三次改版调整，并与《读者》《知音》《故事会》《百家讲坛》《杂文选刊》《柠檬》等国内知名期刊杂志形成了荐稿关系，以及与上海文艺出版社、农业科技出版社、九州出版社等传统出版机构建立了合作关系，最终形成了包括半壁江传媒网、半壁江时尚网、半壁江文学网、半壁江作家专题、半壁江读书网（图书频道）、半壁江小说频道以及半壁江中文论坛等七个主要版块在内的公益性文化门户网站[③]。现今的半壁江中文网已基本确立了自身在国内文化行业、尤其是网络小说领域的品牌知名度及影响力，鉴于其同时又与国内70多家主流图书出版机构形成了友好合作关系，半壁江

---

① http://www.iwebchoice.com/Html/Class_65.shtml

② http://top.chinaz.com/top500?p=4&t=77

③ http://www.banbijiang.com/GongGao/banbijiangjianjie.html

中文网在新书推广、深度评论、影视推广和评论方面都有着相当显著的影响力。

在网页设计和架构方面，半壁江中文网整体给人一种健康、清新的视觉体验。首先，网站取消了各版块中具体栏目间的边框，并选用三栏/四栏式排列栏目内容，形式兼具规整和自由的特点；其次，除了各版块间插入的几条横幅广告外，网站并无任何赚取点击率的弹出/点击广告，且插放的广告也基本属于文化、出版和学习类，因而能够给用户提供非常舒适的浏览体验。半壁江中文网的内容导引栏包含了主页、资讯、文学、生活、笑话、读书、小说、作家和论坛等具体栏目，并且各栏目又下设了相关的分类链接，方便用户快速直接地进入相关所需服务。半壁江中文网主页大致包括了站内精品推荐/展示区、资讯动态、原创写作和生活等四个主要版块。具体来说，站内更新展示区具体涵盖了图书推荐、最新图书、资讯头条、原创文学、生活视角、投稿中心以及新书快报等栏目内容；资讯动态版块则包括了文化快播、文化纵横、聚焦人物、资讯中心、每日观察、锐眼聚焦、天天书评和影视快报等具体栏目；原创写作区主要由文世界（包含了故事汇、短篇小说、散文精选和心情随笔）和语天地（包含现代诗歌、古诗词、十四行诗和学生作文），以及两个主栏目的排行榜和推荐榜共同构成；最后一个版块——“生活”则具体涉及时尚频道、职场频道、驴行天下、品位生活和生活中心的排行榜及推荐榜，另外，这一版块还有新书上架展示、作家专题和长篇点击排行榜等栏目内容。上述关于主页各栏目的设置和布局也充分说明了，半壁江中文网涵盖的领域、内容几乎囊括了文化生活的各个方面，具有显著的综合性特征。

基于自身“综合性文化门户”的网站属性，半壁江中文网的内容建设自然地包括了传媒资讯、文化生活、文学图书、言说论坛等多个方面。具体来说，站内的资讯频道基本保持每日更新15条左右文化领域的各类新闻，其中既包括时下文化热点报道，也涉及了文学、影视等的深度评论；又如原创写作区仅在21天内（2013年8月7日—27日）即更新了

376篇小说、散文、诗歌等类型的原创作品，并保持每日平均约18篇的更新量。就更新的总数量而言，仅故事汇一栏即收录了哲理故事245篇、世态故事1697篇、刑案悬念故事346篇、民间传奇故事702篇、情感故事1360篇、怪诞恐怖故事856篇、青春励志故事250篇、办公室故事28篇、官场故事105篇，以及儿童故事72篇等共计5661条记录；再如半壁江图书网（图书频道）收录更新了包括恐怖科幻（71部）、历史侦破（161部）、儿童图书（97部）、情爱婚恋（237部）、玄幻奇侠（74部）、都市悬疑（112部）、官场财经（119部）、乡土军事（74部）、职场校园（99部）以及其他综合（166部）等众多类型图书（以上信息均根据2013年8月27日数据统计），并且还支持出版了《孤男寡女》（董江波）、《听哥讲江湖之局中局》（书剑凋零）、《镜中千年》（半轻人）等多部优秀作品。另外，半壁江生活频道为广大用户更新旅游、时尚、情感、职场及娱乐等方面的信息，半壁江论坛则为社区用户提供了自由交流的空间等。

回顾半壁江中文网几年的发展历程，这一兼备传统严肃文学和新兴网络文学的公益性综合文化门户背后形成了包括众多知名期刊杂志、实体出版社或图书公司、同类及相关网站（涉及期刊、读书、电子书、文化综合等）以及各类文化生活论坛在内的合作媒体阵容。目前，半壁江中文网的盈利空间仅限于很少的横幅品牌广告所得的收入，并且还对具体广告的投放的门槛做了明确要求，如“只接受硬广告和软发文两种广告方式”“拒绝任何色情、暴力、违法、政治类的广告投放”等，这一方面与网站的公益属性、品牌定位密切相关，另一方面也反映了半壁江中文网所支持的一种声音——呼吁整个行业共同关注和重视品牌广告形式。

（李玲，纪海龙）

28. 世纪书城（http://www.2200book.com/）

创立于 2005 年的世纪书城现已发展成为业界小有名气的原创小说综合网站，该网站综合了小说创作、文学阅读以及实体出版等方面的功能，是网络文学领域颇受推崇的原创性华语文学品牌之一。2011 年，在大众版“世纪书城”的基础上，世纪书城为发展女性读者和作者，又开辟出“世纪言情”频道，进而形成了两大模块下包括玄幻奇幻、都市言情、网游竞技、仙侠修真、武侠同人等多种类型小说在内的原创文学创作与阅读网站。

于云端处书写“世纪书城”墨迹，又配以天蓝色弧形水印、红色印章，加之笔、墨、砚以及线装书等，使世纪书城网站的 Logo 设计突显出浓厚的古典气息。相比之下，旗下的女生频道“世纪言情”Logo 设计中的凤舞、花香、淑女等元素则增添其浪漫色彩。世纪书城小说网秉承“世纪创造价值，文学创造未来”的建站理念，努力为广大文学爱好者提供一个公开、公正和真诚的发展舞台。与此同时，世纪书城凭借自身平台以及与出版单位间的合作关系，在积极打造站内小说的前提下努力发展图书出版，并且积极拓展影视改编、网络游戏等相关衍生产品，为旗下签约作者创下更多收益[①]。发展至今，世纪书城已基本形成了包括免费阅读、付费阅读、移动阅读、实体图书出版等多种经营方式于一身的综合性文学品牌。

在网页的整体设计方面，世纪书城主要以蓝色作为网页栏目的主色调（其中女性频道“世纪言情”的底色则为粉色），给用户带来清新、舒

① http://mm.2200book.com/fuli/

适的视觉体验。用户进入书城主页便可在页面顶端进行登录/注册，或直接浏览网页和检索作品，另在网站 Logo 的右侧还有推荐小说专题、排行榜等的快捷链接，以方便读者快速进入阅读。网站 Logo 的下方即为网站的主要内容栏目和小说分类导引，其中的内容栏目依次包括排行榜、会员中心、申请作家、作者专区、小说库、VIP 小说、充值、全本小说、素材库、小说专题以及作者福利等，栏目下则设有分类小说链接。书城的首页根据推荐和排行榜的相关栏目大致可分为四频：第一频具体涉及全站强推、主编力荐、24 小时热销、潜力新作、书城公告，以及根据火热度、新书、VIP、全本划分的推荐书目展示等内容；第二频主要包含了站内作品的分类推荐、月票榜和 VIP 热销榜等内容；第三频具体包括了 VIP 精品推荐、完结小说推荐、热门作品精选、热门小说分类推荐、小说点击榜以及小说推荐榜；最后一频主要为各类小说的排行榜，还包括根据作品的签约时间、更新状况、最新入库、最新上架、新书潜力等设置的排行榜，另外还设有作者专访以及网站客服栏目等。总体来说，这一网站的首页包含的内容容量偏多，部分分类、排行榜的设置模糊或出现重复，另外各频间还穿插了商业广告，易出现随意点击而弹出广告等问题，在一定程度上影响了用户阅读。

从网站的内容层面来看，世纪书城的大众版具体包括玄幻、奇幻、修真、仙侠、都市、科幻、军事历史、灵异推理、网游、竞技体育、武侠、同人、全本、出版等多个类型，另有以红色字体突出的“言情”链接至“世纪言情”女性频道。言情小说区具体又细分为古代言情、都市言情、女尊王朝、美文同人、穿越时空、妖精幻想、总裁豪门、青春校园、婚姻职场、古典架空等多个小类。截止 2013 年 8 月 22 日，世纪书城原创小说库共计更新两万余部作品，其中包括武侠小说 1046 部，科幻小说 427 部，仙侠小说 1217 部，玄幻小说 4833 部，修真小说 971 部，网游小说 872 部，言情小说 905 部，都市小说 2708 部，同人小说 96 部，灵异小说 277 部，竞技小说 48 部，奇幻小说 637 部，军事小说 548 部，出版小说 559 部。从以上数据也可发现，世纪书城中的玄幻小说、都市小说、仙侠小说以及武侠小说等的创作量较之其他类小说更大。在站内的小说总点击排行榜中，排名前五的作品（分别为徐浩瀚的《局长成长史》第二卷、天剑仙尊的《逆天狂侠传》第一部、星辰之恋的《不灭星辰诀》第二卷、夜·无魂的《圣杀者》第三卷和心随梦寒的《异界之风流邪帝》第三卷）也分属这几种类型。

在几年的经营发展历程中，世纪书城相继推出了付费阅读、移动阅读、电子E书、图书出版、世纪游戏、插入广告等多种营收策略。例如，其中的世纪游戏模块在2012年7月首次接入首款网络游戏“英雄王座”后，推出了龙将、一骑当先、超时空舰队、天地英雄、盛世三国等多款精彩游戏。站内的付费阅读、付费游戏等统一通过“世纪币”来完成支付，该虚拟货币可通过网银、支付宝、手机短信、游戏卡等方式进行充值，但不同方式的具体兑换比率略有差异，另外还针对台湾地区用户开通了汇款充值渠道等。另外，作品库中有500多部小说获得了实体图书出版机会。随着网站盈利的迅速增加，世纪书城逐步推出和发展了针对作者的福利计划。根据世纪书城在2013年4月份推出的最新奖励计划，该网站对旗下签约作者实行等级制管理，并根据等级设置相应的签约奖、完本奖和全勤奖。除以上奖励项目外，世纪书城又针对站内的独家分成签约作品设置月票奖（根据月票榜排名进行评选）。另外，世纪书城还推出了道具增值奖励（根据用户对作品的打赏情况）、手机增值奖励（根据手机阅读平台和WAP平台收益计算）以及第三方保值奖励（参考衍生产品的收益）等多项福利计划，从而为网站签约作者带来较丰厚的经济收益，同时也鼓励其网络文学创作。

综观世纪书城的发展历程，这一文学网站虽然尚难以和起点中文网、红袖添香等大型文学网站相抗衡，但凭借较长的发展历史和近几年的积累革新，这一网站有着巨大的发展潜力。

（李玲，纪海龙）

29. 文章阅读网（http://www.duwenzhang.com/）

创立于2007年10月的“文章阅读网”属于一个面向所有文学爱好者开放的非营利性为目的的网站。这一网站以提供一个自由发表文章、作者与读者自由交流互动的网络空间为宗旨，致力于促进网络原创文学的发展。不同于当下众多商业化文学网站集中主力发展网络小说，并以长篇连载、持续更新等模式吸引广大书友群，文章阅读网主要定位于短篇幅的情感文章、美文故事以及散文随笔等，旨在开辟出一片让作者释放情感、读者获得感悟、让所有文学爱好者尤其是喜爱精美短文的书友释缓个人心灵的乐园。并且这一纯公益性质的文学网站在互联网平台的基础上，还推出了手机WAP阅读、智能手机阅读等移动阅读服务，让读者随时随地都能找到情感栖居之所。

文章阅读网的页面设置在整体简约中又融合了多样化的色彩元素。首先，主页内容导引栏以醒目颜色的字样配合简单的虚线边框呈现，具体包含爱情文章、亲情文章、友情文章、生活随笔、校园文章、经典文章、人生哲理、励志文章、搞笑文章、心情日记和英语文章等各分类文章版块，以及站内交流论坛版块。其次，网站主页大致以“主一副”两栏布局：左侧的辅助信息相关栏目具体包括用户中心、精品美文、原创文章、心情日记、原创诗歌、作者推荐等；右侧的主要内容栏目区则涉及编辑导读、精彩文章片段展示、各分类文章更新列表、会员文章推荐等。另外，各具体栏目的标题区和虚线边框基本以浅绿、淡黄、浅蓝、浅紫、粉红等各种颜色标识，使整个主页的各栏目呈现出五彩石般错落分布的景观。还需指出的是，文章阅读网主页基本没有商业弹窗广告，同时在页面右侧设置了抽屉式悬浮分享栏，给用户提供了一个绿色、舒适且便捷的浏览空间。在站内文章的阅读页面，文章阅读网面向用户推出了分享文章、发表感言服务，用户还可链接进入同一作者文集或给作者单独留言。另外，根据用户所阅读的文章，文学阅读网还推出了相关短文和同栏目随机推荐文章列表，用户可继续挑选相关文章进行阅读。

就网站的内容建设而言，文章阅读网现已收录各种情感类散文、生活随笔以及美文故事等精美短文，从站内的更新列表也可发现，文章阅读网几乎每天都发布一些新的作品。具体来说，包括爱情文章 1355 篇、亲情文章 481 篇、友情文章 97 篇、生活随笔 963 篇、校园文章 197 篇、经典文章 206 篇、人生哲理类文章 591 篇、励志文章 207 篇、搞笑文章 276 篇、心情日记 1151 篇、英语文章 84 篇、原创文章 1957 篇、原创诗歌 574 篇等。另外，根据站内的相关统计，文章阅读网中现已注册的 267515 位会员总计向网站投递高达 177319 篇文稿，并发表读后感言 646432 篇（以上数据均根据 2013 年 8 月 29 日信息统计）。上述数据也反映出文章阅读网中收录更新的文章以原创文学、爱情文学和心情日记类数量最多，其中当然也和相关主题触及人们的普遍心理需求并受到社会广泛关注相关。“心情日记”栏目下的文章，记录了各种人群在不同遭遇、不同心情状态下个人内心中的秘密、生活遭际中的感动、成长历程中的痕迹等，让作者和读者共同体验和分享回归心灵之家的感觉。以获得频繁点击的心情日志《埋下一座城，关掉所有灯》（作者：风之子纳什）为例，文章中作者因朋友圈多人更新的同一签名而心生感触，思绪延展到自己对一座城市以及城中某一人丝丝叠加的感情和依恋，文章记录了作者特定时间、境遇中的心情和感悟，又进而激发有着相似感触的读者发表留言。

文章阅读网还特意推出了散文精选、美文、情感话题等专题栏目，其中散文精选主要是从站内历年收录的文章中精选近百篇抒情散文以供读者欣赏；美文专题与散文精选专题相似，收录整理的几百篇美文主要包括爱情美文，以及经典情感美文摘抄等；情感话题栏目则是根据站内相关文章的内容提炼出包括思念、态度、逃避、希望、信任、童年、现实、友谊等近百个类似于关键词性质的话题，用户点击具体话题即可链接至相关的文章列表，例如其中的“思念”话题下即收录整理了108篇短文。文章阅读网得以收录如此众多数量的文章，同时又能涵盖不同方面的众多主题，并且其中不乏优秀作品等，这主要在于这一网站所拥有的优秀作者群。目前，文章阅读网的优秀作者代表有千秋风雪（《愿得一人心》《失明的画家》《墓地的女孩》等）、包成海（《谈智慧与勇气》《谈运动与健康》《谈心胸与心态》《怎样结交朋友》等）、紫云烟（《品茶·随想》《活着》《聆听〈天空之城〉》等）、亦珺（《夜归》《美容与美心》《风景·心境》等）等。

文章阅读网中具有特色的一个版块内容就在于用户个人中心版块，其中的用户个人主页既是独立的个人空间（类似于QQ空间等），又直接与文章阅读网主页以及交流论坛挂钩。个人主页的内容导引栏主要包含了短消息（可查看或发送站内个人短信息）、留言板（可查看他人留言并回复）、收藏夹（展示用户所收藏的文章列表）、好友、设置以及交流论坛等具体版块的链接。另外，用户还可以对自己发表的文章、更新的帖子等进行编辑管理，以及参与文章阅读网举办的相关征文活动。当用户的个人等级达到5级以上时，还将获得站内的评审资格，给参与征文的具体文章打分等。由此可见，文章阅读网的用户个人中心集合了作者、读者、评审编辑等多种角色功能。

（李玲，纪海龙）

30. 蔷薇书院（http://www.qwsy.com/）

蔷薇书院是一家专注于女性言情作品创作与阅读的原创文学网站。它创建于 2010 年 12 月，隶属于广州优聚信息科技有限公司。

该网站的页面设计充分考虑到了女性因素，以粉色为主色调，给读者带来甜美、可爱之感。除进入首页时弹出的广告外，页面没有其余的广告和游戏，读者感觉悦目清新。网站名称与标致在页面上方偏左处。首次进入网站的用户，点击页面右上方的“注册”，简单填写几项信息即可完成注册，全程不过 1 分钟。书院设置的栏目有书库、排行榜、VIP 频道、作者专区、论坛、手机版、游戏中心、充值。在书库子页面，读者可看到 1 万余部原创作品。为节约寻找时间，书库将所有作品贴上标签，并按排序方式、连载进度、作品字数、更新时间和主题进行分类。蔷薇书院还设有论坛，论坛有新手上路、作家专区、读者专区、游戏专区、站务之家 5 部分。读者与读者、读者与作者可在此交流讨论创作、阅读心得体会。不过，与国内其他创作类论坛如 TXT 论坛相比，蔷薇书院论坛不算火爆，其在线用户一般只有几百人，最高数也只有 900 余人。其搜索功能位于分类频道的下方。搜索栏旁是网站点击量高的作品。为方便读者选择，网站还在搜索栏下设置了热门标签，助网友迅速找到感兴趣的作品。

书院的版面设计较其他同类型网站稍显复杂，共 5 大版块。第 1 版设有强力推荐、热门推荐/VIP 推荐、红文强作精选，在热门推荐/VIP 推荐下方是网站的信息公告。第 2 版包括潜力新作推荐、新作封面推荐、新书月榜、都市言情小说推荐、古代言情小说推荐、穿越言情小说推荐和豪门恩怨小说推荐。第 3 版是精品完结、热门长篇、月票排行榜。第 4

版设有 VIP 作品字数更新榜、言情小说最新更新/VIP 小说最新更新、签约新作/最新进站、点击榜和推荐榜。第 5 版是言情小说热门书评。蔷薇书院网站经常推出限时免费活动，在活动当天，会员登录后即可免费阅读当天推送作品的 VIP 章节。

由于蔷薇书院的读者以女性为主，其内容建设上亦照顾她们的口味，网站作品类型主要有都市言情、古代言情、玄幻言情、穿越言情。其中，都市言情类的代表作品有《恶魔总裁，求你放过我》《恶魔总裁，不可以》《失控交易：亿万老公休掉你》；古代言情类的代表作品有《丑后倾国》《调教绝色宠妃》《冤家路窄：王爷请看招》；玄幻言情类的有《吸血诡城：爱上撒旦的天使》《穿越妖界：蛇王宠后》《没羞没臊》；穿越言情类有《冷王的爬墙丑妃》《冷皇的笑妃》《御王有数：逃妃逼上榻》。4 大类型中，点击率最高的是都市言情，其次是穿越言情，两者前 3 名的作品点击量均过 2 千万。古代言情和玄幻言情相对较少，古代言情榜前 3 位的作品点击量过千万，玄幻言情的最少，只有几百万。

目前，网站内比较有名的作家有杉杉、朝歌 02、萧月惜、莫紫轻、苏澈雪、思雨飞花、快乐优雅、唐寅才子、紫色血滴、小甜、风倾、青苹果儿、桃猫妖娆、罗小舒等等。2013 年蔷薇书院给作家的福利体系包含 9 大奖励，分别是月票奖、全勤奖、作品保障计划、更新奖、完本奖、回报奖、勤奋奖、作品买断和签约红包。每月月票排名前 15 位的作品可获得 200 至 5000 元不等的奖励；全勤奖根据作者日更新、月更新字数的不同分 500、800 元两种；满足条件的签约作品可参与每月 300 元、长达 4 个月的作品保障计划；月累积更新字数最多的前 15 名可获 200 到 1200 元的更新奖；完本奖视作品字数多少奖以 200 至 1500 元不等的金额；书院对于蔷薇星级作者给予回报奖，星级不同，奖励金额不同；勤奋奖视完本字数差异奖励作者 100 到 500 元不等的金额；对于高质量的作品，网站提供的买断稿酬为千字 10—500 元；另外，与网站独家签约的作品还可获 100 元的签约红包。从以上可看出，蔷薇书院提供的作家福利计划比较丰厚。每月稿酬、奖金的发放都会在蔷薇公告里显现出来。

从网站介绍来看，蔷薇书院的盈利方式主要是在线收费阅读和无线阅读。网站内流通的虚拟电子货币叫蔷薇币。读者需要花费它来阅读VIP章节。会员可通过多种方式充值，如网上银行、支付宝、快钱、财付通、神州充值卡、联通充值卡、电信充值卡、移动短信、联通短信、电信短信、骏网一卡通、盛大游戏卡及其他游戏卡。为方便海外读者，网站还有PayPal充值服务。不过各种充值方式的兑换比例不一样。会员一次性充值10元以上，并将其全部兑换成蔷薇币即成为初级VIP会员，初级VIP会员以4分每千字的价格阅读加V章节。一次性充值50元，并缴纳30元会费的会员即为高级VIP会员，其阅读加V章节3分每千字。一次性充值365元，将全部金额兑换成蔷薇币，用户就成为粉钻会员，粉钻会员依然是3分每千字，但他们可享受专属粉钻会员的活动。此外，3G手机用户也可随时随地浏览蔷薇书院的内容，无线阅读的价格是3蔷薇币每千字。

蔷薇书院从创建之初就一直致力于发展女性原创文学阅读。尽管成立时间不长，但网站发展较为迅速，产生了一批点击量过百万、千万的作品，在女性读者中的影响力日益增强。不过它与其他老牌女性文学网站如红袖添香、晋江文学网等还有着较大的差距。由于网站上线时间并不长，网站的用户数量还不多。这从其论坛的在线人数、会员的活跃度就可看出。网站在今后的发展中除一如既往地保持自身特色、保证清新的阅读环境外，还需进一步提升作品质量，扩大作品知名度，争取跻身于文学网站第一阵营。

（王洋圆，纪海龙）

31. 天下书盟（http://www.fbook.net/）

天下书盟网站成立于2003年3月，是国内较早成立的文学网站之一，前身为“中华写手同盟”。天下书盟现由天下书盟文化发展有限公司运营。该公司以文学版权运营为主，为用户提供电子付费阅读、线下出版、游戏、动画等有版权的内容。

在页面设置上，由于天下书盟主打玄幻小说品牌，其页面整体设计也给读者一种修仙、玄幻的飘渺感。页面以红色、白色为主要色调，辅以一些古装人物的动态图片，非常富有古典诗意，不过某种程度上也稍显繁复。页面的右半部有网站的多种类型排行榜，方便读者找到网站热门及经典作品。页面的顶部则是天下书盟网站几款原创游戏的推荐及链接。整体而言，天下书盟的首页比较整洁，内容安排有序，信息量适中，使读者能够更快、更直接地找到所需作品，给读者带来了良好的体验享受。此外，用户注册天下书盟时也非常简单，从注册到阅览，读者所需时间大概只有1分钟左右，快捷方便。但是，网站插入的广告对读者的阅读也产生了部分影响。

如上所言，天下书盟以玄幻小说为主打品牌，从而在国内诸多文学网站中形成了独特的风格，受到了大批玄幻作品爱好者的欢迎。这方面的热门作品有《猎宋》《陆星鸟》《邪仙》等等。不过，为适应更多用户需求，天下书盟在内容建设上也试图走一条多元化之路，现在的文学类型囊括了奇幻、武侠、都市、言情、历史、军事、游戏、竞技、科幻、灵异等多类。天下书盟还有专门为女性读者设立的青春言情小说分站。特别的是，天下书盟还设立了“公益图书馆”专栏，为读者提供古典文学、现代文学、外国文学、社会文学、人物传记、诗歌散文、儿童文学、侦探推理、工具资料、哲学宗教等方面经典书籍的免费阅读，进一步提升了网站的品质。

天下书盟网致力于打造高水平的文学作品。网站成立十年，产生的优秀作品众多，如《猎宋》《陆星鸟》《邪仙》《魔旅》《霸汉》《狂仙》《诛神》《风月大陆》等等。优秀写手有天荒、坤飞、问苍天、龙人等等。除提高自身的质量之外，天下书盟还积极与其他同类网站进行战略合作，与纵横中文网、看书网、好看文学城、玄幻小说网、原文小说网、连成读书等多家原创文学网站达成合作协议，经常联合举办各类文学活动，共同推广优秀网络文学作品。

作为国内老牌文学网站，天下书盟已经形成了较为成熟的盈利模式，包括在线付费阅读，实体出版，影视、游戏、动漫改编，无线阅读等。用户需要付费阅读网站的 VIP 作品付费章节。天下书盟内流通的电子虚拟货币名字为天下币，用户可以通过网银、固定电话、游戏点卡等多种方式充值。

天下书盟的出版业务在业内享有一定的名气。2009 年，其曾经成功策划出版过“天下奇幻书系”，里面包括了《龙人作品集》《无极作品集》《中国人的炼金术》等多部国内优秀奇幻作品。该套书籍收获了较大的影响力，影响范围包括韩国、泰国、越南及台湾地区等。天下书盟也注重发展旗下的出版业。2009 年 10 月，天下书盟文化发展有限公司通过了网站与公司发展的三年规划书，要斥资 2300 万打造天下书盟原创小说阅读序列，并引领网络原创改编漫画、游戏、电影、电视作品的发展，加强国际间的版权合作。

作品的影视、动漫、游戏改编方面，天下书盟也独树一帜。由于其作品以奇幻类为主，而此类型的小说包含着较强的游戏、动漫、影视改编潜力。因此，天下书盟的作品影视、游戏改编非常热烈。目前，网站已经有多部此类作品被改编为影视。而且网站的游戏功能也非常发达，因为喜爱玄幻类作品的读者通常也爱好该方面的游戏。此外，其商战类作品《借贷》已改编为电视剧本。

可以说，经过十余年的发展，目前天下书盟已经成为国内知名的原创阅读网站，吸引了一批网络文学爱好者聚集于此。但是，需要指出的是，天下书盟网尽管成立时间较早，但其与起点中文网等其他老牌文学网站相比，发展势头仍显缓慢。尤其是近几年来，国内同类文学网站的出现如雨后春笋，各文学网站之间的竞争更加激烈，一定程度上给天下书盟带来了更大的压力，其市场竞争力有不断下降的趋势。全球互联网排名 ALEXA 的数据显示，从 2005 年 11 月到 2013 年 8 月，天下书盟的排位从全球 1932 位跌至 24078 位[①]。天下书盟在百度的搜索次数 2013 年上半年也呈现出大幅度下降趋势。如何发挥老牌文学网站的优势，在众多文学网站中树立起自己的地位，这是天下书盟未来一段时间内必须解决的问题。

（谢青芸，纪海龙）

---

① http://www.alexa.com/search?q=%E5%A4%A9%E4%B8%8B%E4%B9%A6%E7%9B%9F&r=home_home&p=bigtop

32. 3G 书城（http://www.3gsc.com.cn/）

早在 2005 年之际，3G 书城基于移动终端的网络平台即已问世，该网站在创立后迅速发展成为能够独立进行大规模阅读集群业务的 3G 门户，并且也晋升为国内移动网络中具有显著影响力和知名度的原创文学网站。2010 年 8 月，3G 书城所属的广州市三聚广告传媒有限公司又在原有移动业务基础上推出了基于互联网的文学网站——“3G 书城”，正式加入互联网网文市场。

回顾 3G 书城移动平台的发展历程，其不仅对国内移动互联平台的发展扩大具有开拓性意义，而且还凭借自身的探索和创造连续推出了基于移动互联网的众多应用软件和服务，甚至可以说 3G 门户的发展已逐步渗透进手机用户的日常生活，并或显或隐地制约着人们的思维方式和习惯。而新创立的 3G 书城网站，在顺利接入 3G 书城移动网络平台资源的同时，积极以“移动＋互联＝自由自在的阅读”作为自身发展的口号，以创建数字阅读的新天地。虽然在发展时间方面较之业界其他网文网站并不具备优势，但凭借 3G 书城所属公司已搭建的良好平台及其自身在内容、技术等方面的积极投入，3G 书城迅速发展成为国内文学网站的重要角色。

在页面设计方面，3G 书城站内主页选用了浅近的天蓝色作为网页基本色调，并且采用了少容量、简约化的内容栏目布局形式，促使整个页面更显轻松舒适。书城的 Logo 为红、蓝、绿三基色构成的三个三角形叠加图，一方面从不同角度喻意“3G”中的“3”，另一方面又以三基色叠加构成丰富多样的色彩世界喻指书城作品内容丰富。可以说这一识别标识恰当地凸显了 3G 书城简约但并不简单的特点。进入书城主页，用户即可点击页面顶端相关链接进行注册、登录和签到等操作。书城目前的注册流程也较为简单，并且还可通过新浪或QQ账号进行快捷登录。在站内快速检索栏之下即为3G书城的内容导引栏，从中可知书城主要包含了书库、排行榜、包月专区、作者专区、充值中心、游戏中心、社区论坛以及帮助专区等内容和服务版块。网站主页根据内容展示、推荐和更新等相关栏目大致划分出五频，其中包括了站内综合推荐、作品分类推荐等推荐列表，月票榜、打赏榜、点击榜、推荐榜和收藏榜等排行榜，免费/VIP作品更新、入库新书等列表，以及站内公告、用户建议等相关内容栏目。除了各分频间穿插的横条广告，3G书城的主页并无其他弹窗或悬浮广告，因而能够增加用户的舒适浏览体验。

截止2013年10月3日，3G书城共计收录玄幻奇幻、科幻探险、都市生活等各类网文作品4万余部，其中男生频道总计包括了21307条记录，而女生频道则包含了15984条记录，另外还存在少量尚未划分书库的作品。就目前收录更新的情况来看，3G书城中免费阅读作品所占比例接近90%，而收费作品仅有5433部。另外，书城中所收录的作品绝大多数的字数都不超过20万，并且书城中有大约80%的作品正处于连载更新中。在3G书城收录所有作品中，共有玄幻奇幻类作品9381部，科幻探险类作品714部，仙侠武侠类作品3207部，游戏竞技类作品1116部，悬疑灵异类作品752部，都市生活类作品5437部，历史军事类作品660部，青春校园类作品2874部，浪漫纯爱类作品1414部，现代言情类作品3792部，古代言情类作品2569部，奇幻仙侠类作品1426部，港台言情类作品2458部，穿越时空类作品3924部。不难发现，玄幻、都市、穿越和言情类作品几乎占据了3G书城中的大部分江山。从书库的总点击榜、总推荐榜和总收藏榜来看，进入三榜前30名的作品基本都属于3G书城的签约VIP作品，并且大多数作品的类型都不外乎玄幻、都市及穿越类，例如书库总点击榜的前五部作品《修仙狂徒》（王小蛮）、《桃运狂医》（水里游鱼）、《我的贴身校花》（带玉）、《乡春满艳》（曾吃）和《异界魅影逍遥》（纯情犀利哥）中即有四部属都市和玄幻类小说。

与其他很多网文网站由互联网拓展至手机移动网络的发展轨迹相反，

3G 书城首先是在手机移动互联网建立起自身的大本营，继而在占据了移动网络领域相对稳固的市场份额后再打入互联网领域、参与相关竞争。现阶段的 3G 书城，一方面通过网站内基础性的付费阅读、外挂广告、用户充值打赏等方式获取一定收益，另一方面又积极挖掘其他营销策略以争取更多盈利，具体例如，3G 书城根据用户的阅读兴趣推出了一系列的包月服务专区，也即将站内作品按类型或专题进行分类打包后推荐给读者，读者在支付一定额度的谷粒（3G 书城站内虚拟货币名称）后即可享有 30 天的包月作品阅读权限。另外，3G 书城还推出了“3G·WAN”游戏频道，并且在游戏频道与书城间建立起联通互推的策略，以增加 3G 书城的经济收益。总的来看，这一联合了手机移动网络、互联网书城和游戏频道等多种业务和服务的营销模式，能够在业务间形成强有力的联动效应，进而促使 3G 书城迅速获得大量用户的认可。

从前文的相关统计可知，目前 3G 书城中的 VIP 收费作品数量并不多，甚至整个书库中收录的作品数量较之起点、纵横等知名网站也相当有限。为鼓励作者创作以及书城原创作品的发展，3G 书城在 2013 年 7 月重磅推出了站内作者福利计划，其中男频福利面向所有签约作品，而女频福利则面向买断以外的全体上架作品，具体设置了龙/凤榜、新星榜、新书上架榜、长篇扶持奖、全勤奖、完本奖、更新买断奖、质量买断奖、道具分成计划、渠道拓展计划、影视出版计划等多项福利。与此同时，3G 书城还面向站内所有作者推出了 2013 年原创文学大赛，以鼓励原创文学的创作，挖掘和培养网络文学领域的新生力量。

（李玲，纪海龙）

33. 异侠小说网（http://www.yixia.net/）

异侠小说网是一个提供小说免费阅读与免费下载的网站。

网站首页以白色为底色，蓝色为主色，对比清晰、醒目。网站的标识位于首页左上方，采用了蓝、粉双色来突出网站名称。标识之下即为网站的各个栏目设置，包括男生小说、女生小说、完结小说、热门小说、最新入库几类。完结小说页面有最新完结小说、热门完结小说以及各类型小说完结排行榜。热门小说页面则是所有作品的总排行榜。最新入库里汇集了刚刚上架、正在连载的作品。其搜索功能与几大栏目位于同一域。网站首页共分 3 大版块。第 1 版块有精品推荐、强力推荐和港台新书。“强力推荐”是得到读者推荐票数较高的作品，内有作品内容简介并配以图片。“强力推荐”下方是本站公告、热门搜索和新书上架。第 2 版有会员推荐、最新入库、最近更新、完结小说更新、文章周排行、文章月排行。周排行和月排行的前三名小说都用红色突出，以引起读者关注。第 3 版是小说分类展示，有古代言情、都市言情、穿越小说、玄幻小说、青春校园等类别。用户点击页面最上方“注册”按钮，简要填写信息，花费 1 分钟左右即可完成注册。注册会员即可获得 10 个积分和收藏 20 本书的权限。读者可进入会员书架，完成资料、密码修改等操作，也可查看所藏图书。为了最大程度地吸引读者，给读者以清新悦目之感，异侠小说网的首页并没有太多广告。不过当读者真正进入某部作品的阅读时，就会遭遇很多游戏、广告，给其阅读带来不小的困扰。

内容上，异侠小说网女生小说分为古代架空、都市言情、穿越小说、玄幻小说、青春校园几类；男生小说分为奇幻小说、都市异能、武侠修真、网游竞技、军事历史、科幻灵异几类。女生小说中点击量高的是玄幻小说、穿越小说和都市言情，如玄幻小说《妖妃：凤临九天》有 49 万多的点击量，穿越小说《清殇：语落葶熙》有 42 万多的点击量，都市言情小说《缠绵交易：总裁的童养妻》也有 47 万多的点击量。男生小说中奇幻小说类点击量较多，如奇幻小说《星际之奇珍异宝》和《重生机甲风暴》点击量均超过了 12 万。对比女生小说与男生小说就会发现，女生小说的点击量远远超过男生小说。显然，异侠小说网的女生小说更受读者青睐。由此来看，进入异侠小说网的女性读者会多于男性。

截止 2013 年 8 月底，异侠小说网最受欢迎的作品是《妖妃：凤临九天》（作者佐希沫）、《缠绵交易：总裁的童养妻》（作者左儿浅）、《魔王难嫁：最强异能妃》（作者连曦）、《清殇：语落葶熙》（作者独坐秋风）、《逆天兽妃御天下》（作者女帝称霸）、《燃烧吧老师》（作者雨落落雨）、《王爷，我来自 F 杀手组》（作者必雪儿）、《腹黑宝宝：老妈是悍妇》（作者红叶飘香）、《菩萨蛮：倾国战神乱长安》（作者莫非小励）、《天才儿子腹黑妈咪》（作者勤奋木）、《御用宠姬》（作者落棋砂）、《妖孽侯爷：爬墙红杏休想逃》（作者依绯）、《地产女王色色吻》（作者海蓝）、《神秘王爷病王妃》（作者清晓璃）。这些作品全都属于女生小说，再一次说明异侠小说网对女性的吸引力超过男性。但是这些作品大部分都首发于小说阅读网、红袖添香、言情后花园等网站。由此也可看出异侠小说网相当于一个阅读中介，读者可在此阅读与之达成合作的网站的人气作品。因此虽然这些作品是网站内最火热的，但它们的点击量还是无法与作品首发网站相提并论。并且，网站读者活跃度不够，极少参与作品评论，如点击量第 2、第 3 的《缠绵交易：总裁的童养妻》《魔王难嫁：最强异能妃》都无人评论。

确实，异侠小说网的网站定位类似于上文的 TXT 小说网——给读者提供一个小说阅读平台。它们的共同特点是原创作品少，网站内的大部分小说均来自于其他文学网站。但它没有如 TXT 小说网一样火热的论坛，读者并没有一个公共交流互动的平台。这或许是其站内粉丝不够活跃的原因之一。

相比其他文学网站综合的盈利模式，异侠小说网收入单纯，主要是广告。读者在网站内可以免费阅读，不过下载作品需要积分。读者可通过每天登录网站、发表能加精华的书评、对网站作品投票、发布文章、检举违规作品、提示错误等方法获得积分。由于网站内少原创作品，所以也没有实体图书出版、影视动漫改编、移动阅读等业务。

未来，异侠小说网如想提升行业竞争力，其一方面要引进优秀作家，大力扶植原创，因为只有原创作品才能实现多元化盈利模式；另一方面也需要加强网站建设，为读者提供更加舒适的阅读环境，想方设法增强读者对网站的黏着度。

（王洋圆，纪海龙）

34. 玄幻小说网（http://204.74.215.236/）

玄幻小说网是一家玄幻作品原创文学网站。网站以“读书在玄幻，梦想永相伴”为口号，致力于为广大书友提供优质玄幻小说。

玄幻小说网的网站名称和口号位于网站页面左上角。该网站首页面包括会员专区、作者专区、充值续费、帮助中心、排行榜、玄幻社区等几大部分。网站设计整体来说比较简洁，以白色为底色，蓝色和黑色为主色，只在三大版块接合处嵌入两幅游戏广告，对读者的视觉效果影响不大。网站第一频设置有强力推荐、热推、热门推荐等项目。第二频设置有 VIP 推荐、分类热门作品、精品小说 3 项。相比较而言，网站第三频颇为复杂，除新书入库、新书提名、新书图文推荐、VIP 作品、最近更新等栏目外，还有各类榜单（包括月票榜、周点击榜、打赏榜、新书潜力周榜、周推荐榜、全本推荐），繁多的设置给人以应接不暇之感。子页面中，如“玄幻科幻”类小说页面，有大量此类作品集中展示给读者供其选择，页面也有强力推荐、热门推荐、最近更新、本类精华、本类强推、本类周点击、本类周推荐等，读者可依据自身兴趣自由选择，灵活性较大。首次进入网站的读者点击页面最上端“注册”，简要填写相关信息即可完成注册。已注册的会员在会员专区可了解用户信息，对用户资料进行修改和重新设置，不仅能知晓阅读情况、结交书友，还可接收站内信息，与管理人员交流。与其他文学网站相同，玄幻小说网的搜索功能位于小说首页下方，只是设计过于简单，不易察觉。搜索旁是热门小说，方便读者在最短时间内阅读到人气小说。不过需要指出的是，当读者进入某部作品的阅读界面时，玄幻小说网会在页面上方及左右两边出现游戏或广告。此外，有时读者点击如“作者专区”“玄幻社区”等链接，网站会跳转到红薯网页面，说明网站的维护还需进一步加强。

内容建设方面，玄幻小说网作品主要有玄幻科幻、奇幻魔幻、都市异能、武侠仙侠、修真神话、VIP作品、完本作品、女频出版、历史军事、网游竞技、另类偏门、同人其他等类别，内容丰富。值得一提的是，正如在女性原创文学占领一地的言情书殿为增加网站人气特设男生小说一块，玄幻小说网虽主打玄幻，还是开出女频出版专栏吸引女性读者。可以说，玄幻小说网在确立自身特色发展的同时，亦没有放弃受众最大化的追求。目前，玄幻小说网内比较火爆的玄幻科幻类作品有《五界至尊》（作者哈啤）、《龙临异世》（作者谦谦二君子）、《法则天尊》（作者哈啤）、《异界之贪婪公子》（作者小卡）、《七界剑尊》（作者全职杀怪兽）、《魔神异世录》（作者乐不死鼠）、《破神诀》（作者虚无的度）、《狂仙》（作者天荒）、《至尊圣神》（作者星之魂）、《都市销魂》（作者叶小白）、《欲仙录》（作者名声鹊起）、《七界修神》（作者烈火焚神）、《魔法傲世录》（作者八月的霜冻）、《漠天》（作者森海）、《九天禁书》（作者栩一栩）。其中，有的已完本，有的正在连载。其中，排位第1的《五界至尊》点击量达到了1600多万，其余的也有几百万次。

玄幻小说网比较知名的签约作家有月中天（作品《痞仙》）、百世经纶（作品《逆魔劫》）、哈啤（作品《五界至尊》）、岚少（作品《赤焰血》）、乐不死鼠（作品《魔神异世录》）、何须红（作品《香奴》）、超帅小虫子（作品《挺枪》）等。对于新签约作家，网站提供新人作者指南，让新作者掌握快速成功的技巧。作者对于作品的版权归属虽有多种选择，玄幻小说网为其提供了“专属作品”“授权作品”“驻站作品”“暂未授权”几类，不过网站编辑基本只关注授权级别为专属作品和授权作品的作者。这意味着作家要想使自己的作品能有机会面对读者，就必须使作品成为专属作品或授权作品。玄幻小说网从2011年起对签约作者实行新的福利计划，包含10项内容：签约奖励、完本奖励、保底奖、更新奖、红包奖励、优秀作者和优秀作品买断奖、月票奖励、联合大赛奖、集体出版简体套书系列、年终订阅返款福利。其中，买断奖5元千字起步不封顶。年终订阅返款福利具体操作是，当作品订阅累计均订过万的作者，返 1 万元订阅提成；均订过 5000 的作者返款 5000；均订过 1000 的作者则返款 1000。[①]

玄幻小说网的盈利方式相对简单，主要是广告收入和付费阅读。玄幻币是其站内流通的虚拟货币，阅读作品 VIP 章节即需支付玄幻币。用户充值的方式有易宝、财付通、支付宝、神州行卡、各类游戏点卡等。

由于玄幻小说网作品特色鲜明，主打玄幻小说，因此很容易拥有自己固定的书迷。不过，就目前而言，较之起点中文网、红袖添香等网站，玄幻小说网仍有较大的距离。未来，如何吸引更多的用户，这是玄幻小说网需要着力解决的问题。

（王洋圆，纪海龙）

① http://www.xhxsw.com/fzfz_file/wzwjyemian/2011xinfuli.html

35. 幻文小说网（http://www.huanwenkk.com/index/index.html）

幻文小说网成立于2013年，隶属于杭州幻文科技有限公司，是一家集创作、阅读、下载、版权运营于一体的综合性文学网站。杭州幻文科技有限公司注资千万，集结资深的运营、管理团队，搭建了大型无线阅读平台。网站坚持精品原创阅读理念，以“原创文学造梦者”为口号，专注发展无线阅读，致力于发掘热爱文学、长期从事网络文学创作却缺乏机会的作家，为其提供优越的创作环境，也为爱好网络文学的读者打造舒适温馨的阅读平台。

幻文小说网的页面设计简单清晰。几大版块的连接处都是网站自己的宣传语，如散发着青春气息的“遇见有创意的书”和具有浓浓可爱味道的“幻文和你追忆那些年”字样，而非游戏与广告，显得干净利落，带给读者较高的视觉愉悦度。首页上方偏左位置是网站名称与标识，名称右边是网站的口号“幻文小说网，一个神奇的阅读网站”，设计充满古典韵味。网站设置的栏目有书库、作者专区、新闻公告、会员中心等。搜索和热门搜索栏在几大栏目之下。与大多数同类型网站一样，幻文小说网包括3大版。第1版的内容是本站强推、本周推荐、热门小说推荐、新闻与公告。第2版包含幻文经典、幻文男生、幻文女生、推荐榜、打赏榜、点击榜、收藏榜、完本榜、男生新书榜、女生新书榜。每一榜单的前三名作品都以红色突显，以吸引读者注意。第3版有新书入库、最新更新、更新小说列表、网编推荐、作家推荐、百万VIP小说推荐以及人物访谈。由于网站刚成立不久，访谈还刚刚开始。特别需要指出的是，幻文小说网页面几乎与广告、游戏页面绝缘，堪称是目前国内文学网站中阅读环境最佳的网站之一。不仅如此，网站还充分考虑不同读者的需求，设置了不同颜色的背景、字体、字号大小和字体颜色供读者选择，且操作起来非常方便。

内容建设方面，幻文小说网的作品可分如下几类：玄幻奇幻、武侠仙侠、现代都市、历史军事、游戏竞技、科幻灵异、古代言情、都市言情、穿越幻想、文学小说、浪漫青春、人文社科、经典励志。与一般文学网站对比可见，幻文除常规类型外，还增设有人文社科、经典励志类。由于网站初建，站内作品不多。截止 2013 年 9 月初，其网站上只显示有 158 部小说，其中玄幻奇幻类 17 部，武侠仙侠类 7 部，现代都市类 48 部，历史军事和游戏竞技类 0 部，科幻灵异类 3 部，古代言情类 19 部，都市言情类 34 部，穿越幻想类 23 部，文学小说类 2 部，浪漫青春类 5 部，人文社科和经典励志类 0 部。从以上数据可看出男生频道内现代都市和玄幻奇幻小说相对较多，女生频道内都市言情和穿越幻想类小说较多。

目前，网站内的人气作品有《护花邪少》（作者白慕青）、《花都贴身高手》（作者柴米油盐）、《全能邪才》（作者石头会发光）、《山村邪少》（作者青山子）、《桃运高手》（作者丢袋）、《决战通天》（作者蛋白质炒饭）、《不朽魔尊》（作者醒非）、《护花神医在都市》（作者雪糕）、《花都十三钗》（作者青史暮笔）、《大牌宠妻是辣妹》（作者西极冰）等。这些作品的授权级别有些是 A 级签约，有些是暂未签约。其中人气最高的《护花邪少》点击量过万，其余的只有几千。仅过万的点击量当然不能与老牌文学网站的火爆作品相比。不过，幻文小说网刚刚创建，这些作品都还有很大的上升空间。

由于网站刚刚成立，尚没有签约作家的统计数据。作家的福利计划也还未推出。不过，网站的编辑均为深谙行业之道的专业人士，能给新人作家以指导，这从其男频、女频征稿需求公告中就可见出。幻文小说网拥有千万注资，可以提前预付作家稿酬。目前，网站已买断了不少优质作品。同时，杭州幻文科技有限公司长期专注于无线阅读，具有强大的无线运营实力，这也是网站的突出优势。

盈利模式上，毫无疑问幻文小说网走多元道路。除付费阅读外，移动阅读、实体图书出版、影视动漫的改编都是其力图发展之道。网站建立不久，就有部分小说如《花都贴身高手》《全能邪才》更新到需付费才能阅读的VIP章节。不过，读者的充值渠道相对较少，只有财付通和支付宝两种方法。就目前看来，幻文小说网还是拥有着丰富的行业资源，与不少出版社、影视动漫公司均有着合作关系，只是时间短暂，还没有具体作品出版实体图书或被改编成影视动漫。

作为一家刚成立不久的原创文学网站，幻文小说网各方面均处于起步阶段。无疑，其零广告零游戏的网络环境在业内实属难得。接下来，网站需在提升硬实力方面狠下功夫，尽快推出大量、优质、精品小说，这就牵涉到作家队伍建设问题。若能在这方面有所突破，该网站就有可能实现跨越式发展，成为文学网站中的后起之秀。

（王洋圆，纪海龙）

36. 陌上香坊（http://www.msxf.net/）

陌上香坊正式上线于 2008 年 8 月，是由“咪咪文学网”改版升级而来。虽然较之红袖添香创立时间晚了近十年，但这一同样着力于女性原创文学阅读的文学网站，在数年的发展过程中，也逐渐形成了自身较为成熟的运营模式，注重作者的培养和包装、作品版权的运作及深入挖掘，同时注重用户体验以及相关衍生产品的开发等。现今陌上香坊已晋升为国内女性网络文学领域的一支后起之秀。

以“讲述女生梦里的故事”作为网站的发展口号，陌上香坊在建站之初就明确定位于女性阅读群这一细分市场，现今虽然也推出了男生频道，但这仍不足以挑战陌上香坊中女性言情小说等所构成的“浪漫帝国”。陌上香坊始终以促进网络原创文学发展为己任，在帮助作者通过创作获得收益的同时，积极关注作者的培养；另一方面又推出在线付费阅读服务（或称电子出版模式），以有效保护并促进网络文学中的原创领域发展。发展至今的陌上香坊已拥有言情、校园、穿越、都市、婚恋、耽美等众多类型的海量作品，同时又集合了一批严谨于创作又积极追求创新的优秀作者团队，另外还基于网络阅读平台积极参了与实体图书出版、影视动漫游戏改编等相关衍生产品的开发，以及与国内众多著名的阅读网站等建立了友好合作关系。因而可以说陌上香坊已成功成为一个综合性的女性原创文化品牌。未来的陌上香坊将进一步优化自身商业运营的相关模式，并积极开拓海外业务，以最大限度地释放自身的发展潜力。

就其页面整体设计而言，用户进入陌上香坊网站主页时即可感受到这一网站如彩虹般七彩斑斓的艳丽色调，这不仅体现在主页页面以不同颜色标示各内容栏区上，还反映于站内各频道间在整体色调上的差异性上。另外，陌上香坊主页除少数站内广告推送外，基本无其他外挂广告，并且所挂横幅广告在分隔主页不同栏目区的同时，又保持了与主页一致的色调。主页顶端有始终悬浮的快捷导引栏目，包括今日热文、特色频道、专辑合集、搜索、充值、登录等选项；主页内容导引栏具体涵盖言情小说首页、热门小说排行、好看全本小说、陌上文化论坛，以及男生频道、校园频道、短篇频道、免费频道、充值、作者专区、访谈等；导引的下方一栏设有 PK 榜作品、小说书库、陌上新首页，以及各类言情小说等的链接。另外，主页还专设一栏推送站内古风馆、都市馆、青春馆和免费馆等频道，同属于作品分类链接。不过，陌上香坊在内容导引栏的设置上似乎因贪多而导致了小小的混乱。鉴于此，链接进入陌上新首页后即可发现调整后新增的陌上书坊主页则非常简洁，并且仅涉及女生频道、男生频道和校园频道三大主频道，以及短篇频道、免费频道、广播剧频道和花落阁等版块链接。目前的陌上香坊主页各栏目基本以“展示—推荐—更新”的顺序依次布局，随光标滚动出现的各频或呈三栏式、两栏式，甚至四栏式布局相关栏目，不一而足。综合来看，陌上香坊的主页设置还有必要向简约化方向努力。

在内容建设方面，陌上香坊始终致力于网络原创文学的发展，并在陌上女生版基础上推出了武侠小说网（男生频道）、校园小说网（校园频道）和陌上文学网（文学频道）。从目前网站收录更新作品的情况来看，截止 2013 年 8 月 31 日，陌上言情小说书库共收录 23344 部作品，男生频道总计更新 1222 部作品，校园频道共收录 6113 部作品，而文学频道则收录了 5493 部作品，可见陌上言情小说库以占站内书库近 65%的绝对优势成为陌上香坊主导文学类型。具体就言情书库来看，即包括古代言情（4333 部）、现代言情（2942 部）、浪漫言情（855 部）、幻想言情（834 部）、耽美言情（792 部）和港台言情（6267 部）等多种细分类型作品。另外，根据陌上香坊的相关排行数据，《拜托总裁，温柔点》（墨染）、《总裁先生你坏坏》（蓝碧彩柔）、《断袖皇帝很腹黑》（姜姜）等作品在陌上香坊中颇受关注。

在作者队伍建设方面，基于陌上香坊的网站定位及其在女性言情小说领域的相关优势，陌上香坊旗下集合了一大批优秀作者（驻站作者30000余名，签约作者5000余位），尤其是言情作家。具体例如沫筱暖（《冷傲女生的腹黑男》《一爱贪欢：首席欺上身》）、晓静如月（《锁恋》《小三大叔的追爱史》）、潇缘（《婚不由己：腹黑前夫惹不得》）、墨染（《拜托总裁，温柔点》）等都是陌上超高人气作家。与之相应地，陌上推出了保障言情作者优厚收入的作者福利计划，有拓展福利计划、签约送礼、全勤奖金、完本奖金、码字达人奖、作品买断奖和四钻作者补贴等。其中的拓展福利计划具体涉及手机阅读基地项目、实体图书出版项目、正版保值计划以及红包“道具”分享计划等渠道；陌上香坊针对作者实行一至五钻的分级签约，并设置梯级化的签约奖和完本奖。另外，四钻和五钻作者还能获得键盘补贴、暖气空调补贴和电费网费补贴等。可见陌上香坊的作者福利计划对比同类网站还更显人性化特征。

在网站的运营及盈利模式方面，陌上香坊依托现有的网络阅读平台，积极拓展原创版权运营、付费阅读、无线阅读、商业广告服务、实体图书出版、影视改编等多维度经营渠道。例如，在互联网付费阅读方面，用户通过支付宝、网银、充值卡等多渠道即可获得相应兑换比例的陌上币，用于支付VIP作品章节的阅读服务以及给具体作者的红包打赏、道具赠送等；又如版权运营方面，陌上香坊与网易云阅读、新浪原创读书、熊猫看书等网站和阅读平台建立友好合作，通过多种渠道销售站内原创小说，并与作者分享相关受益。可以说，陌上香坊正依托于一个较成熟的网络文化品牌运营模式不断向前发展。

（李玲，纪海龙）

37. 八月居小说网（http://www.bayueju.com/）

八月居小说网创立于 2008 年，据说因成立时正值农历八月因而得名，其中也包含了对书友们在八月丰收之际有所收获的寄寓①。致力于发展中文网络小说最强音的八月居小说网在短短五年的时间里，已发展成为囊括了婚恋、都市、情感、青春和穿越等各类小说阅读和创作网站，同时该网站近两年的发展势头也在业界引起较多关注，并被视为具有较大潜力的新兴网络文学站。

初创期的八月居小说网曾一度因资金、服务器、网站技术以及内容定位等多方面的原因而进入发展低谷，在重重困难中举步维艰。2010 年 4 月，经调整后的八月居小说网重新上线，并签下近百名畅销书作者和 300 多名台湾作者，另外还在上线初期同步推出超过 1 万部小说作品，以此来开启八月居参与网络文学市场的全新旅程。以“好看的小说阅读网”为发展口号的八月居，现已成为重点吸引广大女性读者群的文学网站，并活跃于网络环境中。与网站的目标用户定位相一致，八月居小说网在网页设计和内容设置上都呈现鲜明的女性特质。

在网页的整体设计上，八月居小说网选用粉紫色作为站内页面的基色，同时以相对简洁的分栏形式共同营造出一种温馨、浪漫的浏览和阅读氛围。用户进入网页即可在顶端进行登录或免费注册操作，注册流程仅包括用户名、密码和邮箱等信息的录入，简单且省时。不同于很多网站以主基色渲染站内各栏目，八月居小说网将所收录的小说分类导引栏

---

① http://www.baike.com/wiki/%E5%85%AB%E6%9C%88%E5%B1%85%E5%B0%8F%E8%AF%B4%E7%BD%91

重点突显，在第一时间吸引读者点击相关链接；网站的主要内容导引栏具体包括小说库、出版图书、原创书库、完结小说、作者福利、排行榜、申请作家、作家中心、支付中心以及新闻公告等栏目。另外，读者还可在右侧栏目中链接进入站内的 VIP 小说专区和八月居官方微博等。网站主页大致包括四个部分：第一频包括站内强力推荐、全本推荐、作品展示区以及位于右侧根据热门度、VIP 精品、影视同期、出版、更新情况等呈现的作品展示；第二频则为站内的推荐专区、本月和上月金榜以及鲜花榜作品名单等相关内容；第三频主要包括了合作阅读、精品完本小说、出版小说推荐和影视小说推荐等具体栏目；最后一频则设有站内最新更新小说列表以及根据“周/月/总”划分的小说点击榜和推荐榜[①]。总的来说，网站主页各频和栏目之间布局较为规整、有致，并且嵌入的商业广告也不多，因而具备较好的整体效果。当然，该网站主页两侧的悬浮广告可能会不同程度地干扰用户的浏览和阅读。

就其内容建设而言，由于八月居小说网主要定位于女性读者群，其中收录的小说也集中在颇受女性读者偏爱的婚姻家庭、都市生活、情感纪实、职场励志、浪漫言情、古代穿越以及青春校园等类型上。进入各类型小说的具体页面，用户还可根据点击、推荐、收藏等排行榜、封面推荐作品展示、完本作品推荐以及更新列表书单等挑选相关作品进行阅读和下载（站内提供 TXT、UMD 和 JAR 下载服务）。值得一提的是，读者进行在线阅读小说的过程中，还可以根据个人喜好调整页面的背景颜色、字体颜色和大小，以及设置自动滚屏等，这也是八月居小说网致力于打造用户舒适阅读体验的一种努力。根据站内小说库中的相关数据，八月居小说网现已收录近万部小说作品。截止 2013 年 8 月 24 日，八月居小说网最新更新婚姻类小说 344 部，都市类小说 1649 部，情感类小说 788 部，职场类小说 299 部，言情类小说 1686 部，穿越类小说 1653 部，青春类小说 1221 部，综合类小说 1420 部，以及短篇小说 398 部。从中也

① http://www.bayueju.com/

可发现，以言情类、都市类和穿越类小说创作更新数量最多。另外，根据站内的总排行榜和总推荐榜书单，其中位列前五的《五岁宝宝腹黑妈》（手持 AK47）、《冷宫媚妃》（满城烟火）、《妾本惊华》（西子情）、《舞会上的爱恋》（雒沫）、《爱在玫瑰缝中坚强》（公主蓝心）、《黑暗中的光芒——特工的爱情》（钻石 1000）等作品也基本属于上述几种类型。

在盈利模式方面，八月居小说网目前主要依靠收费阅读、实体图书出版、影视改编以及站内商业广告等方式获得收益。八月居小说网站内使用的虚拟货币称为“八月币”，用户可使用网银、支付宝、财付通、充值卡、游戏点卡以及 Q 币卡等完成充值，只是不同的充值方式间具体兑换比例略有差异，另外，拥有“八月币”的用户即可升级为网站会员并能订阅付费阅读作品等。在网站获得盈利的同时，也为旗下签约作者制定了相应的福利计划。根据八月居小说网目前执行的福利体系，该网站针对站内的签约分成作品（买断作品除外）设置了“签约金”奖励计划、“全勤奖”奖励计划和“完本”奖励计划，其中全勤奖部分又根据一般作品和 VIP 作品而设置不同的梯级奖励金。八月居小说网同时还向有意在站内发展的优秀作者推出“买断”计划相关福利和“A 签大神”培养计划，另外还设置了“金榜”奖励计划以鼓励站内的优秀创作①。可以说，多维度的盈利模式和日益完善的作者福利计划为八月居小说网赢得了更大的发展空间。

不可否认的是，较之于红袖添香、起点女生网等分享大致相同用户群的网站，八月居小说网在网站整体实力、签约作者、收录作品、业界知名度以及网站点击量等方面仍存在一定差距。但另一方面，八月居小说网凭借自身明确的用户定位、多维的盈利模式以及较好的福利体系，在今后继续吸纳更多优秀网络小说作者的基础上，依然拥有较大的发展和壮大空间。

（李玲，纪海龙）

---

① http://www.bayueju.com/2013/

38. 塔读文学（http://www.tadu.com/）

塔读文学创建于 2010 年 7 月，是隶属于北京易天新动网络科技有限公司的一个无线阅读平台。这一文学网站及其所属公司又是天音通信集团在其业务扩张期，积极拓展无线业务、参与无线互联网领域竞争的战略成果。作为网络文学领域发展较成熟期的新进成员，塔读文学在创立伊始即有着较高起点和定位，现今的塔读文学还成为了国内数字版权发布和交流的主流空间①。另据 2013 年 8 月“站长之家”最新的统计数据显示，塔读文学以 89236 的 Alexa 周排名和 2363 的综合得分位列国内同类网站的第 53 名②。

塔读文学坚持“随身随心·乐享阅读”的网站发展理念，致力于打造让作者、读者以及内容合作商实现共赢的无线阅读平台，并在发展过程中基本形成了包括互联网阅读、移动手机阅读以及众多客户端应用等在内的综合化产品服务框架。另外，塔读文学在 2013 年还成为了中国版权协会常务理事单位。塔读文学能够获得如此快速发展，主要得益于其背后强有力的投资方——天音控股旗下的易天新动网络有限公司。创立于 2008 年的“易天新动”积极利用天音集团已有渠道和网络资源，同时基于具备广阔覆盖面的手机终端资源，全面开拓移动阅读、手机游戏以及多形态客户端等领域的相关业务。而旗下“塔读文学”则同时在互联网和手机无线互联网领域快速拓展，并构成了该企业着力发展无线阅读相关业务的基础平台。

---

① http://top.chinaz.com/top500? p=4&t=77

② http://top.chinaz.com/top500? p=4&t=77

在网页的设计和布局上，取消了常规栏目边框的塔读文学整体呈现出自由简约的特点，同时，网站主页除穿插几条站内图书宣传的横幅广告外，基本没有其他站外商业点击或弹窗广告。另一方面，主页各主要内容版区又以湖绿、浅蓝、粉红、浅黄等以示区别等，因而具备了较优的浏览和阅读体验。用户进入主页即可在顶端相关栏目进行操作和登录操作，其中注册的具体流程也较为简单。网站识别标志一侧即为站内检索栏，以方便用户快速到达目标书籍页面。塔读文学的站内内容导引栏位于检索栏下方，具体包括书库、排行榜、原创大赛、男生频道、女生频道、文学频道、充值和手机版等版块。塔读文学主页根据推荐、频道、更新排行等大致划分为四个内容版区：第一个为站内作品封面展示、推荐作品简介、塔读新闻以及用户动态等栏目内容区；第二、三、四内容版区分别为男生频道（包括都市、玄幻、修真、历史、游戏、悬疑等类型作品）、女生频道（包括穿越、总裁、言情、青春、古言、婚恋等类型作品）和文学频道（包括情感、悬疑、历史、励志、职场、官场等类型作品），并且各频道基本都涉及周畅销榜、周人气榜、精品推荐、全本榜和作家访谈等具体内容栏目；最后一个内容版区由主页的第五频延伸至第六频，具体包含连载人气榜、热门评论榜、作品更新列表、打赏榜以及点击榜等相关栏目。总体来看，塔读文学主页基本选用较为规整的三栏式布局页面各栏目，并且页面整体的文字内容量适中，具备较舒适的视觉效果。

就其内容建设方面而言，塔读文学目前所收录更新的作品几乎涵盖了网络小说领域中的所有类型，以及情感、青春、悬疑、励志、官场、职场、军事、历史、社会、经管、教育、传记、童话、社科、散文、诗歌等多种类型的出版读物过万册。从站内作品的写作进度来看，塔读书库中包括了连载中的作品832部，以及完本作品11820部；从站内划分的三大频道来看，网文男频共计收录2066部小说，网文女频所更新的小说作品则高达6660部，另外还有已出版的相关读物3926册。可见，塔读文学站中超过90％的作品属于完本书籍，并且网文女频作品以占书库总量

50%以上的优势成为站内规模最大的频道。具体就网文女频而言，其又以穿越类（2618 部）、总裁类（1203 部）、言情类（876 部）和古言类（831 部）作品数量最大。这与相关类型作品更能吸引眼球并在近几年中广受读者追捧有着密切联系。另外，从站内的总点击榜、总收藏榜和总人气榜来看，三个排行榜中排名前五的相关作品，除《六欲仙缘》（作者星辉，该书分别位列上述三个排行榜的第一、五、三名）属于修真小说外，其他作品都属于都市小说，并且《妖孽保镖》（青狐妖）和《护花高手在都市》（心在流浪）都进入了三个榜的前五（以上数据均根据 2013 年 8 月 30 日塔读书库信息统计）。

通过三年的快速发展扩大，塔读文学现已拥有包括互联网阅读（免费、付费）、移动阅读、Android、IOS、WP7、Symbian、Java 等多种客户端应用在内的营运业务，在联合了互联网站与移动终端的基础上，通过付费阅读、商业广告以及其他增值业务等获得经济收益。站内目前统一使用“塔豆”作为消费币，用户可通过网银、支付宝、手机短信、充值卡以及游戏点卡等渠道完成充值，并且在阅读站内 VIP 章节时一般消费 3 个塔豆即可阅读 1000 字的相关章节。

另外，塔读文学今年又面向所有注册作者推出了为期一年的“新人王原创大赛”，具体包括男生长篇、女生长篇、现实短篇和幻想短篇四个分赛场，并设置了新人王奖、赛区大奖、个性作品奖、完本奖以及入围买断稿酬等多重奖项。例如，其中的个性作品奖根据作者擅长的领域采取“作者自荐+评委投票”的模式来评选，获奖者将获得高达 3000 元的奖励金。可以说，通过创作大赛的形式，塔读文学既为旗下所有作者提供了相当优厚的福利和稿酬待遇，同时又以实际行动支持了网络文学的发展。

（李玲，纪海龙）

39. 云文学网（http://www.yunwenxue.com/index.html）

云文学网正式成立于2012年6月，由上海市作家协会、上海文学创作中心、《收获》《萌芽》等知名杂志共同合作建成，现隶属于上海作家俱乐部有限公司。云文学网为用户提供创意写作、阅读、出版、培训等服务，网站以“寻找创意写作人才”为理念，欲将自身打造成为一个供年轻人使用的大型写作、阅读平台。此外，云文学网还兼营其旗下作品的代理与宣传，如为作者提供影视改编版权宣传与代理，对优秀作品进行外语版权推广等系列工作。网站虽成立时间较短，但依靠着上海市作家协会、上海文学创作中心等机构所拥有的丰富文学资源，云文学网相较于其他同类网站，作品质量更为出色，发展前景良好。

事实上，上海的网络文学发展一直在全国都处于领先位置。因为上海的地理位置本身即很优越，经济发达、开放程度较高。作为海派文学的发源地，上海具有浓厚的文化底蕴和独立的创新精神，思想较其他省份更为开放，更容易接受新鲜事物。2011年，由盛大文学发起的“寻找中国100座文学之城”的网络投票中，上海超越了北京、广州等城市，位居榜首。2012年盛大文学公布了网络作家聚集最多城市一百强名单，上海以93840名注册作者领先其他城市，排名第一，成为国内聚集网络作家最多的城市[①]。国内的网络文学本来即源自海外，其在中国大陆登陆的首站正是上海。上世纪90年代末，“榕树下”在上海成立，这正是大陆第一家真正意义上的文学网站。2002年，起点中文网也在上海成立，现已经发展成为网络文学界的龙头老大。可见，上海为网络文学的发展

① http://bbs.qidian.com/show/217605

提供了肥沃的文化土壤。当今网络文学势头正盛，在文坛可谓呈波澜壮阔之势。上海市作协也紧跟着这股潮流，采取一系列措施，积极发掘培养具备特质的网络写手，引领他们走上专业、职业的写作之路。上海市政府大力支持网络文学的发展，为上海的数字出版业提供了强大的助力。2008 年，张江国家数字出版基地在浦东正式建立，这是国内第一个国家级数字出版基地，吸引了盛大集团、九城网络、中文在线等数字出版龙头企业落户于此。这里进行了“复合出版”“盛大彩虹城”“书香上海数字阅读”等重大项目的建设，“中华字库”“中国数字出版网”等重点项目也落户于此，此外还有“新华 E 店”“辞海天下”“云中书城”等平台建设也在这里进行①。

在这个开放、包容环境下成长起来的云文学网，其发展平台非常优越。自建站以来，云文学网就策划和组织了 30 多场文学活动，举办了 10 多场文学讲座，意图将文学理念传递给大众，提高现代人的文化素养。如，2012 年 3 月云文学网发起了“禾泽都林杯——城市、建筑与文化”诗歌散文大赛，寻找最美诗歌与散文，比赛反响热烈，吸引了海内外包括香港、台湾、美国、英国等地的众多文学爱好者，大会共收到诗歌作品 1800 多首，散文作品 900 多篇。2012 年云文学网与上海作协联合举办了第二届“会师上海·90 后创意小说战”，择优培育青年写作人才。网站副总编辑孔明珠于 2013 年元旦举办了一场主题为“舌尖上的故乡，笔尖上的亲情”讲座，为大众讲述美食与文化的关系。

云文学网在上海作家协会资深编辑团队和成熟作家培养机制的支持下，努力挖掘潜力作家与作品，培养有志于从事职业写作的文学青年，到目前为止，已有五、六百人参加了文学培训。同时，云文学网设立了健全完善的作者福利体系，与网站签约的作者，可以享受签约有礼、道具分成、全勤奖、完本奖、年度大奖、年度创新奖、年度人气奖、无限增值、出版奖金、职业作家培养计划等多项福利。网站重视作者利益的

---

① 马季：《网络与新文学空间的拓展》，《文学报》2012 年 9 月 20 日。

实现，为作者提供互联网出版、实体出版、权益保障等多种产品和服务。由于上海市作家协会在文学作品的数字化进程中走在了全国前列，因此在此基础上发展起来的云文学网在数字出版领域具有较强的竞争力，网站将优秀的热门作品进行编辑出版，为作者联系国际书号图书出版或提供网络数字出版，进行网络、手机连载，投放市场，以实现作品更大的价值。云文学网现已经编辑出版文学作品150多部，进一步推动国内图书市场的发展，满足了读者的阅读需求，如江西省作协会员刘建华（笔名为扶桑）的《风流九岭》，春风杨柳《红尘孽债·梧桐乡》等。网站每年还根据作品的社会热度，评选优秀作者，入选作者可以参加上海市作家协会组织的研讨交流和培养计划，并被纳入网站作家年度辞典，网站现拥有白尔、盗版猫、路嘉、秦风、让风轻轻扬起、宇文艺哥、无尽千秋、薛亮等等一大批优秀写手。2013年，云文学网通过与上海市作家协会文学百校行办公室、萌芽杂志社、上海大学文学与创意写作研究中心、复旦大学MFA文学创意写作专业硕士、《悬疑世界》杂志、“ONE一个”等团队进行战略合作，共同推出了“青年写作孵化计划”。参与该计划的作者，其作品可以得到在线编辑的专业指导，优秀作品可以在页面关键位被展示或被推荐到合作方发表平台，同时网站还为作家提供了线下辅导，作家可与复旦、上海大学等专业机构名家进行面对面交流，热门作品也能得到数字、纸质双向出版的机会。

云文学网重视对用户阅读体验度的建设。网站通过多种渠道，为用户提供多种类的数字及多媒体内容。用户可以通过电脑、手机、平板电脑等方式阅读到大量云文学网原创作品。作品分为付费和免费两种，用户可以根据自己情况自主选择。用户不但可以阅读书籍，还可以实现同步写作，发表自己的意见。云文学网在百度贴吧开设了专区，并注册有新浪、腾讯微博，用户可以通过关注、评论来进行网上互动。用户只需花费少量时间，在网页上注册账号，便可以进行付费阅读、写作、充值。但是网站的充值方式较为单一，读者在进行付费阅读时，可供选择的充值方式只有支付宝，在一定程度上给没有支付宝的用户造成了不便。

在作品建设方面，云文学网的作品涵盖了当今所有的网络文学种类，可谓丰富多样。作品分为创意文学、传统文学、大众文学三大类，又细分为创意小说、创意美文、创意剧本、多媒体写作、小说、散文随笔、影视戏剧、诗歌词曲、儿童文学、古典文学、外国文学、文学理论、青春幻想、都市言情、玄幻奇幻、历史军事、武侠仙侠、科幻游戏、悬疑推理等共 19 个小类。云文学网是在上海市作协推动下成立，拥有着专业的编辑审核团队，具备了一定的官方性质。因此，在云文学网上刊登的原创作品质量整体而言较高，可读性较强。网站推出了《海与木岛》《蜂巢监狱》《办公室恋情》《天使的馈赠》《夕阳渐退》《三十以后才明白》《去往漫无目的》《怒茁》等多部优秀作品，广受读者欢迎。

依附于上海作协、上海文学创作中心等作家机构，云文学网在全国众多家文学网站中确实较为独特，网站上的原创作品质量整体而言较之其他文学网站更高，网站管理也较为规范。鉴于网络文学最为人们所诟病的正是其创作质量，从此角度出发，云文学网对目前网络文学的发展颇具一定的启示性。

（谢青芸，纪海龙）

40. 书海小说网（http://www.shuhai.com/）

书海小说网是国内颇具潜力的新锐原创文学网站，它成立于2011年9月，隶属于陕西出版集团数字出版基地。网站坚持原创原则，致力于挖掘和培养原创文学作者，为中国原创文学的进步贡献自己的力量。

书海小说网页面布局整洁大方，字体颜色以黑、绿两色为主，清晰明了。页面主色为蓝色，呼应网站名称“书海”，让读者在原创小说的海洋中尽情畅游。首页左上角标有网站的名称。右边是小说搜索控件，键入小说名或作者名就可找到想要的小说，以下是热门搜索词。网站包括书库、会员中心、排行榜、申请作者、作者专区、作者福利、VIP小说、充值、出版频道、客服和举报等10余项功能项。书库包含了网站内所有作品。会员可在会员中心设置、修改个人信息，查看藏书目录。排行榜将作品按点击量进行排行，当然读者也可查看其他榜单，如总推荐榜、总收藏榜。点击出版频道则会进入书海文学网，文学网内囊括了大量文学名著，不过里面作品的点击量较原创小说相差很多。书海小说网首页可分为3部分。第1部分内容较多，包括本周强推、热门封推/女生热推、编辑推荐榜、书海新闻、腾龙阁、VIP新文榜、热门小说推荐、VIP完本榜、新书提名、新书之星、新秀榜。第2部分是各类题材小说的推荐和全本推荐。第3部分有VIP小说专区、最新签约、最新入库、普通章节更新/VIP章节更新以及VIP销量榜、VIP字数更新榜、点击榜、推荐榜。另外，书海小说网还开设了女生频道——书海女生网。女生网的页面充满了女性特色，粉色成为页面主色。但是书海小说网页面的广告、弹出游戏颇多，给书友阅读带来了一定干扰。

内容题材方面，网站男频小说有玄幻、都市、修真、网游、科幻、武侠、竞技、历史、军事、恐怖类；女频有都市、校园、古风、幻情、耽美、同人、网游、动漫等类。目前，网站内人气比较高的作品有《山村如此多娇》《美女养成师》《合租美女》《九婴邪仙》《美女贴身仙医》《黑道学生 6：王者重临》《黑道特种兵》《极品邪僧》《无赖总裁的甜心宝贝》《随身带着一亩地》《权色禁区》《腹黑王爷的绝色弃妃》《重生之超级富豪》《暧昧透视眼》《和警花同居的特种兵》等等。其中 11 部为都市题材，可见虽然网站作品类型多样，读者的阅读兴趣还是趋于一致，更喜欢网站的都市类小说。前 15 位的小说点击量都过百万，最高的《山村如此多娇》达到 700 多万。

优秀的作品当然是优秀作家的创作成果，书海小说网有一大批颇受欢迎的原创作家，如云熙堂、梦回炎黄、醉夜偶艳、文字控、盛唐刺客、画地为牢、逆苍穹、拓拔小妖、海珊云、我吃大玉米、海洋、狐狸小姝、八爪章鱼、魂归百战、相宜本草等等。为了让作家安心写作，网站制定了一整套作家福利保障体系，在“作者福利”这个栏目中可以了解到具体情况。男频、女频的保障计划总体相同，只在月更新字数上有所差异，女作家的更新字数要求低于男作家。福利体系包括 10 项：买断计划、全勤奖、活力奖、低保奖、订阅奖、完本续签、渠道分成、出版奖励、成神计划、特殊奖励。优秀作品的买断价格为每千字 20—500 元。全勤奖分两种，更新字数达到要求的作品，未上架时奖励 100 元；上架后奖励 200 元。活力奖视更新字数的不同，上架前有 200、500 元两种不同的奖励；上架后有 500、1000 元两种奖励。保底奖金额有每月 1000、2000、3000 元 3 种。总订阅排名前 10 名的作品奖励 300—2000 元不等。完本作品依据字数差异奖励 200 到 1000 元不等。渠道收入的分成比例为网站和作者各占一半。男频签约作品出版后，网站将拿出出版稿费的 20%—50%金额奖励作者，女频作品额度 20%。成神计划指书海小说网通过网站强推封推、专栏访谈，新浪、腾讯等渠道重点推广等方式，帮助优秀作家打响知名度，进而推向市场。特殊奖励指节假日如春节、国庆等重大节日网站会给予作家电子稿酬双倍、更新排名额外奖励等。保障体系为作家提供了实实在在的经济支持，让作家在原创文学这片广阔的天空中振翅翱翔。

书海小说网的盈利方式主要来自付费阅读。读者阅读加 V 章节需消费一定的书海币。书海小说网提供了多种充值方式，有移动/电信手机短信、支付宝、网上银行、手机充值卡、qq 币、盛大卡、骏卡，为方便海外读者，网站还开通了 PayPal 支付。相比较而言，移动/电信手机短信、支付宝和 PayPal 支付 3 种方式没有其他方式划算。读者最少充值 10 元，选择网银充值还会赠送书海币，充得越多送得越多。书海小说网是陕西出版集团数字出版基地旗下的原创文学网站，这为网站内的优质作品出版实体图书提供了得天独厚的优越条件。此外，广告植入也是网站盈利的方式之一。

作为新锐小说阅读网站，书海小说网具有较大的发展潜力。虽然创建时间不长，但站内作品数量和质量都颇为可观。可以预见，在未来不久，网站将吸收更多作者，作品名气和热度都将上一个台阶。不过，除了作品等内在因素外，网站还应重视页面建设，减少游戏与广告，营造绿色、健康的上网体验，这会使书海小说网走得更远。

（王洋圆，纪海龙）

41. 花雨小说网（http://www.inbook.net/）

花雨小说网直属于广州花季文化传播有限公司，公司由于 2000 年出版的那套长达 672 册经典《花雨》小说系列而被业界和读者称为“花雨”。花雨是国内最早的原创言情小说出版基地，旗下现有《花雨》《季候风》《闲闲吧》《幻想纪元》《青春酷语》《花雨青春文集》《花雨小说族》《花雨小说馆》等十大书系共 3000 多个书种，自行开发的图书杂志总发行量超过 3000 万册，为同类图书代理发行的种类近千种。公司建立了先进的管理开发系统和完善的小说发行网络。公司除了发展广州等地的直属批发店，还扩展分布在全国 30 多个城市的数百家长期批发代理商。而花雨小说网是公司倾力的另一营销领域——电子商务模式实践者之一，它主要进行 B2C 图书销售，并从中获得丰富准确的反馈信息。依托于几千种小说和杂志的出版优势，公司与方正、书生等正版数字图书馆供应商建立了规范的发行通道；在移动梦网、移动书城等手机网上建立了专区收费平台；在率先结束免费午餐的腾讯读书、新浪读书、TOM 读书等互联网平台上启动收费服务，并同其他 20 多家 SP 展开广泛的合作。[①] 花雨在“中文在线反盗版联盟”的支持下，通过新拓展的网络和无线小说的全面发行，致力于网络版权保护，结合纸质和数字图书出版，为作者带来名利双收的长远利益。

2003 年以来，中国通俗阅读领域的电子图书逐渐替代传统纸质图书，花雨在此之际也成功实现了从传统纸质图书出版向纸质、数字兼顾的出版过渡，全面实行跨媒体盈利模式。主营数字推介领域的花雨小说网拥

① http://baike.baidu.com/

有各种时尚文学，其提供的电子小说平台，按文字数量收费，实行会费制以及手机 WAP 访问业务。其营销理念是增强核心竞争力、不断采用新技术、强化创新与合作，在这种与时俱进的思想指导下，花雨以挖掘、培养文坛新秀为己任，倾力打造中国原创通俗阅读文学品牌，目标是成为“中文言情出版第一品牌”以及“国内青春文学原创作者最好培养基地”。花雨所认同的“言情”是一个“泛言情”的概念，作为最早专业开拓言情市场的花雨，凭借其十几年来的出版发行经验，对“言情小说”的定位积极向上且符合大众的审美要求和观念认同，并表达出对情感和人生追求的深刻思想。为了吸引更多的优秀原创作者，花雨定期举办各种活动，如从 2000 年开始每年举办一届“花与梦”原创出版征文大赛，由此评出金冠奖和银冠奖，并给予奖励。

在网站页面设计上，读者打开网页就能感受到花雨小说网对用户体验的充分重视，整个页面非常干净、整洁，完全无广告，栏目设置虽多，但都中规中矩地排列。页面以红、橙为基调，字体颜色以红黑为主。网站顶端设置多个栏目，内容题材栏用深红色着重标出，有青春校园、古代言情、都市言情、穿越重生、奇幻侠情、耽美同人、轻小说及其他，并附加作者福利、读者福利以及帮助条。在此栏之上，设有其他一些栏目，为原创书库、原创排行、作者专区、书评专区、出版、征稿、画馆、充值、团购等服务性栏目，其他设置则有社区、VIP 社区、书店、手机版、繁体版等链接。在内容版面则按照通行的“左一中一右”方式布局，中区以图文并茂的形式推介封推作品以及各类题材的优秀精品。左区与右区则基本用来展示各大榜单以及活动信息，如“花与梦大赛”的金冠组与银冠组、皇冠榜、会员热销榜、人气榜、打赏榜、名家经典与 VIP 强推、商州热文与编辑强推、最新签约和最新完结、经典完结以及潜力文推荐等等栏目。可见花雨小说网的页面设置非常细致，有利于作者和读者及时且准确地获取网站信息。

内容建设方面，花雨小说网坚持打造原创精品，将作品的题材分为青春校园、古代言情、都市言情、穿越重生、奇幻侠情、耽美同人、轻小说及其他，基本覆盖了通俗阅读市场的所有种类，花雨拥有近万本青春和言情小说的电子版权，据统计，截止 2013 年 8 月 28 日中午，花雨小说网所录作品有 47965 篇，其中，都市言情类小说占较大比重，有 34913 篇，其次是奇幻侠情类以及青春校园类，分别为 4017 篇以及 2403 篇。可见，网站的重心放在都市言情上，充分体现了花雨小说网的奋斗目标——打造中文言情出版第一品牌。

在作者队伍方面，目前花雨小说网拥有 24720 名作家，挖掘和培养出了于佳、黑颜、风靡、索还贞、深思鱼、茶不二、沐鱼夕子等数百位的本土创作主力，推出的上千种精美原创图书，得到广大读者的好评。2013 年，花雨推出"新花雨新福利"的活动，向作者提供一系列的福利计划，如买断、保底、个性福利计划、贡献预付稿酬活动、花雨 VIP 注册有礼活动、新书签约有奖活动、坚强后盾全勤奖、15 万完结奖励、皇冠大神挑战奖、会员热销奖，另外花雨出版的版税作品，除了可以获得通过电子销售渠道所得的终身制版税分成，还可以获得出版版税，按照销量版税的 5%—10%计算，再版亦如是。在图书之外的版本形式如电子版、影视、漫画、广播等，作者代理自己作品享有 50%的收益。[①] 可见，花雨小说网给作者的福利非常丰厚，通过成熟的福利体系使作者获得精神与物质的双重享受，并得到花雨的全方位包装与培养。在利用公司丰富的资源基础上，花雨大力发挥作者的能动性和可作为性，既保障作者的收入，也通过提倡作者进行竞争获得更广阔的发展前景。

资深的运营团队、全面的作者保护以及花雨公司最直接的培养与打造，这些条件让花雨小说网的发展有了强大的后劲，而花雨对言情小说的专注使其充分利用所拥有的资源致力于全力实现经营目标，这对花雨来说是优势中的优势。但花雨小说网的知名度还待提高，因为其在数字营销领域总体上还弱于实体图书出版领域。

（李玲，纪海龙）

① http://www.inbook.net/FuLiJiHua.asp#

42. 文秀网（http://www.wenxiu.com/）

文秀网成立于 2011 年 12 月末，是一家集在线与无线阅读、实体图书、动漫、影视等多样产品、全版权运营的原创文学网站。网站始建的目标定位是建设成为女性开放的综合性原创类文学网站，精心为女性读者提供“阅读、写作”与“女生社区”为一体的综合性网站。文秀网隶属于北京记忆坊文化信息咨询有限公司，该公司在 2003 年成立，是一个下属于新世界出版社的专业创意策划机构，以打造明星作家以及经营相关品牌为主营业务。从创建开始，记忆坊从出版入手，培养原创作家，打造了多名国内一线畅销书作家，如明晓溪、乐小米等人，具有极强的品牌影响力。经过几年的发展，记忆坊从最初切入出版业进行稿件策划，发展成网站、杂志、纸质多线出版以及动漫改编、影视授权、无线版权销售等多点发展的生产链。如果说记忆坊是这个链条中的全程输送带，那么文秀网就是整个链条布局中担当网络平台责任的一链。

文秀网是向女性读者和作家开放的综合性原创类平台，其经营理念为“努力成为最优质、最值得信赖的文学服务提供商，服务作者、服务读者、服务客户”，其服务中心永远是读者和作者。文秀网制作的不仅仅是一个为读者营造最舒适、温馨的阅读网站，还要通过提供最优质的服务和发展空间，为作者经营一份梦想的一片广阔天地。文秀网的经营理念是“多体互联，社交阅读、品质设计”。“多体互联”体现在文秀网庞大的平台群，包括移动互联网、APP 市场以及 web 网站；“社交阅读”则彰显文秀网“在阅读中行走”的期想，专心于让读者在阅读中传递快乐，在快乐中品读美文；“品质设计”则是通过提供更完美更轻松的环境来打造更多优秀的原创作者，为读者提供最优质的阅读体验。目前文秀网还联合强有力的纸质出版方与影视出版商，如花火工作室、微言情、悦读纪、凤凰雪漫、知音漫客、北京紫晶泉文化传播有限公司、上海旮旯文化传播有限公司、北京光彩世纪文化艺术有限公司等积极培养作者，打造品牌实力。

在整体页面设计上，文秀网算是非常整洁，除了顶部一个广告专区外，页面其他布局均为介绍、推荐文秀网全力推出的作家和作品。由此可知，文秀网从读者、作者的角度考量，充分运用多线发展的优势，重视读者的阅读感受和“内容至上”的旨归。用户打开网站以后便可看到以青绿为主调的网站频道，包括排行榜、书库、影视专区、出版专区、作者专区、福利计划、论坛。网站还在频道之下专设了功能强大、精准定位的搜索栏。整个页面最显眼的是首页轮转大图，即对优秀作品进行封推，其他地方以榜单为主，有诸如读者好评榜、新晋作家榜、声色榜、编辑推荐榜、七天榜、月榜、季榜等，另外还有热门作者名单、按题材内容推送作品名单、滚动签约名单等等内容，这不仅让读者对网站最新发展动态有最及时和最准确的了解，还极大地鼓舞了作家的创作。

在内容建设方面，文秀网为了满足不同题材的展示和阅读需求，特别设置了青春校园、古代言情、都市言情、幻想武侠、耽美同人等多个子频道，包括青春、修仙、都市、耽美、奇幻、穿越等题材内容，不仅能在作品内容上满足各类读者的需求，而且在创作题材上让作者找到属于自己的创作领域。现在，文秀网书库中有各类作品近 15000 部，截止 2013 年 8 月 25 日上午 10 点，文秀网最新更新青春校园小说 4513 部，古代言情小说 2974 部，都市言情小说 3191 部，幻想武侠小说 1269 部，耽美同人小说 1175 部。其中占优势的是青春校园类和都市言情类小说，而在文秀网的读者好评榜前三名是《百闻不如一贱》（沉闻）、《盗墓掉进美男窟》（寂寞染）、《老师，不许捏脸》（devil）。

作者队伍方面，文秀网集结了多名国内一线畅销书作家，如明晓溪、乐小米、夏茗悠、蓝小咩、匪我思存、江南、十四阙、月星汐、楚惜刀、梦三生等人，她们的代表作有《会有天使替我爱你》《来不及说我爱你》

《凉生，我们可不可以不忧伤》《佳期如梦》《千山暮雪》等，这些优秀作家以及作品具有了极强的品牌影响力。目前文秀网有多名大神，2013 年的最新签约作家中有耽美作家尼罗，其在站内独家发表的第一部作品《小鹿》正文已经完结。作者在文秀网发文不需要通过审核，网编会定时看文，并视情况给予指导。在不违反国家相关规定的前提下，网站不会对作者的创作思路和文章篇幅进行限制。作者写文满 3 万字便可和网站签约，文秀网的站内签约福利较好，签约以后可享受网站推出的各种福利。网站从 2013 年 7 月 1 日起开始实施更多的福利计划，如签约送礼（受惠对象限于首次签约分成协议的作者）、全勤奖、首页轮转大图推送奖励、完本奖励、低保奖励、续约奖（买断作品、作者约除外）、“金字塔奖励”计划等，另外，文秀网为更大限度地增加网站签约作者稿酬收入，还推出无线版权增值奖励。而且为了使各位作者获得更好的发展，网站还为其签约作品进行其他多端版权推荐，除上述无线版权，还有纸质出版、影视出版以及动漫改编，福利对象是所有签约作品。

文秀网联合各大合作平台，开展丰富多彩的活动，如“文坛选秀”“文秀 2013 影视大赛”等等，不仅为各类作者提供发挥的空间，还致力于将现有形态的网络文学推向新的领域，将网络文学以多样的姿态展现在读者面前。因此，文秀网虽是“网坛”新秀，但依靠其认真的精神和踏实负责的经营理念，相信在不久的将来，也能跻身于文学名站的行列之中。

（李玲，纪海龙）

43. 万卷书屋（http://www.duwenzhang.com/）

正式创立于2006年的万卷书屋在经历了数年发展的基础上，现已基本确立了自身在国内网络文学领域一片独立的园地，并且发展为一个网络原创文学的成熟空间。自建立伊始，万卷书屋便明确规划了自身的发展方式：为站内所有作者营造更好的创作空间，鼓励作者通过文字获取经济收益的同时辅助其提升个人创作才能；为广大用户提供优质网络阅读环境，同时积极更新站内优质精品书籍，努力推动网络文学的进一步发展和繁荣。

万卷书屋以中国传统的印章图样制作网站 Logo，站名“万卷书屋”的字面意义本身即富于书香气息，而两者的综合则更增其古典意味。与此同时，万卷书屋发展至今所收录的作品具体涉及到小说、散文、诗歌、杂文、剧本、日记、歌词等几乎所有的文字体裁，作品总数将近2万部，真正践行了书屋“读万卷书行万里路”的品牌定位，并跨越了“万卷”的门槛。该网站积极发挥自身在网络文学写作和出版领域的优势，在努力维护原创文学具体版权运营、积极参与行业技术研发的基础上，赢得了显著规模的用户群，并且还促使网站的访问流量、内容建设等较之业界其他网站更具优势①。

从网站页面的整体设计和布局来看，万卷书屋主要选用了墨绿色作为主页的基色（旗下女生频道则选用玫红色为页面的基色调，并且女频主页设计直接参考了普通版的设计布局），视觉效果较佳。在主页顶端处，用户可进行注册和登录操作，注册用户不仅能够阅读和下载书屋中

① http://www.wjsw.com/help/AboutGuide/about.aspx

的作品，同时还可以发布自己的作品、分享喜爱的作品、管理个人书屋以及参与万卷书屋论坛中的相关活动等，并且注册的具体程序较为简单。另外，万卷书屋现已开通了 QQ 账号登录快捷通道，给书友们提供较大便利。万卷书屋主页的内容导引栏具体包含了个人书屋、小说库、精品、电子书、排行榜、作者专区以及女生频道等具体版块内容链接，该栏目的下方即为站内作品分类链接，以供用户直接进入目标内容的相关网页。与普通版略有差异的是，万卷书屋女生频道内容导引栏中的“更多”选项在点击后将展开“网站地图、图书分类、热门关键字、图书排行榜”等相关链接[①]。书屋首页中的相关栏目版块或呈三栏式、或呈主一副两栏式错落布局，并且所有栏目大致划分为四个内容区：第一个内容区（第一频）主要包括了本周强推列表、今日推荐作品封面展示、站内新闻及公告和月票 PK 榜四个具体栏目；第二个内容区（第二频）则包含了站内 VIP 精品推荐、作品收藏榜以及推荐作品封面展示等栏目内容；第三个内容区（第三至五频）具体包括标签分别为“叱咤风云”“神仙逍遥”和“练功升级”的分类作品展示及推荐列表，以及完结作品的点击榜及推荐榜、新书入库列表及潜力榜、书友点击榜等相关内容；最后一个内容区（第六频）主要包含了公众作品列表、VIP 作品列表、女生精品列表、会员推荐榜等栏目。

就网站内容建设方面而言，万卷书屋现已收录的小说作品大致涵盖了都市、言情、历史、军事、玄幻、奇幻、武侠、仙侠、游戏动漫、灵异科幻、同人等几乎所有的网络文学体裁，另外还包括少量散文、剧本、诗歌、歌词等文学体裁。截止 2013 年 8 月 29 日晚，万卷书屋所收录更新的作品将近 2 万部，其中包括都市情感类小说 5018 部、奇幻玄幻类小说 6422 部、武侠仙侠类小说 1524 部、剧本及其他作品 195 部、科幻灵异类小说 523 部、美文同人类作品 426 部、历史军事小说 2541 部、游戏动漫类小说 523 部、言情小说 375 部、短篇小说 28 部、散文 5 篇、穿越小说

---

① http://www.wjsw.com/mm/

738 部、玄幻小说 21 部、女性言情小说 50 部、古代题材小说 167 部、悬疑小说 3 部等。从上述统计数据可知，万卷书屋所有更新作品中以奇幻玄幻类和都市情感类小说数量最多，并且超过书库总数的一半；从站内书库的总点击榜来看，位列前十名的《黑道学生 5 三分天下》（不哭逸）、《坏蛋是怎样炼成的》（曹三少）、《极品乞丐》（云霆飞）、《绝色公寓》（此剑无名）、《九色元婴》（骑着蜗牛去旅行）等均属于都市情感或奇幻玄幻类作品。另外，根据书库目前的更新情况，总库作品列表共计 372 页中，男生频道占 239 页，而女生频道则仅有 134 页，万卷书屋收录更新的男频作品数量与女频作品数量之间的比例大致为 7：3，可见该书屋现阶段的男生频道作品更占优势。

就其目前的盈利模式来说，万卷书屋主要依托于站内作品 VIP 章节等的付费阅读以及站内各网页外挂的横幅、点击等类型广告营收。其中普通用户可通过充值万卷币（万卷书屋站内通用）来升级为普通会员、初级 VIP 或高级 VIP，不同梯级的会员可享受的特权和优惠等也存在差异。并且 VIP 会员升级既可通过一次性充值也可通过累积充值来实现。万卷书屋目前支持的充值渠道包括网银、支付宝、财付通、手机短信、充值卡、固话声讯支付等。当然，用户也可参与完成书屋推出的游戏等任务，免费赚取万卷币。另外，该网站目前尚未公布作者福利方面的相关信息，仅从个人用户中心的相关信息可知，创作的作者除分成稿费外，还可获得由书友打赏的万卷币等。

万卷书屋经历数年发展扩大，不仅增加了女生频道，而且推出了移动手机阅读渠道，另外还研发推出 TXT、UMD、EPUB、JAR 等多种格式的电子书下载路径。另外，万卷书屋还非常重视版权的维护以及用户安全信息保护等工作，这对于维护整个网络文学领域的良好发展氛围和秩序等具有重要意义。

（李玲，纪海龙）

44. 旗峰天下中文网（http://www.qefeng.com/）

旗峰天下中文网（简称旗峰天下）成立于2012年1月1日，由广东永正集团旗下的永正图书有限公司创立。广东永正图书有限公司以图书发行为主要业务，目前在国内图书连锁销售行业享有较高知名度。旗峰天下是广东永正图书有限公司重点建设的文学网站，是该公司数字出版的重镇，也是实现云出版的战略阵地。旗峰天下自建站起，就以“登旗峰，读天下，旗峰天下，原创之家”为口号，致力于打造一个全新的网络原创小说平台，努力挖掘和培养原创作者，推广优秀作品，同时建立无线、影视改编、游戏改编等产业化经营。旗峰天下秉持“精细化”推广理念，以期充分实现作品的价值。作者在旗峰天下发布原创作品后，可以利用永正图书有限公司丰富的出版资源，对作品进行出版。作品在线上与线下多种渠道实现销售。旗峰天下用这种方式全面打通其产业链条，在短短两年时间内实现了快速发展。

在页面设置上，旗峰天下首页非常简洁，内容较少，主要位置放置了近期活动的预告和热门小说。旗峰天下的子网页有经典、男频、女频三大部分，作品按类别划分放置在不同位置。旗峰天下的主要内容都集中在子网页上，首页则起了一个总引导作用。首页上方的红色类别条则有搜索栏、百家贺词、作者专区、充值中心、作者福利几个部分，设置简单，使人一目了然。搜索栏旁显示有热门搜索作品，有需求的用户可以不用进行搜索就能找到心仪作品。百家贺词设计别出心裁，放置了知名写手和热心网友写给旗峰天下的祝语，并且定期滚动更新。作家专区是作家发表作品的登录页面，其左侧有一段话：“旗峰天下，原创之家。让写的每一个文字，都实现每一分价值。勤读力耕，才有收获。我们不哗众取宠，我们都脚踏实地爱生活，也爱创作，我们就是旗峰天下网络作家。”这是旗峰天下秉持原创理念的体现。用户在注册时，花费不到一分钟的时间便可注册完毕，成为会员后可以进行充值、付费阅读，并能享有会员优惠。无论是在视觉效果还是在用户体验度上，旗峰天下都是一个较为出色的网站。

在内容建设上，旗峰天下由男频、女频、经典三大频道构成，开设了玄幻奇幻、武侠仙侠、现代都市、历史军事、网游竞技、科幻灵异、古代言情、都市言情、穿越幻想、浪漫青春、文学小说、人文社科、经管励志、生活行业等 14 个类别。旗峰天下成立初期就根据不同读者群的需求，有针对性地将作品详细分类，已经培养了一大批各种类型的原创文学写手，涉及面广，既有张亚慧《解梦，让梦境不再困惑》、信在安《生活不算无耻》等人文社科类作品，又有殷家小少爷《轮回之武道界》、慕雨涵《总裁恋上恋》等武侠言情作品，涵盖各阶层的用户群。网站的男频主要发表武侠仙侠、历史军事等适合男性用户阅读的作品，女频则以浪漫都市、幻想青春等言情小说为主，经典频道则多是反映社会现实的故事、散文、杂文。

在作家队伍建设方面，旗峰天下发展势头迅猛，在短时间内便聚集了大批质量较高的网络写手。如首批与旗峰天下签约的作者柒度，其作品《批魂秘录》已完本，现已经签约永正图书出版公司，书籍将于 2014 年上市发行。永正图书出版公司随后也会推出“批魂”系列的图书。依靠永正集团在出版行业积累的雄厚资源，与旗峰天下签约的作者拥有得天独厚的优势，不仅能在首页上被推介，而且其作品能够结集成册，优先被出版发行，优秀作者不但可以拥有电子书的收益，而且也能得到纸质书籍版权收入。旗峰天下给予作者的福利待遇与同类网站相比也较为丰厚，其实行签约分级制度，将签约方式分为 A、B、C、D 级，有三本以上的签约完本作品或质量优异的作品可以成为 A 级作家，有二本以上的签约完本作品或质量优异的作品可以成为 B 级作家，有一本以上的签约完成作品或质量优异的作品则成为 C 级作家，有潜力作品的作家可以成为D级签约作家。与网站签约的作家享有新书奖、完本奖、全勤奖等奖励，优秀作品经过编辑推荐则可以获得出版机会。

在业务模式方面，旗峰天下主要依靠收费阅读、广告、出版、无线增值服务等手段获利，已形成了较为完整的产业链。旗峰天下在永正集团多样化经营的基础上，充分发挥优秀作品的价值。旗峰天下还依靠地缘优势，积极与政府部门、三大运营商等开展合作业务，如旗峰天下于2013年4月份开展的莞乡原创小说大赛、全民掌上阅读活动等“新东莞、新阅读”系列主题活动。该活动由东莞市政府各部门共同协办、电信三大运营商共同参与，通过政府补助和运营商支持，向每位参与活动的用户提供数字阅读图书包，用户只需少量的费用便可阅读到大量的电子图书。旗峰天下通过这种方式，不但获取了一定的利润，而且也提高了自身的知名度和在当地的影响力。

（谢青芸，纪海龙）

45. 飞跃中文网（http://www.fyzw.cn/）

飞跃中文网于 2011 年 9 月成立，隶属于中润恺兴文化发展（北京）有限公司。该公司成立于 2006 年，是三大手机阅读基地重要的内容提供商之一，以开发移动互联网文化领域的内容应用和通信技术产品为业务。它从数字平台入手，通过几年的发展，逐步扩展多项业务，如数字产品开发、客户端产品开发、数字图书出版、数字授权传播、动画制作以及其他增值产品的开发。飞跃中文网作为中润恺兴文化发展（北京）有限公司旗下的大型中文原创网站，基于公司的各项研发成果的基础上，以坚持原创精品为理念，同时追求多元化发展道路，为公司线上发展提供内容原料和平台支持。

飞跃中文网坚持原创、坚持作者和读者兼顾的经营理念，为作者提供创造优秀作品的宽松环境，并让作者享受到通过文字创造精神财富和物质财富的快乐。同时，飞跃中文网还以为广大互联网阅读爱好者提供优秀的网络小说为己任，不仅追求内容的多元化，还优化阅读路径，如支持飞跃中文手机网，作为手机原创第一站，以“让阅读充满快感”为目标，为读者提供最丰富的移动阅读。另外，飞跃中文网还使用目前业内唯一专注于分类原创文学用户体验的阅读客户端——飞跃看书，不仅为读者提供海量原创作品、个人书架功能，而且还发展阅读书签、阅读分享功能，让阅读不仅是读者自己的快乐，还可以与他人分享自己阅读的快乐。

在整体页面设置上，用户进入页面以后就能感受到网站以天蓝为主调的风格。飞跃女生则专设粉色主调，彰显女生特质。整个页面干净、整洁，除了个别游戏的推送，基本无其他广告。主要内容导引栏为：女生、书库、排行榜、个人中心、作者中心、社区论坛、充值中心、客户端、手机站，后两者是该网独具新意的地方。再下一栏是网站的内容分频，有：VIP 作品、奇幻玄幻、武侠仙侠、历史军事、都市青春、游戏竞技、科幻灵异、同人其他，体裁分类完整丰富。飞跃中文网整个页面布局为“左一中一右”式，基本用全版面的规模推荐站内作者的原创作品。中间页面是最新优秀作品以及各题材精品的推介，左区与右区除了公告外排列着各大榜单，有：强档推荐、女生 VIP 字数榜、女生点击榜、VIP 字数更新榜、点击榜、VIP 订阅榜、推荐榜、VIP 力荐、新书榜、最新签约等，网站以榜单的形式为作者和读者提供清晰、明了的更新进展情况。无论是作者还是读者，都能在简洁、干净的页面中得到最需要的信息。

在内容建设方面，飞跃中文网全力打造原创中文网络小说风向标，致力于招募海量写手一起创作出大量最为经典、最为优秀的小说，提供玄幻、青春、仙侠、都市、历史、奇幻、军事、游戏、科幻、武侠、灵异、竞技、同人及其他等题材的原创小说，目前比较热门的小说有《女总裁的贴身高手》《泡妞皇帝在都市》《医道风流》《异能小霸王》《大小姐的贴身高手》等。截止到 2013 年 8 月 27 日中午，飞跃中文网共收录 2789 篇作品，其中都市类有 1029 篇，玄幻类有 532 篇，历史类有 502 篇，仙侠类有 208 篇，青春类有 193 篇，奇幻类有 73 篇，武侠类有 61 篇，军事类有 12 篇，游戏类有 46 篇，科幻类有 46 篇，灵异类有 43 篇，同人类有 20 篇，竞技类有 9 篇，其他类别有 16 篇。该网 8 月更新数为 180 篇，7 月更新数为 104 篇，6 月更新数为 26 篇。从上述数据可看出，飞跃中文网相较于老牌网站如起点中文网还是一个非常新的网站，原创书的数量还有待发展，但从其更新速度来看，飞跃中文网的发展势头较为强劲。其优势类别的作品是都市类、玄幻类以及历史类小说。

在作者队伍方面，飞跃中文网的目标是培养原创精品，发掘原创精英。目前网站拥有六百余位原创作家。从 2012 年 3 月开始，飞跃中文网推出系列全新的作者福利，如：上架保底、新人签约红包、完本续约奖励、连载作品买断、全本作品买断、作者更新榜、全勤奖励、连载奖励、老作者保障计划、月票榜等，可见其福利计划非常多样，惠及作者人群也很广。但是，虽然飞跃中文网推出对作者来说可谓是丰盛的多项福利计划，但是网上各大论坛对作者福利的落实问题提出了很多疑问，例如条约乱改现象，有些作者提出飞跃中文网的合同规定 60 万字才审核，但就算买断，网站也会随时都会要求终止，这种提前解除买断合同、将旗下买断写手扫地出门的抱怨比较多。虽然这样，还是有作者认为虽然飞跃中文网比不上那些发展十几年的大网站，但潜力尚可，特别是在福利方面，条件诱人，且看重新人的培养。

飞跃中文网所属的中润恺兴文化发展（北京）有限公司携手中国三大移动运营商——中国移动、中国联通、中国电信来推广各项服务。网站依靠强大的运营平台发展其无线阅读业务，另外其主要内容合作伙伴有悠米（深讯和）、天下书盟、悦读纪、太白文艺出版社、鼎为通讯、扬讯科技、茂碧科技，通过广范围的合作，汇聚全国新、热、好、全优质内容，提高信息敏感度，针对不同领域和年龄层的阅读需求，精准地把握目标群体，以海量的内容为读者提供个性化服务，提高网站的知名度和影响力。虽然飞跃中文网目前处于初期阶段且有些问题亟需解决，但依靠数字服务的优势，紧跟时代发展，飞跃中文网的发展潜力不容小觑。

（李玲，纪海龙）

46. 岳麓小说网（http://www.yueloo.com/）

岳麓小说网正式上线于2010年4月，隶属于北京太和凯信息技术有限公司。这一定位于新锐阅读细分市场的原创文学网站自成立初始阶段即保持着强劲的发展势头，并在持续保持高签约量和更新量的基础上，逐渐跻身国内原创文学网站的前列。

作为网络文学领域的一支新近力量，岳麓小说网可谓后来居上，并在很短的时间内即成为包含了原创、武侠、玄幻、言情、科幻、散文等众多类型作品的、兼具阅读和出版服务的综合性文学网站。现今的岳麓小说网已基本形成了涵盖免费阅读、付费阅读、影视制作、实体图书出版等多维度运营空间的文化产业品牌。而作为岳麓小说网背后强有力的支持，太和凯信息技术公司长期专注于数字阅读版权相关业务，旗下持有的可进行转售版权的相关作品高达12400部，并且该公司还开拓发展了运营商手机阅读、移动终端阅读等领域的数字版权销售业务；另外，太和凯又与海外多家企业合作发展海外话语数字阅读相关业务[①]。可以说，正因为拥有一个良好的发展平台，同时借助于网络文学在近几年迅速发展成熟的机遇，岳麓小说网得以在短短三年内即成为国内相对成熟的网络文学阅读平台。

在网页的整体设计方面，岳麓小说网整体以简洁清新的风格呈现给读者，除网站主页以温暖的橙色边框分隔页面各栏目外，站内的男生小说、女生小说以及明星/影视/出版三个频道的主页面分别选用了古典水墨花纹、浪漫爱心粉图以及简约化的暗纹作为陪衬装饰，以突出各频道

① http://www.yueloo.com/about.html

中相关内容的主要特征。一如大多数同类网站，岳麓小说网也将用户注册和登录栏置于主页顶端，其注册的具体流程包括用户名、密码、Email地址等信息的输入，同时还开通了 QQ 账号快捷登录服务。岳麓小说网的网站 Logo 以变形的“YL”支起艺术体的“岳麓”两字，简约中隐含着不简单的深意，而网站识别标志右侧依次为站内检索栏以及男频、女频和明星/影视/出版频道的链接图标。从岳麓小说网内容导引栏中小说书库、排行榜、官方公告、2 元书店、快速充值、作家福利、我要写书、我要签约、作家专区、最新活动等具体链接项可知，这一网站较为关注旗下用户和作者需求。内容导引栏下方则为站内作品的分类链接，具体包括玄幻奇幻、武侠仙侠、历史军事、网游竞技、恐怖悬疑、科幻小说、同人小说、穿越架空、古代言情、总裁豪门、都市情感、青春校园、魔幻情感等众多类型。

岳麓小说网首页基本以“左主右副”两栏式、相对规整地分列各具体栏目，随着光标的滚动可发现网站主页大致以“展示—推荐—更新”的顺序自上而下排列栏目框。具体来说，第一频包括了站内强推封面展示、站内推荐和新签约小说列表、站内公告、精品小说/VIP 优秀小说/潜力小说/新书佳作封面展示等相关栏目；第二频则涉及女频推荐（强推封面展示和小说列表）、男频推荐（强推封面展示和小说列表）、月销售榜和明星专区等具体栏目内容；第三频包含了全部小说更新、男生小说更新、女生小说更新和 VIP 小说更新列表，以及站内编辑推荐列表。虽然首页并没有插入横幅广告或其他悬浮式商业广告，但初进岳麓小说网时总存在自动弹窗广告，依然对用户顺利浏览网页造成一定干扰。

正如前文所述，岳麓小说网将站内收录更新的作品划分为男生小说和女生小说两个频道，另外还推出了具有本站特色的明星/影视/出版频道。截止 2013 年 8 月 30 日，岳麓小说网共收录更新各类小说作品 16346 部，其中包括已完本的作品 2087 部和连载中的作品 14259 部。就具体类型方面而言，以更新数量最多的几类为例，它们为都市/都市情感小说 3854 部、玄幻奇幻类小说 3469 部、穿越架空类小说 1972 部、青春校园类小说 1654 部。这几类作品的总数占据了书库近 67%的比例。从网站首页“好看的小说推荐”可发现，《借春风》（蓝夕女王）、《极品嫂子》（葵花小子）、《无奸不商》（柒号寂司）等作品升级为站内最近最热门的小说，并且上述小说分属于穿越架空类和都市小说。从书库总点击榜也可发现，位列排行榜前十名的相关作品主要集中于都市小说、武侠仙侠小说、玄幻仙侠小说以及穿越架空小说四种类型。另外，岳麓小说网的一个特色版块即在于明星/影视/出版频道。在这一特色频道中，不仅推出了由岳麓小说网首发的历史类、影视研究类等授权作品、出版书籍，而且在 2012 年与著名歌手胡海泉签约后，独家发布了胡海泉作品《海泉诗选》，为岳麓小说网赢得了更多点击量和更大知名度。

岳麓小说网在较短的发展历程中已形成了较大规模的作者团队，同时也推出了较为优厚的作者福利计划。具体就网站 2013 年的最新作者福利来说，其中包括了签约分级计划、全勤奖励计划、完本续约奖励计划、更新奖励计划、买断奖励计划等多个奖项。例如 A 级和 B 级签约作品在完成规定的每日更新字数时，将获得 1000 字/8 元、1000 字/3 元的奖励，每日奖励上限为 10000 字，这也就意味着相关作品最多可获得稿酬以外的 80 元和 30 元奖励；又如针对签约作家设置的更新奖励计划，主要根据作者在每个自然月更新的字数来统计，字数榜前三名将获得 1000 元、500 元和 300 元的奖励，并且第 4 至 10 名也将获得 100 元的奖励等。可以说，岳麓小说网所实施的福利计划在现阶段的同类文学网站中仍具有较大竞争力，这也是网站得以成功吸纳大批优秀作者并获得快速发展的一个重要原因。

岳麓小说网还积极探索网游改编、微电影制作、数字音乐等其他相关业务领域，并在 2012 年发起了颇受好评的“音乐微电影剧本征集大赛”。2013 年，音乐领域的巨头公司——滚石移动正式与岳麓小说网建立起了合作关系，这又为该网站增添了实力。

（李玲，纪海龙）

47. 云轩阁小说网（http://yxgxs.net/）

云轩阁小说网创立于2004年，主要是由一批网络爱好者共同建立，并且最初使用的是“去读书小说网”这一站名。2008年11月，云轩阁小说网正式上线，在其发展的鼎盛时期，用户的点击量超过10000人次，且实现了100000以上的网页访问量，一度挤入国内网络小说网站的前列。根据艾瑞咨询公司的相关调查数据，云轩阁小说网在2011年6月中国网络文学小说家庭及办公用户月度覆盖人数排行榜中名列第7位[①]。

云轩阁小说网最初即定位在方便广大书友及网络小说爱好者群体上，致力于建立一个大型的网络小说免费阅读、免费下载及分享空间。云轩阁小说网创立初期曾以“感受绿色文学，还网络小说一片净土”作为自身的发展口号，力争实现站内无嵌入广告的网络文学网站环境，从而为广大用户提供舒适的阅读体验，这也成为该网站吸引众多书迷的一个重要原因。然而，由于站内的相关操作违反了国家的相关法律法规，云轩阁小说网在2008年和2011年曾两次遭遇关闭处理，现今更改域名后重新上线的云轩阁小说网，主要采取绕开版权追溯问题等的运营策略，继续为广大用户提供小说阅读及txt下载等服务。

具体到页面设计上，无论是其主基调和Logo设计，还是主页版块分布以及内容容量等方面，云轩阁小说网主页都以简单、大方构成自身的特色。用户在进入网站后即可通过网站识别标识右侧链接栏目进入各类型、各排行榜、各推荐榜下的小说分库，已注册的用户还可链接进入个人书架（云轩阁小说网目前暂停了新用户的注册功能）以及申请作者等

① http://media.iresearch.cn/others/20110802/145961.shtml

操作。本站的站内检索栏一侧设有“宁愿少写字，不能写错字”的提示，成为云轩阁小说网的又一区别标识[①]。检索栏之下主页面中间设置的是封面推荐和最近更新版块，左右两侧分别为最新入库、文章总排行、文章月排行以及总推荐榜四个版块，各版块间仅以边框区分而没有游戏、广告等嵌入。但是，云轩阁小说网两侧的空白处存在实时移动的悬浮广告，页面的右下角也保留有视频、游戏广告等，干扰了读者的正常阅读、分散了其注意力。

就网站的内容建设而言，云轩阁小说网具体包括了玄幻魔法、武侠修真、都市言情、历史军事、侦探推理、网游动漫、科幻以及恐怖灵异等多种小说类型。在检索和翻阅站内分类书库后发现，截止 2013 年 8 月 23 日，云轩阁小说网入库的近 7000 部作品中，仅都市言情类小说就达到了 5987 部，所占比重超过了 85%；收入作品数量排行第 2 的玄幻魔法类小说共计 861 部，也保持着较高的比例；侦探推理、武侠修真、网游动漫、科幻以及历史军事等类型小说的收入数量保持在几部到几十部不等；另外，站内分类检索中设置的恐怖灵异和散文诗词类作品实际上并不存在具体作品。由此可见，云轩阁小说网目前主要是以都市言情和玄幻魔法类作品作为该网站的主打内容，这与相关类型的小说更易引起读者注意，并且拥有相对更大的潜在接受群体等因素相关。根据云轩阁小说网当前的作品总排行榜、总推荐榜以及总收藏榜，小翼之羽的《异界艳修》、叱咤风云的《乡村艳妇》、辰东的《遮天》、夜雨闻铃 0 的《斗破苍穹之无上之境》、天蚕土豆的《武动乾坤》、断刃天涯的《风流仕途》等作品同时位列各排行总榜的前十位，可见该站内排行榜中的前列作品呈现较高的一致性。值得一提的是，云轩阁小说网中的原创更新栏目下的作品数量为 0，这也就意味着该网站实际上基本不存在站内原创活动，其中的所有作品基本属于由其他文学网站等转载而来，这也构成了云轩阁小说网一度因侵权问题而被迫关闭的重要原因。

---

① http://www.yxgxs.net/

在云轩阁小说网这些年的发展历程中，所遭遇的最严重危机应当算是2011年5月被盛大文学以盗版侵权为由起诉，之后导致云轩阁负责人被捕、网站被迫关闭[①]。改版重新上线的云轩阁小说网积极吸取过去的经验和教训，虽然仍是以用户上传和维护作为内容更新的主要管理模式，但另一方面该网站同时又针对相关转载行为作出说明，以此来避开网络文学领域的版权问题。当然，这一运营策略在短期内依然可以为云轩阁小说网争取到一定生存空间，但就长期发展而言，云轩阁小说网有必要继续进行调整和改版，鼓励原创性作品发表，积极发展手机、移动设备等多种阅读平台，同时在条件适当的情形下努力开发相关衍生产品以支持网站的日常运营等，从而真正实现既使网站发展成为书友喜爱的阅读空间，又让作者的付出获得相应收益等双重目的。

较之于起点中文网、红袖添香、纵横中文网等国内知名网络文学阅读网站，云轩阁小说网当前并未形成自身的作者群体，也缺少富有特色的原创性小说。在网站的盈利模式方面，由于云轩阁小说网所收录的作品面向所有用户提供免费阅读和txt下载服务，同时该网站又没有其他衍生产品，因而其盈利空间基本限于站内悬挂的各类广告上。上述相关现状同时也提示了云轩阁小说网今后发展和提升的方向，也即可以通过建立起自身的原创作者团队，进而形成网站内原创文学平台，如此才能为网站游戏改编、影视改编等业务提供可能，这也成为网站获取更大盈利空间的起点。

（李玲，纪海龙）

---

① http://www.chinaz.com/news/2011/0505/177517.shtml

48. 明月阁小说网（http://www.mingyuege.com/）

注册于2009年12月的明月阁小说网，最终在2010年6月得以正式上线并推出第一批作品，这一网站的站长董江波（网名冷得像风）同时也是半壁江原创文学网的负责人。明月阁小说网是国内知名情感杂志《知音》官方网站知音网的合作伙伴，同时也属于一家致力于发展原创长篇小说品牌网站的公益性阅读门户。它在建站一个月内即推出原创图书5本以及其他104本合作转载作品，同期还与国内近30家文学门户网站建立了链接合作。可以说，明月阁原创小说网在成立初期即站在了较高的行业水准上。

立足公益的明月阁小说网以“经典儿童小说阅读网，好看的网络爱情、校园小说”作为网站的个性签名，在三年多的发展过程中形成了包括明月阁原创小说、作家小说、网络小说和明月阁社区四大版块在内的整体框架，不仅在业界广受关注，成为国内规模较大的长篇小说免费阅读空间，而且也是同类网站中开设了儿童频道的优秀阅读平台。另外，明月阁小说网在建站之始即与小说网、天下书盟、知音网、飞卢小说网以及八月居小说网等发展合作关系，因而具备了相对丰富的小说作品转载资源。虽然一度遭遇作家钱欣葆投诉侵权转载等风波，但明月阁小说网负责人及时处理相关问题并在多家博客、论坛及空间致歉，让明月阁小说网在业界赢得了较好的名声。

就网站的整体架构以及页面设计来看，明月阁小说网首先是以温暖的亮橙作为主业内容导引栏和网页的底色，带给读者们一种鲜艳明丽的视觉体验以及快乐舒适的精神感受。用户进入网站主页即可点击页面顶端链接或通过右侧相关栏目进行注册和登录（该网站暂时关闭了新用户的注册服务)，与此同时，明月阁小说网还将站内检索栏以及站内排行榜、小说分类等部分快捷链接置于主页顶端。在网站的内容导引栏目中依次包含了作家小说、网络小说、原创小说、全本小说、小说排行、会员列表、我的资料、作家专区、投稿以及社区等具体版块内容，栏目下方则是站内收录小说的各分类链接项。明月阁小说网主页大致按展示区、作家小说区、网络小说区和热门下载区划分为四频，并且各频基本都以三栏式布局具体栏目。具体来说，第一频展示区包括了作品封面展示、连载推荐、完结推荐和用户登录等内容；第二频作家小说区具体涉及完本精品、总字数榜，以及根据“周/月/总”划分的点击榜和推荐榜等具体版块内容；第三频网络小说区则与第二频大致相同，也以作品分类的精品展示、排行榜和推荐榜等构成；最后一频热门下载区具体包含了作品封面推荐、公众小说更新、VIP 小说更新、最新入库列表以及最新书评等相关内容栏目。需要指出的是，主页二、三频中作家小说与网络小说分别涉及乡土、都市、校园、爱情等小说和玄幻奇幻、武侠穿越、耽美同人等小说，可见此处的作家小说区实际上也就是传统的小说类型区。另外，上述两频中都重复设置了总推荐榜，但其中的数据信息却并不一致，因而容易给读者造成混乱感。当然，明月阁小说网主页除了很少的几条横幅品牌广告外，并无任何商业化弹窗、点击广告，能够为用户带来绿色、舒适的浏览体验。

在网站内容建设方面，正如前文所论述的，专注于公益的明月阁小说中收录、更新的小说涵盖了传统类型和各类网络新兴小说；与此同时，由于该网站集中精力于长篇小说领域，明月阁小说网中收录的小说数量仅在 500 部左右，其中包括原创小说作品 82 部，约占总数的 16%。具体按小说类型来统计，截止 2013 年 8 月 26 日，明月阁小说网共计收录乡土小说 7 部，都市小说 47 部，校园小说 28 部，爱情小说 61 部，历史神话作品 8 部，儿童小说 60 部，侦破小说 27 部，玄幻奇幻小说 27 部，武侠穿越类小说 56 部，言情小说 124 部，耽美同人类小说 7 部，魔幻科幻类小说 27 部，军事探险类小说 4 部，恐怖悬疑类小说 20 部。在这些作品中，既包括了传统文学作家刘震云（《一地鸡毛》《我叫刘跃进》）、孔庆东（《47楼207》）等人的作品，又涉及到新锐网络作家慕容雪村（《成都，今夜请将我遗忘》）、痞子蔡（《第一次亲密接触》）、明晓溪（《泡沫之夏全集》）、郭敬明（《梦里花落知多少》《小时代》）等人的小说，另外还包含了《三国演义》《红楼梦》《红与黑》等中外文学经典，以及本站内的《都市打工仔》（一叶孤舟）、《驱魔女孩和她的故事》（雪玻璃）、《异类》（粉灵花桃）、《情死》（原野子）等原创小说。值得一提的是，明月阁小说网中开辟的儿童文学频道收录更新了包括威廉·豪夫（《假王子的故事》《长鼻子矮人》）、拉封丹（《拉封丹寓言故事精选》）、圣埃克苏佩里（《小王子》）、休·洛夫廷（《杜利特医生非洲历险记》）等外国作家的相关作品，以及鲁迅、张天翼、冯梦龙、韩非子等中国作家的寓言故事集等。

然而，需要指出的是，明月阁小说网中作品更新的实际频率并不高，并且从站内的最近更新列表可发现位列前三的《W档案系列》《漫话水浒》和《看不到的情 看得到的伤》最后的更新时间分别是2013年7月、2012年11月和10月，这也就意味着明月阁文学网部分作品更新存在着较长时间的停滞状态。上述相关问题对力求在充斥着大量商业性文学网站的环境中，谋求自身生存和发展空间的纯公益性文学网站而言，必须获得及时有效处理。换言之，明月阁小说网有必要适时调整自身的运转方式，积极吸纳一批文学作者，并通过多样化的网络社区活动、适当的商业运作等重新激发网站活力。

（李玲，纪海龙）

49. 守望文学网（http://www.sw020.com/）

守望文学网创立于2007年，不同于大多数商业性质的文学网站，它实际上是一个偏重于追求纯文学创作的原创性文学网站。从网站的名称"守望"即可感受到这一原创文学家园的诗意气息。而且守望文学网站页面的设计、站内的具体内容以及站内论坛活动等都充分说明了该网站的文学追求和非盈利性网站的定位特点。这一原创文学网以"让生活走进文学，让心灵贴近文学"作为自身存在和发展的理念，吸引了一批有着共同文学爱好的忠实会员和作者在这一文学园地里耕耘和交流。

从站内部分页面也可发现，守望文学网内容导引最初主要包括小说故事、散记人生、我为诗狂、饭余杂谈、评论专栏、边缘日记、个人文集、推荐作家、会员之家、斑竹集中营、长篇频道以及论坛等栏目，而2011年调整之后也即现今的主页导引栏则根据各文类设置相应的频道（如小说频道、杂文频道、诗歌频道），另外又新增了电子图书、名家之约以及守望社团等具体栏目。从网页的整体设计来看，守望文学网选用了深沉风格的深蓝搭配深红以构成站内的基色调，主页的内容导引栏目下面大致可划分为左侧的主要内容区以及右侧的信息栏目。具体来说，网站主页的内容区主要包含了图文展示、频道公告、今日推荐、精华文章、热评文章、饭余杂谈、杂说天下、焦点争鸣等栏目，并且各栏目又基本呈两列对称分布，呈现出规整有序的特点；右侧的信息区则包含了用户登录、人气排行榜、站内搜索、编辑推荐、精彩推荐以及快捷菜单等栏目。守望文学网站尤为突出的一点是，从站内主页到具体作品内容页面都没有外挂的商业广告，因而为浏览网页及阅读作品的书友提供了一个绿色、无干扰的舒适环境。

就网站的内容建设方面来看，守望文学网所收录的作品涵盖了小说、杂文、诗歌、时评、日记、散文等众多文类。其中还特别开辟了一个长篇频道并收录了一百多部作品，具体包括武侠奇幻类10篇，都市爱情类24篇，言情小说类12篇，如歌岁月类43篇，乡野风情类22篇，青春校园类21篇等。守望文学网小说频道所收录的作品超过了1000条记录，其中具体包含了小说故事789篇，都市情缘类214篇，市井乡情类155篇，一剧之本28篇。杂文频道应当算是守望文学网中极为活跃、更新频率最高的版块之一，无论是饭余杂谈、杂说天下还是其焦点争鸣栏目都经常性的有杂文更新，收录文章1500余篇，并拥有褦襶子、张人等一批活跃作者。与杂文频道相似，诗歌频道同属于守望文学网中活跃指数最高的版块之一，同时也是收录作品篇目最多的版块，其中仅现代诗境一栏即收录了5990篇诗歌，另外这一版块还增设了"诗歌观点"栏目以供诗友读者发表诗歌创作、诗歌评论等方面的文章，以及鼓励歌词创作的"原创歌词"栏目等。另外，守望文学网中的评论频道主要包括了对时下及部分经典文学和影视作品的评论文章，而散文频道则包含了散记人生、书边小语、行走笔记和探索发现等具体栏目，多记录了站内作者的大量随笔、散文等。截止2013年8月25日晚，守望文学网站内收录的所有作品的总点击榜中，位列前五名的《老爱情》（吕彦霖）、《讽喻诗》（我是诗君）、《读黄庭坚之〈牧童诗〉》（放牛娃）、《歌声之上》（常建世）以及《剑，一直在飞》（木叶香禾）等都获得了6000以上的有效浏览量，另外，站内作品总点击榜前12篇的有效浏览量都超过了5000次，这对于一个专注于严肃文学的网站而言已经算是非常突出的成绩了。

在其作者队伍建设方面，守望文学网现已拥有一批相对固定的原创作家以及驻站写手。其中的原创作家褦襶子即以其犀利的文字发表相关杂谈散论近300篇，并于文字间营造富于感染力的书卷气息，同时还经常性地表达自身的社会责任意识等，例如作品《盛名之下的城市美容师》《垄断企业的霸道与民营企业的艰难》等即针对时下社会的一些焦点问题发表自己观点，而"凡间诗话"系列杂文则记录了作者对于自身网络生活的反思等；作家飞飞儿则以融合了感性和理性的笔尖，亦聚亦散地记录了百余篇散记、评论和杂文；站内还有芊若、红叶、岛上、晚亭、恋恋红尘、袁素灵等多位活跃作者。守望文学网中设置的“名人之约”栏目中还针对诗人花语、三色堇以及作家以小楼做了名家专栏相关内容，从而有利于提升网站在圈内的知名度。由于网站的实际运营并不以盈利作为自身追求，守望文学网中的作者基本都是凭着对文学和文字的热爱而参与创作，但这也存在其他相关问题，例如在守望文学网试图编辑出版站内作品丛书时，即出现了作者索要稿费等问题[①]。

守望文学网具有特色的栏目主要体现在“守望论坛”以及其中推出的相关活动上。具体例如，守望文学网曾依托其论坛开展有奖征文、诗会征稿、诗歌竞赛等创作类活动，不仅鼓励了作者的创作，同时还活跃了论坛的氛围；站内的《守望者》《守望诗刊》《守望文学网网刊》以及《我的电影》等电子图书也是通过守望论坛得以推广；守望论坛还推出了“守望调频”，将站内原创作品通过朗诵的形式重新演绎出来，并将相关音频作品通过论坛来推广和分享；另外，守望文学网的主题曲征集活动也是通过站内论坛这一平台具体开展，主题曲及其歌词等最终在论坛中发布分享。当然，在坚持严肃文学创作，同时不断探索具有自身特色的文学活动过程中，守望文学网获得了较为显著的成果，但另一方面仍需思考自身在众多商业化文学网站中如何继续生存等问题。

（李玲，纪海龙）

① http://www.sw020.com/N/show_article.asp? id=7832

50. 恒言中文网（http://www.hengyan.com/）

恒言中文网是一家大型原创小说阅读网站，成立于2012年7月，现隶属于桂林中艺网络有限公司。“恒言”一词来源于明朝小说“三言二拍”中的《醒世恒言》，作者冯梦龙在序中云：“‘恒’则习之而不厌，传之而可久。”在这个基础上发展起来的恒言中文网以“作者为本，读者为尊”为理念，以“让创作更容易，阅读更简单”为口号，以培育“习之而不厌，传之而可久”的经典佳作为目标，充分发扬“恒言”一脉传承的深厚文化底蕴，致力于向市场输出高质量的网络文学作品，试图在作者与读者之间搭建起顺畅的沟通桥梁。恒言中文网虽然成立时间不长，短时间内便吸引了上百万的读者阅读该网站的作品。这足以证明该网站拥有自己鲜明的特色，它重视文化在互联网领域的传播和数字内容运作中的作用，希望挖掘出更多优秀作品，为网民生活加入更多文学元素。此外，网站还开展了互联网在线游戏、动漫改编、影视改编等业务，形成了较为完善的产业链，可见，恒言中文网在激烈的文学市场竞争中具有优势，有着良好的发展前景。

在页面设置上，恒言中文网底色为白色，显著标题为红色，其余字体均是黑色，风格简洁，整个页面广告较少，给读者良好的视觉阅读效果。在布局方面，首页上部醒目位置放置了排行榜、作品库、个人中心、充值手机、阅读、作者福利、成为作者、作者专区、网编专区、动漫共10个标题版块的链接。其中排行榜这一栏目里放置了多个种类的排行榜，如点击排行榜、打赏排行榜、火票排行榜、收藏排行榜、王钻排行榜、下载排行榜、新书风云榜、勤奋更新榜、冰票排行榜、玄幻小说榜、奇幻排行榜、武侠小说榜、仙侠小说榜、都市小说榜、言情小说榜、历史小说榜、军事小说榜、游戏小说榜、竞技小说榜、科幻小说榜、恐怖小说榜等等，划分非常细致。首页中部是热点推荐作品，两侧则分别放置了黄金屋、颜如玉、排行榜、新入库小说、新闻公告等版块，分布整齐有序。在用户体验方面，用户只需花费不到1分钟就可以完成注册，随后通过付费的方式来阅读网站的作品VIP章节，或者评论赏析作品，也可以发表自己的原创作品。恒言中文网还设置了搜索栏和网站地图，用户可以通过这两种方式快速找到想要看的作品。

在内容建设上，恒言中文网注重多元化的发展，体裁多样，题材丰富。既有现代网络文学小说，又有经典名著，还包括了一些名言、语录等等。在网络文学建设方面，恒言中文网的内容几乎涵盖了玄幻、奇幻、武侠、仙侠、都市、言情、历史、军事、游戏、竞技、科幻、恐怖、同人等当今网络小说所有的基本类型。网站的古典文学则包括了诗歌、词、曲、辞赋、小说、史书、经部、子部等作品。现代文学类型有散文、小说、诗歌、词、戏剧、杂文等等。同时，恒言中文网还收录了英美俄等国的名著、童话故事、哲理寓言、经典台词、非主流语录等其他方面的内容。

在作家队伍建设上，恒言中文网虽成立时间不长，但也吸引了为数不少的潜力写手驻站，如心心点风、秋之歌者、小怪、听话的孩子、在梦里走路等等，他们拥有一批固定粉丝群，作品在站内人气较高。在原创精品理念的推动下，恒言中文网涌现出不少人气颇高的优秀作品，如《劫世》《两蛋村风流录》《极品暧昧人生》《恐怖QQ群》《首席的契约新娘》《穿越异世之生死相依》等等。为了挖掘更多优秀写手，创造出更多优秀作品，恒言中文网采取了以礼相待、全勤奖励、上架保底、完本奖励、文思泉涌、勇夺桂冠、全本买断等一系列的福利措施，如，只要与网站签约的作者，即可获得全勤奖励，全勤奖每月可断更4天，相当于作者每周有一天的休息时间；以礼相待则是A级签约作家签约时可获赠300元现金红包、1000恒币，还能得到作品专业点评和专属写作建议；上架保底奖励是每自然月内作品更新字数总和不低于15万字，每次更新不少于3000字，即可获得200元到3000元数额不等的保底金。恒言中文网通过这几项措施，有效地积累了众多人气，扩大了自身的影响力。

在盈利模式上，恒言中文网主要依靠付费阅读、广告等，运营方式较同类网站而言仍不算成熟。恒言中文网采取会员制度，分为普通会员和VIP会员，普通会员按照活跃程度划分了等级，普通会员在充值后可以成长为VIP会员，VIP用户成长到一定级别后能以更优惠的价格订阅VIP章节。阅读时，新贵VIP是每千字3分，累积每消费1000恒币获赠红花1朵；高级VIP和至尊VIP是每千字2分，累积每消费1000恒币时分别获赠红花1朵和2朵。恒币是恒言中文网站内流通的虚拟货币，可以用于订阅VIP章节、打赏作品、购买道具等，用户可以通过参加站内活动或充值来获取恒币，1元人民币等于100恒币。网站还设置了王钻、冰火票等道具，用户只有达到一定级别时才能使用道具。此外，网站为每本作品开通了铁杆书友会，支持该作品的会员可以加入书友会，发表评论，按铁值排行在前6名的书友可以得到在首页展示自己的机会。

作为一个新兴的文学网站，恒言中文网已经表现出了强健的发展势头，在短时间内就积累了较高的人气，可见该网站拥有一定的实力。但是，在未来激烈的文学市场竞争中，如何树立自身特色，在众多文学网站脱颖而出，仍是恒言中文网需要积极应对的问题。

（谢青芸，纪海龙）

51. 看书网（http://www.kanshu.com/）

成立于2004年的看书网，是由成都古羌科技有限公司注资建立，公司现在的负责人为孙强。专注于数字阅读的看书网围绕互联网阅读和无线阅读积极拓展相关业务，现已形成了包含创作、阅读、实体图书出版、无线增值业务等在内的综合性文化品牌，也是当前国内较为知名的原创性小说网站。

坚持“文字创造价值，阅读丰富人生”的价值理念，看书网不断耕耘，凭借专业、高效、分享等信条，紧紧抓住网站内容建设这一核心来提升自身的服务质量。同时，看书网又积极发展产品运营以及渠道拓展等工作，进而形成了包括四大产品线（看书网、看书网WAP站、看书网手机客户端和运营商付费阅读产品）、四大渠道线（互联网、Free WAP、图书发行以及终端内置渠道）、四大资源线（网络文学作品及作者、传统出版机构、著名作家及作品、用户与作者互动平台）三足鼎立、互相促进、快速发展的整体框架。在其发展历程中，看书网积极抓住数字阅读这一发展机遇，在全球性经济风暴中迎来自身发展的“小阳春”，之后又相继加入百度应用、中国移动书城、新浪微博等多个发展平台，并且在“CHINA TMT首届移动应用评选”活动中当选为最具投资价值移动互联网企业TOP5[①]。

以一本翻开的书本上呈现“看书网”的艺术字样及网址，这一书、一名、一网址即组合成了看书网简约风格的Logo标识，而网站Logo的右侧分别为站内检索、用户书架及充值链接。一如其识别标识，看书网

① http://baike.baidu.com/view/1963409.htm#5

的网页整体设计同样呈现出简约、规整、明晰等特点，主页或三栏并置，或是主栏与副栏搭配，各栏目间以浅色边框区分并相对齐整地分布于页面上，既无过于繁复的信息量，又呈现鲜明的逻辑性，能够为用户带来较好的浏览体验。看书网目前可用的登录方式包括直接注册和通过QQ、新浪微博、人人网等站外账号登录，其中注册的相关流程也较易操作。看书网的内容导引栏具体包括排行榜、全本小说、小说书库、言情女生网、包月、作者福利以及申请作者等选项以进入各版块网页，而主页中呈现的栏目则包括作品展示、站内强推、热门分类展示、潜力小说试读、小说红花榜、VIP作品热销榜、全本小说人气榜以及作品更新列表等，其中各排行榜列表都位于页面右侧以方便用户浏览。另外，该网站的主页真正实现了零广告绿色页面，进一步增强了看书网的整体浏览效果。看书网还关注用户的参与，并在网页中设置“抽屉式”菜单以供用户及时反馈意见，具体到在线阅读作品的页面，书友可以随时调整背景颜色、字体、字体颜色和大小等，同时还能够对作品进行打赏、评论、分享等操作。由此可见，这一网站在网页设计以及相关功能实现方面都充分考虑了广大用户的需求。

在内容建设和维护方面，看书网在发展过程中积极探索多门类、综合性的作品路线，站内目前收录的作品涵盖了玄幻、奇幻、武侠、仙侠、都市、言情、历史、军事、网游、竞技、科幻以及灵异等众多小说门类。与国内多家大型文学网站相似的，看书网也在2011年推出了女生频道“言情女生网”，具体涉及现代言情、青春校园、古代言情、仙幻奇缘、历史时空、网游灵异以及耽美同人等类型。就看书网目前所收录的24186本小说来看（根据2013年8月24日统计数据），其一级分类中的男生作品即有19582本，占站内小说总量的80%以上，并且除都市言情类小说《贴身保安》（深海游龙）位列总订阅榜第2位外，站内作品的总点击榜、总订阅榜、总收藏榜和总红花榜上排名前五的作品基本都属于男生作品。可见，看书网目前依然是以男性读者构成其主要用户群。

海量的作品以及热门的网络小说背后，是看书网旗下一批优秀的作者队伍。当下，看书网拥有的名作者包括我是多余人（《美女图》《异界之苍穹传说》)、不是蚊子（《纨绔太子》)、深海游龙（《贴身保安》)、落泪情（《灭道夺天》)、千羽兮（《情人 100 天：女人乖乖就范》）等人。而吸引众多优秀写手齐集看书网旗下的，主要就在于该网站所提供的较为优厚的作者福利计划。2013 年，看书网又重新推出区分男频和女频的年度福利计划。具体来说，男生频道具体设有签约三重好礼、新书奖、VIP 新书/精品小说人气奖、年度人气王、勤奋更新奖、完本奖、道具奖、买断签约、第三方平台销售分成以及全年福利礼包等多重福利项目，例如其中的 VIP 新书人气排名前 100 名的相关作品即可获得 1000 至 5000 元不等的奖励。较之于男生频道，女生频道的福利计划相对简单，仅包括买断签约和基础福利两项，其中的基础福利又包含了签约奖励、上架保底和完本奖励等具体奖励类型。

就其盈利模式而言，看书网正积极探索多维度的盈利空间。在提供免费阅读的基础上，看书网针对 VIP 小说/章节设置付费阅读，并以约 1000 字/4 个看书币进行换算。对于看书网站内通用的虚拟货币——看书币，用户可通过网银、支付宝、银联、手机短信、充值卡、游戏点卡、Q 币卡等多种渠道进行充值，另外海外及台湾用户也分别可通过 Paypal 支付和露天拍卖网等途径完成充值。另一方面，看书网又专门设置了“包月”栏目，将一定数量的图书进行分类打包并以统一的包月价推荐给用户，用户购买一个书包后便可享有在 30 天内免费阅读书包内作品的权限。作为邀请书友参与的一种策略，看书网还不定期地开展免费获取看书币的相关活动，用户可通过参与游戏、完成任务等方式获得相应看书币。虽然目前的看书网仍是以付费阅读、商业广告作为重要收益来源，但是凭借其自身丰富的产品种类和发展渠道，以及看书网所拥有的众多合作平台，这一网站在未来的盈利空间很可能会获得巨大拓展。

（李玲，纪海龙）

52. 言情书殿（http://www.yqsd.cn/）

言情书殿是新近崛起、发展迅速的一家全球性原创言情小说门户网站。它创建于2011年初，由北京品书网络科技有限公司集结行内资深专业人士打造。成立后不到一年时间，该网站就与中国移动、中国电信等运营商达成了合作协议，在业内发展颇引人注目。

言情书殿致力于为每一个有才华、有梦想的作者和爱好文学的读者提供创作与阅读的优美殿堂。为了配合“言情”的定位，网站页面以粉色为主色调，文字则为黑色，给人以浓厚的甜美、青春气息。相比起点中文网、红袖添香等网站，言情书殿页面非常干净、简洁，只有极少数的广告嵌入其中，几大版块形成无缝连接的统一整体，即便读者点击进入各个子页面也不会有广告弹出。读者观感自然、流畅，既无压迫感也无紧张感，能够享受到宽松的使用环境。

言情书殿的左上角是网站名称与标识，标识之下即为网站几大版块，包括古代言情、现代言情、免费小说、排行榜、会员中心等类别。版块之下的设计简洁、明了。古代言情又分古代言情最新入库、最新上架、最新更新、书友推荐、小说人气榜及各类排行榜。读者注册也很方便，只需点击标识之上的“注册”，简单填写几项信息即可。网站第一频设置有本站言情小说排行榜、本周推荐、一品红文。第二频有各类排行榜（包括销售榜、推荐榜、月票榜、无线榜、勤更榜、分享榜、收藏榜、打赏榜）、免费新书、最近更新，以及作家推荐、作家访谈。作家推荐栏有作家的个性介绍、作品列表，透过它，读者可快速找到喜爱作家的作品。作家访谈栏是主持人与作家的对话，读者可从中了解到作家创作、作家个人生活、作家对自己作品的解读等情况。

内容方面，言情书殿将作品分为豪门总裁、穿越架空、都市高干、种田重生、仙侠幻情、青春校园、悬疑灵异、历史军事、玄幻奇幻、都市异能等类别。为照顾读者不同的阅读口味，书殿又将作品分为几大系列，分别是青梅竹马、别后重逢、婚后相处、一夜孽情、豪门恩怨、虐恋情深、朝廷宫斗、再世重生、种田诙谐、强男强女。读者可依据个人兴趣迅速找到相关文本。值得一提的是，虽然书殿在女性文学领域占领高地，网站还是设法吸引男性读者，特设男生小说一块，玄幻、历史、都市、热血、诙谐、搞笑等种类一应俱全。

言情书殿目前人气比较高的作品有《错上霸道 CEO》（作者钩钩）、《同居保镖》（作者阿木）、《媚君欢：一品弃妃》（作者紫色流苏）、《祭品新娘：蛇王，踹了你的窝》（作者古奈奈）、《霸气宝宝：带着娘亲闯江湖》（作者紫色流苏）、《撒旦危情：总裁，我要离婚》（作者景年）、《夺爱：噬心前夫请温柔》（作者 Miss 鱼）。书殿为了打造精品，推出高质量原创言情文学，十分重视作家队伍建设。网站成立之初，就为新人作家提供了培养平台，其“新人成神”计划旨在让新作家了解行业规范，熟悉行业运作，掌握写作要领，迅速成长。为此，网站特邀业内经验丰富的知名写手传道授业，此举获得新人的普遍好评。2012 年 12 月，言情书殿全新改版上线，改版的同时又推出了丰富的作家福利保障体系。其福利计划包含九项内容：签约奖、保障金、全勤奖、激励奖、分享奖、完本奖、月票奖、买断金、渠道拓展计划。所有书殿签约作家都会获得 5000 枚言情币（相当于人民币 50 元）。VIP 作家有 300 元的保障金。上架作家当月稿费若高于 500 元低于 1200 元则可申请 1200 元的全勤奖。月度稿费高于 1200 元，可获得稿费结算后 20%额度的激励奖。作品被网友分享到社交网站的，网站根据其被分享的次数奖励前十名的作家，金额从 200 到 1000 元不等。对于完本的签约作家，网站依据字数给予作者 200 到 600 元的完本奖。作品获得月票位于月票榜前十的作家会有 600 到 5000 元不等的月票奖。高质量的优秀作品如果被买断，其价格在每千字 10—1000 元不等（税前）。另外，言情书殿还积极拓宽作品衍生渠道，作家也可从作品周边产品获得不少收入，如手机无线阅读收入的60%归作家所有；作品被出版，改编成影视、动漫，作家亦拥有实际收益的70%。从以上可以看出，言情书殿给作家的待遇颇丰。

与其他文学网站相同，言情书殿综合了多种盈利方式，如付费阅读、图书出版、影视改编、动漫改编、移动阅读等。言情书殿站内流通的虚拟电子货币名字为言情币，读者需花费言情币才能阅读VIP章节，遇见心仪的作品也可打赏言情币。书殿为读者提供了多种充值方式，如网上银行、支付宝、手机短信、财付通、移动充值卡、联通充值卡、电信充值卡、各种游戏卡等。不过，各类充值方式兑换比例不同，网上银行、支付宝、财付通1元人民币相当于100点言情币，是最上算的方式；而手机短信则是最昂贵的支付方式，1元仅相当于40点言情币。用户一次性充值20元即可成为初级VIP用户，初级VIP用户阅读VIP章节时所花费的言情币比普通用户要少。此外，言情书殿还与多家出版社、影视、动漫公司达成合作协议，售出多部作品的影视版权。

和起点中文网、晋江文学城、纵横中文网这些已经打响知名度的网站相比，言情书殿无疑还差距颇大。有知名度、有影响力的作家、作品相较而言并不多，网站内作品的点击量、读者的活跃度较之那些大牌网站也有一定差距。未来，想在竞争激烈的网络文学市场站稳脚跟，言情书殿还需继续努力，找准定位、把握市场需求，不断推出更多高水准的作品。

（王洋圆，纪海龙）

53. 采薇言情网（http://www.cwyqw.com/）

采薇言情网成立于 2012 年 3 月，于 2012 年 10 月 10 日正式上线。网站隶属于常州翰墨飘香网络科技有限公司，这是国内最具潜力的数字出版文化企业之一，主营业务为小说版权和漫画版权，前期主要运营小说，后期逐渐转变为漫画。采薇言情网作为该公司旗下的原创言情小说网站，目标是将自己打造为国内知名女性原创小说在线创作与免费阅读主流平台。尽管目前网站尚处于成立初期，但作为最具潜力的新锐网站，其发展势头不可小觑。

采薇言情网以“精品、原创、美文”为口号，以引领女性阅读小说新风尚为经营理念，致力于为广大网络小说读者提供最丰富最具特色的女性小说作品，为文学爱好者打造一个优秀健康的全新阅读平台，同时也为作者提供一个成长、创作、交流的专业平台。目前，采薇言情网努力扩展合作渠道，与新浪读书、搜狐读书、网易云阅读、3G 书城、开卷有益、乐读书城、掌阅、凤凰网读书、熊猫看书等近 20 家国内知名原创与阅读平台建立了长期的合作关系，承诺让签约作品在上述平台同时上架，享受五五分成。这不仅为作者提供了名利双收的机会，还为网站的长远发展奠定了良好的基础。采薇言情网除了互联网线上阅读外，其业务还覆盖实体出版和无线增值。其目的在于以原创作品为基点，倾力发掘精品，通过高端策划，为广大文学爱好者提供精品版权，实现作品的最大可作为性。这些线上与线下的发展，也为网站积累了丰富的平台运营与合作经验，并提高了信息敏感性，使其能够充分把控市场的阅读需求，以更精锐的战略推动网站的建设和发展。

在整体页面设计上，作为一个原创女性言情小说网站，采薇言情网为读者的在线阅读提供了最体贴的设计。进入页面后，首先映入用户眼帘的是整个网站的玫红基调，字体以黑色和红色为主，字体大小适中，网站封推的滚屏速度不紧不慢。页面顶端为网站导引栏，包括 VIP 作品、排行榜、会员中心、精品书库、影视出版、全本、论坛等，附加服务栏包括作者中心、申请作者、作家福利和充值等。此栏之下则是将各类题材归类并用场所命名以供读者快速链接的作品推荐区，如收藏了宫斗、历史、幻情类小说的“古风言情阁”，收藏了豪门、都市、青春类小说的“现代言情吧”等。“男频小说区”则收录了都市、乡土、幻侠类小说。整个版面的设计是经典的“左一中一右”布局，中区除了滚屏封推外，还有最近更新作品以及热门小说与精品小说的图文推介。左区和右区悬挂着各大榜单，如花仙阁、月票榜、点击榜、推荐榜、新书入库以及签约新书榜等。页面设计独特，从底色、字体颜色到字体大小，网站都是全方位为用户打造。无广告的整洁页面与设计细致入微的条目，保证了用户能够快速阅读。

在内容建设方面，采薇言情网有众多小说分类，如宫廷斗争、古言穿越、腹黑女尊、青春校园、豪门总裁、都市言情、职场励志、悬疑灵异等。这些分类合理亦合情，用各类形象的场所名称按题材近似度进行收藏，使页面整洁高效，便于读者得到最新及最全的书库信息。在所有类别作品中，青春校园类小说于数量上居优势，其他如豪门总裁、都市言情等类小说在数量上居其次。截止 2013 年 8 月底，网站点击榜的前三位为《召唤美妞》（罗三）、《冷情总裁，我吃定你了》（莫愁前路无知己）、《布衣王爷，我不依》（小草），月票榜的前三名为《代嫁新娘：总裁的下堂妻》（沫妗）、《夜凉欢：冷王的暖宠》（落樱七紫）、《蝶落君心》（瑾月瑜影）。不过，总体上来说，采薇言情网作为一个年轻的网站，在作品数量上还有待提升，这对网站的长期发展非常关键。

在作者队伍上，作为年轻网站的采薇言情网非常注重提高作者福利条件，为作者打造舒适的创作环境。其基本福利条件和奖励有：生根之驻站香、发芽之签约香、成长之全勤香、开花之订赏香、施肥之低保香、结果之完本香、出墙之无线香，另外还有满园之拓展香。采薇言情网有心将最常见的福利名称用最优美的语言表达出来，体现了网站并不将作品和作者等同于酬劳，而是有意让作者和作品发出美好的香味，得到更好的发展和推广。采薇言情网不仅为签约作者提供本站销售的福利，还调动公司专业的编辑部和销售部团队，根据作品的内容、风格、类型和品质等条件，利用其他各大同类网站的在线数字出版、出版社（包括大陆简体出版和台湾繁体出版）、游戏公司的游戏改编、动漫公司的动漫改编、有声阅读公司、电子 E 书和光盘发布、杂志社的杂志销售等多项合作渠道，为作者获益。所得收益中作者获得渠道总收益 60％的分成。另外，采薇言情网还推出四大计划：新书买断计划、完本买断计划、新星扶持计划、花神打造计划。从上述各种福利条件看来，采薇言情网在吸引优秀作家方面投入了大量精力。

目前看来，虽然采薇言情网成立时间并不长，但就其发展态势以及其投入成本方面可以看出其努力。而且目前业界和读者对网站的评价很高，普遍看好其发展潜势。今后随着在作者队伍和作品数量上的不断增加，这个新锐网站必将会越来越展现出其优势，在原创文学网站中占据一席重要位置。

（李玲，纪海龙）

54. 微听中文网（http://www.weiting8.com/）

微听中文网是国内一家新兴的原创文学网站，隶属于北京优乐微听文化有限公司。2011年，北京优乐微听文化有限公司集结行业内资深人士，创办了微听中文网，网站以原创文学为宗旨，致力于为广大文学爱好者提供一个施展才华与享受文学趣味的创作与阅读环境。

微听中文网网站的页面设置简洁大方，页面底色为白色，字体主色为黑色和蓝色，给人舒适、悦目之感。左上方的网站标识也采用了蓝黑两色。紧挨标识的是搜索栏，搜索栏以下为热门搜索。热门搜索一般为近期网站内颇具人气的作品。首次进入网站的用户点击页面最顶端的“注册”，填写少量个人信息即可完成注册。网站包括书库、会员中心、作者专区、小说排行、最近更新、全本小说、VIP小说、作者福利几大部分。“书库”共收入千余本小说，书友可依据总点击、总收藏、字数、总推荐、更新时间等选项来快速找到感兴趣的作品。在会员中心，书友可了解自己的各类信息，包括阅读情况、充值消费记录等等。“小说排行”把网站内的所有作品按不同标准如周点击、月点击、总点击等制成榜单，想要阅读最新章节的读者可在最近更新里挑选。“全本小说”收录的是已经完结的小说。网站设置了两大版块。第一版包括编辑推荐、热点作品、网站公告、点击榜、鲜花榜、推荐票榜，以及各个题材的代表作品。与其他网站类似，3大榜的前3部作品均以红色突出。“网站公告”一栏随时公布网站的重要信息。页面第二版包括强作推荐、热门小说、最新入库、最近更新、最近签约、作家专访。其中，作家专访尚未建设。网站从创建之初便坚持“无广告骚扰，追求一流的绿色阅读体验和绿色创作体验”[1]，故无论读者进入哪一页面均不会遭遇广告和游戏，享受了最健康舒适的创作、阅读环境。不过微听中文网的网站建设还并非完美，如前面所说的作家专访还没有建设起来，此外，读者无法进入到“关于我们”“用户体验提升计划”“帮助中心”等一系列页面。这无疑会降低想要进一步了解网站、熟悉网站服务的读者的好感，在一定程度上影响了用户的满意度。

网站小说有言情美文、都市异能、玄幻科幻、武侠仙侠、历史军事、异界游戏、穿越架空、奇幻灵异、散文短篇 9 大类。每一类的具体页面设置都相同，包括热门推荐、签约精品、最新签约、最近更新、鲜花榜、点击榜、勤更榜、打赏榜、推荐榜、新书榜等。由于网站内小说不多，不少栏目还是空白。当前，网站内点击量靠前的作品有《尘凤缘》《凌寒墨印》《凰傲异世：史上最强的女王爷》《嚣张魔女：原来你还记得我》《小村韵事》《末世之无限武器》《皇后妖女乱红尘》《蓝颜乱世——银雪倾城》《群芳谱》《不灭灵歌之怨灵重生》《女特工的穿越任务》《恋人未满》《梁小年，听说你也不快乐》《梦回大汉之汉昭帝》《艾薇恋恋记》等。其中，有些作品已完结，有的正在连载。《尘凤缘》作者点击量最高，达到了 18 万。前 5 名的作品都超过了 10 万，其余的只有几万，而《梁小年，听说你也不快乐》《梦回大汉之汉昭帝》《艾薇恋恋记》等作品点击量还只有 1 万多。由此可见，与其他文学网站相比，微听中文网作品的点击量还比较少。当然，这与网站新建不久，网站和作品知名度都不高相关。

微听网的代表作家有冰城幻舞、LS、季末、逍遥客、月舞烟霞、微澜荡漾、沐雨一长夏、冬季丑小鸭、MILYMZ、绅士猫、尹清伊、Ellicf-fic、舞月冰心、冬末、樱紫琉纱、花皇颖儿、耐悦宝等等。微听网十分重视本网优秀作家的培养，为促进新人迅速成长，网站推出了完备的作家福利体系。该体系包括 12 项奖励，分别是签约奖励、全勤奖励、鼓励

① http://www.baike.baidu.com/view/9575333.htm

奖励、活跃度奖励、推荐奖励、VIP 福利计划、原创买断奖励、微听完本奖、买断作品激励计划、梦想放飞计划、作者补贴费、微听 PK 榜灯。其中全勤奖励男女频有所不同，男频依据日更新字数 6000、8000、12000 的不同，奖励 400、600、800 元，上不封顶；女频依据日更新字数 4000、6000、10000 的不同，奖励 300、500、700 元，上不封顶。鼓励奖励依据月更新字数 15 万、25 万、35 万的不同，奖励 100、200、300 元，上不封顶。活跃度奖励则是根据月点击量的不同给予 500 到 2000 元不等的金额。推荐奖励是针对用户的，用户推荐的作品若成功签约，用户可因此获得推荐奖金。VIP 福利计划指作品上架发布 VIP 章节后，VIP 收入部分 7 成归作者所有。网站给予优秀作品的买断价格是税前每千字 10 到 500 元。作品完本后，网站将根据作品字数给予 200 到 2500 元的完本奖励。微听 PK 榜指每月进行作品积分 PK，PK 值高的一方获胜，获胜作品可获得 500 元的奖励，若连续守擂 3 个月，可另外获得 500 元的奖励。此外，网站还为作者提供眼药水补贴和个人意外保险补贴。

目前网站的盈利模式主要是收费阅读。读者阅读 VIP 章节、打赏作者都需花费微听币。充值微听币的方式有 5 种，分别是网银充值、卡类充值、手机充值、财付通、支付宝。由于微听中文网是一个新兴网站，其网站知名度、驻站作家、作品数量和热度都无法与其他知名文学网站相提并论，它还需重点改进网站建设，改善用户的使用体验，以此吸引更多的用户。

（王洋圆，纪海龙）

55. 找小说网（http://www.zhaoxiaoshuo.com/）

找小说网是一家“以小说搜索引擎为主，书友交流为辅的小说网站”[①]。它与十几家原创文学网站如起点中文网、纵横中文网、蔷薇书院、凤鸣轩等建立起了合作关系，从这些网站获取小说信息，包括书名、作者、分类、更新章节等内容，并将它们进行分类整理，建立索引，以方便读者寻找。除此之外，网站还设小说问答栏目，书友可在此发问寻书或寻求推荐，会有热心书友予以解答。虽然找小说网不是原创文学网站，不提供付费阅读服务，但网站内依然有原创文学，即网站会员自己创作的小说。因为这些小说创作只出于个人兴趣，权作与广大书友交流，读者阅读全程均免费，所以小说没有特别迅速的更新要求。

找小说网的页面设置相对简单。页面底色为白色，字体颜色以蓝色为主色，黑色为辅色。在版块接合处会有游戏或广告。首次进入网站的用户可点击最上方的“注册”成为会员。网站将会员分为 24 级，分别对应修道的不同阶段，如凡人、炼气、筑基、结丹、元婴等等。网站名称与标致在首页左上方，右上方为搜索，书友可通过键入书名或作者名寻找需要的小说。搜索栏下为“搜索热词”。网站设置了 11 个栏目，分别是小说排行、小说问答、在线朗读、有声小说、礼包、书架推荐、书友小说、作者专区、论坛、游戏、帮助。在线朗读为书友提供了中文朗读工具，书友输入或粘贴需要朗读的文字并按开始键就可听到小说的朗读，声音清楚明白。找小说网与酷听网也建立了合作关系，读者可进入有声小说页面听小说。除言情、武侠、恐怖一类外，网站还有经典、养生类

---

① http://www.zhaoxiaoshuo.com/news.php? id=8

作品。用户可利用在网站签到、写精华书评获得的金币竞拍网站提供的各小说站的礼包，礼包有的是包月卡，有的是充值券，有的是激活码。书架推荐则是按被收藏数量的多少推荐书友的书架，书友可看见别人都有哪些藏书。比起其他网站，找小说网的论坛比较冷清，论坛建设只有会客厅一个版块，在线人数常常只有几十人，最高纪录也只达到598人。网站为书友提供了不少游戏，并将众多游戏做了最新发布、最流行应用、女孩喜欢、男孩喜欢的分类。书友可依自身兴趣选择。初入网站的读者可在帮助里了解更多网站信息，如评论员级别和贡献级别，如何获得积分和积分级别等等，以便快速地了解网站，更好地使用网站。

首页可分两大版，第1版有最新更新的书友小说、找小说公告、用户信息、热点评论和评论之星。第2版包括小说问答、问答之星、最新收录的小说章节和新书推荐。应该指出的是，虽然找小说网以小说搜索为主，但还是可以阅读部分作品，而当书友往下点击或开始阅读时，总会有不少游戏、广告骚扰，多少影响了书友的阅读兴趣。

找小说网与众多原创文学网站合作，获得部分网站授权转载免费章节，若读者阅读VIP章节，则会跳转到作品所属网站，如起点中文网、纵横中文网。还有一些网站只提供小说基本信息，读者阅读公众章节也会自动转入该网站的页面，如蔷薇书院。网站内小说题材完备，包含各种类型，如玄幻奇幻、武侠仙侠、都市职场、乡土、校园、言情、穿越、历史军事、游戏竞技、科幻灵异、同人、悬疑。目前，找小说网内点击量高的作品有《凡人修仙传》《斗破苍穹》《疯狂奥术师》《吞噬星空》《仙逆》《九鼎记》《斗罗大陆》《冒牌大英雄》《异世邪君》《遮天》等等。主要是玄幻奇幻、武侠仙侠和科幻类。除了《疯狂奥术师》来自纵横中文网，其余的全都属于起点中文网，由此也可见起点在业内的地位。此外，网站内比较热门的书友原创作品有《光阴》《星魂杀》《天下一本书》《君心可晴》《六道化情》《黑道之星》《在尸魂界》《凡天》《七龙珠布罗利之最后的战役》《转世断情录》等。

网站内比较有名的作者有诚于心、26、神人大集、米宝、旭雨千月、傻宝、风华 G、物心、458371513、天之巅、七世侠情、因为你我才笑、无限星辰、寒云、灰色切诺基等。前面说过找小说网非付费阅读的原创文学网站，所以网站内没有签约作家，以上作者为网站会员，热爱文学而从事小说创作，其作品也是免费阅读。所以，也没有相应的作家福利计划。

找小说网在其网页上写道：“找小说网是一个公益性网站，不从事任何商业性行为。”① 从一方面来看，它只是把其他网站的作品信息汇集在自己网站，为广大书友提供一个寻找小说的捷径。它没有本网站的流通货币，读者阅读加 V 章节，消费的是作品版权所属网站的货币。不仅如此，阅读书友原创作品也无需有任何消费。所以说，找小说网更多的是给广大书友一个互相交流的平台，找书、看书、评书。这是它与其他文学网站最本质的区别。从网站介绍来看，网站内也没有小说出版为实体图书，或被改编成动漫影视。

找小说网既然是一家提供小说搜索的网站，这就决定了它与其他原创文学网站没有绝对的可比性，也决定了其不可能有那些网站的知名度和热度。这从其论坛建设和在线人数就可直观地认识到。不过，网站要想进一步发展，还是有可以改进的地方，如其网站环境的建设，可以尽量营造健康、绿色的环境，给书友舒适、流畅的上网体验。

（王洋圆，纪海龙）

---

① http://www.zhaoxiaoshuo.com/news.php? id=21

56. 快眼看书（http://www.booksky.org/）

快眼看书是一个小说搜索引擎，用户在这里键入书名就可以对该小说展开搜索。它“将杂乱无章的搜索结果按照不同网站的相同章节清晰地分类汇总后呈现”[①]，用户阅读时会自动转入第三方网页。

虽然快眼看书和找小说网同为小说搜索引擎，两者还是有不少区别。如快眼看书要求键入的关键字为书名才能搜索，而找小说网可以是书名也可以是作者名或章节名。快眼看书只有键入关键字一种搜索方式，找小说网则设置了小说问答栏目，通过发问和回答疑问也能寻找到相关小说。在快眼看书搜索后，阅读时自动转入的第三方页面无一例外地为宋朝小说网、暖晨小说网、无弹窗小说网和五六文学网，而找小说网则获权转载部分公众章节，另一些免费章节和 VIP 章节才会转入作品版权所属的网站。另外，快眼看书是一个纯粹的搜索引擎，找小说网除小说搜索外还是一个书友交流的平台，书友可以写书评，也能发表原创小说。总体而言，快眼看书功能集中、内容简单，找小说网则更加多元，读者不仅可以搜小说、读小说还能听小说、评小说。

快眼看书的页面很干净，给用户清爽之感。页面底色为白色，字体颜色为黑色和绿色，清晰明了。首次进入网站的用户点击页面上方的“注册”按钮，填写账号和密码即可成为会员。其搜索功能位于页面最上方，搜索之下为网站的简要介绍和致广大书友的相关事项。网站的页面布局十分简约，包括 3 部分。第 1 部分为“我收藏的小说”，书友不仅可以看见自己收藏了哪些小说，管理自己的收藏架，还能将其分享到 QQ

① http://baike.baidu.com/view/1816459.htm

空间、新浪微博、人人网等社交网站。第 2 部分为热门小说，这是网站的主体内容，是网站最重要的部分，热门小说收录了来自其他原创文学网站的刚刚更新的小说章节，它将不同网站的相同章节汇在一块，方便书友选择。不过应该指出的是，这些链接网站并非小说版权所属网站，而是前面提到的宋朝小说网、暖晨小说网、无弹窗小说网和五六文学网。其中暖晨小说网和五六小说网有不少广告，宋朝小说网和无弹窗小说网除广告外还有尺度相当大的成人游戏，极大干扰了读者的正常阅读。不过，快眼看书已在免责声明中表示："本站搜索结果根据您键入的关键字自动搜索获得并生成，不代表本站赞成被搜索链接到的第三方网页上的内容或立场。"① 第 3 部分是小说排行榜，列出了 20 本热门小说，这些小说大多来自起点中文网，如《莽荒纪》《最强弃少》《大主宰》《胜者为王》《凡人修仙传》等等。正如网站自我介绍："快眼看书网站页面清爽，无毒无弹窗广告，完全绿色网站"②，快眼看书网站内没有任何游戏与广告，真正给书友创造了安全、舒适、健康的上网环境。

由于快眼看书从其他原创文学网站搜集小说的更新信息，只有当前更新的小说才会在网站内显示，所以网站内的热门小说常处于变动之中。小说类型涵盖了玄幻、科幻、都市、历史、军事、游戏、竞技、未来世界等各类。这些小说来源广泛，有起点中文网、纵横中文网、逐浪网、凤鸣轩、17K 小说网等网站，其中最主要的是起点中文网。应该说网站更新速度还比较及时，但作品收录的章节并不全面，有的作品并不是从首章开始录入，有的没有结局章。如《莽荒纪》从第 11 章开始，又从第 13 章跳入第 18 章；又如《绝世唐门》直接从第 180 章开始，缺第 236 和第 238 章。

快眼看书并非原创文学网站，故网站没有签约作者，也没有相应的作家福利计划。它也不同于找小说网，注册会员只是在此寻找小说而不

---

① http://www.booksky.org/mianze.html

② http://www.booksky.org/

会创作小说。同时，网站也没有实施会员等级制度，没有按积分或贡献将会员分为不同级别。

快眼看书专注于小说搜索，力图为广大书友提供便捷的寻书方式。它为书友创造的绿色上网环境和优质上网体验值得称赞。但它还有可以改进之处，如只能通过书名才能搜索小说的形式多少限制了书友的寻找，若能增加作者名、章节名等搜索关键词会带来更多方便。网站也可通过设立会员等级制度，开办网站论坛等形式来激发会员的热情，增强他们对网站的参与度与黏着度，以此进一步提升快眼看书的知名度和影响力。还有它链接的网站只有 4 家，且不是小说版权所属网站这一状况也应该有所改变。像找小说网那样转入版权网站才是对作品、作家和网站的尊重，才能在行业内树立良好口碑，赢得同行的信赖。

（王洋圆，纪海龙）

二 门户网站及其他网络平台的文学频道

57. 新浪读书（http://book.sina.com.cn/）

2002年，新浪网在国内门户网站中开风气之先，率先成立了读书频道。该频道成立后，在用户中大受欢迎，很短的时间内日均点击率就超过了百万次。其后，搜狐、腾讯、网易等其他门户网站竞相模仿新浪网设立读书频道，从而使读书频道成为了门户网站中不可缺少的一个内容。不过，在众多门户网站的读书频道中，新浪读书无疑影响最大。据CNNIC（中国互联网信息中心）2010年12月发布的《中国网络文学用户调研报告》显示，使用新浪读书阅读的用户比例达到了23.2%，仅次于起点中文网（用户比例为24%）。[①] 来自中商情报网的“2013年7月网络文学网站访问排名”中，新浪读书则位列第三。[②] 由此可见新浪读书在用户中的受欢迎度。

由于是依托于门户网站的文学频道，新浪读书的用户群体较之专业的网络文学网站而言，更加多样化，其频道包括的文学内容也更加多元。这些内容有书籍评论、免费或付费阅读的原创网络小说、已出版的热门图书与经典作品等，此外，还包括与热门社会、文化议题相关的资讯、信息，以及知名作家、评论家的访谈。从中可以看到，与一般的网络文学网站相比，新浪读书的内容较为高端，也更偏向于传统。新浪读书自身也主打高端文学，其经常邀请文化名人进行访谈，并制作“新浪中国好书榜”，向读者推荐近期出版的包括人文社科在内的各类优秀书籍。同样是来自CNNIC《中国网络文学用户调研报告》的调查结果称，与起点

① http://www.cnnic.cn/hlwfzyj/hlwxzbg/mtbg/201206/t20120612_27451.htm

② http://www.askci.com/news/201308/10/10933597546.shtml

中文网、腾讯读书相比较，新浪读书的中年用户居多，30 岁以上的用户群体比例明显要高于其余二者，用户中的大学本科、硕士及以上学历比例也高于二者，此外，三者中，新浪读书用户的收入水平较高、无收入人群比例最少。[①] 这样的结果显示，新浪读书的用户层次较高，而能吸引这些读者的首要原因必然是因其内容符合这些用户的需求。事实上，新浪读书的原创网络文学影响力确实不如那些传统的高端文学，且其原创作品也尽量收集精品提供给读者。

具体而言，目前，新浪读书的内容包括出版图书（下设图书点击榜、最新上线、都市小说、官场小说、商战小说、军事小说、历史小说、悬疑奇幻、言情小说、校园青春、恐怖惊悚、传记、娱乐时尚、政史军事、金融管理等）、原创小说（下设原创点击榜、奇幻武侠、都市情感、军事历史、青春言情、游戏竞技、恐怖灵异、科幻小说、美文等）、资讯、书摘、搜书等。新浪读书主页面包括最新上架、即将上架、资讯、出版图书、原创小说、一周好书、短篇精华、人文·社科·生活·经管、都市·婚姻等分栏。栏目名称、重要标题都使用绛紫色文字，大方而庄重。点击首页的“原创小说”一栏，即可进入新浪“原创文学”页面。可发现，该页面整体设计较为简单，主页面内容主要包括各类型小说推荐以及几种排行榜。但是，新浪原创文学对其内容的分类细致、详尽，如奇幻武侠下又分为东方玄幻、西方玄幻、异世大侠、转世重生、传统武侠、修真仙侠，都市情感下又分为都市生活、情感天地、婚姻家庭、官场沉浮、商战风云、职场生涯等。“美文其他”类收入了短篇小说、散文随笔、诗词曲赋几类，这是新浪原创的一个特点，即其不仅仅收入最受网络读者欢迎的长篇小说，也收入了短篇文学——尽管短篇文学的位置并不明显。因而，其体裁较为全面。

作家队伍方面，在新浪读书发表原创作品并不困难。用户只需用新浪通行证登录到新浪读书页面，其后点击“个人中心”，找到“发表作

① http://www.cnnic.cn/hlwfzyj/hlwxzbg/mtbg/201206/t20120612_27451.htm

品”一栏，即可按照提示发表作品。但是如果想获取稿酬，则必须成为签约作者。“个人中心”的“帮助”一栏内有针对作者、读者的各种问题解答。值得注意的是，目前新浪读书提供了“首发”“普通”“独家”“转载”几种作品授权方式，较之一般的网络文学网站要求拥有作品所有的版权而言，无疑更加自由、宽松。新浪读书也为新人作者提供了《新浪原创新作者指南》，旨在帮助新人作者如何写好作品。2013 年新浪原创作家福利体系包括签约奖、全勤奖、完本奖三种，较之起点中文网、创世中文网、腾讯读书等，类型少且丰厚程度不够，因而从报酬方面而言并无太多优势。

盈利模式上，适应国内网络文学网站商业化发展的潮流，新浪读书 2008 年也开始实施收费阅读政策。目前的收费标准是初级 VIP 会员每千字 3 分钱阅读新浪原创 VIP 作品内容，白金 VIP 会员则收费每千字 2 分钱。此外，新浪读书也鼓励实体出版、影视改编，以从中获取利润。新浪网也开展了无线阅读业务。不过，新浪读书尽管拥有较大的用户流量和活跃的付费用户基础，但是其原创文学商业化运营模式方面较之盛大文学等专业文学网站，并不特别成熟与完善，业绩也并不突出。据新浪网公布的 2013 年第一季度财务报告称，新浪第一季度净营收 1.26 亿美元，其中广告营收一项达到了 9430 万美元，非广告营收的增长则主要来自包括网络游戏分享营收和微博会员收费在内的微博增值服务。[①] 新浪读书的营收在新浪网中并不重要。

但是近年来网络文学市场愈加活跃。网络文学的潜在巨大价值令各大网站纷纷加大了对网络文学市场的关注与投入。腾讯、网易、百度等 2013 年在网络文学方面都有新的抢眼动作。作为老牌门户网站，新浪网亦不愿错过市场机遇，加入到了这场网络文学市场争夺战中来。据称，2013 年 6 月，新浪网分拆了读书频道，并且整合微博读书、微漫画成立了新公司。新公司名为北京新浪阅读信息技术有限公司，法人代表为吕

① http://tech.sina.com.cn/i/2013－05－17/04598348853.shtml

廷斌，以前为微阅读负责人。拆分后的新公司拥有新浪读书、微博读书、微漫画几个品牌与业务。

业内普遍认为，新浪网的此种做法标志着新浪加大了对网络文学市场的推进力度。因为从一个文学频道转变为独立的公司，这意味着新浪阅读拥有了更加明确的目标、更加独立的经营地位，运营起来将更加专业、更加灵活。这必将大大提升新浪阅读在网络文学市场中的竞争地位。

新的公司其运营模式将区别于以前。尽管目前还无法确知新浪阅读更多准确信息，且新浪网关于新浪读书的称呼仍使用“新浪网文化读书频道”字样，但普遍的看法均认为新浪网将整合微漫画、微阅读、新浪读书频道资源，利用新浪网以及微博的输出渠道，扩大影响。有消息指出，整合后的新浪读书其定位将不同于盛大文学、创世中文网。新浪读书将更多考虑从新浪微博用户特性、销售通路出发，建立开放平台，引入第三方电商版权图书，在微博上形成分享、并最终发单的用户订阅模式。① 而盛大文学、创世中文网则是独立的用户打赏以及版权分销模式。较之盛大文学，新浪阅读的优势确实在于渠道方面。新浪微博是目前国内最具影响力的微博。有数据显示，截至2012年12月底，其注册用户已超5亿。② 据市场研究机构 Global Web Index 调查数据显示，截至2012年底，全球最活跃的社交网络中新浪微博排名第6，中国地区新浪微博排名第2。③ 如何将原创文学通过微博向庞大的用户输送，这正是新浪网的着力点。

同时，一家 Logo 显示为新浪旗下产品的文学网站果壳小说网（www.guoke.cn）也已经上线。从内容上看，果壳小说网有言情、悬疑、修真、都市言情、校园、奇幻、魔幻、婚恋、历史、玄幻等类型，与创世中文网、起点中文网这类网络文学网站非常相似，是专业的网络文学

---

① http://news.pedaily.cn/201307/20130710351354.shtml

② http://informationtimes.dayoo.com/html/2013－02/25/content_2161164.htm

③ http://cn.vr－zone.com/1871

网站。但是，直至 2013 年 8 月底，这家网站仍处于测试期，网站底部“关于我们”“联系我们”等链接均不能访问，一些图片也不能显示。很有可能这是新浪阅读为强化品牌认知感，而设立的一个独立站点。可以想象的是，新浪阅读未来将会利用微博、门户等优势资源，全面推广自己。

当然，当前新浪阅读面临着一系列挑战，如：面对盛大文学、腾讯文学等强大的对手，如何提升自己的影响力？怎样吸收更多专业的网络文学写手？怎样将微博的庞大用户群体转化为网络文学用户等等。但是能够肯定的是，新浪大举进军网络文学领域，这势必会对网络文学市场产生重要影响。

（纪海龙）

58. 腾讯读书（http://dushu.qq.com/index.html）

腾讯读书是腾讯公司的网络平台之一——腾讯网（QQ.com）的一个子频道。腾讯公司成立于1998年11月，是目前国内最大的互联网综合服务提供商之一，同时也是国内服务用户最多的互联网企业之一。秉承着“一切以用户价值为依归”的经营理念，腾讯公司为用户开创了即时通信QQ、微信、腾讯网、腾讯游戏、QQ空间、财付通、拍拍等网络平台，可以提供诸如即时通讯、网络媒体、无线互联网增值、互动娱乐、互联网增值、电子商务等业务，满足用户即时通信、资讯、娱乐、电子商务方面的需求。腾讯读书属于其互动娱乐方面的服务之一。

事实上，腾讯读书是腾讯公司2012年公布实施的“泛娱乐”战略中的重要一环。所谓“泛娱乐”战略，用腾讯文学负责人张蓉的解释即为：“以IP（版权）授权为核心，以游戏运营和网络平台为基础，展开的多领域、跨平台的商业拓展模式，比如对影视、游戏动漫、戏曲等领域的延伸和渗透。”[①] 这个战略中，文学、动漫处于关键位置，因为原创优质IP更多地就集中于这些上游产业。腾讯公司拥有众多广受用户欢迎的网络平台和庞大的用户数量，这正是其他文学网站所不能比拟的巨大优势，为腾讯读书的发展奠定了坚实基础。2013年，腾讯公司在网络文学领域发力，与原起点创业团队合作，这引起了业内震惊。现在二者合作的具体细节外界并不知晓，关于腾讯文学的未来发展业界也还处于猜测中。

目前的腾讯读书，在网页设计上，其页面整体简洁、干净，没有广告。页面并没有铺设过多分频，主要是网站推荐的作品展示以及图书、

---

① http://shengya.eol.cn/IT_8744/20130531/t20130531_951033_1.shtml

男频、女频的几类排行榜，此外还包括男频、女频两个分频道。各频之间留有一定的空间，界限清晰。页面部分重要信息以及重要的栏目标题使用了较为典雅的茶色，庄重、大方，女频、男频则分别使用了红色与绿色，富有激情与青春气息。因此，腾讯读书网站首先给用户带来的视觉感觉即较为舒适，没有杂乱、拥挤之感。用户可以通过腾讯网进入到腾讯读书频道，也可直接输入读书频道网址进入，并按照页面指示找到所需服务，操作简单。拥有QQ账号的用户直接成为腾讯读书网的会员，并可以在页面点击自己的用户名，进入个人中心，完成各种操作。腾讯读书提供给用户付费阅读业务，用户可以单本购买阅读，也可包月购买阅读，每月10元即可免费阅读VIP包月书库内所有内容。读者可以通过Q币、财付通、银行卡等多种方式充值，其中通过财付通支付还可享受9.1折优惠。

内容建设方面上，与专门的网络文学网站不同，腾讯读书属于门户网站下面的文学频道，因而较之一般的文学网站，其内容更加丰富、广泛。除原创网络文学外，腾讯读书还拥有传统作家的作品，以及一些已出版的网络文学书籍，为作者提供这些作品的电子版阅读服务。用户进入腾讯读书页面后，即可看到其将网站的作品分为原创女频、原创男频及畅销图书几类。原创女频的作品又按题材分为穿越言情、古典架空、古代情缘、豪门世家、爱情婚姻、职场励志、都市生活、异术超能、青春校园、玄幻仙侠、惊悚悬疑几大类。原创男频分为奇幻玄幻、武侠仙侠、现代都市、历史军事、游戏竞技、科幻空间、悬疑惊悚、同人小说几类。畅销图书分为小说文学（又细分为：乡土小说、现代都市、历史军事、古代言情、青春文学、悬疑惊悚）、时尚生活（细分为：两性婚恋、时尚娱乐、健康养生、运程占卜、旅游地理）、成功励志（细分为：心灵修养、人在职场、人际处事）、经济管理（细分为：个人理财、市场营销）、人文社科（细分为：国学、心理学、艺术）、传记文学（细分为：人物传记、社会百相）、随笔文集（细分为：评论文集、优美散文、生活随笔）几类。

作家队伍方面。截止2013年8月底，腾讯女频的作者名人堂包括一世风流、扬扬、穆丹枫、东迷笛等 50 余位，腾讯男频暂无此栏。在腾讯读书申请成为原创作者非常简单，用户只需用 QQ 账号登录到腾讯读书首页，进入“个人中心”，再点击进入“作者专区”根据页面提示填写个人信息资料后，提交注册即可，申请成为签约作者的条件则较高。相较而言，腾讯女频针对作者的各项制度、政策更加完备，其公布的腾讯女频 2013 年福利体系共 9 条，包括别树一帜奖、出版风尚奖、影视改编奖、文以载道奖、天道酬勤奖、完本奖励、新人签约奖、新人上架奖、新人完本奖等。其中，影视改编奖是腾讯读书较之其他网站福利体系的一个特色，符合此奖项要求的作者可获得 50000 元人民币的奖励。也可看出，腾讯读书既鼓励新人作者积极参与到创作中来，同时还鼓励网络作者进行精品创作。腾讯男频暂时还未发布福利体系。

腾讯读书的盈利模式包括付费阅读，实体出版，影视、动漫、游戏改编，无线阅读等。付费阅读方面，腾讯读书主要推出单本购买以及包月阅读两种方式，读者充值后即可购买、阅读。腾讯鼓励能够实体出版、进行影视等方面改编的作品，所设出版风尚奖、影视改编奖即是针对于此。游戏运营一直是腾讯公司的重要业务，早在 2004 年，QQ 游戏即已经成为国内第一大休闲游戏门户，其后腾讯公司更一举荣获 2007 年度中国游戏产业年会十项大奖。庞大的用户数量为腾讯游戏保证了充足的玩家。而网络文学具有与游戏打通的能力，因此，将优质原创作品改编为网游也是腾讯的着力点。无线阅读方面，腾讯公司早已拥有自己的手机阅读应用“QQ 阅读”。

但毋庸讳言，较之盛大文学，腾讯公司在文学领域并未有太多声音，影响力远不如前者。尽管早在 2004 年，腾讯公司已经开始文学业务的尝试，也推出了腾讯读书频道、QQ 读书、QQ 书城、QQ 阅读等业务，但是这些业务却分属于不同的部门管理，缺乏统一的规划与部署，其市场推广也比较低调。因此，腾讯读书在业内影响并不大，缺乏著名的写手与原创文学精品。

2013 年，这种情况发生了很大变化。原起点创业团队开始与腾讯公司合作，极大增强了腾讯文学的实力。起点创业团队在业内拥有极高的价值，他们中从业时间最长的已经超过 10 年，目前网络文学的核心商业模式、行业标准乃至具体通用功能，都主要来自于这个团队的创造。2013 年 3 月，这个团队从盛大文学出走，与腾讯公司合作成立了创世中文网。与其一同出走、加盟创世中文网的，还有诸多位原起点中文网的“大神”级作者。这对整个网络文学界产生了巨大的影响。因为对于这样一支出走团队，最需要的即是优秀的平台和用户，而腾讯公司的优势恰恰正在于此。二者的结合无疑是强强联手。目前创世中文网的内容资源已陆续登录 QQ 阅读，大大增强了腾讯原创内容的实力。

尽管与原起点创业团队合作的具体细节外界还不知晓，但腾讯公司打造腾讯文学品牌的决心却早已明朗，腾讯文学这一品牌也呼之欲出。2013 年 3 月，腾讯公司进行了业务构架调整，互动娱乐事业群专门成立了内容与版权业务部，腾讯文学业务归属于这一部门管理。有消息称，腾讯文学会将包括创世中文网、腾讯文学网、读书频道以及 QQ 阅读等所有资源整合到一起，统一规划布局。也有消息称，在腾讯互娱内部，腾讯文学已成为网游业务外最受重视的战略级业务。① 因为网络文学处于整个互联网内容的上游，具有对影视、游戏、动漫、戏曲等领域辐射、输送内容的能力。腾讯公司的“泛娱乐”战略也是以版权授权为核心，因此，拥有优质的版权无疑是整个战略的核心部分。与盛大文学相比，腾讯的优势在于平台与渠道方面，微信、手机 QQ、QQ 阅读等都积累了大量的用户。据称，腾讯文学的业务重点也将放在移动端上，因为移动阅读蕴涵着巨大商机，被称作是网络文学“下一个战场”。腾讯公司在移动阅读上已然具有巨大的优势，其微信被业内誉为第一张移动互联网“门票”。2013 年上半年，我国微信用户已经超过 4 亿。② 如此多潜在的用

① http://tech.ifeng.com/internet/detail_2013_08/29/29118753_0.shtml

② http://www.chinastock.com.cn/yhwz_about.do?methodCall=getDetailInfo&docId=3592004

户，也使外界对腾讯文学充满了想象的空间。然而，日益强大的腾讯文学也仍面临很多困难，如网络文学与腾讯微信到底应该采取何种方式合作？网络文学怎样才能出现更多的精品？如何解决猖獗的盗版问题等等，而后面二者也是整个网络文学行业共同面临的问题。

（纪海龙）

59. 网易读书（http://yuedu.163.com/book? pek=1）

网易读书是国内领先的门户网站品牌——网易下设的一个频道，并且依托于网易在互联网应用、服务以及相关技术等方面的优势，在近几年中以惊人之速发展壮大。正式成立于1997年的网易公司长期将互联网技术视为自身发展的立足点之一，同时以“网聚人的力量”作为企业追求的目标，凭借自身具有竞争力的技术和服务等赢得了数量巨大的忠实用户。现今的网易不仅是国内具备自主研发和运营实力的少数几家游戏运营企业，同时也是国内重要的门户网站开发商，另外，网易公司在电子邮件业务领域的投入和发展战略也促使其成为中文邮箱的第一品牌。在网易的门户网站中，主要包括了内容频道（新闻、财经、科技、体育、汽车、娱乐、女人、数码、读书、教育、旅游等共计23个）、邮箱（网易免费邮箱、163邮箱、126邮箱等8个）、游戏平台、有道搜索以及其他相关服务平台等，读书频道则属于网易旗下的一个内容频道。

与其他知名门户网站下设的读书频道大体相似的是，网易读书频道中主要内容的覆盖面及其书库中包含的作品类型，较之起点、纵横及其他网文网站更为广泛。继新浪网率先设立读书频道后，分属国内不同门户网站的各读书及相关频道纷纷涌现，而“网易读书”也是这一潮流中出现的一员。受频道所依托的综合门户网站特点的影响，网易读书频道中不仅包含了一个综合性的电子书库，而且还设有博客、书讯、书评、书摘、访谈以及频道论坛等内容版块，进而构成了一个综合性的阅读社区。仅就其电子书库而言，网易读书频道收录的作品便涵盖了小说、社科、经管、生活和艺术五个大类共计40多个细分类型，另一方面，网易读书首页的分类书馆中又分设了品质阅读、实用阅读、流行阅读等不同作品分类展示区。不过，需要指出的是，根据艾瑞网公布的相关统计(数据来源于Alexa，2013年9月22日统计)，虽然在中国综合门户类网站、中国网站和世界网站排名中，网易分别位列第3、7和24名，但是其中的读书频道仅占整个网站0.13%的百分比[①]。可见，现阶段的读书频道并非网易的核心频道。

2011年6月，一向专注于互联网技术的网易在其读书频道基础上正式推出了综合图书和相关资讯功能的全新阅读应用——网易云阅读，并且它的功能还兼容了电子图书、数字杂志以及海量的资讯信息等。目前，以“读之乐，阅之美”作为发展口号的网易云阅读正逐步替换原有的读书频道，并在拓展自身在线网页服务的同时，积极发展相关的移动客户端业务以及跨平台同步、社交阅读分享及离线阅读等相关技术。用户通过网易进入其阅读频道后即可发现，网易云阅读的页面设计和布局相比门户网站的首页更为简约，既没有插入外挂式商业广告，也不存在图文信息量过大等问题。具体来说，在云阅读的图书频道页面，主要包含了新书上架、专题阅读、特价专区、精品图书、期刊杂志、漫画绘本、文学社科、财经生活等相关栏目的作品推荐，其中收录的图书具体涉及流行小说、经济管理、社科历史、文学艺术、两性感情、成功励志、亲子少儿、生活保健、动漫图文以及经典名著等10个大类42个小类的众多作品。与此同时，网易云阅读还设有原创男频、原创女频以及资讯等频道，分别提供相应类型的原创网文作品以及近期热门或新出现的订阅资源信息等。值得一提的是，网易云阅读中的各频道分别选用了绿、蓝、红、橙等色彩作为频道的区别标识，差异中突显了色彩活力。综合来看，无论是在页面设计布局方面，还是在图书、网文等内容建设上，网易云阅读都积极尝试有效地平衡繁复与简约之间的关系。

现阶段，用户通过网易账号即可登入云阅读频道，同时还可以在完成充值后阅读相关的付费章节以及购买付费电子图书等。当然，网易云

---

① http://www.iwebchoice.com/Html/Chart_7.shtml

阅读也为广大用户提供了大量免费的电子图书、网文作品、电子杂志等阅读资源。除收费阅读之外，网易云阅读还积极发掘实体出版、作品改编、移动阅读、云端阅读以及网易平台资源等方面的盈利空间。与阅读频道盈利相对应的即为阅读频道中的作者福利和激励计划。网易云阅读2013年实施了全新的开放式创作平台策略，让签约分成合约的作者独享100%的收入，与此同时，还向阅读频道的签约分成合约的作者推出了签约奖励、全勤奖励、完本奖励、销售奖励和作品预付等激励计划；2013年9月，易网云阅读在其两周年庆之际又推出了让作者分享高达120%分成的新福利计划，并且增设了男频/女频作品月票奖励等奖项，而该福利计划将持续生效至12月31日。可以说，相关优厚福利计划的推出，一方面大幅增加了一部分作者的收入，另一方面也为网易云阅读集合了一批优秀作家和作品。

网易云阅读的突出之处即在于“云”所指代的功能特色，这一全能型的APP应用不仅拥有PC端在线网页服务，同时还提供iPad、iPhone、Android、Windows 8等多种不同移动客户端，进而实现了跨平台阅读、在线/离线阅读以及社交分享等多维度的优化阅读和相关功能。根据新华网的相关报道，网易云阅读基于用户体验，针对产品的功能、内容和推广等展开了一系列完善工作，而网易云阅读的用户数已从7月份的1800万迅速上升到2500万以上[①]，并且这一开放平台目前在其传统媒体基础上正积极发展自媒体运营平台。从上述相关数据及信息即可看到，现阶段的数字阅读正逐渐显露其巨大的潜在市场，而拥有超过2500万用户数的网易云阅读在今后一段时期内的数字阅读领域必将大有作为。

（李玲，纪海龙）

① http://news.xinhuanet.com/tech/2013-09/17/c_125404830.htm? anchor=1

60. 搜狐读书（http://book.sohu.com/）

搜狐读书是搜狐网站（www.sohu.com）的一个子频道。搜狐品牌诞生于1998年2月，目前，搜狐网站已成为中国最大的门户网站，是中国网民获取资讯的首选网络平台。搜狐网站在新闻、娱乐、体育、时尚等方面颇具影响力，又打造了汽车、房产、IT、财经等主流产业的专业频道。但搜狐并不止于此，试图“以影响多中心，特色全频道的形式为大众提供最快速、真实和权威资讯，全面影响消费决策，全方位多维度的打造实力媒体平台”①。读书频道作为旗下的一个子频道，旨在服务读者阅读，丰富网友文化生活。搜狐读书频道于2004年8月上线，是门户网站中较早开设读书频道的网站。

搜狐读书的页面整洁有序，只有极少数的游戏及其他方面的广告，并不影响观感。网站内容设置丰富，包括书库、新书、排行、人气榜、人物、重磅、字里行间、读书会、资讯、书摘、专题、原创、VIP、听书、文化等栏目。由于是门户网站旗下的子频道，搜狐读书的内容比专业文学网站更丰富，除原创文学外，还有历史回顾、热点追踪、专题策划、名家访谈、作家专栏等等，给读者提供了多元化的选择。并且，搜狐读书同新浪读书一样，内容相对而言较为高端，包括不少深度阅读和名家专访内容。读书主页面有策划、好书、摘书、写书、听书、视界、作家等专栏以及排行榜。栏目名称和重要标题为墨绿色，文字颜色为黑色，典雅、大气。用户点击“原创”就能进入搜狐原创页面，在页面左上角可看见搜狐原创的口号：“阅读无止境，写作有明天。”与读书频道首页的稳重风格不同，原创版更显青春气息。原创版页面共4大版块，

① http://corp.sohu.com/s2010/sohu2010/

版块之间以赤色栏分开，给人清楚明晰之感；内容主要是各类型小说推荐、小说更新列表和各个榜单，栏目名称和重要标题均为赤色。

搜狐读书频道的原创平台主要是为满足大众青年网民的阅读兴趣。其原创作品类型包括玄幻奇幻、武侠仙侠、都市言情、历史军事、游戏竞技、科幻灵异、同人其他等类。每一类下又可细分，如都市类可分为都市生活、现实百态、恩怨情仇、职场励志、官场沉浮、商战风云、谍战特工等类；言情类可分为现代言情、古代言情、爱情婚姻、青春校园等类。搜狐原创是中国作协确定的中国网络文学原创基地，凭借其影响力举办了网络文学大奖赛。2013 年 5—11 月，搜狐原创又联合《山东文学》《齐鲁晚报》举办了第二届网络文学大奖赛，并邀请莫言、雷达、吴义勤等知名作家、评论家做终审评委。比赛进一步扩大了搜狐读书频道的影响力，也有利于推动国内网络文学的发展。

在搜狐读书频道发表作品非常简单。读者注册成为普通用户后可进入“个人中心”，点击左边栏的“申请作者”，并按照提示填写申请资料就可成为作者。若想申请签约则需通过审核，作者有 4 次申请机会，若 4 次申请都被驳回，则网站不再受理该作品的签约请求。凡申请签约，搜狐原创都视为独家签约形式。当前，网站推出的签约作者福利计划包括 3 项：全勤奖、稿酬保底奖、完本奖。这与新浪原创的福利计划类似，类型少而丰厚度不够。对比正欲在网络文学领域大展拳脚的腾讯推出的多达 9 项的福利体系，更加可看出搜狐原创在作家建设这块用力不足，比较淡薄的福利体系难以吸引大量有才华的网络作家。

盈利模式上，搜狐原创综合了付费阅读，无线阅读，实体图书出版，影视、动漫改编等多种方式。2011 年 2 月，搜狐原创改版上线，并正式开始施行收费阅读制度。读者以每千字 3 原创币的价格阅读 VIP 章节。1 元人民币相当于 100 原创币。书友有 4 种充值方式：网银、支付宝、狐币、手机充值卡（移动卡、联通卡）。搜狐也开展了无线阅读业务。利用搜狐矩阵的品牌效应和图书资源，搜狐在无线阅读方面具有优势，“现已经拥有上千万的读者用户支持，形成了良好的口碑效应，培养了手机读者付费阅读的习惯，在业界已经具有较大的影响力”[1]。同时，搜狐读书也鼓励图书出版和影视改编。不过，与搜狐其他业务相比，搜狐读书的业绩要逊色很多。搜狐公司公布的 2013 年第二季度财务报告显示，第二季度搜狐公司总收入为 3.39 亿美元，其中品牌广告收入为 1 亿美元，搜狗收入为 5000 万美元，在线游戏业务收入为 1.68 亿[2]。由此可见，搜狐读书在搜狐公司的创收中比重很小。

游戏一直是搜狐公司的主要项目，旗下的畅游公司是中国领先的在线游戏开发和运营商，拥有领先的研发技术和顶级的运营团队。其自主研发的游戏《天龙八部》是目前国内最受欢迎的在线游戏之一，曾“被国际数据公司（IDC）评为中国最受欢迎网络游戏第三名和中国本土开发最受欢迎网络游戏第二名”[3]。同时，从 2011 年起，搜狐开始进军网页游戏。游戏业务收入在搜狐总创收中占据绝对重要地位。而网络文学与游戏可以贯通，原创文学精品可以为游戏改编提供优质内容，根据高人气原创作品改编的游戏往往能吸引众多玩家，如《斗破苍穹》。《斗破苍穹》是起点中文网的大热原创作品，其点击量已经达到了 1 亿 4 千多万。畅游在 2013 年第二季度推出在线游戏《斗破苍穹》，即获众多游戏迷追捧，带来搜狐游戏收入的增长。但目前搜狐原创缺乏这样的能与游戏打通的高人气原创作品。原创频道内最受欢迎的小说多为都市言情类。其实，搜狐火爆的游戏业务是其他文学网站不具备的优势，一方面这些游戏玩家是原创文学的庞大潜在读者，另一方面如果本土原创频道能有适合游戏改编的精品，那么改编之后的游戏必将牢牢吸引这些玩家并带来创收。对搜狐而言，搜狐视频是其近期重点发展对象，公司欲把搜狐视频打造为中国顶级视频门户，据调查显示，目前搜狐视频独立用户数位居视频行业第二。而原创网络文学业务在搜狐公司中并未获得如此的重视。

（王洋圆，纪海龙）

---

① http://corp.sohu.com/s2011/2655/s280363223/

② http://corp.sohu.com/s2005/qer－cn.shtml

③ http://corp.sohu.com/s2011/2655/s280362432/

61. 凤凰读书（http://book.ifeng.com/）

正式上线于2008年的“凤凰读书”，是凤凰新媒体公司下三大主要平台之一、综合门户凤凰网的子频道。作为在世界范围内已具有较高知名度的跨平台网络新媒体，凤凰网坚持“中华情怀，全球视野，包容开放，进步力量”等发展理念，现已建成了综合性的门户网站、手机凤凰网以及凤凰视频等三个主要平台，所提供的内容服务具体涉及新闻资讯、深度报道、观点评论、互动应用、财经产品、分享社区、网页游戏等多个领域，并且基本能够实现服务的即时性和多样性。在国内多家综合门户相继设立读书频道之际，凤凰网也不甘落后推出凤凰读书频道，期望“以高尚的人文阅读品位，引领全球精品阅读”[①]。

根据艾瑞咨询统计数据显示，凤凰网所面向的用户较之其他同类网站，更多来自那些高收入、经济状况良好、受教育程度高的相关群体。自2006年正式上线以来，凤凰新媒体即强调自身的内容深度、受众面精细化、品牌的整合力，而凤凰网下设的读书频道也延续了整个平台的基调，在业界赢得了“长于文史、注重品质”的形象。目前，专注于“文字之美，精神之源”的凤凰读书，不仅积极向广大用户提供海量读书内容以及个性化书评文摘，同时还坚持深入探讨和研究文史、政治等学科领域的相关精深话题。

凤凰读书频道在页面设计和主页内容等方面都曾做过较大幅度的调整和精简，因此，目前的凤凰读书页面较之凤凰网首页更为简洁、分明，不仅压缩了频道主页的图文容量，同时还采取减少分频、简化栏目布局

---

① http://www.ifeng.com/corp/about/products/

以及少量外挂广告等策略，促使读书频道整体呈现简约大方的风格。从频道主页的内容导引栏可知，凤凰读书主要包含了电子图书库、原创网文库、读书会、读药、开卷八分钟、书讯、书评、书摘、小说论坛以及业内资讯等多方面的相关内容，还有读点、重点、专题、苹果花文丛、阅界、开卷八分钟、书库、新书、图书名家专区、故纸、网文作家专区、网文等栏目展示和列表区。另外，在读书频道中不同的内容版块还采用了略有差异的页面基色，使整个频道以兼顾个性和整体的形式呈献给用户。

具体到频道的内容建设上，现阶段的凤凰读书书库主要分为出版书库（电子书）和原创书库（网文库）两部分。截止 2013 年 9 月末，其出版图书库共计收录作品 16000 余部（具体涉及历史、军事、人文、社科、小说、财经、生活等类型），原创网文库收录近 14000 部（具体包括军事铁血、玄幻仙侠、都市两性、故事、官场职场、青春古言、乡土小说、人文历史、文学、知青海外、悬疑推理等类型）。从书库收录作品情况来看，虽然凤凰读书作品资源覆盖面较广、综合性较强，但是数量较之很多专门的文学网站并不具有优势。这也是很多门户网站下设的读书频道普遍面临的问题。不过，为鼓励频道内原创文学的发展壮大，2013 年 6 月，凤凰网联合了凤凰出版传媒集团、文匯出版社、九州出版社等多家机构，并由凤凰读书频道主办，推出了以“追寻文字之美，雕琢阅读时光”为主题的凤凰网首届原创文学大赛。参赛的相关作品相继收录进入凤凰读书的原创书库，并在符合相关条件的情况下获得相应稿酬甚至是丰厚的大赛奖金。

基于凤凰网的平台资源和深度品质追求，凤凰读书创造性地开设了凤凰好书榜、读药周刊、凤凰读书会、尚书坊、开卷八分钟、凤凰书声等多个各具特色的读书及评书专题内容。例如，读书频道的《读药》电子期刊即精选了凤凰网站内的独立书评文章。该刊物还与国内的多家人文历史类优秀出版社及出版集团建立了长期稳定的合作关系，以平均每月两期的出刊频率连续推出了 107 期电子期刊（2013 年 9 月 30 日统计数据)。又如，在“开卷八分钟”栏目中，用户可以浏览到同名视频节目的相应文档内容。这些内容以网页文本的形式简单快捷地呈现给读者。可以说，凤凰读书频道目前内容建设的着力点主要在于凭借凤凰网综合门户的平台优势，针对网站的核心用户群积极发展多种有深度的品质内容栏目，以高层次的优质产品赢取频道及门户网站的忠实用户。

目前，凤凰读书频道所提供的内容既有免费资源，又包含一部分付费资源。具体来说，频道中电子书库的相关付费作品既可通过一次性购买以获取相应电子资源，同时也可以采取分段付费的形式购买阅读权限，其具体的收费标准基本保持在 3 分/千字的水平。另外，用户还可以通过购买相关包月服务来享受包月期间的全频道阅读权限，目前的资费标准为 20 元/月。凤凰读书有时还面向所有用户推出免费派送读书币等相关活动，让普通用户也可体验到凤凰 VIP 用户的相关权限。除了凭借收费阅读获取相应收益外，凤凰读书频道又凭借其所依托的凤凰新媒体平台获取相应收益。

从凤凰读书的建设和发展历程可知，一个在高层次综合门户平台上成立的读书频道若想最大限度地利用其丰富的平台资源，在当下激烈竞争的网络文学市场中存活下来并发展壮大，就有必要寻找准确的市场定位，并在兼顾内容、技术以及渠道的基础上发展出个性化和品质性的产品和服务，如此方能在门户网站已提供的平台上实现较快提升。

（李玲，纪海龙）

62. 新华悦读（http://book.news.cn/）

新华悦读上线于 2013 年 1 月 11 日。这是新华网联合中文在线共同开发的数字阅读平台，也是新华网首次推出的面向数字阅读和移动阅读市场的专业平台，是新华网的一个子频道。

新华网是国家通讯社新华社主办的中央重点新闻网站，其前身是成立于 1997 年 11 月 7 日的新华通讯社网站。最初几年新华通讯社网站主要以自我宣传和展示为主，新闻信息发布量并不大。2000 年 3 月，新华通讯社网站更名为新华网。2000 年 9 月，新华社决策层提出了要“举全社之力办好新华网”，其后，新华网的发展进入了快车道。现在，依托新华社国内外 170 余个分支机构以及自有采编队伍，新华网形成了全球化的新闻信息采集网络，在独特性、时效性、准确性方面形成了自己的特色，成为国内一家权威性的全媒体信息采编发平台。来自新华网官网的数据显示，目前新华网日均访问人次约 5800 万，页面浏览量约 2.8 亿，全球网站综合排名中稳定在前 150 位。[①] 2010 年，新华网由文化事业单位向互联网文化企业转型，开始实行企业化运作。

新华网主要有时政、国际、财经、互动、娱乐五大版块，并开设了新闻、高层、国际、人事、法治、军事、台湾、悦读、论坛、图片、视频、汽车、科技、教育、食品、书画、资源、家居、出国、网评等 40 余个频道，内容丰富，信息量巨大，更新快速及时。众多子频道中，“悦读”频道承担了为网民以及移动终端用户提供文化资讯、书籍推荐以及电子书阅读等方面的任务。它的前身是新华网读书频道，该频道以“倡

① http://www.xinhuanet.com/aboutus.htm

导全民阅读，打造书香社会”为己任，致力于为读者提供丰富且有价值的阅读资源。2013年，为适应数字阅读和数字出版的发展潮流，新华网推出了“新华悦读”这个全新的数字阅读专业平台，并开发了专门的移动客户端软件，方便移动用户使用。

新华悦读以“思想点亮中国，阅读温暖人生”为理念，定位于严肃阅读、品质阅读与经典阅读。因此，它不同于那些主要追求商业利益的文学网站，而是带有更多的文学性、严肃性。目前，新华悦读主要分为“阅读”与“资讯”两大部分。“阅读”又细分为社科人文、文学艺术、财经管理、时尚生活、高层推荐、企管书房、人物传记、经典阅读、公务员读本等类别，为用户提供这些方面的优质图书。“资讯”部分则包括出版动态、书业观察、数字阅读、新书上架、书情播报、一周好书、名家荐书、文史图说、专题、新书首发式等专题。为提高网站品质，向读者推荐更多优秀的书籍，新华悦读特别邀请了国内知名作家、学者担任网站的“阅读导师”，由他们向读者推荐精品书籍，提供阅读指导。新华悦读与北京大学出版社、江苏人民出版社、广西师范大学出版社、外文出版社、中国青年出版社形成了战略合作伙伴关系，展示它们出版的优质资源。同时，新华悦读还与人民网读书、起点中文网、京东读书等门户网站文学频道或专业的文学网站成为了合作伙伴，期冀为读者展示更多的网络阅读资源。

鉴于网络文学给整个社会带来的巨大影响，新华悦读也收录了部分网络原创作品。其特设“原创书城”一栏。该栏作品均来自网络原创作品，主要类别有军史·传记、官场·职场、都市·乡土、武侠·玄幻等。不过，目前新华悦读还并未如一般的文学网站那样招募原创作者，实施VIP收费阅读，其上所展示作品均来自其他文学网站，总体数量也不多。就笔者所见，其作品多来自中文在线旗下网站17K小说网。用户阅读也并不需要付费。但新华悦读也摹仿其他的文学网站，设置了原创点击榜。截止2013年9月底，位居其原创点击榜前5位的作品分别为《风舞绮罗香》《流云泪》《神族真身》《我的野蛮王妃》《纵横亡灵道》《灰飞烟灭》。

需要指出的是，相对于新浪、腾讯、网易等国内其他门户网站对网络原创作品的重视，新华网显然目前还没有此种打算在网络文学市场上有一番作为。它更着意将新华悦读打造成一个严肃、富有深度的阅读网站。因此，商业性、娱乐性明显的网络文学并不是网站的主要发展方向。不过，其在页面上推出网络文学专区，这事实上已经证明了网络文学对社会造成的重大影响，也侧面表明了新华悦读的一种开放、包容精神。

（纪海龙）

63. MSN中文网小说、图书频道（http://msn.qidian.com/）

MSN中文网小说、图书频道是微软公司的网络平台之一——MSN中文网（http://cn.msn.com/）的一个子频道。MSN中文网成立于2005年5月，该网站的建立是微软公司为了进一步拓展中国互联网市场而推行的举措之一。早在MSN中文网成立之初，微软公司就表示，与当前MSN所提供的Hotmail电子邮件和Messenger信使服务相比，MSN中文门户网站将提供更多的服务内容。微软公司（Microsoft）是世界个人计算机（PC）软件开发的先导，目前是全球最大的电脑软件提供商。作为全球知名企业的微软，拥有着丰富的互联网资源，而MSN中文网所隶属的公司微软MSN（中国）是目前中国白领人群中最具影响力，产品最丰富的互联网服务提供商，负责在中国运营微软在线集团提供的各项在线服务和软件产品，在MSN全球51个市场中，独立用户数居首位。微软MSN（中国）通过与国内多家企业进行战略合作，开创了全新的门户网站模式，在此平台上发展起来的MSN中文网，有着得天独厚的优势，当前已经成为国内白领人群获取信息的“第一大白领门户”。MSN中文网为用户提供汽车、时尚、奢侈品、理财、健康等多种信息的服务，小说、图书频道是其中众多服务之一。

MSN中文网小说、图书频道是微软MSN（中国）与起点中文网、红袖添香等国内知名文学网站通过战略合作方式共同建立起来的。2007年9月，起点中文网对外宣布，与MSN建立战略合作伙伴关系，由起点中文网提供内容和服务，MSN提供平台，携手建立MSN中文网图书频道。起点中文网为战略伙伴设计了全新的导入页面，MSN中文网图书频道的域名则为（msn.qidian.com）。2008年10月，MSN中文网又联合红袖添香，共同打造“原创白领图书馆”，红袖添香为图书频道提供贴近白领用户需求的职场小说、都市情感等原创精品小说，同时 MSN 中文网也发挥自身平台的优势，为广大白领用户提供更为丰富的内容资讯服务。依靠国内知名文学网站发展起来的 MSN 中文网小说、图书频道，自成立以来就积累了不少的人气，受到众多白领用户的欢迎。

在页面设置上，该频道页面主要色调是蓝、绿、红、紫，边框和页面上半部分标题的底色为微软的经典蓝，页面下半部分的标题颜色则按照版块划分为红、绿、紫、蓝。小说、图书频道页面顶部是站内各个内容版块的链接，标题栏则放置了女生小说、校园科幻、都市职场、悬疑灵异、婚姻言情等重要小说的标题。小说、图书频道右侧和底部是各类型榜单，包括了新书力荐、完本经典、书友点击榜、书友推荐榜、本周推荐榜、本月 PK 榜、热门单订榜、经典推荐榜等等。页面中部别出心裁地将四个版块标题设置为一楼、二楼、三楼、四楼。频道页面整体干净、简洁，广告较少，用户在阅读时体验感较好。由于小说、图书频道的内容多数是由起点中文网提供，因此用户在阅读书籍的 VIP 章节时，需要注册起点中文网账号进行充值。

在内容建设上，MSN 中文网小说、图书频道与专业的文学网站不同，它属于门户网站下面的文学频道，又加上 MSN 中文网的主要用户多为白领，因而较之一般的文学网站，小说、图书频道的作品内容更具有针对性，种类不算全面。用户进入读书页面后，即可看到其将网站的作品分为女生小说、校园科幻、都市职场、悬疑灵异、婚姻言情等 5 大类别。根据 MSN 的用户群需求来看，婚姻言情是站内最受欢迎的题材，其次是都市职场、悬疑灵异、校园科幻。这些作品主要来自起点中文网、红袖添香网站。

MSN 中文网小说、读书频道利用良好的门户环境和丰富的小说资源，为用户提供了一批优秀的原创网络文学作品，满足了白领用户的阅读需求，扩大了自身在白领用户群体中的影响力。当然，MSN 中文网小说、读书频道主要是依靠其他文学网站的作者和作品资源，缺少独立自主性和创新性，这也是其较之专业文学网站的主要劣势。

（谢青芸，纪海龙）

64. 现在网原创频道（http://vip.book.cnxianzai.com/）

现在网原创频道上线于2010年，是湖北省长江出版传媒股份有限公司旗下网站“现在网”的原创文学频道。尽管成立时间不久，但现在网原创频道已成为国内一个新兴的原创文学阵地，凭借其独特的优势吸引了一批优秀网络写手与读者，曾荣获“2011年全国新闻出版业网站最受欢迎频道”“2011年湖北省互联网十大品牌栏目（频道）”等殊荣。

现在网创立于2009年。这是由湖北省长江出版传媒股份有限公司投资打造的一家数字阅读新媒体平台，拥有长江出版传媒旗下8家出版社、20多种报刊的数字内容，并与崇文书局等多家全国知名出版社合作，现有人文、职场、生活、社科、文艺、经营、名著等各类电子图书万余种，满足了不同类型读者的需求。目前，现在网主要包括读书、原创、新闻、教育、论坛几大版块，向读者提供电子书阅读、出版行业新闻资讯、文化热点新闻、教育资讯等服务，着力将自己打造成一个全国领先的数字阅读、网络原创、电子版权基地。现在网曾多次荣获全国“新闻出版业网站百强”等荣誉，在全国享有较高的名气。

作为现在网的一个子频道，现在原创的宗旨在于为原创作家提供一个优秀的创作平台，为读者提供尽可能多优质的网络原创资源，并为用户之间以及作者与出版社之间搭建一个沟通平台，努力成为全国最大的原创文学创作、阅读基地。在页面设计上，现在原创注重用户使用的舒适度、便捷度。网站以粉红色、白色为主色调，文字部分则使用红色、黑色，部分文字还使用了蓝色，颜色鲜明，对比醒目，并营造了一种甜蜜、青春的氛围。在页面内容设置上，现在原创的页面包括了目录导航、搜索、各类排行榜以及不同类型书籍推荐等，方便用户快速到达所需服务项。用户申请成为现在网的用户后，在页面上方点击自己的用户名，就可以进入“个人中心”。“个人中心”为用户提供了阅读、评论、成为作者等各类服务。此外，现在网非常注重用户间乃至用户与网站间的交流，专门设置了“现在论坛”。在论坛里，用户可就关心的问题发表意见、展开讨论、寻求帮助等等。不过，需要指出的是，作为现在网的一个子频道，现在原创里有一些来自现在网的、并不关涉原创文学的新闻、信息，对于部分只关注原创阅读的用户来说，这些信息并没有作用，反而扰乱了他们的注意力。

现在原创上线之初，主要开设了青春校园、都市言情、奇幻武侠、历史军事、悬疑惊悚、动漫剧本六大版区。后来随着网站的不断发展，其又根据读者评价以及市场因素等对网站内容不断调整。目前，其下作品主要有奇幻玄幻、都市娱乐、女生言情、军事历史、悬疑惊悚、经典文学、武侠仙侠、社会科学、经济管理、生活时尚、文化艺术等类型。并且网站对这些类别还进一步加以细分，如奇幻玄幻类又分为西方奇幻、穿越异世、东方玄幻、科幻网游，女生言情又分为穿越言情、幻想言情、古代言情、青春校园、现代言情等。从中可发现，现在原创的类别并不限于那些流行的网络文学类型如言情、武侠，还包括了传统的社科人文、经济管理等，证明了现在原创也试图囊括更多的创作类型，并在网络文学与传统文学间找到平衡。不过，在所有类别中，女生言情与都市娱乐类小说最为发达。查阅现在原创书库，可发现这两类作品在数量上占据绝对优势。为鼓励更多优秀的原创作品出现，现在网还联合长江文艺出版社、湖北人民出版社等多家单位共同举办了“长江杯”网络小说大赛。大赛邀请众多知名出版社、杂志社及报纸参与，并请国内知名作家、评论家担任评委，以挖掘那些有潜力的原创作者。该赛事在全国都有广泛的影响，一定程度上已经树立起了自己的品牌。

为吸引更多优秀原创作者，现在原创推出了丰厚的福利政策，包括全勤保障计划、PK 榜奖励计划、完本续签奖励计划、签约有力奖励计划、传统作品扶持计划、作品买断计划等。不仅如此，由于现在原创的运营公司隶属于长江出版集团，其拥有长江文艺出版社这块金字招牌，因此网站上的优秀作品更容易得到推荐出版机会。如此的优势也为现在原创吸引优秀网络写手增加了重要的筹码。目前，现在原创拥有老九、吉方君、穿越癫狂、勤奋小人被等数百名签约作者，其中一些作者来自“长江杯”网络小说大赛中的优秀写手。

为了使用户能够得到更好的创作环境与原创交流环境，现在原创实施 VIP 会员制度。读者登录后在“个人中心”点击“我要充值”一栏，完成充值后即成为了网站的 VIP 会员。VIP 会员以每千字 2 分钱阅读现在原创 VIP 作品。不仅提供线上阅读，现在网也实施无线运营，为作者提供更多盈利渠道。作为长江出版传媒股份有限公司旗下网站，现在原创非常注重实现作品的实体出版，努力真正达到“原创—出版—推广”这样的网络文学生产、营销计划。网站设有专门的“出版推荐”区，为出版社推荐那些有出版潜力的作品。此外，现在原创也支持小说的影视改编。

以现在网为依托，凭借独特的优势，已经过几年发展，现在网原创频道吸引了一批网络文学爱好者，在国内网络文学界享有一定的名气。不过，在国内门户网站的读书频道中，现在原创较之腾讯读书、搜狐读书等的发展还有较大差距，与起点中文网、红袖添香等专业文学网站也有明显差距。其优秀作者、作品数量偏少，难以产生巨大的效益。未来，现在原创还需解决如何吸引更多优秀作者、进一步提升网站名气、完善网站盈利渠道等问题。

（纪海龙）

65. 淘宝电子书（http://ebook.taobao.com/）

淘宝电子书是淘宝网数字娱乐版块下的一个频道。2009 年 11 月，作为大淘宝战略的一部分，淘宝网正式推出了数字娱乐内容，其后不久，淘宝文学开始上线。经历了改版后，目前，淘宝文学称为淘宝电子书，主要为用户提供电子图书、文学作品等各类电子数字化作品的数字平台及相关服务。卖家可以通过淘宝电子书的数字平台发布、销售、推广自己的内容，买家则通过该平台获取内容并按照商品价格进行支付活动。

登录淘宝电子书非常简单。用户进入淘宝网后，在页面左下方“淘宝服务”中找到“生活”一栏，电子书服务就收入在这栏内。点击进入淘宝电子书主页后，即可看到其为用户提供的主要服务，包括：“今日限免”“为我推荐”“主题馆”“读书小镇”“原创文学”等，还为用户提供“淘宝读书客户端”的下载。“今日限免”是与淘宝电子书有商务合作的出版社、个人等向淘宝用户限时免费或打折提供电子书籍内容；“为我推荐”为读者提供推荐书籍的服务，读者可自由选择三本喜爱的书籍，以后淘宝电子书即可根据用户喜爱的类型自动为读者推荐书籍，同时，淘宝电子书还提供场景选书（如“在公交上”“在火车上”“在飞机上”“在等餐时”等）、作家选书（如南派三叔、流潋紫、莫言、当年明月等人）、海量书库几种类型的推荐服务；“主题馆”内将书籍分为女性生活、小说人文、母婴、财经励志、网络原创、职场、减肥瘦身、早教、人脉、理财、护肤、家庭教育、清新阅读、炒股、婚恋情感诸多类别，读者可按需点击；“读书小镇”页面非常唯美，也是将站内作品分成相应的类型，并给予文艺、唯美的名字，吸引读者阅读。

淘宝电子书原创文学频道则主要提供原创网络文学的阅读。目前，该频道处于刚刚上线阶段，还处于测试期，因此，一些功能还并不完善。但是就当前状态而言，其页面设置与一般的文学网站并无太大区别，包括新作最新速递、编辑强推、封神榜以及各类型书籍的推荐。书籍的主要类型有青春言情、玄幻仙侠、都市情感及其他。不难看出，其书籍类型还远不如起点中文网、创世中文网等丰富。而且，淘宝电子书原创频道能够给读者提供的书籍目前数量还比较少。用户点击想要阅读的书籍后，即可按照书籍标价付费阅读。淘宝为用户提供了几种付费方式，包括支付宝支付（测试阶段用户还不能直接用支付宝支付，读者需要将支付宝内的人民币兑换成淘宝网虚拟货币“旺豆”，再进行支付活动）、天猫积分（1 积分＝1 分人民币）、淘金币支付等。购买书籍成功后，读者还需根据使用的终端下载所需淘宝读书客户端，即可成功阅读作品。

截止 2013 年 8 月底，就笔者所见，淘宝电子书原创频道的书籍还非来自淘宝网自己的原创作者，而是来自与其有合作关系的网络文学网站，主要有 17K 小说网、磨铁中文网等。淘宝网还没有实行网友原创制度以及付费阅读的收费模式。其盈利主要来自向卖家收取通过数字平台产生的数字商品交易款，额度为每一笔交易额的 30%。这是淘宝网根据自身实际而在发展网络文学业务的最初阶段采取的策略。因为起步阶段的淘宝文学其优势在于淘宝平台上庞大的用户资源，并且这些用户有较高的网购倾向与较好的网络支付习惯，容易被转化为淘宝文学的用户。但其劣势在于在网络文学运营方面缺乏基础，并且缺乏足够的内容供读者阅读。因此，淘宝文学采取了索引方式涉足网络文学，即，其不直接向用户提供网络小说内容，用户点击淘宝文学上某一作品，会被引向合作伙伴的页面进行阅读。不过现在不同的是，淘宝开发了自己的阅读器，用户点击即可在阅览器上在线观看。现在，淘宝的阅读器适用于安卓系统、iPhone、iPad、PC 等。安装了阅读器后，读者也可离线阅读已购买的书籍。

淘宝网最开始开设文学频道时，这一举动被认为是向网络文学巨头盛大文学发起挑战，在日益火爆的网络文学市场中分一杯羹，此外，这一举动也被认为有利于增强淘宝网对客户的黏着率，完善自身服务体系。尽管限于自身条件，淘宝网最初采用合作分成的经营模式，与文学网站合作，将其作品放在淘宝网站上进行收费阅读，产生的收入由淘宝网与合作网站按比例分成。但业内普遍认为，这种模式只适用于起步阶段的淘宝文学。拥有庞大用户数量与雄厚资金基础的淘宝网显然不会满足只为他人提供平台，而不培养自己的原创作者。现在这种猜测一定程度上已经成为现实。尽管仍处于测试阶段，用户点击网页下端“卖家入驻”一栏，就会发现其包括“个人作者”与“企业卖家”两类，用户可以申请成为个人作者。这一功能截止 2013 年 8 月底处于暂停状态。但无疑可说明，淘宝网电子图书已经开始了自己的原创业务。

现在还不清楚对于这些个人原创作者，淘宝网将采取怎样的盈利模式。网络文学网站的主流做法是像盛大文学、创世中文网等那样，将付费阅读的收入与作者分成，以鼓励作者积极性。但是这种模式的基础是网站拥有大量的原创作者与网络文学作品，能够吸引读者付费阅读。目前淘宝电子书的短板恰恰在这里。而且这种模式盛大文学等老牌网络文学网站已经运用得非常成熟。淘宝电子书加入混战并无新意，短时间也难以超越其他对手。而利用淘宝网已有的 C2C 模式也可能不失为一种富有新意的做法，即淘宝文学仍作为平台，作者前来写作、发表作品，并给作品定价，读者按照价格付费阅读，作者的收入不需和淘宝网分成，但付给淘宝交易平台费用。未来，有了好的文学作品、充足的用户后，淘宝网再培养签约作者，并运行版权来盈利。

当然，目前，淘宝电子书以及其原创文学频道在业内影响并不大，网络文学仍被盛大、新浪、腾讯等这样的老牌网站所垄断。但通过富有新意的运行模式，凭借庞大的用户数量和雄厚的资金基础，淘宝电子书在网络文学市场开创一片天地也并非不可能。对于其未来，我们也拭目以待。

（纪海龙）

三　论坛、资源下载类文学网站

66. 百度贴吧（http://tieba.baidu.com/）

百度贴吧是全球最大的中文搜索引擎百度推出的一项社区搜索服务，启用于2003年11月，经过一个月试用后于2003年12月3日正式上线。较之起点中文网等网站，百度贴吧并不属于专业的文学网站，但却吸引了大批的网络文学用户。CNNIC（中国互联网信息中心）2010年12月发布的《中国网络文学用户调研报告》显示，百度贴吧在“网络文学用户使用文学网站”类调查中，位列第三，排名仅次于起点中文网与新浪读书，有14.9%的网络文学用户使用文学网站时，选择了百度贴吧。[①]

有研究者曾将贴吧称为是“WEB2.0时代最有意义的标志物之一”。[②]因为，它一方面满足了人们便捷获取信息的需求——在信息爆炸式增长的年代，搜索引擎是人们获取信息最便利的方式之一，贴吧正是一种社区搜索引擎；另一方面它又并非单向的信息获取过程，人们在使用它的过程中能够彼此沟通、交流，深化了认识的同时，也使信息富有了生命力。百度贴吧的创意来自于百度首席产品设计师俞军，最开始创建这一想法的缘由在于结合搜索引擎，为那些对同一个话题感兴趣的人们提供一个在线交流平台，使他们能够聚集在一起，方便地进行交流与互动。

在使用百度贴吧方面，百度贴吧是基于关键词的主题交流社区。用户输入一个关键词后，如果以前已有其他用户对此感兴趣，并创建了一个贴吧，用户即可进入该贴吧参与交流，发布自己的想法。这也意味着，如果用户对某一主题感兴趣，以前未有该主题的贴吧或者用户自己想开

① http://www.cnnic.net.cn/research/bgxz/wmbg/201108/t20110819_22594.html

② 《百度贴吧：聚众信息的爆发》，《计算机与网络》2006年第17期。

辟一个新讨论区，他/她也立刻可以在百度贴吧建立一个讨论区，吸引其他用户到访、交流。用户参与讨论或创建贴吧需要注册一个百度账号，但可以匿名参加讨论。创建贴吧非常容易，当用户输入一个关键词而百度贴吧还没有基于该关键词的贴吧时，百度贴吧会自动询问用户是否要创建新贴吧，如果用户有该需求，按照提示操作即可。由此可知，与传统媒介必须依赖人工的管理与组织不同，百度贴吧依靠用户的关键词搜索和计算机技术即可运行，用户只要想得到，就能够建立起来。当然，为了更方便用户的使用，并保证用户遵守贴吧的规则，百度贴吧也有由百度员工担任的专门的管理员，管理员对用户拥有全部权限，并可任命每个贴吧的吧主。但是吧主是由志愿者承担，可以删除、汇总帖子，给帖子加精华等。

可见，贴吧通过任意关键词就能把拥有相同兴趣的人集中在一起，方便地与人交流。它强调的是用户的自主参与、协同创造以及交流分享。也正是因为这些特性，百度贴吧聚集了大量的对各种不同主题感兴趣的群体，其中包括众多的网络文学爱好者。百度贴吧首页划分了如“娱乐明星”“爱综艺”“追剧狂”“看电影”“文学”等十四个相关主题的讨论区。需要指出的是，这种划分与那些门户网站主动设置的主题讨论区不同，是百度根据用户创立的各类贴吧分类整理而成，仍旧突出了用户的主体性。其中，“文学”类贴吧与网络文学有极其密切的关系，是网络文学用户使用百度贴吧作为文学网站的主要去处。这可从“文学”类贴吧下的分类得出。“文学”类贴吧下又细分为历史、穿越、改编、宫斗、后宫、连载、科幻、清宫、书评、小说人物、言情、奇幻、灵异、武侠、游戏改编、重生文、YY 文、架空文、军事文、仙侠、修真、小说推荐等不同的主题讨论区。可发现，这些目录与起点中文网、创世中文网等专业的文学网站内容分类高度相似。尽管“文学”贴吧下有相当多传统作家、理论家以及传统作品的讨论区，如弥尔顿、尼采、冯至等等，但人气并不如那些著名的网络作家、网络作品旺盛。如，截止 2012 年 9 月初，“文学”类贴吧中人气最旺盛的为“武动乾坤吧”（天蚕土豆作品《武动乾坤》的贴吧），其关注人数有近200万人，帖子数有超过5000万个。并且，“文学”类贴吧人气最旺盛的前十位基本都是热门网络文学作品的贴吧。

当用户对某部网络文学作品、某个网络作家甚至某个文学网站感兴趣时，他/她即可按照关键词在百度贴吧的搜索文本框中首先进行搜索，如果已有基于该关键词的贴吧，用户可直接进入贴吧，浏览帖子，发表意见。如果还没有基于该关键词的贴吧，抑或用户对已有的贴吧并不满意，他还可另建一个新的贴吧，发表意见，吸引其他用户关注。以上几种情况也是网络文学用户使用百度贴吧最常见的方式。例如，围绕网络文学作品建立起来的有武动乾坤吧、凡人修仙传吧、吞噬星空吧、盗墓笔记吧、斗破苍穹吧、莽荒纪吧、诛仙吧等等，围绕网络文学作者建立起来的有天蚕土豆吧、我吃西红柿吧、唐家三少吧、南派三叔吧、桐华吧等，围绕文学网站建立起的有起点吧、纵横吧、创世中文网吧、红袖添香吧等。网络文学作品或作者的贴吧内一般会有用户发布与作品、作者相关的最新动态新闻，或者有关于作品情节、作者创作风格的讨论。但帖子的内容并不限于这些，甚至有用户在贴吧内发表一些与贴吧主题毫不相关的内容，但吧主通常会进行整理工作，规范用户行为。由于贴吧聚集起的超高人气，某些网络文学作者甚至本人都会经常进入贴吧，关注用户对他的评价，甚至在贴吧内与用户互动。

当然，还有其他大量与网络文学主题相关的贴吧存在。如，当用户在百度贴吧搜索文本框内输入“网络文学”几字时，都可跳出诸如网络文学吧、网络文学社吧、网络文学漫画吧、网络文学吧吧等多个贴吧。此外，还有言情小说吧、修真吧等等。而那些试图进行原创工作的用户也可以在百度贴吧发表自己的作品。他/她既可以选择在某一高人气的贴吧发表作品，以期获得更多人的注意，还可自建一个贴吧。百度贴吧也有用户专门建立了一个发表原创作品的贴吧“小说吧”，并介绍自己是“百度最大的原创小说阵地”。不过该贴吧确实吸引了很多用户，截止2013年8月底，帖子数已经达到了700万，其中既有用户发表的原创作品，也有用户间就创作问题进行的相互交流。

但是，诸多网络文学用户选择百度贴吧还有一个重要原因，即，在贴吧内他/她们往往可以看到某部网络文学作品的全部或者最新更新内容，一些用户会将这些内容发布到贴吧内。这为其他用户提供了极大的便利——尤其涉及到那些需要付费阅读的作品时，但却极大地侵犯了作者以及拥有该作品版权的网站之权益，并相当程度上扰乱了网络文学发展的环境。网络文学大鳄盛大文学就曾多次指责百度纵容盗版、侵权行为，称这些行为给其带来的损失一年超过十亿元。2010 年 3 月，盛大文学也曾就五部小说被侵权起诉百度，得到了多位作者的支持。不过，针对这种情况，百度也开始有所作为，2012 年 10 月，其与盛大文学签署了《维护著作权人合法权益联合备忘录》，承诺通过清除盗版网站链接、正版链接置顶等方式反对网络文学盗版行为。但由于百度贴吧的用户拥有高度的自主性，究竟采取哪些方式才能彻底杜绝贴吧内的侵权行为，这是百度贴吧需要关注的重点。

（纪海龙）

67. 百度文库（http://wenku.baidu.com/）

百度文库是全球最大的中文搜索引擎百度推出的在线文档分享平台。其原为2009年11月12日上线的“百度知道”文档分享平台，2009年12月8日“百度知道”文档分享更名为“百度文库”。百度文库并不是专业的网络文学网站，但却吸引了相当多的网络文学用户。CNNIC（中国互联网信息中心）2010年12月发布的《中国网络文学用户调研报告》显示，百度文库在“网络文学用户使用文学网站”类调查中，位列第四，排名仅次于起点中文网与新浪读书以及百度贴吧，有12.7%的网络文学用户使用文学网站时，选择了百度贴吧。[①]

百度文库为网友提供网络信息存储空间，在这里，用户可以和其他网友分享自己的文档、视频、音频，同时阅读或下载其他用户上传的资料。百度文库中所有文档、视频、音频均来自用户的上传，其自身并不提供材料，同时也不编辑或修改用户上传的资料。借助搜索引擎优势以及百度品牌聚集起来的人气，百度文库上线伊始就吸引了大量用户。仅半年时间，其文档数量已突破100万份，2010年11月更是突破了1000万份，截止2013年9月13日中午1时25分，其数量达到了82，314，353份。因而，可以说百度文库文档数量一直持续保持高速增长状态，每天也有大量用户从百度文库中获取所需。

百度文库仍旧体现着百度“让人们最便捷地获取信息，找到所求”的理念，设计非常人性化，用户使用起来简单、快捷。注册一个百度用户名后，用户即可浏览甚至下载百度文库中的海量文档。用户可以首先

① http://www.cnnic.net.cn/research/bgxz/wmbg/201108/t20110819_22594.html

借助百度文库页面上方的“搜索”栏完成查找资料工作。目前，百度文库主要提供教育，PPT，专业资料，应用文书以及有关公务员考试、高考、计算机培训等精品专题材料。这些资料分为免费与收费文档两种。收费文档又分为使用百度文库财富值购买的文档以及版权收费文档两类。百度文库的财富值主要用来下载文档时使用，在线浏览、收藏文档到个人文库等活动则不需要财富值。财富值可以通过日常签到、上传文档、文档被下载等方式为用户所赚取。版权付费文档需要人民币付费购买。百度文库还为用户推出了会员增值服务，用户可以每月花费 10 元人民币购买文库会员，成功后，即可享受到诸如万册精品内容免费看、赠送文库下载券、购买付费内容享受折扣等服务。为方便用户管理文档、参与百度文库活动，百度文库为用户设计了“个人中心”，它主要有“我的文库”“我的贡献”“我的任务”三个功能区。其中，用户上传、收藏、下载、添加书签的文档都在“我的文档”功能区内。

正是由于其提供的海量资源以及方便、快捷的服务，百度文库在短时间内迅速吸引了大量用户，聚集起了相当高的人气。但是鉴于百度文库仅为用户提供一个网络信息存储空间，其所有材料均源于用户的自主上传，百度并不负有提前审查、监控的任务，这就给盗版留下了巨大空间。百度文库一度收入了数目相当众多的传统作品以及网络文学作品，但其中绝大部分并非作者上传，而是网友上传，并未得到版权所有者授权，以至于百度文库成为了盗版的重灾区。对于网络文学而言，由于大部分文学网站都实施了收费阅读措施，对签约作品仅提供少部分免费阅读章节，其余均为 VIP 收费阅读章节，于是一些用户将 VIP 收费章节从文学网站中导出，然后上传至百度文库，供他人免费阅读、下载。且这些上传的作品大多都是最新的人气火爆的热门网络文学作品，给作者以及相关的网站带来了巨大损失。盛大文学 CEO 侯小强就曾公开表示，声称盛大文学 95%以上的畅销内容都出现在了百度文库中，并认为“百度已成为网络文学的噩梦”。[①] 也是出于此种原因，2011 年 3 月，盛大文学就 5 部小说被侵权正式起诉百度，这一行为得到了众多家出版机构以及韩寒、南派三叔等知名作家的声援。对于外界的指责，百度在 2010 年 11 月 25 日举行的“百度文库一周年暨正式版上线”活动中，作出了回应，称只要接到版权投诉，都会在 48 小时内处理完毕，并且百度也在尝试各种途径解决版权纠纷问题，例如让用户付费下载，或者通过广告分成，从广告主那些收费付给版权方。出现这种状况，事实上也折射出了我国网络文学版权保护法并不成熟，对互联网作品著作权保护的监管严重缺位。2012 年 10 月，百度与盛大文学签署了《维护著作权人合法权益联合备忘录》，承诺通过清除盗版网站链接、正版链接置顶等方式反对网络文学盗版行为。

目前，就笔者所见，百度文库确实加大了管理力度，盛大文学、创世中文网、幻剑书盟等网站那些经典原创作品、最新热门作品在百度文库中很难再发现。例如，笔者试图搜索天蚕土豆的《斗破苍穹》，搜索结果多为关于这部作品的简介、读后感，一些命名为《斗破苍穹》某一章节的文档，点击进去的页面显示出“对不起，该文档已被删除，无法查看”的字样。这对于保护作者及相关网站的权益、规范互联网秩序确实有着非常积极的意义。

但是，百度文库并非放弃了网络文学这一炙手可热的领域。2013 年 5 月 23 日，百度正式发布了文库数字版权开放平台，任何版权机构或版权个人均可申请加入该平台，通过该平台将正版电子作品有偿提供给网民。百度还宣布三年内将采用“零分成”的方式，只为用户提供平台服务，不参与利益分成，所有版权收益都划给版权方，作品的定价权也完全交由版权方。这一举动开创了整个行业的先河，在业内引起了极大关注，甚至有人称百度此举是加入了盛大、腾讯间的战局，“搅局网络文学

① 《盛大带队讨伐百度》，《成都晚报》2010 年 11 月 3 日。

市场”,[1] 有人则指出百度在网络出版方面与盛大、腾讯形成了三足鼎立格局。[2] 无疑，这一做法非常有利于吸引优秀的作家进驻百度文库平台。截止 2013 年 5 月底，该平台已经引入了 70 余家版权机构和 60 位版权个人，上线各类版权作品 300 万份。百度加入网络文学领域令这一市场未来的发展更加引人注目。

（纪海龙）

① 《百度零分成搅局网络文学市场》，http://it.sohu.com/20130523/n376871420.shtml

② 《百度文库“零分成”网络出版三足鼎立》，http://www.eeo.com.cn/2013/0523/244376.shtml

68. 天涯论坛舞文弄墨（http://bbs.tianya.cn/list-culture-1.shtml）

天涯论坛舞文弄墨是全球最具影响力的中文论坛——天涯社区中的一个重要版块。自1999年3月正式诞生之际，天涯社区即推出了天涯杂谈、股票论坛、情感天地、新闻众评、体育聚焦、艺文漫笔、书虫茶社等栏目，而其中的“艺文漫笔”也即“舞文弄墨”的前身，该栏目也是天涯社区现今50多个版块中访问量一直居高的热门主版。在整个网络文学领域，天涯论坛中的舞文弄墨原创文学版不仅具有较长发展历史，而且也在推出众多网络名家的过程中逐渐凝聚起自身在业界的知名度与影响力。

“舞文弄墨”所依托的天涯社区始终坚持开放、包容以及充满人文关怀的运营理念，在历经十几年的快速发展基础上，形成了涵盖论坛、博客、微博等多种交流渠道，包括用户个人空间、社会团体和企业机构空间、天涯虚拟购物街、分类信息浏览、天涯问答等多样化社区功能的大型虚拟网络社区。根据相关统计，天涯社区现已拥有8000多万注册用户，并且实现了每月两亿以上品质用户的覆盖面，其中包括了一大批高忠诚度、高活跃度和高人气的用户群。可以说，天涯社区为网络用户提供了一个开放自由的交流和创作空间，进而推动了全球范围内华人在线和离线自由交往文化的发展，并成为一系列网络事件、网络名人的聚集社区，以及全球性的华语网络聚落[①]。根据凤凰网于2009年所公布的全球最具影响力中文论坛100强评选活动相关信息，天涯社区即在所有参

① http://help.tianya.cn/about/history/2011/06/02/166666.shtml

选论坛中排名首位[①]。

整个天涯论坛即属于互联网络中的一个电子信息服务系统，其中论坛也即一般所说的BBS（全称Bulletin Board System或Bulletin Board Service，电子公告板或公告板服务）。据称，类似于校园及街边布告栏的BBS最早主要运用于股票市场以提供股市价格等信息，其核心功能也体现在信息的获取和传播上，之后，论坛的功能获得不断扩充和普及并逐渐形成了基于网媒的交流和互动平台。一般来说，论坛具有开放性、广泛性和私话公开性等特征。作为一个综合性的论坛，天涯论坛中的讨论区几乎涵盖了人们生活的方方面面，而其中的“舞文弄墨”版块则是一个分享和探讨文学的专题性分社区。

与一般论坛的运营方式相当，天涯论坛舞文弄墨版块中的内容同样是基于用户发帖和跟帖才得以建设起来，该版块截止目前（2013年9月17日）已收获主帖数427900条，回帖数11638591条，并累积吸引了52235位参与成员。在天涯论坛中，游客可自由浏览站内所有的更新和回复帖内容，而注册用户则具有发帖权限，可更新自己的原创帖或转载他人的帖子。也就是说，用户在进入舞文弄墨版块后，不仅可以通过站内检索参与讨论自己感兴趣的主题（根据标题/全文/作者等标签进行筛选），而且可以自行创建新的帖子以发起讨论或分享创作等，相关操作在点击“发帖”按钮并分别输入帖子标题、内容以及属性后即可完成。可见，这种由所有用户共同参与内容建设、不规定中心、分散聚合的虚拟讨论社区的生态状况就像是一个不断扩充发展的珊瑚礁，并且当论坛拥有的用户基数越大时，这种集群效应将更明显。需要指出的是，天涯论坛舞文弄墨版基于《天涯社区公约》等相关规则建立起了自己的“舞文版规”，其中由首席斑竹、斑竹、实习斑竹、特邀斑竹等组成的斑竹团队主要是从网友中产生，并成为舞文弄墨版的管理机构。用户的发帖、回帖等操作、斑竹的管理操作都应当遵循版规的相关规定，否则将会受到

---

① http://bbs.ifeng.com/zhuanti/bbstop100/ltph.html

相应处罚。

现今的天涯论坛舞文弄墨同时也根据用户发帖的内容将栏目内所有帖子分门别类，具体包括了公告、都市、情感、罪案、职场、黑道、探秘、官场、军事、商战、历史、玄幻、纪实、乡土、评论、纯文学、惊悚等众多类型标签。以上所列的具体细分类型与大多数网络文学站的作品分类大致相当，与此同时，天涯论坛舞文弄墨还为纯文学留下了一片发展的空间以鼓励相关原创性文学作品的创作和交流。另外，舞文弄墨版块中还相继推出了微视频剧本大赛、财经职场征文大赛等，以作者发帖、网友即时跟帖评论等形式展开在线创作竞赛，并评选出其中的优秀获奖作品。这类相关活动不仅为相关原创活动提供发展和分享平台，为获奖作品提供相应奖励，同时还活跃了相关类型的文学创作。针对版块中一部分精彩帖子该版又实行区别化的精品管理，例如标注了“红脸”的帖子一般都为原创精品文章/作品，并且具备了一定人气才由斑竹推荐出来，而标注了“黑脸”的帖子则主要是一些见解独到、广为热议、幽默经典或具备较高阅读价值的另类精品文章。

历经十几年的发展，天涯论坛舞文弄墨孕育了一大批优秀原创作者，其中一部分作者至今还活跃于天涯论坛中，与此同时，舞文弄墨凭借自身优势也吸引了其他优秀作者的相继加入。在网络文学逐渐呈现出某几种类型小说聚集大本营的特征、许多文学论坛中类型小说泛滥现象日益普遍化的背景下，天涯论坛“舞文弄墨”版由于其个性化、开放包容的姿态而呈现出繁荣发展的趋势。例如，舞文弄墨现今在任的蜘蛛 1、刘少言、怀旧船长、冷得像风、湘西鬼王等几位斑竹同时也是网络文学领域的原创作者，其中蜘蛛 1 的《十宗罪》系列作品即成为年度畅销作品；斑竹冷得像风（原名董江波）不仅自己从事文学创作（最新作品《孤男寡女》已出版），同时还是半壁江文学网和明月阁小说网的创始人，现今又担任天涯文学访的主持等。又如，网络文学领域的名作家慕容雪村也选择了天涯作为其作品《成都，今夜请将我遗忘》的首发平台，这一作者现也成为舞文弄墨的特邀斑竹。舞文弄墨的超高人气甚至还吸引了传统文学作家的参与，例如作家蒋子丹就曾使用“老猫如是说”的天涯账号在“舞文弄墨”中发帖创作。

不可忽视的是，天涯社区及其舞文弄墨一方面具备自身的发展优势，另一方面也面临着相当严峻的挑战。特别是在网络文学巨头盛大文学等大型综合性垂直文学网站迅速崛起和发展之际，天涯论坛的潜在危机也随之扩大，虽然天涯论坛“舞文弄墨”具备较长的发展历史，并集聚了众多优秀创作者以及海量忠诚用户，但在网络文学商业化的巨潮之下，这一老牌文学论坛难免不受冲击。因此，在未来的发展过程中，“舞文弄墨”版一方面需要进一步规范和完善论坛的内部管理，包括帖子分类管理、用户发帖内容管理、版权维护等，另一方面还需要积极探寻论坛在众多网络文学站快速崛起的环境中保持发展优势的途径。该版一直坚持的将站内高人气作品推向纸媒出版的相关努力即取得了相应收获，仅2012年即有包括历史、少儿等多种类型的49部由舞文弄墨发布的作品获得实体出版机会。而如何有效整合“舞文弄墨”现有资源、吸收更多优秀创作者和忠诚用户，在天涯社区的整体框架中打造自身个性化的文学和文化场域等，则成为天涯论坛“舞文弄墨”应当积极思考和探寻的问题。

（李玲，纪海龙）

69. 天涯论坛莲蓬鬼话 (http://bbs.tianya.cn/list-16-1.shtml)

“莲蓬鬼话”是天涯社区的重要版块之一。自成立之日起，“莲蓬鬼话”就以其独特的内容，吸引了众多网友发帖、跟帖，时至今日，莲蓬鬼话已经成为天涯论坛最著名、最重要的版块之一。

天涯社区作为一个网络社交平台，在全球范围内极具影响力。自1999年3月创立以来，它即以其开放、包容、充满人文关怀的特色受到了全球华人网民的推崇，经过十年的发展，已经成为以论坛、部落、博客为基础交流方式，综合提供个人空间、相册、音乐盒子、分类信息、站内消息、虚拟商店、来吧、问答、企业品牌家园等一系列功能服务，并以人文情感为核心的综合性虚拟社区和大型网络社交平台。2008年天涯启动开放平台战略，并开始构建天涯生态营销体系，研发成功了新一代网络广告产品，是中国社区营销的领航者。目前，天涯社区每月覆盖品质用户超过2亿，注册用户超过8000万，拥有上千万高忠诚度、高质量用户群。天涯社区一直以网民为中心，满足个人沟通、表达、创造等多重需求，并形成了全球华人范围内的线上线下信任交往文化，成为华语圈首屈一指的网络事件与网络名人聚焦平台，是最具影响力的全球华人网上家园。

作为“莲蓬鬼话”依托的天涯社区，凭借其超高的人气和影响力，收获了众多的荣誉和肯定。如，在“07年度中国商业网站百强”评选中，天涯社区荣获“07年度最具影响力网络社区”“07年度中国商业网站百强”“最佳综合社区类排行第1名”“最佳知识获取类（天涯问答）排行第3名”等多项荣誉；2009年，天涯社区被《互联网周刊》认定为“中国互联网经济领袖论坛（i－ChinaForum2009）——最具影响力网络社区”。除此之外，天涯社区还出现了一批对社会具有巨大影响力的注册用户，如：天涯社区第一代网友宁财神（中国著名编剧，电视剧《武林外传》《龙门镖局》总编剧）；著名网络作家慕容雪村（代表作为《成都，今夜请将我遗忘》）；著名时评家十年砍柴，自称在天涯社区找到了人生的价值；著名灵异论坛“莲蓬鬼话”首席斑竹莲蓬，等等。

天涯社区作为具有开放性、广泛性和私话公开性等特征的综合性论坛，几乎涵盖了人们生活的方方面面，如舞文弄墨、天涯杂谈、灌水专区、情感天地、时尚资讯、天涯真我、散文天下、短文故乡、天涯诗会、诗词比兴、对联雅座、金石书画、奇幻文学、仗剑天涯、煮酒论史、闲闲书话、天涯书局等等。“莲蓬鬼话”版块则是一个盛产恐怖、悬疑、灵异和惊悚的小说故事分社区。

莲蓬鬼话版块不同于天涯杂谈、股票论坛、情感天地、新闻众评、体育聚焦、艺文漫笔、书虫茶社等初创时期即设立的栏目，它是在天涯社区成立两年后，由用户“莲蓬”在天涯别院申请创建的，后因发展良好，被天涯管理层提到了主版，才正式成为天涯论坛的版块之一。同时，莲蓬鬼话也是天涯论坛唯一一个以版主 ID 名称命名的版块。与天涯论坛其他版块相同，莲蓬鬼话版块也是以用户发帖、跟帖为基本的运营模式。用户注册后，在遵守版块公约的前提下，有发帖和回帖的自由。为了维持版块的秩序，由首席斑竹、斑竹、实习斑竹、特邀斑竹等组成的斑竹团队成为版块的管理机构。用户的发帖、回帖等操作、斑竹的管理操作都应当遵循版规的相关规定，否则将会受到相应处罚。如今的莲蓬鬼话版块有故事、连载、经历、评论、影音、友情等不同内容类别。同时，为了方便用户浏览，版块分为最新、精品、排行、任务、成员、版务等不同的查看方式。截止 2013 年 9 月初，天涯论坛“莲蓬鬼话”版块已经拥有主帖近 50 万个，成员近 10 万名，回帖数更是高达近 20 万个，成为天涯社区举足轻重、影响力强的重要版块。

内容方面，莲蓬鬼话的帖子大多与恐怖、灵异为主，包括网友经历或收集的鬼故事、恐怖漫画、灵异事件等等。由于人们普遍具有的恐惧心理和好奇心，这些内容相对具有较高的吸引力。其中，亲历性的故事尤其容易引起用户的关注。如“《狱警手记》——80后狱警的诡秘经历”一帖，以狱警的经历为线索，写了一位“80后”狱警的种种诡秘经历。这篇帖子拥有高达超过2000万的点击量，和近6万个回帖。正是因为版块内容的独特吸引力，“莲蓬鬼话”成为了天涯社区最著名的版块之一。在莲蓬鬼话点击量过亿的小说有十几篇，点击量上千万的有70多篇，点击量过百万的更是不计其数，而作为首席版主的莲蓬则是目前华语悬疑界最有号召力的作者。

除了发帖回帖这种论坛传统形式，“莲蓬鬼话”版块也会通过征稿等方式，出版实体书籍。很多网络写手也都是在莲蓬鬼话开帖，受网友热捧后再跟出版商合作出书。时下很多畅销书，如《异事录》《五行贼王》（电影《大魔术师》即改编于此）都来自天涯论坛之莲蓬鬼话。此外，莲蓬鬼话版块还推出了属于版块的同名书系《莲蓬鬼话》。2010年，青年图书策划人韦一联合天涯明星版主莲蓬创建“莲蓬鬼话”纸质文化独立品牌，书系共分为“社会悬疑、文化悬疑、心理悬疑”三大版块。版主莲蓬则首次出山担任同名书系《莲蓬鬼话》主编，以全力打造中国悬疑第一品牌为目标。

但是，在网络文学发展迅速的当下，“莲蓬鬼话”面临众多挑战也是一个不容回避的事实。目前，大多数文学网站都开辟了悬疑小说专区，招募作者进行创作。这种形势下，“莲蓬鬼话”如想继续保持人气，成为国内悬疑文学圣地，还需充分利用论坛的个性，形成自己独特的竞争优势。

（李玲，纪海龙）

70. 龙的天空（http://www.lkong.net/forum.php）

正式成立于2000年的“龙的天空”（简称“龙空”）原隶属于北京世纪幻想文化发展有限公司，曾一度占据了国内网络文学领域的垄断地位，并成为幻剑书盟、起点中文网崛起前大陆网络文学发展的引领者。现今的龙空则是由网站管理员以及网友共同筹资重新搭建的围绕网络小说展开的讨论站。虽然较之其发展最巅峰时期存在很大落差，但龙空论坛尤其是该论坛中的军史、原评等讨论区仍在业界保持着显著影响力。

综观龙空的发展历程，可以说其中的起伏变化很大程度上显示了国内文学网站的发展脉络。早在2000年，来自西陆文学旗下的“自娱自乐”“一意孤行”“红尘阁”“五月天空乱弹”等热门论坛实现了强强联合，共同建起了“龙的天空”原创联盟，并致力于打造整个华语界规模最大最强的原创文学站，由此也开启了网文发展的白银时代。仅在一年之后，龙空即成为了国内最多访问量的原创文学站，并借此发展势头成立了实体出版公司——北京世纪幻想文化发展有限公司。在龙空匀出部分精力转战实体出版的同时，其原创评论版也在2003年迎来自身繁荣巅峰期，甚至出现在线用户过多而挤爆网站服务器等现象。但是尽管取得如此优异的成绩，该网站逐渐转战实体出版领域后的几年时间，网络文学领域的其他文学网站则相继崛起，并共同推动了网络文学的迅猛发展。之后，龙空遭遇了相继而来的侵权、诈捐、合同纠纷等事件，甚至受到北京世纪幻想文化发展有限公司与海洋出版社之间的合同纠纷案的牵连而被迫关站。重新筹建的龙空论坛是凭借一大批忠实网友的极力宣传而逐渐获得了较高的人气和访问流量。

目前，龙空论坛主页选取了蓝色背景，并且借助水的元素来展现从海中腾于碧空的飞龙形象。论坛的Logo正是选用了这一形象。进入论坛首页并浏览其中的相关栏目可发现，龙空主体是网站的论坛部分，同时还有基于论坛建立的以注册用户为中心的个人主页和群组话题空间，以及于2011年建成推出的推书频道。

具体就论坛部分而言，龙空又细分为“评推八卦区”“如果，宅”“军史政经区”“天空家园区”和“轮回龙空区”5个分区共计14个版块。例如，其中的评推八卦区即包括了原创评论、影视评谈、推书试读和网文江湖四个版块，用户可在以上相关版块中发表自己的小说评论、文学和文化评论并参与相关话题交流，可以分享影视作品方面的相关资讯、评论和其他话题，可以提供针对网络小说的相关推荐评价及部分试读，可以更新原创网文作品以及跟帖评价他人的创作等。截止2013年9月中旬，龙空已有注册会员近70万人，共更新帖子超过2000万条。而在原创评论、影视评谈、推书试读、风花雪月、女频小说、动漫游戏、数码科技、历史文化、火星社会、财富经济、体育竞技、黑市置换以及E书下载各版块中，更帖数量在50万以上的版块有包括网文江湖、原创评论、风花雪月、黑市置换和推书试读。进入具体版块后，用户既可以在检索栏中键入关键词直接查找到相关主题帖子并参与讨论，也可自己发帖创建新的讨论主题。与此同时，在论坛内有着共同兴趣的用户还可加入到相应的群组中参与小组活动。可见，整个龙空论坛区基本上是以“帖子—主题—群组—版块—子版块—分社区—社区”层层扩展的形式，扩展、充实论坛内容。

在论坛中的推书试读版基础上创建的推书频道，现已构成了龙空中一个重要且具有特色的频道。推书频道根据具体作品所得的评分（由网友打分），在主页列出了潜力新书榜、个人书榜、刷榜推荐区、推书热门区、女频小说、好评连载、完本好书分类列表、葵花宝典（佳作）分类列表以及精华书评推荐展示等相关栏目。进入到具体作品的推书页面，用户即可了解到作品的基本信息和简介，并通过“传送门”链接到作品内容所在网站。同时推书频道还提供了吐槽区和书评区让读者评价具体作品。除了给其他用户已推荐的书评分和写书评，用户还可以自行在推书频道推荐来自起点、纵横、逐浪、幻剑书盟等 20 多个文学网站的原创作品。可以说，推书频道不仅将众多文学网站联系在一起，而且还将网络文学领域中海量文学作品集合到同一平台。

龙空论坛中用户访问最为频繁的版块当属“网文江湖”和“原创评论”，这两个版块同时也是用户更帖量最多的版块。其中网文江湖也即原有的闲话讨论区，这里被称为是网络文学领域中各类信息、论争以及评论等信息发布最及时的交流空间之一，其中活跃着当前网络文学领域中的大量创作者，且不乏具有一定名气的作者。曾有评论称龙空的原创评论版代表着网络文学圈内具备最高水准评论的社区，同时也属于网络文学的专业性空间。具体来说，这一版面的相关评论往往以极其细致且尖锐的笔调展开，同时还吸收了一大批对相关领域颇有见地的网友参与，并且其中的讨论和评价等都以相对理性的方式进行，因而属于针对网络文学进行评价的核心社区[①]。龙空原创评论版还一直保持着围绕网络文学展开年度性总结的传统，其中主要盘点一年来网络文学领域在运营、作者培养、网站发展、产业/行业发展等多个方面所取得的成果，相对全面而系统地整理归纳了网络文学领域的发展和沿革，具有很大的历史意义和史料价值。例如该版块所公布的“2012 年网文行业和网络小说回顾”中，即包含了对这一年度的网文发展特点、业界主要网站的数据、作家富豪榜、年度推荐书单、网文创作等进行的总结。

目前，龙空正逐渐展开自身的新一轮改版升级，将闲话讨论区更名为网文江湖，同时积极开展站内“治水”管理、对用户个人安全信息进行维护等措施。今后的龙空在保持用户活跃度的同时，还需积极完善、拓展各项功能，再现昔日辉煌。

（李玲，纪海龙）

---

① http://www.cnsyhz.com/files/article/html/6/6929/3885082.html

71. 西陆论坛（http://club.xilu.com/）

西陆论坛主要是基于在国内军事资讯领域有广泛影响力的西陆网而建立。打着中国第一军事门户网站的称号，西陆网（www.xilu.com）自称其“军事领域范围最广、军事内容最权威、军迷影响力最大、历史最久。为大国之崛起，关注中国军事利益，对比国际军事力量，探寻军事战略，解读军事战争历史，求索强国之路”。具体来说，西陆网隶属于北京广典科技管理有限公司，是联想控股成员企业，1999年建站，2002年在《互联网周刊》中国商业网站一百强排行第9，2004年获“全球中文论坛一百强”亚军，并被评为“最受网民欢迎的网络社区”，2006年成功转型为新媒体运营。截止到2010年，西陆网拥有100万开放式论坛、40多万私密型论坛、1500万注册用户，其日平均独立IP数90万、每月新增注册会员20万、平均同时在线会员数超过5万，在华人网络社区中规模较大、用户数量较多、社区服务相对完善。西陆网现今主要的四大版块分别为西陆要闻、西陆军事、西陆社会和西陆历史，为广大网友打造军事一站式服务，是军迷最热衷的军事前沿评论阵地，汇集权威将领与知名专家，与广大军事爱好者共同关注世界军事局势，解析军事热点事件，洞察国际军事博弈，探究大国崛起之路，成为中国军事网络媒体的领军先锋。

西陆论坛即是属于西陆网的网络社区，作为一个综合性的论坛，西陆论坛主分类下主要涵盖了社会、军事、文学、情感、游戏、娱乐、贴图、体育、IT、生活、财经、教育、汽车、健康等22个类别，每个主分类下又涵盖不同的子分类。论坛的主页面包括了论坛推荐、最近更新、排行、一周点击排行、西陆东方军事、洞察军事及中国军事新观察七个版块。在论坛“排行”中（截止到 2013 年 9 月 25 日），排名第一的为“西陆东方军事”，其点击率达到了 5844450，排名第二的“百家杂谈”点击率为 2318793，其余论坛的点击一般只维持在两三万左右。在论坛频道设置中，又具体分为军事天地与西陆论坛并置的两个栏目，由此可见，有关军事方面的内容着实是西陆论坛的重中之重。具体的用户操作则与其他论坛大同小异，用户可在西陆论坛免费注册论坛的 ID，这些注册用户具有发帖的权利，可对自己的原创帖进行相关管理，也可转载他人的帖子，而一般普通游客则可自由浏览站内所有的帖子并回复评价帖子内容。

西陆文学曾是中国互联网界最早的原创文学发源地，曾与天涯、西祠胡同的文学版块不相上下。如今的西陆文学在题材上包括了玄幻奇幻、武侠仙侠、都市生活、言情小说、官场职场、异术超能、网游竞技、恐怖悬疑、历史军事和其他小说十个类别。但是，不得不说的是，现在论坛所有连载的作品点击量最高也不过上百，远远落后于天涯与西祠胡同。据 ID 为石头 333 的一名老西陆用户回忆，1999——2001 年是西陆文学发展的鼎盛时期。以前西陆文学的“文学芳草”区在中文社区里举足轻重，之后的“半壶凉茶”同样是名声在外，声誉鹊起。在这些地方曾走出了五朝臣子、李寻欢、3721、老木、地狱无门、风铃子、潇君、成才之路等众多网路名人，也吸引了众多如朴素、水木丁、风吹佩兰、蜘蛛、燕垒生等在网络写作中声名显赫的 ID 参与。现在，大量知名的写手或退出或离开西陆。这既有写手自身的原因，又跟西陆本身的管理和发展定位分不开。

西陆论坛中现今的文学分论坛又包括了文学茶坊、莲蓬鬼话、古典小说之家、一代天骄、四十港、水云烟坊、笑悟人生等 22 个子论坛。据 ID 为海上明月共潮生的网友在 2003 年发表的《西陆文学社 BBS 观察录》一文指出：西陆文学社区主要论坛分为三类：文学诗歌，武侠世界，情感世界。文学诗歌类论坛当时处于活跃期的有黄金分割、梧桐树下、一代天骄、心情雨、神秘园几个版块。而西陆文学武侠作品的原创型作者基本上分流在其他非纯武侠类论坛中，由此可知，西陆文学社区缺乏一个以原创型武侠作品为主体的论坛。文学社区的另一个重要构成版块是情感类论坛，其中在文学歌赋类论坛排名总表上长期居于第二位的情感四十，是情感类论坛最活跃的论坛，其作品性质兼跨情感与文学。海上明月共潮生最后指出："观察总排名表上的数据显示，文学类论坛能争取到排名，主要靠的是居高不下的发帖量"。"通过观察，可以得到以下几个结论：第一，西陆文学社区首页中所列的42个论坛，处于完全活跃期的未超过总数的二分之一。第二，目前承担起西陆文学社区主页选帖任务的论坛几乎全部都是近一年左右新兴的论坛。第三，二年前兴盛的论坛，如今基本上都处于半衰期或衰老期。可见论坛兴衰周期，约为一至两年。"① 对比该网友在2003年的这三篇观察，如今的情况在上述背景下更加严重，目前西陆论坛的文学版块不仅论坛数目减少至一半，而且大多论坛都处于沉寂状态，基本呈现出衰老期的面貌。发帖更新的速度越来越慢，而且随着论坛不断地整改和调整，截止到目前，这些论坛大多都处于被封锁的状态。

总的来看，西陆论坛依托于国内军事第一门户——西陆网的平台资源，在十几年的发展历程中已在国内甚至全球华语范围内形成了相当广泛的影响。与大多社区类网站不同的是，西陆论坛明确标出了自身发展的核心区域：以军事资讯以及相关讨论作为社区的特色版块，同时兼顾全局发展综合性网络社区，进而吸引了大批网友。这也构成了西陆论坛得以具备较大影响力的主要原因。不过，其原创文学影响力已大不如前。

（李玲，纪海龙）

① http://club.xilu.com/818y/msgview-10170-90188.html

72. 西祠胡同（http://www.xici.net/）

西祠胡同正式成立于1998年，现已发展为一个大型综合性的社区网站，同时也是我国目前领先的几家大型网络社区门户之一。不同于当时的多数社区网站，西祠胡同自成立伊始即坚持“自由开放、自主管理”的运营方式，也即基于用户的自律自由而建立站内各讨论区，并且将讨论版面的管理、发展、信息交流等方面相关权限也交由用户自行处理，网站则主要承担社区平台的管理和维护，以及社区各版块分类、分目录管理等方面的责任。现今的西祠胡同已拥有超过千万的注册用户。

综观十几年的发展历程，西祠胡同在国内的社区网络领域创下了多个首例。这其中包括西祠胡同首创性的自由开放式网站运转模式、国内第一个开通VIP增值收费服务的大型网络论坛以及引发国内同类网站中首例侵权诉讼等等。西祠胡同2000年被e龙收购之后又从该集团独立出来。社区成长扩大期间也经历过几次改版升级，其中尤以2005年的升级突破最大。改版后的西祠胡同一方面保留了网络论坛低门槛、易操作以及便于交流等特性，另一方面又尝试推出基于WEB 2.0的一系列个性化服务，同时还针对网站的信息挖掘与关联等方面的技术进行优化升级等，进而将社区中的用户、帖子文章、商品等有效关联起来，并强化了社区的开放性。现今的西祠胡同主要基于地区、用户群体以及用户兴趣等划分出花嫁、亲子、汽车、摄影、旅游、宠物、时尚、购物、美食、数码、家居、情感、媒体、都市、院校、教育、人文、体育、文艺、职场、娱乐、囧友等二十多个大类，内容涉及面也十分广泛，不仅包含了与博客相仿的个人讨论版，又包含团体性质的讨论群，另外还包含各种消费相关的讨论版等等。可以说，西祠胡同以其开放、包容的姿态，吸纳了来自不同地区、不同行业领域，以及各个年龄层次的网络用户来此交流讨论。

西祠胡同主要是基于版名、版号以及关键词创建相应讨论版。用户进入社区主页时可以键入已知的版名或版号，如此即可快速查找到目标讨论版，同时还可通过键入具体关键词以检索出相关的讨论版和帖子文章。当查找到感兴趣的讨论版时，用户可自由进入该版区浏览相关信息或参与讨论，并分享自己的观点看法。如果用户未能查到自己的目标讨论版或现有讨论版并不符合自己的兴趣，还可以通过认证并升级为实名网友后自行创建新的讨论版，进而吸引其他用户参与进来讨论和交流。由于西祠胡同基本依赖于网民的自律来构建社区内容，这一社区网站的基本架构呈现出开放、自由、快捷和便利等特点，这里集合了各色用户，既有聚集在一起嬉笑怒骂的小网虫，也有在西祠胡同的自家院落里侃天说地的骨灰级网友，还有走马观花、路过无言的潜水员等等。不同的群体在西祠胡同这一生活门户中都能发现价值。

西祠胡同将用户自行创建的海量讨论版分门别类进行编排，其中与“文学”主题相关的讨论版大部分都置于文艺大类中。在文艺大类中又细分出小说、散文、诗歌、评论、书法绘画、民俗、古玩收藏、流行音乐、古典音乐、舞蹈表演等多个分区，而各分区中再包含了由网友们创建的众多讨论版/论坛。例如在小说分区中即包含了“老三届人”“西祠原创小说吧”“文学别苑”“纯小说”“小说达人部落”“武侠故事”“文字田地”“Ting 听小说”“西窗事”“凤凰影子文学社”等来自全国各地的近50个论坛。又如在“原创”分区中也涉及到几十个相关讨论版。“西祠原创小说吧”中建立了网友个人的原创作品库，收录了包括人文、军事、历史、惊悚、武侠、玄幻、纪实、言情、都市等类型小说，另外还包括部分新闻报道以及网友跟帖评论等等。这一相关讨论版即构成了西祠胡同原创文学园地，是网友们分享个人创作以及参与文学话题讨论的聚集地，还承担着在社区内扩散互联网络文学创作竞赛信息等责任。然而不可否认的是，文学主题相关的讨论版在西祠胡同社区内仅占据很小空间，虽然键入“小说”后能检索出超过 1000 个讨论版，但其中大多数实际上属于 0 发帖的论坛。当然，这也并非仅仅是文学分区所面临的问题，而是正处于转型十字路口的整个西祠胡同社区所遭遇的严峻挑战。

2008 年，西祠胡同做出“城市社区门户”的发展战略定位，期望基于自身所拥有的庞大用户群和良好网络社区平台，盯住目标城市生活，以开发出体现本地性、生活化的相关产品，致力于打造全国范围内城市居民生活的完美家园。然而，在互联网飞速发展的浪潮中，西祠胡同这一老牌网络社区还是逐渐呈现了式微迹象。虽然西祠胡同依然保留着其全国范围内的网络社区平台，但是真正进入各地城市站点后即可发现，除了南京、北京、上海等部分城市拥有众多讨论版外，很多站点尤其是很多二线三线城市站基本就属于“空架子”状态，论坛的活跃指数非常有限。另外，西祠胡同在近几年内也较少在产品上创新出彩，因而网站运营面临着瓶颈。甚至有观点认为，西祠胡同的影响力实际上基本集中于南京及周边地区，这也就意味着该网络社区平台实属南京地区的地方性网络社区①。

总的来说，坚持“自由开放、自主管理”的运营模式让西祠胡同一度活跃于国内众多网络社区和论坛的最前沿，也是使该网络社区得以存在至今的重要原因。但不可忽视的是，这一运营和管理模式呈现出明显的分散性，难于掌控或进行统一性的主题运作，并且容易导致社区内的资源浪费。另外，西祠胡同在这一运营模式下也很难建立起有效的站方与版主间的利益分成机制。上述以及其他相关因素是西祠胡同突破现存困境、打造西祠未来必须思考的问题。

（李玲，纪海龙）

① http://www.chinaz.com/start/2013/0322/296921.shtml

73. 豆瓣阅读（http://read.douban.com/）

豆瓣阅读是基于豆瓣社区建立起来的一个个性化数字阅读服务网站，是豆瓣读书频道于2012年推出的一个数字图书商店，这一综合性的阅读平台主要定位于发布短篇作品以及电子图书。在国内各类社区网站中，豆瓣社区自创立发展至今，在用户体验中长期保持着诸如“文艺”“清新”等口碑与评价。这一“文艺范十足”的网站始终围绕着产品和技术创新发力，致力于为用户提供文化、生活等方面内容的创新化服务，帮助都市中具备良好教育背景的年轻群体发现周边生活中有价值的事物。历经近10年的成长，豆瓣社区现已实现了1亿以上的独立用户数量覆盖，同时拥有一大批个性化十足的忠诚用户，成为了网络流行风尚、主导潮流的重要策源地和推动者。

自2005年伴随整个豆瓣社区一同上线以来，豆瓣读书长期专注于全面且不失精细的读书服务，并逐渐晋升为国内拥有海量用户和图书信息、活跃指数超高的读书网站。与此同时，豆瓣读书还积极致力于全新产品的探索，而豆瓣阅读即属于豆瓣读书频道结合长期运营经验，并经过多方考量、调研测试后推出的一个支持多种终端的阅读应用。豆瓣阅读商店主要采用了部分免费＋原创/精品付费阅读的运营模式，提供包括小说、历史、生活、科技、艺术以及设计等不同门类的大量作品，其中一部分原创作品还属于网络首发作品等。

豆瓣阅读同时面向出版商和独立作者提供服务平台。该网站现阶段主要划分为原创作品、电子图书、译者项目和免费频道四个主要版块。用户进入作品商店的主页后既可以在快速检索栏中查找自己所需的目标作品，也可以根据站内相关推荐、分类标签等筛选出感兴趣的作品。豆瓣阅读网页主要选用了两栏式简约化的版面设计风格，其中左侧辅助信息栏包含了作品的分类筛选标签以及畅销排行榜和部分读者信息等，右侧主要信息栏则涉及站内活动、编辑/读者推荐作品、分类/新上架/受关注作品、推荐作者等内容的相关展示。例如，原创作品版块设置的作品分类包含了生活、美食、旅行、科幻、幻想、随笔、散文、文化、诗歌、短篇小说、长篇小说、翻译作品、杂志、原版外语作品等，另又设置了独家作品、短作品、小故事、首发长篇、残酷青春物语、路上阅读、黑色幽默、北漂、插画等多种个性化作品标签。与之相应，电子图书版块设置的作品分类则更倾向于传统纸质图书，具体涉及到小说、计算机、科技、管理、历史、哲学、文化、心理学等类型，同时也提供站内热门作者标签。借助于上述分类标签读者便可较快地到达自身感兴趣的作品分区。从以上分类及标签也可看出，豆瓣阅读现阶段仍以文学领域的相关作品为主。

目前，豆瓣阅读共计收录原创/授权作品近 2000 部、电子图书 3000 余部，其中除小部分免费作品外，大多数都需付费购买相应的阅读权限。如此不得不提及豆瓣阅读的定价机制，豆瓣阅读目前实行的是统一定价机制，对独立作者上传的作品一般都采用 1.99 元的价格，这与该阅读平台主打中短篇作品的定位相关，因此在网站的投稿系统中豆瓣阅读也建议作品的篇幅为 3—5 万字的中篇或短篇组合。当然，此类一般化的价格规定也允许相应的自由调整空间，例如针对诗歌、长篇作品等即并未依循上述篇幅定义而采用其他定价模式。作品获得的收益将根据销售明细以及合作协议由网站与作者共同分享。另外，对豆瓣阅读的独立作者而言，只要其作品具备较高品质，便可直接在投稿系统中发布并在审读通过后上架。豆瓣阅读延续豆瓣网重视产品和技术的发展理念，凭借相关算法和数据挖掘，能够根据用户浏览豆瓣社区过程中的兴趣点和收藏行为等，将基本符合用户喜好的作品更精确地推荐出去。同时豆瓣阅读为作者和读者搭建共同讨论交流的“沙龙区”，购买过作品的读者可在此交流、批注或评论作品，作者也可参与进来，甚至公布自己的未来写作计划等。除个人作者、译者外，豆瓣阅读的投稿合作者还包括多家杂志社、出版社和写作团队等，尤其是电子图书区即收录了来自译林、人民文学、中信、新星等多家出版社，盛大文学、磨铁数盟、果壳阅读等文学网站以及《人物》《科幻世界》《壹读 iread》等杂志授权的图书。

豆瓣网历经多年发展所赢得的文艺范口碑与其对产品品质的追求、对原创性和专业化的执著等分不开，旗下豆瓣阅读也坚持整个社区的惯有风格，以延续性的、较高水准的站内阅读、创作活动增加阅读站的活跃指数。例如，豆瓣阅读近期即发起了以“复兴中篇”与“我的非虚构写作”为主题的征文大赛，旨在唤起作者和读者对中篇小说的重视并发掘更多优秀作者和作品，同时发掘呈现多元视角、体验和思考的高水准非虚构作品。其中，所有入围的参赛作品都将获得在豆瓣阅读平台上架出售的机会，最终获奖的作品还将获得 5000 至 30000 不等的奖励金。再如，在豆瓣阅读的译者项目区即借用我国清代“同文馆”之名，面向互联网中的所有译者发起一个长期性的翻译项目，并以电子图书的形式向用户分享项目成员细读精译过的外文内容，在传播知识文化的同时，也有利于集合广大用户群体中的相关专业人才。当然，豆瓣阅读中的外文资源都已获得相应的正式授权，而上架出售译作获得的收益也将分享一部分给译者，足可见豆瓣阅读对原创和版权的尊重及其自身较高的产品定位。

有评论称豆瓣阅读是豆瓣网商业化步伐中的一次重要尝试。当前阶段，众多社交网络纷纷涉足电商领域，同时也引发了相关网站对自身生存和定位的重新思考。相对于已成功塑造了自身独特气质的豆瓣网而言，是否加入电商领域并推出豆瓣商品实际上存在着更多挑战，而其中最大的挑战就在于如何实现商品的豆瓣化。就目前的发展来看，作为豆瓣读书衍生品的豆瓣阅读扩充了豆瓣网书籍领域的服务内容，其中的产品内容及品质依然承续了豆瓣社区的惯有品位。另外，这一收费阅读平台也为豆瓣书籍和原创领域提供了获利空间，这一商业化尝试收到了较好的成效。

（李玲，纪海龙）

74. 豆丁网（http://www.docin.com/）

豆丁网是目前国内C2C文档分享和销售的领先平台。秉承“分享文档，发现价值”的建站理念，该网站自2007年成立以来，就一直在积极实现全球最大中文社会化阅读网站的目标，同时基于用户需要而提供有价值的阅读品。历经六年的成长和发展，现今的豆丁网已成功打入互联网站世界前500强，同时还为用户提供垂直服务，并成为同类网站中的佼佼者。网站的内容包含了各类实用性文档、多种出版物、各行业的研究报告以及相关的专业性文件等，上传的文档有.pdf、.doc、.ppt、.txt等多种格式，可谓海量级中文文档馆。

就其运营模式而言，豆丁网主要采取的是为用户提供存储和展示平台，同时搭建分门别类的管理框架，让用户自主填充其中的内容。也就是说，豆丁网的注册用户可以将自己的各类文档共享出去，同时还可以在豆丁平台上检索、浏览和下载自己感兴趣的各类文档。文档上传的过程中，豆丁网的管理人员会对文档进行审核，但并不包括对上传文档进行任何编辑修改。从2007年成立发展至2008年3月，豆丁网便实现了50万的注册用户以及过百万的上传文档数；到2011年3月，豆丁网的注册用户总数达到了4000万，并实现了1亿以上的文档上传量。豆丁网还在同一时期正式推出了行业名人发展战略。目前已跻身世界互联网前500强的豆丁网，其世界互联网Alexa排名也达到了前1500之内，并且保持着日均约200000份的用户文档上传量。

豆丁网首页基本采用了简单快捷的设计格局，用户既可以通过直接检索查询目标文档，也可以在豆丁网罗列的细致分类中查找自己感兴趣的相关文档。目前豆丁主页提供的文档分类大致包括了教育类文档（幼儿/小学

/中学/高等教育、外语学习、技能/认证考试等)、行业分类文档(经济、贸易、财会、计算机、金融、证券、法律、管理、建筑、通信、机械等)、各类研究报告和行业资料、办公常用文档以及其他图书、杂志、漫画和各类生活休闲类文档。首次进入豆丁并进行注册的用户,豆丁网还根据用户身份筛选并推荐部分类型的文档。例如,当用户为上班族的男性时,豆丁网将为新用户推荐时事热门、行业分析、外文报告、宏观经济、PPT 模板、JAVA 、摄影、计算机硬件、汽车、杂志、股票等相关标签,同时还根据经用户确认定制的兴趣标签在用户的个人主页推荐相关类型的文档。

豆丁网为用户所提供的这一文档分享平台同时也在一定程度上构成了用户的机会平台和盈利渠道。目前豆丁网中所收录的海量文档中有一部分属于付费阅读和下载内容,用户需要支付一定额度的豆元方可获得阅读和下载权限,同时用户在上传文档的过程中也可将自己的文档设置成付费文档。注册用户可以通过网银、支付宝、充值卡等充值渠道来获得豆元,同时也可以在线完成相关任务(包括完善个人资料、完成问卷、体验游戏等)获得一定豆元,另外还可以通过自己上传的付费文档获取相应的豆元收益等。豆丁网为鼓励广大用户积极参与站内活动,还设计出了一套 VIP 特权增值服务,其中的 VIP 会员不仅享有阅读过程中无插入或遮挡广告的特权,还会获得其他如专属客服等优惠特权。豆丁网的用户个人中心根据用户的兴趣标签以及浏览、下载和关注记录等更新相关文档列表,同时还推出了包括用户上传的文档、豆单、任务、关注等版块,以方便具体用户管理个人中心的内容。

不同于其他共享平台或网络文学站,豆丁网所提供的文档具有更强的社会性和专业性。首先,从豆丁的文档分类来看,其中不仅涉及到不同领域的各类专题、不同行业类型的文档分类,而且还提供类型丰富的漫画专版以及各类图书,另外又推出了一部分富于特色的优秀豆单;其次,豆丁网早在 2011 年即推出了行业名人发展战略,与各行业名人签约合作以建设和发展豆丁网优质化文档内容,同时还推出认证用户与合作机构等服务,从而提升站内内容的整体专业性水准;再次,豆丁网在综合把握市场环境的基础上，推出了豆丁会议频道和商业工具频道，其中会议频道主要收录国内和行业领域一些高端会议的相关文档，涉及到相关领域高端人才的演说和观点、权威性的研究等，因而具备了较大商业参考价值，而商业工具频道则主要提供人力资源、财务管理等不同领域的办公应用文档，这类小众化但实用性较强的文档工具虽然采用“免费＋精品付费”模式，但依然收效良好。相关报道就曾指出，豆丁网目前正提供的“商业性文档服务”等很可能会成为各文档网站获取收益的新途径①。

尽管其相关负责人在受访时表示，豆丁网采取了较之百度文库更为严格规范的审核机制，但由于该平台仍然属于一种开放性的用户即时上传和共享空间，加之其目前日更新量过大，以致其很难对站内内容进行全面监管，豆丁网依然面临着盗版、侵权等相关问题。例如，在2013年2月即有网媒报道豆丁网非法泄露了两百位老人的个人信息、一学校学生家长的个人信息等，相关事件也一度引入网络舆论的热议，并有观点认为豆丁网应当承担相应的侵权责任等②。由此也可发现，我国现阶段涉及网络侵权责任的相关法律还有待进一步完善和健全，从而消除相关网站为减少审查成本而抱有的侥幸心理，规范网络环境中资源共享、版权维护以及信息安全等方面的管理。

当前阶段，豆丁网在积极发展自身互联网PC端业务的同时，又努力探索相关移动应用，并相继推出了豆丁书房、豆丁阅读和会议PPT等客户端，为手机和平板电脑用户提供移动阅读服务。它不仅实现了PC、手机、平板电脑间的文档同步和多屏互动，而且还提供部分“听书”（TTS语音阅读）服务等，打破了传统的阅读模式而升级为开放性阅读。豆丁网的营销负责人曾指出，在当今移动互联网活跃发展的背景下，豆丁网致力于实现PC业务与移动业务的一体化，进而为用户的知识需求提供更优质的服务。

（李玲，纪海龙）

① http://tech.sina.com.cn/i/2012－11－16/10067804809.shtml

② http://www.sootoo.com/content/398586.shtml

75. 猫扑原创区（http://yc.mop.com/）

猫扑原创区是国内最具影响力的网络社区之一“猫扑网”推出的一款原创论坛频道。作为国内网络新词一个重要诞生地的猫扑网，自1997年建立一路发展至今已成为了我国网络社区网站中的引领者之一，该网站最初的雏形为猫扑大杂烩（现为猫扑旗下的主要论坛平台），还一度更名为猫扑大客栈、猫扑大星球，最终又改回猫扑。2004年，猫扑网被千橡互动集团并购，之后又于2012年划归至千橡旗下的子公司美丽传说，网站并由北京迁至南宁。现今的猫扑网主要包含了大杂烩、贴贴论坛、资讯中心、猫扑Hi、mopper、游戏大厅、风向标等产品，是国内的综合性富媒体娱乐互动平台①。

有研究称，在整个社交网络（源自英文Social Network Service的翻译）领域，BBS的出现实现了网络环境中“群发”“转发”等操作的常态化，因而也将网络社交向前推进了一大步。猫扑社区网中的各主要产品以猫扑大杂烩和猫扑贴贴论坛最为热门。其中前者是猫扑社区的雏形，同时也是国内网络流行文化、公共舆论的一个发源和集散平台，具体包含了大杂烩、大小姐、汽车烩、贴图区、原创区、小白区、人肉搜索、联盟等多个互动性交流和娱乐空间。后者则于2004年正式推出并迅速发展成为热门的图文共享平台，是具备高人气的，集合了文字、图片和视频等于一体的国内一线论坛，它最先引发了大陆地区对90后的关注。猫扑原创区则可谓综合了猫扑大杂烩和猫扑贴贴论坛的精华，该频道的内容都转载于前两个版面中的自发帖子，同时又对相关内容进行了有效整

① http://help.mop..com/about.jsp

理和归类，进而形成了一个类文学网站。

进入猫扑原创区即可发现，这一频道基本采用了大多文学网站的页面布局形式，而并非使用猫扑社区或其他论坛类网站的风格。虽然站内内容都是从猫扑社区其他版面转载过来的帖子，猫扑原创区将所收录的帖子分门别类，具体划分出原创头条、直播讲述、小说连载、鬼话连篇、完结作品、脱水精华和地方原创七个主要内容版块。另外，在内容导引栏下方用户还可点击原创区、鬼话连篇、文学小说、诗词歌赋等链接进入相应内容的论坛页面。猫扑原创区主页页面设计基本采用简洁化的左右两栏布局形式，其中左侧主栏区为言情、悬疑、都市、穿越等各类原创作品的展示区，以及直播讲述、小说连载、鬼话连篇等各版块推荐作品列表区，另外还包含了猫扑社区中相关音视频展示区，右侧附加栏包括了站内作品的点击榜以及原创作者红人榜等内容。其中，具体作品的阅读页面实际上与原帖的版面格局基本一致，作品标题下方一般都标明了发帖时间、作者以及原帖所在论坛区。另外，猫扑原创区取消了“只看楼主”操作键而直接将评论区的版面进行了压缩，用户若想查看评论只需点开“查看全部回复”即可，这一设计也方便了网游评论和回复等。

可以说，猫扑原创区大致就相当于猫扑社区相应版块内容的二次整理与收集站，这一频道也在一定程度上成为了猫扑网寻求论坛与文学网站两相结合、综合发掘论坛中涌现的优秀原创作品价值的一次尝试。然而，由于多方面的原因，猫扑原创区在 2011 年 9、10 月份之后便停止了其内容更新。目前该版块虽仍在使用，但仅限于浏览原有的相关内容，当然也可以链接至猫扑首页以及大杂烩、贴贴等论坛区。另外，作为猫扑原创区内容的主要来源，猫扑大杂烩论坛中也包含了一个原创区版块（http://dzh.mop.com/book）。该版块是论坛中原创文学作品的免费发布与阅读平台，其中主要更新包括穿越、言情、青春校园、玄幻、奇幻、武侠、都市、灵异、推理、历史、职场等类型的原创文学、连载小说等，同时也收录部分其他类型的帖子。

就其形式而言，猫扑大杂烩的原创版块大致分为左右两栏，其中左侧主要为标题列表，用户点击感兴趣的帖子标题后即可在右侧栏目框内浏览具体内容，以及进行跟帖回复等操作。在所列标题栏目中，另设有最新回复、最新发表、热门、精彩等排序标签以及所有分类、原创文学、动漫、音乐、视频等分类筛选标签，也就是说，用户可以在可选范围内筛选出自己感兴趣的相关帖子。猫扑大杂烩网络社区是网络名人、网络事件以及网络流行语的策源地和汇集地，曾经捧红了网络名人叫兽（蠢爸爸小星）、“小胖”等，在国内一度引发网络热议的“虐猫事件”也出于此，在大杂烩页面底部的用户个人中心栏还使用了网络流行语“我勒个去”以链接站内道具市场和首页等页面。在猫扑大杂烩的原创区内，用户发帖时一般都需要在标题中注明帖子所属的长/短篇类型，并在帖子的回复数量达到一定标准时分别加原创、热门和精华标签。具体来说，相对于非长篇作品，当帖子更新的字数及其获得回复数量达到6万/60回复、8万/80回复以及10万/120回复时，即分别可获得原创、热门和精华标签；相对于长篇作品，加相应标签的门槛设为8万/300回复、10万/800回复和20万/1000回复。原创区还为旗下表现优异的写手提供了相应奖励，以鼓励那些在论坛中活跃发帖跟帖的用户，相关奖品多属于绘有猫扑Logo的纪念品等。

然而不可忽视的是，正如其论坛名称使用了“大杂烩”之名，猫扑的大杂烩原创区中也存在内容混乱堆砌等问题。即使相关栏目中成百上千的标题及时地经过了一定程度的筛选，仍然给人一种混乱之感。并且，该版块目前尚未设立有效的版内帖子/话题检索服务，因而给用户快速找到目标主题造成了较大阻碍。另外，虽然论坛设有原创文学区，但相关页面中的内容依然存在大量其他标题内容等。这些是相关版面在今后的发展过程中需要进行调整和完善的方面。

（李玲，纪海龙）

76. 书香门第（http://bbs.txtnovel.com/）

正式创立于2006年的“书香门第”属于一个同时提供小说下载和交流讨论的专门性论坛。发展至今，它在原有的小说论坛基础上又增设了游戏、彩票以及“非诚勿扰”（婚姻）等频道。因此，可以说，书香门第在追逐网络领域时尚潮流等方面体现出了较强的敏感度，同时也促使这一社区成为国内提供TXT小说、移动电子书等下载和交流的活跃论坛。

书香门第社区入口（http://txtnovel.com/）选取了简约的设计风格，其中论坛Logo下方的社区内主要版块入口仅以不同彩色点加以区分，同时又配以相应的鼠标悬浮动画和简略说明，整体构成一个极简式的社区门户。进入社区主页后，注册用户既可以参与论坛各主版的相关活动，又可从主页内容导引栏进入用户俱乐部、社区签到、游戏区以及彩票大赢家版块等。值得一提的是，书香门第社区内的检索功能较之很多社区更为完善。具体来说，该社区的检索栏同时提供快速检索和高级检索选项，用户既可通过快速检索查找相关帖子、日志、相册和用户，又可以在高级检索选项中进行精确查找操作。进行高级搜索时，用户可以勾选目标帖子所属的主题范围和主题类型，还可以从发布时间、排序方式、版块范围等方面对帖子进行筛选。

在社区的运营方式上，书香门第主要选用了自由开放的平台模式，且仅为论坛内的海量帖子、下载资源等提供存储、交流以及分类陈列空间，而将填充主体内容的权限交由广大用户。具体来说，无论是书香门第社区内的讨论和分享帖子，还是站内提供的各类TXT小说、TXT电子书以及手机电子书等相关下载资源，都源自于用户的自主操作，用户既可以通过关键词检索参与到自己感兴趣的主题讨论中，或创建新的主帖以发起相关讨论，与此同时，用户还具有分享和下载站内作品的相关权限。截止到2013年9月中旬，书香门第社区拥有注册会员近250万位，同时论坛内更新的帖子总数高达2500万余条，并且保持了日均更新帖子量过万条的发展速度。

书香门第自2010年改版以来，其论坛区形成了主要包括以书会友、手打专区、TXT电子书、休闲讨论、论坛站务等几个分社区在内的整体框架，并且在各分社区内又设有多个不同的版块。具体来说，涉及文学方向交流的“以书会友”社区中即涵盖了新书预告、会员求书、原创文学和书评推荐四个版块，用户在此区内可以及时了解到最新的出版书讯，并通过帖子广泛扩散以寻求个人特殊的图书资源需求（目前仅向会员开通这一发帖权限），又可以在该社区内分享个人的原创作品并与其他网友讨论，还可以就某一作品发表个人评论或向社区内其他网友推荐相关作品等。手打专区主要包含了论坛任务手打区、个人悬赏手打区以及新增的新书录入工作室三个版块，在这一专区内的各版块中，只有在用户达到相应级别后才拥有进入浏览作品或接受具体任务的权限，并且其中一部分具体版块属于供内部交流讨论的“私密版块”，另外，手打专区也是书香门第社区很多用户赚取和消费酬金以及各类TXT作品得以制作的集中区域。TXT电子书版块则提供浪漫言情、耽美同人、武侠玄幻、科幻恐怖、历史军事、现代文学、国学名著、海外名著、合集全集等众多类型的TXT格式作品的下载资源，并且这一版块也构成了书香门第社区的黄金区域。论坛内的休闲交流以及相关讨论活动大多集中于休闲讨论分社区中，其中又具体细分出了茶馆水吧、漫画专区、PS专区、电脑&游戏、我的型秀、贴图专区、影音天地、活动专区等版块，其中集合了众多用户的各类活跃讨论。从上述提及的书香门第论坛各版块也可发现，这一基于小说资源下载的网络社区所吸引的用户主要体现于年轻群体，并且这一用户群一般都有较充裕的闲暇时间和对时尚潮流的自觉性追逐等。

书香门第另一具有一定特色之处就在于其中的书迷俱乐部以及会员

管理制度。在书迷的个人中心，用户既可以发布日志、上传相册、添加分享、查看动态等，也可以参与站内的相关任务以赚取站内金币，另外还可以参加社区外挂的多种游戏应用。根据书香门第现阶段所实行的会员制度，用户通过充值成为半年/一年/终身会员后，即可在相应时段内免费下载社区的所有资源。当然，用户也可以通过签到、完成社区的任务或参与相关活动来赚取金币用作站内消费。虽然书香门第社区内分享的绝大部分作品实际上都属于其他文学网站内的阅读资源，但由手打专区制作并发布于 TXT 小说社区各版块内的下载资源，一般都需要用户支付相应金币，而金币则需要用户充值或自行在站内赚取。由此也就形成了书香门第社区中的一条盈利主线。

较之于书香门第社区中用户分享的、来自于其他网站社区的海量小说下载资源，书香门第原创作品版块的发展还十分有限。当然，为鼓励站内原创版的发展，其中的原创文学、亲身经历、有声小说等具体版块都在版规中明确要求帖子和作品的原创性，并提出了相应的奖惩措施等。例如，书香门第社区即在 2013 年 9 月 3 日—9 月 30 日期间，举办了主题为“写信给远方的 TA”“圆满的故事，圆满的爱情”“咏月”的九月中秋活动，以鼓励原创行为。

目前，书香门第在发展 TXT 格式小说制作和下载资源为主，原创文学、休闲娱乐讨论等为辅的社区之余，又推出了具体的游戏频道——“书香宫廷计”。另外，现阶段的书香门第还设立了彩票频道和婚姻频道。其中，前者主要提供体彩、福彩、高频彩和竞技彩等相关开奖信息，这一频道主要基于书香门第与彩票大赢家之间的合作。后者则为站内用户提供吐槽个人感情以及分享婚姻幸福（宣言、纪念日、幸福度等）的活动空间。

（李玲，纪海龙）

77. 中华网论坛（http://club.china.com/data/threads/1011/）

中华网论坛（也即中华网社区）是基于国内大型门户网站——中华网而建立的一家论坛。中华网正式建站于1999年，旨在通过频道建设来为广大用户提供丰富且有效的原创性专业信息。作为国内具备较高价值和影响力的网络推广平台，并且用户定位主要集中于拥有高学历和高收入的成熟男性，中华网主要发展了三方面的媒体运营业务：汽车资讯与导购平台、网游推广平台以及中华网社区。其中，汽车资讯和导购平台“中华网汽车”频道现已发展成为国内互联网中的品牌频道，并成功举办了业界影响广泛的“中国汽车设计大赛”；中华网的网页游戏推广平台在相继承办了业界一系列高峰论坛以及评选活动后，发展出了自身在相关领域中的影响力和知名度；而中华网论坛则在中华网的平台资源基础上，不断发展扩大并成功晋升为全球性的重要华语社区，拥有极大的媒体投资价值等。目前，中华网的主要运营商为北京华网汇通技术服务有限公司[①]。

作为中华网内容版块的主要构成部分，中华网论坛构成了用户浏览网站信息之外的主要活动区域之一，同时也是众网友交流讨论、分享信息的集中地。中华论坛网将“网友影响中国”作为自身的发展口号，并且已发展建立了包括军事、拍客、贴图、时政、国际、生活、休闲、女人、视频、娱乐、财经、情感、文学、地方、爱心、校园、汽车、旅游、科技、游戏、体育、文化等20多个版区，它们基本对应了中华网站内所设的20多个不同频道，拥有包括中华论坛、网上谈兵、情感边缘、娱乐八卦等在内的多个已具备广泛影响力的火爆版块。另外，根据“站长之

① http://chinese.china.com/zh_cn/general/about.html

家”的最新数据统计，中华网社区凭借 ALEXA=598，百度权重=7，谷歌 PR=6，以及总得分 3195 分的成绩位列国内论坛综合网站排行榜的第 6 位[①]。

现阶段，中华网论坛在常用的、以帖子列表呈现的论坛页面基础上，增设了一个“中华网社区”主页面，并且建立了两个网页之间的关联。具体来说，“中华网社区”页面主要采用了门户网站常用的、分内容版块的、分栏分频的页面布局风格，而“中华网论坛”页面则保留了 BBS 传统的以帖子列表主打、辅之以论坛版块分类列表的页面设置形式。用户在社区页面浏览已分类的各栏目中相关推荐帖子时，即可点击帖子标题进入论坛的相应位置，同时也可以根据个人兴趣直接点击栏目标题进入相应的论坛版块。用户在论坛区内可根据“全部、图片、推荐、精华、精品原创、悬赏帖”等标签对相应版块的帖子列表进行筛选，进而查找到自己感兴趣的帖子主题浏览或参与进去，同时也可以自行发帖，分享某方面的信息、发表自己对某一事物的看法、创建一个新的讨论区等。但是，中华网论坛区内目前尚未设计快速检索栏以供用户查找相关主题的帖子。截止目前，中华网论坛中的 20 多个版区总计涵盖了 94 个具体版块，其中受关注度最高的版块是中华论坛，该版块现已成为国内浏览最频繁、最火热的论坛版块，同时也成为了全球华人和爱国人士的网络聚集空间。

中华网论坛中与文学主题相关的社区基本集中在“文学馆”中，具体包括了诗词雅韵、散文随笔、小说沙龙、侠客行、闲情偶记、人文天下和煮酒论史七个版块。截至 2013 年 9 月中旬，中华网论坛文学版共计发表超过 1 万篇主帖，并且累积更新帖子近十万条。不过，各具体版块中帖子数量并不同，最火爆的为诗词雅韵版，其后分别为散文随笔、人文天下、闲情偶记、煮酒论史、小说沙龙以及侠客行。由此可见，中华网论坛文学馆中所分享或讨论的话题多集中于诗歌、散文等传统的严肃文学类型上，这与整个中华网的核心用户定位有着十分密切的关系。另

---

① http://top.chinaz.com/top500? t=248

外，中华网论坛在军事版区中还专设了一个“军事文学”版块，其中更新的帖子多数属于军事主题相关的文学作品或评论。

当然，若将“文学馆”置于整个中华网论坛各版区中或是仅仅与中华论坛、中华杂谈等热门版块对比，即可发现文学版区在整个论坛中所拥有的空间非常有限，甚至属于用户浏览的冷门社区。正因为其所依托的网站属于华语领域极具价值和影响力的重要门户，并且拥有全面而迅捷的资讯平台以及准确的用户定位等，中华网论坛能够且必然成为用户探讨时下经济、政治、社会各领域中相关话题的集中地之一，这也是中华网的相关论坛、杂谈、军事版块得以火爆的主要缘由。中华网论坛还在主版各栏目上方专设一个热点版块，吸引广大用户积极加入对时下热点的讨论，近期的热点版块中即包含了叙利亚局势、李天一轮奸被起诉、“秦火火”造谣、薛蛮子嫖妓、上海法官集体招嫖、“气功大师”王林等社会上正热议的事件、新闻等。

不同于其他很多网络社区，中华网论坛为持续活跃于论坛中并且多发表自己原创主帖的众网友开辟了一个“原创网友”版块，这实质上也是论坛中一面活跃贡献的原创作者墙。其他用户在逛论坛时即可点击具体的原创作者名单，在链接至作者空间后即可浏览该作者的所有原创帖子内容，这一方面部分地弥补了该论坛缺少的快速检索功能，另一方面也有效地在论坛中推荐了一批原创作者。另外，在社区内的排行榜页面还专设了一个网友排行，也即根据用户的积分及其所发主帖数量评选出其中的前120位。

总的来看，依托于一个在国内外具有普遍影响力的综合性门户网站，中华网论坛吸引了一大批同样具有较高知识水平且对经济社会问题较为关注的用户群，而用户内容的填充反过来则大致确定了论坛的基本属性、主要特点。现阶段的中华网论坛更多地集中于对社会热点、争议事件和问题、军事政治话题等展开讨论，而其中的网文版块则在很大程度上充当了网友们交流中的调味剂。

（李玲，纪海龙）

四 机构类及其他文学网站

78. 中国作家网（http://www.chinawriter.com.cn/）

中国作家网创办于2002年，是由中国作家协会（以下简称作协）主办的作协官方网站。作为作协的官方网站，中国作家网秉承作协宗旨，主要承担向外介绍、宣传作协，发布作协近期重要活动、文坛重要讯息，向读者推荐优秀作品等任务，以推动中国文学健康发展。中国作家网设立了“新闻”“机构”“公告”“扶持”“权益”“评奖”“会员”“研讨”“活动”“深入生活”“交流”“讲座”等频道，主要用以介绍作协的组成、其举办的重要活动、设立的重要奖项等；此外还有“访谈”“综述”“理论”“评论”“争鸣”“排行”“研究”“博客”“论坛”“报刊”“文史”“图库”“原创”“诗歌”“散文”“纪实”“青春”“新书”“少儿”“科幻”“寓言”“舞台”“电影”“电视”“美术”等频道，这些频道主要与文学创作、评论相关，读者可以从中发现中国文学发展的最新动态，各体裁文学频道下有作家、作品推荐，作品阅读和相关评论等内容。

近年来，随着网络文学影响的不断扩大，作为中国文学界最权威、专业的作家机构，中国作协加大了对网络文学的关注度。作协领导人员如铁凝、李冰、张抗抗、陈建功等在不同场合谈到网络文学时，均表示网络文学的兴起、发展是中国文学界的重要事件，其影响不能忽视，并表示作协将采取各种措施引导、扶植网络文学的发展。而作协确实已经实施了一系列重要措施，采取了一些办法，推动网络文学的发展。

意识到网络文学的蓬勃态势，中国作协举办了中国网络文学发展研讨峰会、“网络文学十年盘点”、网络文学作品研讨会等活动，及时总结网络文学发展经验，引导网络文学发展。2007年12月1日，作协联合中国国际经济科技法律人才学会、中国版权协会、中国音像协会等，在中国现代文学馆联合举办了首届中国网络文学发展研讨峰会。与会人员普遍认为网络文学是社会文化生活不可忽视的活跃因素，进而提倡社会各界共同努力，为网络文学发展营造良好的社会市场环境。

2008 年，在中国网络文学诞生十年之际，中国作协联合中文在线旗下的 17K 小说网，共同举办了“网络文学十年盘点”活动。活动汇聚了《人民文学》《收获》《当代》等 20 余家中国最具影响力的传统文学期刊杂志，陈村、李敬泽、雷达、白桦、毕淑敏等著名作家、评论家，以及天涯、晋江、龙的天空、翠微居、逐浪网、潇湘书城等超过 20 余家国内最著名的原创网络文学网站，活动时间由 2008 年 10 月开始，一直持续到 2009 年 6 月。最终，专家组委会评选出了网络文学“十佳优秀作品”，网络读者推举出了网络文学“十佳人气作品”。这次活动被认为是中国网络文学发展过程中的一个带有里程碑意义的事件，给予了传统文学与网络文学一次正面交流、融合的机会，也代表了传统文学界首次对网络文学给予的正面肯定。与茅盾文学奖获奖者一样，优秀网络作家可以被推荐加入中国作协，并免费进入鲁迅文学院进修。

2012 年 6 月，中国作协首次举办了网络文学作品研讨会，评论家梁鸿鹰、欧阳友权、陈福民、白桦、邵燕君、马季等出席了讨论会，并就李晓敏的《遍地狼烟》、天下归元的《扶摇皇后》、酒徒的《隋乱》、阿越的《新宋》、杨蓥莹的《凝暮颜》5 部网络文学作品展开了探讨，指出其优点与不足。研讨会的目的就在于引起学界对网络文学的重视，引导网络文学的健康发展，并以此为契机推出优秀的网络文学作品、网络作家及网络文学评论家。

中国作协利用自身的传统作家优势，开展培训活动，培养优秀的网络文学作家、网络文学编辑。自 2009 年起，作协下的鲁迅文学院开始对网络作家举办培训班。培训班从网络文学作家的实际需要出发，针对问题，邀请知名作家、文学评论家及其他方面的专家学者为这些学员授课，以提高其文化知识、艺术涵养。作协鲁迅文学院是中国培养作家的最高学府，为网络作家开设培训班充分体现了作协对网络文学的重视。迄今为止，盛大文学、17K小说网等都有作家接受了鲁迅文学院的培训。2011年起，作协举办了作家“结对交友”活动，传统作家与网络作家一对一“结对交友”，以便更好地相互学习、交流。此外，2010年7月，鲁迅文学院还举办了网络文学编辑培训班，在于提高网络文学编辑的素质与水平，保证网络文学的健康发展。

对于优秀的网络文学作家，中国作协吸收其成为会员。事实上，作协自2005年起吸收了一批有影响力的网络作家入会，如安妮宝贝、张悦然等。2008年举办“网络文学十年评点活动”时，作协宣布，优秀的网络文学作家可以成为作协成员。目前，中国作协已吸收当年明月、唐家三少、笑看云起、月关、晴川等多位网络作家入会，唐家三少、当年明月还成为作协全委会委员。2013年又有包括《甄嬛传》的作者吴雪岚（流潋紫）、《步步惊心》的作者任海燕（桐华）等16位网络人气作家被吸收入会。而且，考虑到网络文学的特殊性，此次作协采取了单独评审的方式，以熟悉网络文学的评论家白烨、马志等为评审组成员，以保证能有更多优秀的网络文学作家入会。

此外，作协在重点作品扶持工程、举行重要文学评奖活动时也向网络作家敞开大门。作协重点作品扶持工程始于2004年，通过向作家提供资金补贴等方式鼓励其创作出优秀作品。2010年起，作协正式将网络文学纳入该项目，西篱《昼的紫，夜的白》、孙丽萍《举人庄》、雪小禅《十年》、携爱再漂流的《酒店风云》、聂丹的《我们的青春》等都得到了支持。2013年，共有包括唐家三少《绝世唐门》、我吃西红柿《莽荒纪》等在内的8项网络文学作品获得了该项目支持。继2010年第五届鲁迅文学奖评奖向网络文学作品敞开大门后，2011年，长篇小说最高荣誉的茅盾文学奖也首次加入了网络文学参评，反映出了作协对网络文学的不断开放与包容态度。

作为作协的官网，中国作家网及时、迅速地反映了作协在促进网络文学发展方面所作的努力。而且中国作家网“新闻”栏经常发布与网络文学相关的重要新闻、资讯，使读者了解网络文学发展动态，并引起读者对网络文学的重视。2009 年，作协将中国作家网、盛大文学、中文在线、新浪读书频道、搜狐读书频道等网站确立为网络文学重点园地，并与五个网站建立了工作联席会议制度。五家网站召开联席会议，就网络文学状况等不同议题进行研究。

中国作家网特设“原创”频道，接受网友在线投稿。原创的类型有短篇/微型小说、中长篇小说、散文、杂文、诗歌及其他。用户只需在中国作家网注册一个账号，即可按照提示投稿。不过，不同于一般的网络文学网站，中国作家网对稿件筛选很严格，每篇来稿都经过编辑审阅，那些富有艺术性、思想性的稿件才得以在网站上发表。因此，浏览中国作家网的“原创”频道，读者就像在阅读正规文学出版物的电子版。

值得一提的是，2009 年，中国作家网经历了一次重要改版，并与新浪网达成战略性合作意向。新浪网承担了中国作家网的此次改版工作，为其网络文学的阅读平台，新浪读书的优秀作品也可放在中国作家网上进行收费阅读。作协也以此为契机，力图将中国作家网打造成一个在网络世界具有重要影响的主流文学网站。这被视为是中国作协在推动网络文学的发展上进入了一个新阶段，有评论家甚至认为二者合作的意义堪比当年作协创办《文艺报》。① 中国作家网还与 TOM 网签订协议，合办中国作协会员原创网络作品园地。

未来，针对网络文学，作协还有很多工作亟需去做，如：怎样切实提高网络文学作者的素质，创作出更优秀的作品；怎样加强对网络文学批评的建设，建立起符合网络文学性质、特点的理论批评体系；怎样促使网络文学界加强行业自律，推动文学网站的思想、制度建设，为网络文学创造良好的平台、环境等等。作为作协官网的中国作家网在网络文学发展的道路上必将发挥愈来愈重要的作用。

（纪海龙）

① http://tech.sina.com.cn/i/2009－09－04/17493411848.shtml

79. 中国文学网（http://www.literature.org.cn/）

中国文学网最初于2002年9月试运行，2005年6月改版后正式运行，并于2009年又经历了一次改版。它是由国内最高文学研究机构中国社科院文学研究所主办的非商业性网站，是中国社科院文学研究所的信息发布与交流平台，旨在在全球范围内普及中国文学知识、推广学术成果，为中国社科院文学研究所与海内外高等院校、科研院所之间搭建了一个高效、快速的学术交流数字平台。

目前，中国文学网设有学界要闻、学者风采、专题研究、原创天地、学人访谈、诗文鉴赏、世界文学、论著评介、古籍整理、域外汉学、学术争鸣、书目文献等20余个栏目，还有网络文化与文学、现当代文学研究、数字文献学、百年红楼梦、影视文学研究、女性文学研究、西部文化研究、昭明文选研究、民族文学研究、地域文学研究等近20个特色频道，以及历代作家数据库、元代文献数据库、学术论文数据库、学术专著数据库4个数据库。依托中国社科院文学研究所雄厚的学术资源，中国文学网包含大量的学术信息与资源，其中，既有学术前沿问题的探讨，也有基础资源的提供，此外还包括原创文学。并且，为保证网站运行的顺畅，以及专业性、权威性，社科院文学研究所成立了数字信息工作室，共有在职员工10人，他们专门负责网站的日常运行。因此，网站在国内外学界拥有很高的知名度。未来，中国文学网力图将自身建设成为拥有国内外一流品质，既有学术研究又包含原创作品发布的综合性大型文学网站。

作为国内最高的研究机构，中国社会科学院文学研究所拥有着十分雄厚的研究力量，对于当前学术热点、学术前沿问题有着清晰的把握。网络文学、网络文化正是其非常关注的一个研究对象，曾组织过网络文学发展高峰论坛、媒介文化与网络文学研究会等学术活动，并进行了“全国文学网站年度调查报告”调研等。研究所内的白烨、陈定家、丁国旗等评论家都曾关注过网络文学、网络文化问题，发表过该方向的研究论文、评论文章。尤其是白烨先生，他是国内很早就开始关注网络文学发展的学者，撰写了多篇与网络文学相关的论文、文章，并经常参加与网络文学相关的各种活动，曾担任新浪原创文学大奖赛评委、“中国网络文学节”评委、中国作协主办的网络文学作品研讨会评委等，切实推进了网络文学创作及评论的深入发展。2013 年，中国作协发展新会员，考虑到网络文学的特点，为避免部分评委不了解网络文学作品而致使一些优秀的作家不能入会，作协采取了单独评审的方式，请一些熟悉网络文学的评论家承担评委，白烨正是评委之一。在这次重要的评选活动中，包括《甄嬛传》的作者流潋紫、《步步惊心》的作者桐华等 16 位网络文学作家加入了作协，极大地扩大了网络文学的影响，同时也代表着传统文学界对网络文学进一步加大了认同。

正是意识到网络文学、网络文化的迅速发展已经对传统文学造成了强有力的冲击与挑战，且相关方面研究已经成为学术热点，中国社会科学院文学研究所下的中国文学网开设了“网络文化与文学”专题频道，并将其置于页面的显要位置，以引起读者的充分注意。“网络文化与文学”频道旨在为那些关注媒介研究、网络文学、网络文化领域的研究者及社会各界人士，提供一个专业的学术交流平台。该频道设立了“网络新视点”“媒介文化研究”“网络文学研究”“网络作品研究”“文学产业研究”五个栏目，以及“话题”“学林”“原创作品精选”“草根品谈”四个单独的栏目。

其中，“网络新视点”栏目又分为“文化资讯”“学术前沿”两个子栏目，该栏目主要收入网络文化新闻和网络文学学术研究新闻；“媒介文化研究”下设“新媒体研究”“网络传播与社会文化”两个子栏目；“网络文学研究”下设“理论探索”“现象批评”两个子栏目；“网络作品批评”下设“原创文本研究”与“网络写手研究”两个子栏目；“文学产业研究”则是针对网络文学的商业性而特别开辟的研究专栏，分为“文学网站观察”与“网络文学与出版”两个子栏目，前者关注文学网站这一既带有商业公司性质又具有文学社团性质的新生事物，常常发布文学网站的重要行业资讯与最新动态，后者则探讨网络图书的实体出版问题，也包括如何净化网络文学环境、保护知识产权等问题。“话题”栏目的设置旨在一段时间内推出一个与网络文学、文化发展相关的深度问题，供读者探讨，深化对该问题的认识；“学林”一栏收入了网络文学、文化重要批评家的文章，介绍他们的论著；“原创作品精选”与“草根品谈”选摘了部分网络优秀原创作品以及普通网民的评论。从这些栏目设置上可看出，中国文学网“网络文化与文学”频道非常富有专业性、学术性，对于网络文化、文学的相关内容基本都有所涉及。

除“网络文化与文学”专题频道外，中国文学网还设置了“原创天地”这一栏目，并接受网友的在线投稿。用户需要在中国文学网申请一个账号，然后按照提示即可发表作品。网站接受作者投稿的体裁也极其广泛，分为“诗歌原创”“散文原创”“旧体诗词原创”“诗话、词话原创”“长篇小说连载”“小说原创”“杂文原创”“名家诗词”“旧体文原创”“报告文学”“戏剧、话剧及其他原创”等诸多栏目。与一般的文学网站不同的是，中国文学网并非是营利性的商业网站，读者并不用付费阅读，而作品被发布的作者也不会得到稿费。中国文学网只是提供一个展示、交流的平台。在中国文学网发布的作品也要经过编辑的审核，因此，作品的质量一般较高。

不过，近一段时间，中国文学网“网络文化与文学”专题频道内容更新速度并不快，部分子栏目最后一条内容发布时间都在 2012 年。但是网络文学发展速度非常快，常常会出现新的趋势、新的现象。如，就网络文学的商业性质而言，现在网络文学的盈利模式不仅有在线付费阅读、实体出版，还包括非常重要的影视、动漫、游戏改编以及无线阅读等方式，而“文学产业研究”下的两个子栏目并没有体现这一点。因此，及时更新网站内容、更加关注当下网络文学发展最新动态，应是中国文学网努力的方向。

（纪海龙）

80. 东北作家网（http://www.xdbzjw.com/）

东北作家网成立于2011年4月。它以大连市作家协会为依托，由大连市传记文学学会主办，发起人是大连市传记文学学会名誉会长滕贞甫、会长黄瑞。

东北作家网设有近30个子栏目，主要栏目分“图片新闻”“文坛时空”“东北作家”“佳作欣赏”“文学评论”“作家风采”“作家沙龙”“作家博客”“文学报刊”“新书发布”“长篇连载”“原创作品”“获奖作家”“文坛名流”“校园文学”“网络文学”“征文赛事”“公告栏”等。栏目定期滚动更新，信息量大。首页醒目位置设置了“文坛时空”等8个重要版块的链接。其中，“文坛时空”是关于新近文学消息的报道；“东北作家”则是一些知名东北作家的简介，已经重点介绍了将近500名东北作家的创作情况；“佳作欣赏”主要转载了国内知名作家的名篇名作；“文学评论”收入了一些专家学者对文学的批评文章；“作家风采”是国内外知名作家的个人事迹介绍和其写作感悟；“文学报刊”则摘录了国内尤其是东北地区刊物上的一些文章；“新作发布”介绍了最新出版的文学作品；“名家作品库”则是放置了一些东北作家作品的全集。在首页右侧竖栏，有公告栏、文坛名流等版块。其页面设计整体而言图文并茂，使读者一目了然。

由于东北作家网创立时间较晚，对网络文学的敏感度及关注度还不如沿海地区的一些作家网高。但随着网络文学地位的逐渐提高以及东北地区作协对网络文学重视度的提升，东北作家网也在积极采取措施促进网络文学的发展。它以“推名人、举新人，推名作、举新作”为理念，立足东北，面向全国，在网络之中积极探索文学脉络，并促进文学在网络上的发展。近两年来，东北作家网积极地将自身打造成为一个原创文学的网络平台。它在网站首页设置了专门的投稿邮箱，稿件不限题材与风格，只要有原创作品的网友都可以投稿。不限类型的规定有利于打破部分文学网站只发表小说的桎梏，在读者群中反响热烈，无疑有助于激发网络文学作者的积极性，为东北文学的发展建立起了一个优良的环境。除此之外，东北作家网也还将目光投向全国，不限地域，对一些优秀的网络作品也进行转载，如 2011 年便转载了知名网络作家潮州郭瑞琳的部分作品。2011 年 4 月，大连市作家协会还成立了网络文学创作委员会，主要负责大连以及东北地区的网络文学创作工作。2013 年，为了充分挖掘优秀的网络文学作家及优秀作品，为中国网络文学事业添砖加瓦，东北作家网与大连市作家协会网络文学创作委员会共同举办了“网络短篇小说征文”活动。秉持着发展健康向上网络文化的理念，它们邀请了数位知名作家、编辑、评论家组成评审委员会，力图将本次活动打造成为一个质量较高的网络文学创作平台，此次活动吸引了众多作者的参与。

在寻找优秀网络文学创作者的过程中，东北作家网也在不断审视自身，以期获得更好的发展。2012 年，东北作家网开通一周年座谈会在大连召开，网站邀请了众多东北知名作家及网络专家、学者、媒体人员等参加会议。会上专家学者对东北作家网今后的发展提出了意见和建议，为东北作家网的发展起了一定的推动作用。此外，东北作家网也广泛收集网友的意见，改进和完善现有栏目。东北作家网虽成立时间不长，但发展势头良好，目前访问网站的人数已经超过 500 万人。以其不断扩大的影响力，东北作家网不断地促进着网络文学及中国文学事业的发展。

（谢青芸，纪海龙）

81. 湖北作家网（http://www.hbzjw.net.cn/）

湖北作家网创办于2009年，由湖北省作协主办，为湖北作家协会官方网站。湖北作家网主要负责发布湖北省作协动态公告，刊登国内外文学消息以及文艺批评家文章，同时发布湖北省作家及其作品等信息。

目前，湖北作家网开设了“动态信息”“地方文讯”“文学奖项”“在线期刊”“热点聚焦”“公告栏”“文坛瞭望”“文坛鄂军”“精品阅读”“理论批评”“作家零距离”“快做快读”“作家艺苑”“悦读茶座”“作家看世界”“新书看台”“网上笔会”“荆楚采风”等18个版块，页面风格简洁，但信息容量大，资源丰富。湖北作家网的显著位置放置了几个重点栏目，有“湖北作协”“文坛进行时”“文学鄂军”“理论批评”“作家茶馆”“在线期刊”“网上笔会”及“法律服务”等。“湖北作协”主要是湖北省作协历史、机构设置、获得的荣誉奖项等基本信息介绍；“文坛进行时”由动态信息、地方文讯、热点聚焦、文坛瞭望、通知公告共5个小模块构成，其作用是展示国内外文学动态和文学新闻；“文学鄂军”则主要用以介绍湖北省知名作家及作品，由新作快读、湖北作家、精品阅读、文学院和作家专栏构成；“理论批评”收入了文艺批评家的文章和一些书评序跋；“作家茶馆”收入了众多与知名作家的访谈；“在线期刊”则放置了从知名杂志刊物选录的多种类型文章；“网上笔会”介绍了一些新近出版的书籍和精品文章；“法律服务”展示一些与作家写作相关的法律，如著作权法等。

湖北省的网络文学发端较早，早在上世纪末，就有湖北文学研究者吴过、尚爱兰、元辰等人活跃于国内的网络文学研究领域。近年来，随着网络文学的强势崛起，湖北省对网络文学的重视度也渐渐加强。湖北作协则联合了社会多方面力量，采取多种办法推动网络文学发展。2009年，湖北作协成立湖北作家网，目的就是建立一个网上的文学交流平台。同年，湖北省作协第五届主席团第三次会议，通过了新的《湖北省作家协会入会条件细则》，细则规定，有条件吸纳网络作家入会。2010年，湖北省委宣传部成立湖北网络文化协会文学分会，将网络文学收入主流文学体系之中，使其成为一个门类。2012年10月，40名网络写手加入武汉作家协会。经过几年时间的发展，湖北的网络写手和网络作品数量在国内已是名列前茅，当年明月、匪我思存等著名的网络文学写手就是在湖北成长起来的。此外，湖北省也积极为网络写手创造良好的写作环境，2009年，湖北省委宣传部、长江出版传媒集团现在网与荆楚网共同举办了第一届湖北网络小说大赛，吸引了海内外众多网络写手的参与，一等奖作品《雪花在斯图加特飞》在读者中反应热烈，《车头爹车厢娘》《跟谁较劲》等作品出版后，同样广受好评。

湖北作家网是湖北省作协促进网络文学发展、扩大网络文学影响力的一个重要渠道。湖北省作协努力将湖北作家网打造成为一个网络文学交流的集散地。其在首页设置了“在线投稿”栏目，经过审核发表在首页的作品有机会被网站重点推荐，优秀作者也有机会被吸纳到湖北省作协。“网上笔会”也是针对网络文学作品专门开设的一个特色栏目，重点推荐优秀网络写手的作品。该栏目作品类型多种，风格多样，满足了不同需求的读者。未来，湖北作家网在推动湖北省网络文学发展的过程中，还将发挥更加积极的作用。

（谢青芸，纪海龙）

82. 湖南作家网（http://www.frguo.com/）

湖南作家网创建于2005年4月，是湖南省委宣传部主管、湖南省作家协会主办的一家专业文学网站，也是湖南省作家协会的官方网站。它是湖南省作家协会的信息发布与交流平台，主要负责发布湖南省作协动态公告、刊登国内外文学新闻以及评论家文章、发布湖南省作家的文学作品等，旨在推动湖南省文学的健康发展。目前，湖南省作家网开设了新闻中心、湖南作协、网站公告、湖湘文讯、天下文讯、文艺消息、文艺奖项、作品扶持、机关党建、文学湘军、作家访谈、精品力作、新书快递、文学馆藏、市州循例、湖湘文汇、湘军文萃、作家博客、文艺论坛等栏目，内容广泛、丰富。

湖湘大地素来盛产文人骚客，古有屈原、贾谊、周敦颐，近代有魏源、谭嗣同，当代著名作家也数不胜数。近年来，湖南省的文化产业发展在全国更是首屈一指，占GDP比重已连续几年超过5%，成为湖南国民经济的支柱产业，全国也仅有北京、上海、广东、云南、湖北几个省份超过了5%。湖南文化产业的发展得益于湖南文化精神中“敢为人先”的精神。思想大胆、活跃，勇于接受新鲜事物，吃得苦，霸得蛮，这是湖南人整体的性格特征。又有着深厚的文化底蕴，因此网络文学这一新兴事物在湖南很早就被人们所熟悉、接受。湖南省是全国网络文学研究的重镇。湖南省作协副主席、中南大学文学院院长欧阳友权堪称国内网络文学研究的领军人物。2012年，湖南省网络文学研究会成立，这是中国第一个专门从事网络文学研究的学术组织。2013年，全国网络文学研究会成立，中南大学文学院被推选为全国网络文学研究会秘书处单位，欧阳友权当选为全国网络文学研究会会长。良好的氛围推动了湖南省网络文学的健康发展。目前，国内多位“大神级”的网络作家都出自湖南，如梦入神机（代表作《永生》《阳神》等）、血红（代表作《神魔》《天元》等）、欲不死（代表作《红杏》《省长儿媳》等）、罗霸道（代表作《屠神之路》《星际江湖》等）、菜刀姓李（代表作《遍地狼烟》《举报》）等人。湖南省网络作家天下尘埃（代表作《倾城泪》《苍灵渡》）已经成功加入中国作家协会。

在推动网络文学发展方面，湖南省作协做出了很多努力。早在 2005 年全国网络文学创作掀起热潮之际，湖南省作协即组织召开了网络文学座谈会，就网络文学的诸多问题组织学者进行讨论，并就很多热点问题交流了意见。湖南省作协重视网络作家培养工作，在 2012 年第 7 届第 2 次理事会上，将这项工作定为作协的年度重点工作，并表示将多从网络写手中吸引年轻会员加入。湖南省作协也多次举办与网络文学发展相关的大型活动，加大网络文学影响，推动湖南省网络文学的发展。2011 年，湖南省作协与湖南省文化厅共同主办了湖南省网络文学作品联展。2012 年其又举办了“潇湘杯”网络文学创作大赛，目的即在于引导全省广大网民积极参与网络文学创作，挖掘优秀文学作品及写作人才，营造健康向上的网络文化氛围，打造极具影响力和感染力的网络文化阵地。

湖南作家网作为湖南省作协的官方网站，在推动湖南省网络文学发展过程中起到了积极的作用。湖南作家网积极发布网络文学方面的新闻资讯，为网络文学发展营造良好的氛围。在湖南省作协举办的赛事中，湖南作家网在页面上留出活动专区，宣传赛事、接受投稿。湖南作家网接受网友在线投稿，其下所设芙蓉国文学网是一个非常活跃的文学论坛，内设“原创阵地”一栏，有兴趣的网友可以在这个版块发表文章。“原创阵地”下有“小说论坛”“散文随笔”“现代诗歌”“对联诗词”“湖湘杂评”“儿童文学”等栏目。这些栏目汇集了大批优秀网络写手，发表了众多优秀作品。湖南作家网将这些优秀作品结集成册出版，已出版了《芙蓉国诗歌年鉴 2006 年卷》《芙蓉花开・诗歌卷》《芙蓉花开・散文卷》《芙蓉花开・小说卷》等，在国内引起了一定的反响。为吸引优秀网络写手驻足，湖南作家网借鉴了其他专业网络文学网站的做法，在各省作协中别出心裁地与中国移动合作，开展手机阅读等增值业务。为此，湖南作家网面向全体网友招募 VIP 签约作家，为其提供便利条件，当签约作家作品达到一定要求时，湖南作家网将对其进行包装上架销售，并根据收益支付作家稿酬。作为一个文学交流平台，湖南作家网未来必将会对湖南网络文学的发展起到更加积极的推进作用。

（纪海龙）

83. 江苏作家网（http://www.jszjw.com/）

江苏作家网由江苏省作协主办，现为江苏省作协的官方网站。江苏作家网主要负责发布江苏省作协最新动态、刊登国内外文学新闻、发布江苏省作家的文学作品、刊载优秀网络文学作品以及推介江苏活跃作者的博客等。

目前，江苏作家网开设了“作协动态”“作家沙龙”“文坛资讯”“新书速递”“文学期刊”“理论批评”“艺文社区”“会员信息”“作家博客”“网络文学”“史事钩沉”“站内搜索”“公告栏”等栏目。江苏作家网以江苏地区浓厚的人文底蕴为依托，页面设计上呈现出古朴与现代气息的结合。网页设置布局鲜明，在主要位置上放置重要信息，给人一目了然之感。首页的横向信息栏则放置了“机构概况”“作协动态”“作家沙龙”“新书速递”“文学期刊”“理论批评”“网络文学”“艺文社区”“联系我们”等共 9 个重点版块。“机构概况”是对江苏作协各部门、相关领导、发展概况的简介。“作协动态”则是对全国各地作协活动新闻的报道。“作家沙龙”则由作家简介、优秀作品汇总、优秀作家访谈几部分构成。“新书速递”是对新近出版书籍的推荐，内容涵盖了小说、诗歌、散文、儿童文学、报告文学等类型文学。“文学期刊”主要内容来自国内重要期刊，尤其重点选登江苏省内的期刊文章，如《钟山》《雨花》《扬子江诗刊》《扬子江评论》《苏州杂志》等。“理论批评”则放置了江苏省内评论家的批评文章。“网络文学”由“雨花石”“扬子潮”“钟山麓”“批评视界”四个部分组成。同时江苏作家网页面还放置了优秀作家博客的链接。

"艺文社区"收录有书画、手迹手稿、摄影作品、收藏等内容。

江苏省地处沿海，无论是在经济发展方面抑或是文化建设方面，在国内都处于前列。其对网络文学这个新鲜事物一直持一种开放态度。因此，江苏省的网络文学发展时间较早，而且近年来，随着网络文学发展势头的迅猛加快。江苏省作协对网络文学也日益重视，近几年来加大了网络文学建设的比重。为了增强江苏网络文学的影响力，提升江苏网络文学的理论水平，江苏省作协在2009年举办了"中国网络文学研讨会"，此次研讨会由江苏省作协和无锡市作协共同举办，新浪、搜狐、天涯社区等知名门户网站参与协办，有二十多位网络文学作家、评论家出席。2010年，江苏省作协与知名文学网站凤鸣轩合作，举办了主题为"凤鸣华夏，畅想好文"的网络小说大赛。此次征文大赛本着"推动原创文学事业健康发展，打造网文爱好者梦想家园"的宗旨，以积极向上的价值观引导网络文学健康发展，规范网络写作创业模式。大赛设置了丰富的奖金，激发了网络作者的积极性，吸引了大批原创文学作者参加比赛，在江苏乃至全国都引发了强烈反响。2013年3月，全国政协委员、江苏省作协主席范小青在接受媒体采访时提出，帮助扶持江苏青年网络作家的成长将会是今后江苏作协的工作重点，以这种方式来繁荣江苏文学。范小青也提到2013年将会再次举办江苏网络作家座谈会，通过网络作家之间的沟通交流，进一步提高江苏网络文学的创作质量，从而提升江苏网络文学的创作水平。

目前较为活跃的江苏网络作家多数是青年人，在南京、徐州、扬州等全省各地都有所分布，创作情况可观，产量较高。2012年的网络作家排行榜中排在第二位的"我是西红柿"就是扬州人。针对这种情况，江苏省作协也放宽了准入制度，不要求作家在传统刊物上发表作品，只要在网络上发表相应数字的作品，经评委评审审议通过后就可以入会。

作为江苏省作协官方网站的江苏作家网，非常优秀地充当了江苏省作协宣传、发展网络文学的窗口。其经常发布与网络文学发展相关的咨询、信息，充当作协与网友之间沟通的桥梁，接受网友的在线投稿。其还专门开设“网络文学”栏目，将其置于页面的显著位置，充分显示了其对网络文学的重视。未来，江苏作家网必定会对网络文学的发展起到更加积极的促进作用。

（谢青芸，纪海龙）

84. 广东作家网（http://www.gdzuoxie.com/）

广东作家网创办于2003年，由广东省作协主办，是广东省作协的官方网站。广东作家网主要负责发布广东省作协动态公告，刊登国内外文学新闻以及评论家文章，发布广东省作家的文学、书画作品以及广东文学历史资料等信息。2010年，广东作家网完成了一次重要改版。目前，广东作家网开设了“作协概况”“作协动态”“教育实践活动”“文坛新闻”“理论研讨”“作家在线”“报刊中心”“广东残联爱心文学专页”“作家书画廊”“岭南名家”“网络文学”“校园文学”“投稿栏目”“会员作品展示”等栏目，信息更新迅速，资源丰富。

作为改革开放的前沿，广东省较之国内很多省份，思想更加开放、活跃，更易于接受、发展新的文学样式、文学观念，因此，这里产生并吸引了众多网络文学作者。2010年7月，国内最大的网络原创文学平台盛大文学根据旗下七家网站110万名作者的IP地址进行统计，发现其中有136367人来自广东，人数高居全国各省份之首。同年份，盛大文学发起的首届“寻找中国100座文学之城”活动中，广东的广州、深圳双双入选前五，分列第三、四名。2013年盛大文学公布的第二届“寻找中国100座文学之城”入选名单中，广州、深圳仍稳居第三、四位。目前，广东省网络文学作者、作品网络发表以及实体出版、网络文学读者数量均居全国前列，拥有数量众多的文学网站。并且，广东网络作家的创作水平在国内非常突出，慕容雪村、当年明月、天下霸唱、南派三叔、李可等著名网络文学作家，均是于广州成长、发展起来的。可以说，广东省是全国网络文学发展的重镇。这其中，广东省作协做了大量卓有成效的工作，为广东省网络文学的发展贡献了积极的力量。

早在 2009 年，广东省作协就在全国各省市作协中率先成立了网络文学创作委员会，并吸收了十余位网络作家进入作协。2009 年 4 月，广东省作协曾专门召开了网络作家座谈会；2009 年 5 月，广东省作协又召开了第四次青年创作座谈会，会上指出，扶持与引导网络作家是广东省作协以后工作的一个重点，那些只要在文学界有影响的，或者关心文学的，即使只是某个文学机构的管理者，都可加入广东作协。这大大降低了网络作家进入广东省作协的门槛，甚至在全国范围内都引起了广泛的关注，但无疑有助于激发网络文学作者的积极性，为广东省网络文学的发展建立起了一个优良的环境。

如何建设一流的网络文学作者队伍，这是广东省作协关心的重点问题。有鉴于此，自 2010 年起，广东省作协即开始组织各种网络作家培训班，旨在提高网络作家的创作素养，培育精品网络文学。首期专门面向网络作家的"广东网络作家培训班"开班于 2010 年 8 月，邀请了中国作协副主席蒋子龙、暨南大学中文系教授洪治纲、花城出版社社长肖建国、中国移动广东公司总经理徐龙等人为学院授课，共有 22 名网络作家接受了较为系统的网络文学创作培训。

2010 年 12 月份，广东省作协又成立了国内第一家网络文学院——"广东网络文学院"，并创办了国内第一本专业的网络文学批评与理论刊物《网络文学评论》。广东网络文学院旨在成为广东省网络文化的孵化器，努力组织、建设好网络文学创作与网络文学批评两支队伍，推动广东网络文学的健康发展。结合网络文学和人才的特点与需求，广东网络文学院开办伊始即明确表示，尽管作为体制内机构，但在开展网络文学活动中必须避免过于行政化的倾向，而要切实发挥实际功能，为广大网络写手提供帮助，如，组织有针对性的培训、交流，开展文学沙龙、聚会、艺术节等活动。《网络文学评论》以广东作家网、网易读书频道为支持平台，开设了特约·网事（深度概述网络文学历史与发展状况）、聚焦前沿（介绍、评论最新网络文学作品）、热点现象（网络文学热点现象分析）、全球对话（世界视野中的网络文学）等栏目，分网络版、纸版本两个版本，逢双月出版，力争联合国内外重要网络文学评论家、作家、媒体以及网络作者，针对网络文学的动态、热点问题进行多方位、多角度的剖析与鉴赏，促进网络文学研究的深化。

为扩大广东网络文学的影响，广东省作协还经常举办研讨会等活动。2010年5月，其联合中国作协于北京召开了规模盛大的网络文学研讨会，吸引了盛大文学、新浪、中文在线、湖南作家网等多家网站、数十位网络文学评论家、网络作家出席。2013年5月，广东作协又联合中国作协在北京召开了广东网络文学作品研讨会，并围绕贾志刚、邱晓玲等6位广东省网络作家的作品，邀请著名评论家白烨、马季、欧阳友权等对其评论。值得一提的是，2010年，广东省作协还主办了“广东网络文学十年精品回顾”峰会活动，活动旨在团结优秀的网络文学作家，回顾广东过去十年网络文学的发展历程，展望未来广东乃至全国网络文学的前景。峰会还就网络文学与传统文学的对接、网络文学的产业空间、网络写作现象和发展趋势、网络文学的全版权运营时代等话题进行了主题讨论活动，引起了广泛的关注。

广东作家网正是广东省作协促进网络文学发展、增强网络文学影响的一个重要窗口。2010年广东作家网的改版，其目的之一正是为了配合广东省作协对网络文学以及校园文学的创作扶持，为作协集结网络作家、校园作家等做好平台工作。除及时反映国内有关网络文学的重要新闻，以及广东省作协针对网络文学采取的各种措施外，新改版的广东作家网开设了“文学风”论坛和文学网刊《作品》的网络版。“文学风”论坛分为活动榜、小说故事、散文随笔、诗歌楹联、文学评论、校园原创、文坛讯息、休闲茶吧等版块，用户需要注册一个账号，通过审核后即可浏览论坛精彩内容，并且随时发布观点、文章，与其他人交流。《作品》网络版作品则全部出自“文学风”论坛，凡有志于写作的作者都可以在“文学风”论坛发帖，而所发作品均有机会选入《作品》网络版。拥有优良宽松网络文化空间的广东，未来其网络文学发展其前景依旧良好，作为其官网的广东作家网也必将为广东网络文学的健康发展做出更多的贡献。

（纪海龙）

85. 作家在线（http://www.haozuojia.com/）

正式上线于 2011 年 7 月的“作家在线”隶属于国内传统出版单位——中国作家出版集团，同时也是后者旗下重要的文学门户网站。借力于中国作家出版集团，“作家在线”得以集聚作家出版社提供的作家和作品资源，同时还与《诗刊》《文艺报》《人民文学》《中国作家》《小说选刊》以及《作家文摘》等国内多家知名报刊杂志社共享相关资源。这一围绕作家展开相关服务的专业性文学网站，正积极建设和完善网站的数字化出版服务，同时还期望在充分发挥自身所拥有的人才、内容等资源的基础上，促使“作家在线”发展成为互联网环境中的文学精品门户网站。

在当今互联网技术迅速发展变化的时代背景下，传统文学势必受到网络化、数字化浪潮的影响，而“作家在线”等相关文学网站的建立，既为作家、作品在信息环境中与读者、社会接触创造了较好的平台，同时也为传统出版单位注入了新的能量和活力。根据相关资讯报道，作家在线在创立伊始即定位于专业、高端的文学水准，同时凭借其所依托的传统纸媒出版资源，持续在网站中推介当下的实力派作家以及文坛中的新秀。它不仅致力于传统文学、经典文学资源的弘扬，同时还积极促进作者与读者、文学创作与阅读之间的有效互动。可以说，作家在线所提供的是一个融合了文学创作、阅读、评论、资讯和销售等在内的数字化文学平台[①]。

较之于大多数商业性网络文学网站，作家在线的页面设计及其网页

① http://www.chinawriter.com.cn/bk/2011－07－18/54854.html

布局形式整体上更显规整和传统，其中，网站的识别标识即借用了传统观念中文学创作中不可或缺的钢笔笔头来展现。从主页顶端的内容导引栏可知，这一文学门户网站主要包含了文坛资讯、在线阅读、连线作家以及创作投稿等版块。与此同时，用户还可以链接进入本站所提供的电子书库、图片库和视频库，从而了解文学界的相关动态。另外，主页内容导引栏的右侧还设置了用户注册/登录/管理功能，并且这一内容导引栏又同步到了站内所有网页顶端。作家在线主页大致分为六频，各频间基本都插入了关于文学界相关动态的横幅宣传广告作为过渡；主页布局的各内容栏目依次包括文学界动态新闻、封面作家展示、作家动态、热门图书排行榜、图书信息、每日赠书、专题·活动、在线图书分类阅读、在线阅读排行榜、连线作家、热门作家榜以及作家辞典等。从上述内容栏目设置也可发现，作家及其相关资讯构成了这一文学门户网站的重要内容区，而网站也以图文并茂的形式向广大文学爱好者展示国内众多知名作家的风采。另外，作家在线目前并未添加任何站外的商业性广告，进一步凸显了该网站的正式性和权威性。

就其内容建设而言，“作家在线”站内主要提供文坛资讯、作家推介以及书籍信息等内容。具体来说，在文坛资讯频道，用户不仅可以了解到国内文学界动态、作家最新资讯、书籍发布会信息，而且可以查看文艺界举办的一些重要会议和活动视频，以及由作家在线特别推出的文学专题报道等。另外，作家在线开辟的特约评论栏目还提供了针对最新文学或文化事件的优质评论，以帮助用户较好地理解和把握当下文学和文化界的发展。在连线作家频道，用户既可以浏览网站作家库，并访问自己感兴趣作家的个人主页、查看其个人信息和相关作品，又可以浏览众多作家的各类访谈资讯等。连线作家频道还为用户提供了封面作家评选、与作家在线交流专栏等栏目，但相关内容区目前还不具备实质性的功能。网站的在线阅读频道为广大用户提供了各类小说、诗歌散文、亲子教育以及纪实传记等类型作品的在线查询和阅读服务，其中小说部分即包括了军旅、侦探、官场、商场、职场、历史、情感、谍战、漫画、古典等众多传统小说类型。用户进入具体作品页面后，还可以查看作者信息、作品简介、读者评论，以及体验部分试读章节的在线阅读服务等。总体来说，作家在线所提供的文坛和作家资讯信息具有较广的覆盖面，其中也不乏有价值的重要报道和特约评论。网站图片和视频库中的相关资料较之一般的文学网站也更为专业并更具代表性。在线书库虽然在分类检索、在线试读等相关功能上还有待进一步完善，但从其基本框架也可看出该书库力求建成有效联通作家、作品和读者的多功能平台。

目前，作家在线正积极进行网站改版测试，而新版网页在内容导引栏中又添加了“网上书店”频道，并且还增设了各频道下属相关栏目的快捷链接栏。从作家在线网由国内权威出版机构创建并且定性于文学门户网站等特征可以推测，这一网站上线的主要目的并不在于凭借网站自身来获取经济收益，该网站目前主要的盈利空间也仅限于书库中相关书籍的购买服务，但从其定价水平来看，作家在线还很难与当当、卓越等大型网上书店相抗衡。也就是说，现阶段的作家在线实质上仍属于一个公益性的传统文学推广网站，并力求建成引领高端文学品位发展的权威网站，而网站盈利或许只是作家在线今后发展的一个探寻方向。

综观作家在线的各内容版块建设，尽管其有一部分网络文学作品收入到书库中，但这一文学门户网站最具价值的内容应集中于其提供的传统作家信息、书籍资讯、文学界动态以及其中收录的高价值评论等方面。另外，该网站作为传统出版机构在网络小说充斥文学市场的背景下，积极转型和拓展的一种尝试，很可能在形成实体出版机构与网站间的联动效应、作家和读者间的有效互动等方面，为国内其他传统出版机构树立一个榜样。

（李玲，纪海龙）

86. 中国报告文学网（http://www.zgbgwx.com/）

中国报告文学网是由中国纪实文学学会与北京纸磨坊科技文化有限公司共同创办的纪实类文学网站，现为中国报告文学学会官方文学网站。它的出现为各类报告文学爱好者提供了一个无边界的信息交流与供需的网络平台。

中国报告文学网的特点在于其官方性和权威性。其主办单位——中国纪实文学学会，是一家经官方认定、批准、登记的全国性纪实文学一级学术团体，是海内外纪实文学工作者的联系中心。在此基础上发展起来的中国报告文学网，相较于其他文学网站，拥有得天独厚的优势。

中国报告文学网主要以纪实文学为主打内容，同时涵盖了包括小说、诗歌、散文、随笔等在内的各种文学体裁。目前，网站分为综合资讯、报告文学、纪实文学、作家访谈、评论、纪实影坊、文学馆、文艺活动、作家作品、作家掠影、纪实力作、本网动态、传记文学、文学志等栏目，有些栏目又划分有几个小部分，如“纪实文学”中有纪实小说、史志文学和纪实文学三个模块，“纪实影坊”中有图片新闻、人间纪实、世界博览、人文影像四个小类，“文学馆”中又包含有诗歌、散文、小说、影视、随笔五个部分等。中国报告文学网接受网友在线投稿，还为网友提供组建文集、连载作品等服务。有兴趣的网友可将电子稿件投到网站投稿邮箱中，等待编辑的审核。

在网站文化建设上，中国报告文学网致力于在新时代下发展纪实文学，打造全新文化品牌，将文学与市场结合起来，传播新型文学传播理念，希冀将边缘化的文学重新拉回人们的视野。其提出的“现实主义文学体裁小众化”概念，在国内文学界有较大的反响。网站目标是将中国报告文学网打造成为包括网络文学、传统文学、全集文库、博客、论坛、播客、社区等点线面多层次结合的华语网络严肃文化文学网。现今，中国报告文学网的辐射网已经覆盖了中文文学主流平媒、中文文学门户和垂直网站等领域。

中国报告文学网主办者——中国报告文学学会拥有的国内最精尖的报告文学作家资源，和国内最广大的报告文学作家团队。依靠此资源，中国报告文学网作家整体写作水平较高，既有知名作家苏旭东坐镇，又囊括了《1976—2012 我的野人生涯》的作者黎国华，《谁在守约》的作者陈亚珍等新秀作家。网站还特邀了一批著名作家作为文学顾问，如刘心武、陈桂棣、韩作荣等。

在运营模式上，中国报告文学网推行文化旗舰战略，通过线上与线下两种方式，将网站推向更高的水准。其线下产品有：杂志群如品牌纸质刊物《文学志》月刊、品牌纸质刊物《悬恐纪》月刊、电子刊物《丝路》周刊、电子刊物《文学志》月刊等。中国报告文学网还有独立的品牌机构，如文本作坊中文传媒策划机构、车站北路 X 号小说社、创新诗社《创新诗刊》、汉人传媒出版策划中心等。此外，中国报告文学网还着力举办多项富有影响力的活动，如年度“中国报告文学（纪实文学）写作大赛”、年度最有影响力企业评选、年度纪实写作者（报道者、工作者）酒会、文化工作者俱乐部等等。中国报告文学网还开展辐射式业务，如发布活动新闻，利用手机、电子书等新媒体投放广告、品牌授权等，将资源整合，从而获取利益最大化。

（谢青芸，纪海龙）

87. 中华杂文网（http://www.dt018.info/）

中华杂文网成立于2006年2月16日，由《杂文选刊》杂志社主办。中华杂文网以杂文界主流杂志《杂文选刊》为发展平台，包含了各类型杂文，种类多样，形式丰富。网站性质既有草根性、通俗性，又有思想性、权威性，在众多文学网站中颇具特色，独树一帜。来自百万网2013年9月份的统计数据显示，中华杂文网的百万评分指数为61，谷歌PR值为3（注），Alexa排名为1342268，在同类型文学网站中名列前茅。[①]

中华杂文网紧跟时代发展潮流，始终把握住文化脉搏，致力使杂文作品能够成为反映现实的民间档案，将自身打造成集思想性与艺术性于一身、为大众所喜爱的文学网站。其文学理念是将杂文作品与社会、生活相沟通，揭露假丑恶，追求真善美，以悲悯的情怀为弱势群体发声，正视社会的不公和苦难，不负良心。这种文学理念来源于其主办单位《杂文选刊》。《杂文选刊》创刊于1988年8月，而后不断发展，月发行量一度居全国文学期刊之首，读者群年龄分布广泛。《杂文选刊》被誉为“中国杂文界权威杂志”，享有“真话讲坛，人生宝典，风雨中的玫瑰”的美誉。在此基础上发展起来的中华杂文网，拥有更为独特的定位，不似其他以娱乐功能为主的文学网站，而是引领读者面对现实，在平常的生活中找出本质，挖掘现象背后的原因剖析问题。因此，中华杂文网的创办目的并非是盈利性的，更多的是教育性。

在页面设置上，中华杂文网整洁、清晰，以简单明了的方式展示文学作品，各栏目之间内容分布均衡。整个页面除了版头采用红色外，其

① http://alexa.chinaz.com/?domain=http%3A%2F%2Fwww.dt018.info%2F

他均以白色为底，读者在阅读过程中不会产生紧张和压迫感。特别值得称道的是，网站页面几乎没有广告，能够更快速、更直接地满足读者需求，给读者带来非常好的整体直观感觉。读者无需注册，便可快速浏览文学作品。中华杂文网整体页面在设计时偏重简洁。最右侧的竖版框架，仅仅放置了《杂文选刊》《中华杂文网刊》、寻人启事、热门图书四个部分的内容，这种设置方式使得读者能更好地接收信息。

中华杂文网依托纸质杂志《杂文选刊》广告收益与读者订阅来维持网站运营。《杂文选刊》的收益有一部分被用来作为中国杂文网的运作资金。读者也可以在网上订阅《杂文选刊》，每册一元，三十元起售。中华杂文网综合利用在线付费阅读、移动阅读、实体出版等多形态文化产品，进行立体化版权经营。其开通了“中华杂文网刊”，采用收费下载方式运营，具有上网功能的电脑、手机都可以访问，并可以下载到手机、电脑中阅读。中华杂文网还出版了年度杂文精选等系列图书，实现了文学作品的实体化价值。

内容建设方面，中华杂文网的作品虽然以杂文为主要题材，但网站又在杂文这个大类中划分了多个小类型，设置了社会凝思、巷陌有言、局外观史、心灵地图、百字杂文、小有味道、非常杂文、动物人文、幽默做主、校园杂文、经典之作、杂文情缘、见图见世、网站新闻等 14 个部分。文章来源上，这里既有《杂文选刊》里已发表的精彩作品，又有作者通过邮箱投稿的未发表作品，使网站文章整体上呈现出多样性和丰富性。网站还增设了网友问答与网友调查版块，拉近与读者的距离，倾听读者的心声，从而更好地与读者进行互动。

在作家队伍建设上，中华杂文网有苏文洋、宋志坚、洪巧俊、陈四益、林永芳、徐百柯、许家祥、陆春祥、李国文、蒋文杰等知名杂文家在上发表文章。中华杂文网在页面上对这些作家进行定期推荐。同时，中华杂文网也极力挖掘具备潜力的青年作家，其自成立伊始，就非常注重品牌建设。它常与著名杂志社、出版社联合举办各种征文、评选活动，如多次举办《杂文选刊》杯“全国校园杂文大赛”等。值得一提的是，中华杂文网设置了博客推荐版块。在中华杂文网注册了博客、发表过优秀作品的作者均有机会在中华杂文网首页被推荐，从而为更多人所知。这种方式能够快速、有效地提高作者的知名度。中华杂文网接受网友的在线投稿，其中通过审核的优秀稿件可在页面得到展示。

（谢青芸，纪海龙）

88. 诗生活网（http://www.poemlife.com/）

诗生活网创建于2000年2月28日，创办人为莱耳、小西、白玉苦瓜、桑克四人。这是中国第一家互联网诗歌网站，在国内诗歌网站中最先拥有自己独立的空间与域名。网站面向诗人开放专业的自助式专栏，为诗人提供自由的创作空间。诗生活网的建站目的是为诗人与诗歌爱好者们提供一个互相交流学习的平台，在这里，他们既可以看到高质量、高水准的诗歌作品，同时也可以进行诗歌创作，与同行交流。

诗生活网的设计简洁、质朴。左上方是其网站的图标，向日葵图案营造出安静温馨的氛围，也寓意着希望的美好涵义。首频上方是网站的导航栏。目前，诗生活网主要版块有诗通社、社区、论坛、友情论坛、诗人专栏、评论专栏、翻译专栏、诗歌专题、诗观点文库、网刊等，内容丰富。

诗通社主要是诗生活网站发布有关诗歌新闻、信息的平台。而网站首频除了诗通社外，还有“推荐日志”，点击日志的链接就可以进入到一些诗人个人的空间，读者在其个人空间里阅读欣赏诗歌的同时也可评论留言。“诗歌论坛”与“推荐日志”的形式相近，都采用了可评论、可留言式的互动方式。“诗人专栏”特色突出，这个专栏为诗人提供自由空间，采用自助式管理。个人专栏的发布以网站发出邀请、专栏负责人特约、作者申请三种方式为主。专栏编辑部负责审阅个人专栏作品，通过后即可发布。

诗生活网站所设分栏详尽、专业而且富有深度，不仅包括诗歌创作，并且还有针对性地设立了“诗歌翻译专栏”“诗歌评论专栏”等特色栏目。如“翻译专栏”中有很多爱好外国诗歌的用户参与其中，上传那些自己喜爱的国外诗人的诗歌。诗生活网另一个富有活力的栏目是“诗歌专题”，诗歌爱好者可以按照字母顺序查阅该网站设置的不同专题，对其深入了解、研究某一类诗歌意义重大。

诗生活还为先锋诗刊《阵地》《小杂志》《翼》等友情制作并提供了网络版空间。从2000年开始，诗生活网陆续发布网刊，如《广东诗人俱乐部网刊》《翻译诗刊》《儿童特刊》《诗人论坛》《诗生活五周年回顾专刊》《诗生活月刊》等，不过多数网刊只发布到2003年。只有《诗生活月刊》发布时间最长久，从2000年至2010年这十年间已经发布了将近五十部网刊。自2009年开始，《诗生活月刊》改版，一年发布五期网刊，每一期有一个主题，比如，诗人专栏专辑、不解诗歌专栏专题、儿童诗专题、女人诗专题、诗人与投资专辑、读诗会、翻译专辑等，供有兴趣的读者查看。

诗生活网见证并经历了诗歌在网络时代的再度繁荣。它的存在本身就显示了一种独立、平等、互动和包容的精神，为诗人和网友之间的创作及交流提供了良好平台。诗生活的网友来自中国及世界各地，多为活跃的当代汉语诗人。网站的“社区”“论坛”非常活跃。“社区”可以供有兴趣的网友发布日志。“论坛”分为诗歌论坛、生活广场、友情论坛、库存区等。其中诗歌论坛一栏又分为文化资讯、新诗论坛、翻译论坛、儿童诗歌等。网友可以自由发表评论文字、原创诗歌，与他人进行交流。诗生活论坛非常活跃，会员有2万余人，每日都有大量新帖发布，帖子总数达到了60余万，是国内较为活跃的诗歌论坛之一。

（王今，纪海龙）

89. 儿童文学大本营（http://www.zh61wx.com/）

儿童文学大本营网站创立于2008年6月8日，下属于湖南永竞文化发展有限公司。这是一家以发表原创儿童文学为主、主要服务对象为少年儿童的网站。网站主编为毕业于中国人民大学语文系的杨实诚，其著作《儿童文学美学》（山西教育出版社1994年版）曾获全国冰心图书奖、华北地区优秀图书一等奖等殊荣。

儿童文学大本营建站主要目的是为少年儿童提供高质量、高品位的儿童文学作品，提高他们的素养，陶冶他们的情操。目前，其拥有国内200余位儿童文学作家以及海外华人作家的精品力作授权，同时也接受其他人的在线投稿，为原创者提供发表作品之平台。普通用户可以注册一个账号，然后发表自己的文章。现在儿童文学大本营接受的网友在线投稿一般发布在网站的“自由写吧”版块内，以便这些文章能够方便地接受网站人员管理。读者可以无偿享受儿童文学大本营上的各种资源，因此，这不是一个以盈利为目的的网站，而主要为读者搭建一个优秀的平台，推广少年儿童文学。

儿童文学大本营网站设计比较简单、大方，并无太多修饰性的东西，整体给用户一种朴素、专业之感。用户进入页面后，首先即可看到左上角的网站标识，右面为网站著名作家的图片、链接，点击图片就可看到这些名家的介绍。网页首频还包括其推荐的一些优质频道、内容，如儿童文学、作家文集、作家照片全览、作文等项目。首频下面为儿童文学大本营网站的各个栏目及链接，其包括视频、讯息、儿童小说、科幻小说、童话、故事、幼儿文学、寓言、散文、诗歌、赢在起点、作品导读、作家文集、版主作品、自由写吧、作文、其他等17个栏目。主页面分别挑选了各栏目的一些代表作发布在主页面上，用户直接点击即可观看其中内容。

由上可知，儿童文学大本营网站所设分栏堪称全面而专业，基本覆盖了儿童文学主要体裁，并且还有针对性地设立了“视频”“作文”“自由写吧”等特色栏目，使网站更具活力、吸引力。“视频”一栏是儿童文学大本营里较受读者欢迎的栏目。这些视频分为“人物”“风情”“文艺”“教育”“美育”“探奇”“儿童”“老人”等类别，各自收藏了一些富有知识性、趣味性的内容。例如“探奇”类收入了“大自然力量”“奇怪的动物”“未来百年十大科技预测”等视频，无疑能够引发少年儿童的好奇心，传递给他们丰富的知识。“讯息”一栏收入近期与少年儿童成长发展以及儿童文学发展相关的重要内容。其余儿童小说、科幻小说、童话、故事、幼儿文学、语言、散文、诗歌等栏目，就分体裁地收入网站作家们的作品。“作品导读”一栏也很有特色，包括“新作导读”“名著导读”两类，“名著导读”中收入了古今中外的名家名品。这一栏收入了文学评论家对作品的导读、分析，还收入了部分作家对自己作品的创作体会，无疑有利于提高少年儿童读者的鉴赏能力、欣赏水平，并有助于引发他们阅读经典文学作品原著的热情。

“作文”一栏则专门为提高少年儿童写作水平而设。栏目内包括了“作家教作文”“作家点评作文”“指导作文”“少年美文”“学生创作”等子内容。“作家教作文”内是一些著名儿童作家谈到的如何写作文的经验与技巧，更有价值的是“作家点评作文”，更加清晰地使用户体会到怎样写才是好作文，“指导作文”则收入了全国各地不同小学教师指导的学生作文。

在此过程中，儿童文学大本营不断将优秀的儿童文学作品推荐到全国的报刊杂志社发表，并且还结集出版了“中华原创儿童文学书系”。其中“最佳原创少年文学读书丛书”汇集了众多一流的儿童文学作家，如叶永烈、沈石溪、黄蓓佳等人的作品，宗旨是为少年儿童提供一套属于他们自己的经典作品。这套书共 8 卷，目前已经出版，当当网、京东图书等均有销售，儿童文学大本营网站也提供了丛书的订阅服务。

（纪海龙）

90. 中国艺术批评网（http://www.zgyspp.com/）

中国艺术批评网创立于 2005 年 10 月 23 日，隶属于成都正道艺术品有限公司。这是一家以社科文艺为主，兼顾休闲娱乐、教育文化，主要服务对象为国内外艺术家、作家、学者的网站。

中国艺术批评网秉承开放、探索、先锋的立场，立足现在，面向未来，其主要目的是为文学艺术家们提供一个互相学习与交流的平台。目前，网站设有 8 个栏目：资讯、批评专栏、艺术文献、艺术图库、艺术商城、艺术项目、数字美术馆、论坛。普通用户可以注册一个账号，然后在其论坛上发表自己的观点。中国艺术批评网开通了新浪微博和腾讯微博，方便用户浏览网站即时发布的各种消息，也可以通过转发、评论微博从而与该网站互动。

中国艺术批评网站设计简约却独特，并无太多修饰性的东西，整体色调选用红蓝搭配，给用户一高端之感，很有艺术气息。用户进入页面后，首先即可看到左上角的网站标识，除了红蓝混合色的中文网名外，还附加了中国艺术批评的英文：Chinese Art Criticism。网页顶端的右侧是搜索栏，下面一整栏即为网站的主打栏目链接，包含有资讯、批评专栏、艺术文献等。网页首频为网站知名艺术家（多为画家）展览的滚动资讯链接，点击图片就可看到这些艺术家和展览具体讯息的介绍。第二频主要由三部分组成：艺术批评、艺术文献、艺术商城。其中的艺术批评和艺术文献版块都列有知名艺术家的文章，页面分别挑选了各栏目的一些代表作发布在主页面上，用户直接点击即可浏览其中内容。占据第三频的主要是“数字美术馆”版块，此版块图文并茂，用户点击即可进入浏览。用户也可以点击“更多”（MORE）链接，浏览更多文章。虽然版块称作“美术图书馆”，内容却多与文学、文化有关，属于较深层次的文学评论。围绕在“数字图书馆”周围的几个版块，如特辑、焦点等都收录了文学、文化批评的深度点评式文章。

中国艺术批评网的资讯专栏、批评专栏收入了一些与网络文学发展相关的新闻以及评论文章。其批评文章大多来自国内知名评论家，如马季、邵燕君等人，非常专业、富有深度。网站的论坛分为文学区、美术区、影像区、翻译区、音乐区等，文学区又分为诗歌、小说戏剧、随笔、批评等栏目，接受网友在线投稿。用户需要在中国艺术批评网进行注册才能发文。不过，目前中国艺术批评网的论坛并不活跃，人气还有待加强。但是作为一家富有文学艺术气息、非常专业的文艺批评网站，中国艺术批评网仍值得用户的关注。

（王今，纪海龙）

91. 云中书城（http://www.yuncheng.com/）

云中书城是全球领先的中文正版数字书城、数字阅读门户，隶属于盛大文学。它主要为消费者提供数字图书、原创网络文学、数字期刊等数字商品。网站的名称来源于李清照的名句“云中谁寄锦书来”，其中寄寓了创办者的愿景——利用“云计算”技术把人类的文化、智慧以电子为载体，通过廉价的方式提供给当代读者，并留予子孙。

回顾云中书城的发展，可用“迅猛”一词来形容其发展态势。2010年3月10日，盛大发布电子书战略，计划推出云中图书馆。2010年9月28日，云中书城测试版上线，一经上线便获得用户的青睐和认可，并于同年的12月16日荣获全国出版业网站年度“最佳服务网站”称号。2011年2月14日，云中书城启用独立域名——www.yuncheng.com，正式版上线。该年的7月5日，书城推出“读内容送硬件”活动，开启了互联网营销新模式。2011年7月8日，云中书城荣获“2010—2011年度数字出版新锐品牌”称号，同年再次获得“2011信息服务业（上海）论坛金点子奖”。一系列的荣誉是对云中书城发展模式和网站建设的肯定。

云中书城相当于一个开放的平台，创作者、出版社、杂志社等都可提供自己的数字内容，将自己的作品展示在书城中，同时，读者也可在书城阅读或购买感兴趣的数字作品。书城的内容一方面来自盛大文学旗下原创文学网站，如起点中文网、红袖添香、潇湘书院、榕树下、言情小说吧、小说阅读网、天方听书网、悦读网；一方面来自出版社、杂志社提供的版权作品。截止2012年第1季度结束，与云中书城达成合作关系的第三方内容供应商达到330家。云中书城正在努力与报社沟通，争取早日实现重要报纸的实时下载。读者可以通过云中书城网站、云中书城手机 WAP 站、盛大 Bambook、iPhone/iPad 客户端、Android 客户端、Windows Phone 客户端、PC 客户端等方式下载阅读书城内的数字内容。云中书城还计划推出 Symbian 客户端应用、电视端等产品，供用户随时随地下载阅读云中书城海量付费、免费内容。[①] 由于云中书城只是提供一个作品的展示平台，所以每个供应商都能自主上传作品、自主定价，借助书城的开放性和影响力推销作品。这相当于把作品放在书城这个展示台上，版权所有者自主定价，浏览书城的读者则根据自身阅读兴趣进行挑选。同时，由于书城所有作品都是电子书，所以产品定价远远低于纸质书，无论阅读或购买，均无需花费很多就可享受优质的电子资源，这对读者来说无疑是不小的吸引。

云中书城的页面设置多而不杂，繁而不乱。页面底色为白色，字体颜色以黑色为主，蓝红两色为辅。页面左上方为网站名称与标识。标识之下即为书城的栏目设置，包括下载客户端、Bambook 电子书、排行榜、热门店铺、为您推荐、图书分类。在下载客户端页面，读者有多种选择，如 Android 版、iPhone/iPad 版、WP7 版、Bambook、PC 阅读器、触屏版、单行本系列。排行榜里是原创文学、传统图书的各类排行。热门店铺不仅囊括盛大旗下的原创文学网站，还有出版社、出版公司以及作家店。“作家店”设计精美，别具风格，读者可在此阅读或购买出版社授权的作家专著。网站不仅允许店铺自主上传、自主营销，还为其提供专业的运营数据统计分析以及稳定、透明的结算系统。“为您推荐”栏目是网站根据读者的浏览、搜索、购买历史推荐读者可能感兴趣的作品。“图书分类”把网站内的所有图书进行了细致的划分，如原创文学类的武侠类又细分为传统武侠、国术武技、浪子异侠、其他 4 种，这就最大程度地方便了读者寻找到心仪的作品。与栏目设置处于同一处的是搜索。与其他网站不同，云中书城除常规搜索外还有高级搜索，用户通过多个关键词的组合可得出更精确的搜索结果。紧接栏目设置的是网站频道，分别

① http://www.yuncheng.com/help/about_us

是原创文学 TOP100、传统图书 TOP100、原创频道、传统频道、杂志频道、书评频道、名家荐书等。名家荐书一栏汇集了众多作家、学者、评论家，他们以名家评点的形式向读者推荐优秀电子书。

云中书城的数字内容十分丰富。其中的原创文学作品包含了玄幻奇幻、都市言情等 20 个大类；传统图书包含了文学、历史、艺术、生活等 53 个大类；传统期刊也涵盖了时事评论、商业、休闲等 20 多个分类。由于云中书城的内容主要来源于盛大文学旗下的众多原创文学网站，所以书城内的热门原创文学多是这些文学网站的人气作品，如《武动乾坤》《天才相师》《校花的贴身高手》《医道官途》《流氓艳遇记》，前 4 部来源于起点中文网，第 5 部来自小说阅读网。传统图书畅销的有《白鹿原》《蛙》《省委班子》《步步惊心》《乔布斯传》等。

云中书城的盈利模式主要是付费阅读和图书购买。无论是阅读还是购买，都以盛大点券为计费单位。书友可通过盛付通钱包、盛大卡、网银、一点通等方式充值。书友购书方式亦多元化。他们既可整本购买，也能分章/分册购买；既可购买已出章节，也可自动订阅更新。网站电子书的购买价比纸质书便宜颇多。

尽管云中书城诞生时间较晚，但它在短短的发展历程中取得了飞跃式发展。它把原创文学与传统文学、期刊杂志结合起来，提供电子书阅读与电子书购买的综合服务，走出了一条创新之路。凭借其强大的内容与平台优势，云中书城走在了国内数字图书行业的最前端。

（王洋圆，纪海龙）

92. 爱看书网（http://www.ikanshu.cn/）

爱看书网是中文在线旗下的中文电子书门户网站，正式建立于2011年4月。它与17K小说网、书香中国等共同构成了中文在线旗下重要的网站。作为国内电子阅读的领航者，爱看书网不仅拥有包括畅销图书、经典文本以及电子杂志等在内的海量电子读物资源，同时又向广大用户提供各种移动阅读设备的相关专业性资讯，并为相关用户提供个性化的内容资源链接等。可以说，爱看书网为互联网用户打造了一个兼容阅读、交流、讨论和分享的多功能服务平台。

在当今互联网、移动通讯等方面的技术和设备都快速更新换代的背景下，人们生活中的阅读媒介、阅读内容和习惯等也随之产生较显著的变化，这也促使读者的阅读需求呈现日益多元化的发展特点。中文在线立足于时下多样化的阅读环境，联合旗下的17K小说网、爱看书网、书香中国等多家网站，积极发展数字出版产业，并致力于通过“一种内容、多种媒体、同步出版”的全媒体运营模式，全力打造融合不同出版渠道和形态的全面覆盖式阅读终端，从而实现对内容版权最大程度的利用[①]。爱看书网即是中文在线全媒体运营模式下，主要定位于移动终端阅读用户的专业电子书门户网站，旨在引导和培养数字阅读环境下的阅读用户及其阅读习惯。

进入爱看书网首页，用户往往会被其中融合了方状移动设备的大眼卡通形象吸引住，这一网站Logo诙谐地展示出了爱看书网的移动阅读服务定位。从网站的内容导引栏可发现，爱看书网主要包括了电子书、听

---

① http://www.chineseall.com/product_01.shtml

书馆、电子杂志、资讯中心、专题频道、客户端以及读书卡等内容版块，并且各版块又分别包含了多个具体的内容栏目。用户在首页顶端即可进行注册或登录操作、查看个人中心以及购物车状态，同时也可链接至中文在线旗下的其他网站，另外还可实现站内图书、资讯和听书等资源的快速检索功能。现阶段的爱看书主页大致选用了左右主副两栏的形式布局各内容栏目，其中具体包括了站内推荐作品展示、用户中心、好书推荐、名家名作推荐、最新畅销、经典回顾、图书推荐、电子书热销榜、在线阅读热榜、精彩专题以及受关注资讯推荐和受关注产品推荐区等内容，并在左侧主栏区的具体内容栏目间穿插横幅广告作为主页分频的过渡。总体来看，爱看书网主页页面的图文内容容量适中，各栏目的排列布局也较为紧凑，并且也未插入大量商业广告，因而在用户浏览体验上能够为网站加分。

就其内容层面而言，目前的爱看书网电子书库总计收录了拥有正版版权的各类作品近 9000 部（2013 年 9 月底统计数据），其中包括网络原创类（玄幻、穿越、网游竞技、架空军史和异能类）作品 5000 余部，小说类（言情、青春校园、婚恋家庭、悬疑灵异、科幻、武侠、职场官场商战和都市类）作品 3000 余部，人文社科类（历史、军事、社科、传记和幽默类）作品近 200 部，文艺类（古典、现当代、外国、艺术及文艺理论类）作品近百部，以及少量经管、励志、科教、生活和其他类作品。从上述作品分类及收录情况可知，虽然爱看书网所收录的作品涵盖了传统人文社科和新兴网络文学领域的众多类型，但是这一电子书库中的作品分类及其相应的标签设置标准并不一致，甚至有部分类型标签间还存在重叠问题。当然，需要特别指出的是，爱看书网拥有书库中已出版或未出版的所有作品的电子版权，因此，书库中几乎所有作品都需要用户付费方可获取相应电子资源，作品的实际定价在 1 元至 9.9 元不等。

仅就电子书库中的正版作品来看，爱看书网较之同类移动阅读服务网站的优势并不明显。但是，这一网站同时还推出了听书馆、电子杂志以及专题阅读频道等独具特色的内容栏目。具体来说，在听书馆频道中，用户可体验到一系列的有声阅读作品以及一部分精选的儿歌、相声艺术作品等，因而也就能够较好满足移动设备使用者在日常生活中的特殊阅读需求。同样是考虑到移动终端体验用户的个性化的快餐式阅读需求，爱看书网推出的电子杂志频道提供了涵盖时尚、财经、体育、生活、汽车、数码、动漫、旅游等众多领域的大量电子杂志资源，用户可以直接或支付小额费用获取其感兴趣的杂志。在专题阅读频道中，爱看书网持续推出了情感、文史、生活等大类中的相关阅读专题，各阅读专题前通常都配以相应的文字说明，同时将与专题相关的作品进行打包一并推荐给读者，以此来引导和培养用户的阅读行为。可以说，上述个性化且具有实质性内容的相关栏目为爱看书网逐步形成自身竞争优势发挥着积极而重要的作用。

目前，爱看书网主要面向移动设备的用户提供付费下载服务，并以此获取相应经济收益。另一方面，爱看书网又根据用户设备类型上的差异从技术层面提供了个性化的解决方案，以最大限度地提供最佳阅读效果。也就是说，拥有爱看书网账号的具体用户在通过个人账户余额或读书卡购买具体图书、杂志的电子资源后，即可享有优质化的移动阅读体验。当然，网站也向所有用户提供了作品部分章节的免费阅读服务。另外，由于其隶属于国内知名文学网站——中文在线的这一特殊身份，爱看书网得以无障碍地共享前者的电子资源内容版权，这也就意味着爱看书网能够在较低内容成本投入的前提下获取丰厚收益。

综观爱看书网以及其他相关网文网站的运营模式，内容版权、个性化服务往往成为当下以及今后一段时期内各网站积极拓展自身的重要方向。与此同时，实现同一内容资源的多终端重复利用和传播、多渠道和多平台间的互动式发展等也成为各个网站的努力方向。

（李玲，纪海龙）

93. 天方听书网（http://www.tingbook.com/）

天方听书网是国内建站最早、规模最大的听书网站，也是目前唯一一家拥有“网络视听节目传播许可证”的听书网站。它创建于 2004 年，自诞生之日起便“专注于有声读物的研发和市场运作，为广大听友提供最时尚最前沿的听书资讯和听书内容”[①]。目前，天方听书网已成为该行业领域内的领跑者。

回顾天方听书网的发展，以与盛大联姻为界，其可以分为两个发展阶段。第一阶段为从 2004 年到 2010 年，这属于网站的积累发展期。这一阶段的重要成绩是网站获得了广大听友的支持和官方的肯定。它成立不久即与人民网、云网、TOM 在线等知名网站合作，并于 2006 年荣获“中国 Web2.0 100 佳网站”称号；2007 年网站升级推出第 2 版，优良的使用体验使其成为听书网站中的佼佼者；此外，它还与多家知名企业进行内容合作，站内作品大增。第二阶段为从 2010 年始至今，属于网站的迅速发展期。2010 年，天方听书网被盛大收购，这引发了业界的极大关注。获得盛大资本投入的天方听书网实力大增，规模不断扩大。它与盛大旗下的原创文学网站如起点中文网、小说阅读网、红袖添香、榕树下合作，有声资源大大丰富。

天方网站的页面内容充实但不杂乱，给人有条不紊之感。首次进入网站的用户点击页面最顶端的盛大网络通行证进行注册，填写个人信息就成为会员。网站为不同级别的会员提供等级不同的勋章，包括风云播客、万人迷、点评达人、新手亮相、状元之才等等，每个勋章都有相应

① http://www.tingbook.com/desc/bottom_about.shtml

的领取条件和有效期。网站名称和标识位于页面左上方。网站搜索栏处于右上方，其搜索关键词包括图书、章节、作者和播音等类。首页设置了9大栏目，分别是有声书库、排行榜、风云播客、免费专区、网友上传、新鲜听、充值中心、我要播音、听书卡通道。有声书库里包含了网站所有有声作品，为方便听友选择，书库页面还设有有声小说精品推荐和有声小说最新更新。排行榜页面根据不同标准设了近20个榜单，如人气最旺榜、投票PK榜、下载英雄榜、新书上架榜等等。风云播客里汇集了网站内有名的播客，听友可进入喜欢的播客的空间收听这名播客的播音作品。免费专区的所有作品均可免费收听。听友也可上传自己播音的作品，不过需审核过关后才能登在网站之上。新鲜听满足了听友抢鲜听的愿望，但一般需要花费听币。充值中心为听友提供了多种充值方式。想要播音的会员按照“我要播音”页面给出的提示，通过审核后就能发布自己的音频作品。购买听书卡的会员在听书卡通道可完成账户充值。

内容方面，天方听书网将其作品分成有声小说、儿童频道、白领频道和杂坛4部分。每一部分又包括多种题材的小说。有声小说囊括武侠玄幻、都市言情、恐怖悬疑、穿越历史等类。儿童频道有童话、寓言、儿歌、教育等类。白领频道可分为健康养生、两性私语、职场励志、饮食男女、营销管理、人文社科。杂坛包括古典文学、现代文学、讲坛、影视原声书和幽默笑话。当前，网站内点击量高、收听次数多的作品有《斗破苍穹》《流氓艳遇记》《七界传说》《诛仙》《盘龙》《儿童睡前小故事》《我的黑道男友》《至尊小农民》《校园笑话》《外国笑话》等等。

网站内的知名播客有秦声（代表播音作品《经典爱情幽默选编》）、清音谷（代表作《大唐酒徒》）、涵笑（代表作《爱情执照》）、巴胡子（代表作《回到明朝当王爷》）、水墨冷（代表作《会说话者得天下》）、七十（代表作《剧影人生》）、肖慧（代表作《简·爱》）、清新依然（代表作《恶魂》）、心如朗月（代表作《十三咒》）、东北公子卿（代表作《和我试婚的邻家姐姐》）、方明明（代表作《林徽因传》）等等。为给听书爱好者提供更优质的听书内容，网站十分重视播客队伍建设，招募了一大批播音才华出众的播客，推出了天方福利计划。福利计划包括两类，一为常规收益，一为新的福利拓展计划。播客的常规收益＝｛（实际消费听币数量＊人民币兑换比率）－第三方支付平台手续费｝＊33％，即播客、作家和网站各占收益的三分之一。新的福利拓展计划则包括基本权限、辛勤劳作回报计划、完本保障基金和奖励金 4 项。基本权限指播客可免费收听自己的作品。辛勤劳作回报计划指播客每成功上传一个篇章并通过审核就可获 1 个听币。完本保障基金视播音作品的字数给予播客 200 到 1000 元不等的保底报酬。网站内的月人气榜冠军播客和月下载榜冠军播客可分别获得 600 元的奖励金。

网站的盈利模式主要是收费听书和广告。和原创文学网站类似，天方听书网的作品前面的内容允许网友免费试听，但后面的部分则要收费。一般收听 1 章需要一个听币，下载一章的消费为 2 个听币。听友可通过多种方式进行充值，如盛付通、网上银行、支付宝、快钱、财付通、易宝支付等。包月时间越久越便宜，如包听 1 个月要 18 元，3 个月则只需 45 元。

天方听书网敏锐地抓住了最时尚的听书潮流，让听众能充分利用碎片时间获取知识。网站从诞生之日起便属于行业的领头羊。站内作品丰富、播客播音质量上乘、听友收听方便，这些都是天方听书网的加分项。不过，听友进入网站——无论是首页还是子页面，都会遭遇到广告和游戏页面，影响了用户的使用体验。

（王洋圆，纪海龙）

94. 酷听网（http://www.kting.cn/）

酷听网由北京东方视角影视文化传媒有限公司创办，现为该公司的门户网站。北京东方视角公司自2006年成立以来，致力于开展数字有声内容制作、出版、发行等业务，现已形成了各类数字有声内容制作、出版、发行的完整产业链。该公司现有五大业务模块，分别为有声内容制作、行业资质培训、公共数字有声图书馆、有声数字版权出版及AEC有声数字出版平台。同时，东方视角还在台湾、北美建立了多个有声内容销售点，并与国内移动、电信、联通等运营商建立了长期的合作关系。东方视角拥有《广播电视节目制作经营许可证》《音像节目制作许可证》《音像节目发行许可证》等权威证书。在此基础上发展起来的酷听网，有着得天独厚的优势，是中国最早正规化运作的有声书专业网站，旗下的有声产品数量与质量在国内处于领先地位。

酷听网的页面设计简明、整洁。用户进入页面后即可在左上角看到网站名称标识，下方即为网站主要内容导引，包括了首页、小说、综艺娱乐、文艺、励志、儿童、生活、人文社科、经管、教育、期刊、零距离、培训几个部分。首次使用网站的用户只需在页面右上角点击“注册”，其后简要填写个人信息便可进行点阅，此外还可通过新浪微博账号与腾讯QQ登录。网页以浅蓝色为主要色调，给读者舒适、良好的阅读感官享受。另在网站的右侧还放置了各种类型的排行榜，以方便读者快速进入阅读，排行榜的分布与左侧的模块内容对应。页面下方是与酷听网合作网站的链接，有起点中文网、小说网、校园小说、八月居小说网、3G小说网、创世小说、女生小说网、小说阅读网、评书、现在故事网等知名文学网站，也有雨枫轩、有声小说、畅想听吧、溜溜电子书、电子书网上书店等同类有声小说网站，同时还有腾讯、百度、新浪、搜狐等国内著名网站。总体来说，这一网站的首页包含的内容容量较多，但安排有序，读者很容易即能找到所需信息。而从合作网站也可得出，酷听网非常重视网络文学，对于网络文学的推广有着不可小视的意义。

由于酷听网主打的是有声读物，与其他以纯文字为主的文学网站相比，建设重心有着差异。有声读物除了小说的可读性之外，还对声音的质量要求较高。酷听网的演艺阵容较为强大，有国家一级演员，《茶花女》《泰坦尼克》《哈利波特》主播，著名演播艺术家李慧敏，国家一级导演、两次荣获全国广播剧评奖“优秀男演员奖”的王波，播讲了长篇小说《火蓝刀锋》《亲亲我的妈妈》和报告文学等数十部作品的中央人民广播电台主播王勇，曾参与《非凡的公主希瑞》《变形金刚》《太空堡垒》等数百部影视配音的郑建初，黑龙江台《谋天下》《东西航宇西厂》的主持人郝志等等一大批优秀配音员。可见，酷听网有声小说的整体质量水平较高。

在运营模式上，酷听网主导“要听书、听好书”的制作理念，主张购买独家版权、播讲独创小说剧、推行独特 Dolby 音效合成技术。网站所有有声作品均为酷听网独家创作发布，拥有独家版权。并且其签约的导演、演播人员均为深资演播人，吸引了数十万忠实听众。在筛选文学作品过程中，酷听网以书店销售排行、网店销售排行、媒体书榜为主要参照系，根据市场综合筛选畅销书进行版权购买，制作成有声版。不过，排在作品排行、作家排行、小说人气排行、小说收听排行几个排行榜前面的，大多都为网络作家与作品，如网络作家有忘语、六道、崔走召、天蚕土豆、风凌天下、柳下挥等，作品如《凡人修仙传》《坏蛋是怎样炼成的》《绝品美男：专宠》《我当阴阳先生的那几年》《异世邪君》《天珠变》《武动乾坤》《吞噬星空》等。在用户管理方面，酷听网采取用户等级模式，将用户等级分为 15 级，用户通过获得成长值逐步升级。成长值是通过注册用户登录、签到、发表评论以及邀请好友等行为获得，当得到一定的成长值后，用户等级便会升级。当达到 15 级时，便是达到了用户等级的最高等级。等级越高，用户享有的特权也越多。用户下载有声读物时，需要付费，可以通过购买月卡、季卡、年卡，通过支付宝、网银、手机充值等方式进行支付，方便快捷。

经过了几年的发展时间，酷听网现拥有90000小时高质量有声读物，月更新量达500小时，打造出了在国内具有较高知名度的酷听品牌。目前，酷听网与国内众多知名文学网站，如起点中文网、纵横中文网等都建立了良好的关系，扩大了网络文学的影响力，推动了网络文学的积极发展。可预见的是，这种互利共赢的关系将会继续保持。

（谢青芸，纪海龙）

五 大陆外其他地区华语文学网站

95. 香港小说网（http://www.hkstory.net/）

香港小说网始建于1998年10月，创始人为敖飞扬。敖飞扬原名刘慧军，香港出生并在香港接受教育，敖飞扬是他发表作品时的笔名。1996年秋，敖飞扬因病退休，开始其业余小说创作生涯，曾在台湾大梁出版社、香港当代文艺出版社等出版多部武侠、爱情小说。其小说创作类型以武侠、爱情为主，并主攻武侠小说。

敖飞扬创作武侠小说之时，正值金庸、古龙等武侠小说大师陆续封笔，因此香港文学界的武侠热潮正在慢慢散去。一些出版社出于市场方面的考虑，并不愿为那些缺乏名气的作家出版武侠作品。有感于此，敖飞扬选择了网络作为自己的创作阵地，创办了香港小说网。不仅如此，2003年，敖飞扬还成立了与网站同名的香港小说网出版社，与一些朋友合作出版了武侠小说集《我们笔下的武林》《我们笔下的武林2》。香港小说网出版社还出版了一些敖飞扬个人的武侠、爱情小说。此外，香港小说网出版社还为那些新晋小说作者提供自资或合作出版的服务。

香港小说网主要分为出版社、小说网、论坛三个部分。其中小说网接受网友的在线投稿，不过其类别主要以武侠为主。作者投稿后，版主在网站上检测其作品受欢迎程度，然后决定是否出版。小说网的主旨在于为那些有兴趣创作的作者提供一个发表作品的地方，大家彼此间可相互交流，共同分享写作的乐趣。香港小说网还为用户提供大陆、香港、台湾的文坛活动消息，希望帮助这些作者通过各地征文比赛等方式成名，并使其作品得到出版机会。香港小说网还有论坛版块。该论坛成立于2003年3月，目的为将论坛打造成一个武林江湖的新天堂。论坛共分公告栏、香港小说论坛、香港小说网、名家作品、广告区和联盟论坛几个部分，用户可以在相应的版块内谈论自己喜爱的武侠作品，交流自己的创作心得。该论坛管理严格，只限于武侠话题的交流，并且不容许任何形式的灌水。

不过遗憾的是，香港小说网 2010 年 10 月 1 日后就停止了更新，论坛也停止了服务。读者只能阅读之前已经上载到该网站的作品。不过其出版社页面还能够正常打开，用户也能正常浏览到相关内容。需要指出的是，较之大陆发展迅猛的网络文学，香港的网络文学确实不如人意。香港网络文学市场一个奇特的现象是，港人对网络小说非常喜爱，但是却很少有人愿意写网络小说。这种情况的出现与文学网站通行的经营模式相关。大陆文学网站的盈利模式一般是收费阅读，标准则基本为每千字收费多少。为了获取更多的利润，网站会催促写手不断更新，而写手为了赚取稿费，也会努力更新。香港却恰恰缺少这样一种氛围。有书业网络营销人员曾分析出现这种情况的原因，指出，香港本土写手还没有形成每天更新内容的写作习惯，而且他们更喜欢书籍被印刷出来给读者看，而不是在网络上传播。这种分析得到了一位香港青年作家的确证，这位作家还说道："听说内地写手很苦，经常熬夜写作，即便这样也未必能赚到很多稿费。香港的作者很难适应这种生活。"[①] 这也导致香港的付费阅读文学网站数量很少。其网络文学发展整体状况较之大陆有很大的差距。

（纪海龙）

① 《香港读者热衷网络小说，港写手不愿熬夜写作》，http://www.chinanews.com/cul/2013/07-19/5062835.shtml

96. 台湾鲜网（www. myfreshnet. com）

台湾鲜网创立于2000年6月。这是一家隶属于台湾鲜鲜文化事业有限公司的大型文学网站，也被网友称为“鲜鲜”。鲜网以其独特的定位及经营方式闻名于业界，成功吸引了大量用户。目前，其拥有会员人数超过150万人，日均PV超过1000万次，网友来自大陆、台湾、香港以及海外各地。

最早的鲜网由鲜文学网、鲜闲情网、鲜娱乐网与鲜科技网四个子网组成。现在的鲜网内容更加广泛，主要包括生活通、奇豆购物网、鲜鲜集团、鲜书城四个部分。“生活通”主要提供各种物品的相关评论，用户可以互动交流各种信息、看法；“奇豆购物网”主要展示、出售鲜鲜集团出版物，近年来还增设了同人商品，立志为用户提供更广泛的选择；“鲜鲜集团”站点则承担了对外介绍鲜鲜集团的任务，包括鲜鲜文化、鲜欢文化、心鲜文化几个部分，这个站点中，用户还可以知晓鲜鲜集团最新、最完整的出版书系资讯，以及新书的出版资讯、销售管道等信息；“鲜书城”为用户提供了多样化的电子书内容，这些书主要有奇幻、武侠、轻小说、悬疑惊悚、浪漫奇幻、言情、耽美、彩虹文学几大类。鲜书城内有为读者提供的免费专区，但是大部分作品需要读者付费阅读。

鲜文学网是鲜网最有特色也是最有价值的部分。在成立时间上，鲜文学网还早于大陆的起点中文网、晋江文学城等，而至今仍然保持着强劲的风头，堪称是华语文学网站中的一支老牌劲旅。读者可以从“鲜文学城”站点中进入鲜文学网，也可以直接在页面地址栏中输入鲜文学网的网址进入。鲜文学网主页设计非常简单、清晰。首频导航栏列出了网站的几大版块，包括异文馆、浪情馆、同人馆、拿铁馆、绘图馆、生活馆等。此外，导航栏还有大陆凤鸣轩网、纵横中文网在鲜鲜文学网专区的链接。导航栏下重要的栏目包括“鲜网入门”、网站首频作品强推、每周推文、VIP 上架、鲜网个人志专区，信息量并不大，读者可以根据需要选择前去的页面。

鲜文学网主要以玄幻、武侠、言情类作品为主打类型，不过其包含的题材也非常多样。如，其异文馆中有奇幻玄幻、武侠仙侠、推理惊悚、轻小说几类小说，浪情馆内的作品有浪漫奇幻、耽美 BL、耽美 GL、爱情小说几类，同人馆内有耽美同人、同人文两类，拿铁馆内有诗、超类别、文艺小说、生活杂记、同志文学几类。成为鲜文学网的作家非常容易，用户只要提出申请，不用经过网站审核，即可成为“鲜作家”，而且鲜文学网承诺用户发表的每一篇文章都会与网友见面。直至 2008 年 9 月，鲜文学网才开始实施收费阅读 VIP 制度。此前，读者可以免费阅读鲜网的作品。为了激励作者的创作，鲜文学网推出了作家奖励金系统，金额依据作者得到的点数计算。每位鲜网会员每天会自动获得 3 票，用来对喜欢的作者投票，每投 1 票会给相应的作家带来 2 个点数。作家以得到的点数兑换新台币，每 65 点=1 元新台币。2008 年 9 月，鲜网推出了 VIP 收费阅读制度，并鼓励作家加入 VIP 行列。鲜网对读者的收费标准是每千字 0.2 台币。加入 VIP 作家行列后，作者仍可按照读者投票数量获得作家奖励金。

鲜网最值得业内称道之处在于其较早地发现了网络文学实体出版市场的巨大潜力。早于 2001 年底，它就连续推出了惊险小说、言情小说、网络诗集等 5 本书，它们的作家来自台湾、大陆、美国等地。这些作品在鲜网中拥有超高人气。早在鲜网成立初，就推出了一套筛选作家的新机制，藉由读者投票和留言判断某位作者是否具有出版潜力。此种做法的优点在于某本书出版之前，它就已经经过了网络的考验，获得了“市场认同”，而不同于传统书籍那样出版后才经历市场的检验。多年来，鲜鲜文化事业有限公司一直以实体出版闻名业内，而其相当一部分书籍就来自于鲜网上的优秀作品。2008 年 9 月实行 VIP 制度后，为鼓励作家创作，鲜网推出政策，声称其将主要从鲜网的 VIP 作品中选择书籍出版。不过，鲜鲜文化事业有限公司也广泛网罗其他网站的优秀作品，与鲜网上作品形成某一系列，而后再出版。凭借一直以来强大的人气，今天的鲜网已成为华语文学网站中的一个品牌网站。

（纪海龙）

97. 北美华人 e 网（www. huaren. us）

北美华人 e 网创建于 2002 年 6 月。这是一个非常知名的北美华人站点，主机位于美国，中文域名为“北美华人 e 网：海外华人的网上家园”。网站以北美华人青年为主要用户，版主、站务人员则大部分都是志愿者。建站多年来，北美华人 e 网吸引了大量用户，成为了众多海外华人尤其是海外学子们的网上交流平台。

海外华人身处异域他乡，非常容易产生一种孤独感以及浓郁的思乡之情。尤其是初到一个异域国家，部分人还存在着语言障碍，对当地风土人情也并不了解，此时这种情感会更加强烈。他们需要一个能够倾诉与交流、能够获取帮助的平台。北美华人 e 网正是这样一个网站。在北美华人 e 网，用户可以使用中文交流，这首先就会给用户带来一种亲切感和熟悉感，容易使他们产生身份认同。北美华人 e 网提供给海外华人所需要的多种信息与服务。它目前主要分为主页论坛、打折快报、分类信息、交友中心这几个版块。其中，“论坛”是北美华人 e 网最有特色也最火爆的版块，“打折快报”版块内有一些日常生活用品打折的信息，“分类信息”提供信用卡、借贷等方面的消息，“交友”版块则为用户们提供一个平台，互相认识、交流。

北美华人 e 网论坛是该网站最重要的版块。论坛共分闲情娱乐、生活空间、影音天地、体育休闲、科学人文几个主要部分。闲情娱乐下设新手上路、枫叶家园、精品贴图、靓出自我、华人闲话、心有千千结、聊斋夜话、归去来兮、大话影视、星在银河等版块。生活空间分为家庭理财、时尚家居、美食乐园、车车宝典、烧饼乐园、家有一小、子女教育、养老敬老、移民工作、花鸟鱼宠、唤来换去、手艺坊、职场伊人等版块。

体育休闲部分分为健身房、万水千山走遍、时尚一派、时尚街拍、动漫家族、粉妆玉琢、谈婚论嫁、游戏天地、清芬轩、闲话体育几大版块。科学人文版块分为爱苹果、华人学堂、艺术文学、摄影天地、华人医馆、菩提园、青梅煮酒等内容。可见，其内容非常广泛，不仅囊括了海外华人衣食住行各个方面，还有思想、情感的交流区。

诸多版块中，科学人文版下的“艺术文学”是一个专门探讨文学、艺术问题，并允许网友在线发布作品的版块。点击进入“艺术文学”版块，用户可以看到关于文学艺术的主题非常广泛的帖子，如推荐书籍、推荐阅读器、求书籍等等，还有一些用户发布评论文章。同时，也有一些用户将自己创作的小说、诗歌、散文等作品发布在网站中，供网友阅读，请网友提供意见。这方面，论坛中不时会出现一些优秀原创作品。作者则多是一些海外学子，出于思乡等情感，提笔将自己在海外生活的感触形成文字，排解自己的孤寂，并期待能引起他人的共鸣。北美华人 e 网的氛围自由、温和，不同流派、不同观点的人都可以在这里较为自由地讨论、发言。因此，这里也不失为一个富有特色的海外华人聚集点。

（纪海龙）

98. 美国文学城网站（www.wenxuecity.com）

美国文学城网站成立于 1997 年，最初是一个由美国密西根大学中国大陆留学生创办的网上中文阅读网站。2000 年，文学城网站被祖籍福建福州、在台湾出生长大，后来到美国留学的林文买下。林文对其进行了大刀阔斧的改革。其后，文学城发展迅速，成为一个拥有多个频道，内容覆盖时事政治、投资理财、文化体育等方面的网站，吸引了来自美国、加拿大、澳大利亚、新加坡、英国等多个国家的华人。来自其官网的数据显示，目前，文学城平均每月的页面浏览量超过了 2 亿，每月的独立访客接近 300 万人次，在美国境内网站排名 810 位。[①] 这里堪称是海外最大的中文门户网站之一。

事实上，林文接手文学城网站之前，文学城在北美已经小有名气，不过其主要卖点却是各类新闻与成人内容。林文接手后，试图要把文学城“办成海外华人的精神家园”。[②] 林文删去了那些吸人眼球的成人内容，并由网友对文学城进行设计和管理，让他们开设频道、担任版主。自此，文学城开始高速发展。目前，文学城主要分为新闻直通车、热点论坛、热点群组、分类广告、博客专栏、移民指南、股市财经、检查悄悄话几大版块。“新闻直通车”收入了海内外重要新闻资讯，内容广泛，包括政治、经济、军事、娱乐等方面。“热点群组”里分时尚生活、影视天地、极品音乐、旅游天下、运动休闲、同学会、网络互联、至爱宠物、笑话

---

① http://bo2.ixour.com/browse.php? u＝E1yCsOneyUG83S%2BONxLVqR5pKewhX%2FW0Mx0HhwEgNdNl3c3hhGVUPaZ4sXmf%2Bg%3D%3D&b＝31

② 《文学城网站 CEO 林文：打造海外华人的精神家园》，http://www.chinanews.com/hr/hr－hrjy/news/2009/09－04/1850464.shtml

幽默、午夜生活、教育、明星粉丝、文学艺术、同城邻居、商海纵横、两性情感、游戏动漫、投资理财、同乡会、车友会等多个类型群组。每个群组内部，用户可以根据自己的地域、喜好等因素加入不同的小群组。“博客专栏”是美国文学城非常有名气的一个栏目，用户可以在网站申请个人主页发表各类主题的博客，其中很多文章颇富文采。“移民指南”“股市财经”栏目专门提供这两方面的信息咨询。而“悄悄话”是文学城注册用户间站内交流的工具，信息只有发、收双方可见，用户可用该功能与文学城其他用户进行私人联系。文学城通过网页广告、软文广告、赞助、推广合作、消费者研究、活动和促销等方式获取收益。

文学城最有特色也是人气最高的栏目无疑是“热点论坛”一项，里面分为滚动新闻、股市财经、移民新闻、我爱我家、私房小菜、职场生涯、法律咨询、人到中年、婚姻生活、时事述评、海外原创、生活百态、大千股坛、移民论坛、子女教育、健康养生、创业天地、跨国婚姻、生于70’s、几曾回首、我的中国、文化走廊、娱乐频道、投资理财、留学生活、亲亲宝贝、流行时尚、回国发展、爱是有缘、常青人生、品茶小轩、两岸交流、诗词欣赏、唯美贴贴、世界风情、梅雨时节、宠物乐园、脑筋急转、人在他乡、爱车一族、百家杂谈、形象卜卦、书画艺廊、书香之家、摄影沙龙、影视人生、想唱就唱、音乐快递、难得一笑、奇闻怪谈、实用电脑、体育看台、科技世界、网上谈兵、数码生活等55个讨论区，内容极其丰富、广泛。其中，子女教育、我爱我家、私房小菜、海外原创、影视人生、世界风情等讨论区还是文学城的特色品牌讨论区，吸引了大量用户。

美国文学城的“博客专栏”栏目与“海外原创”讨论区两个部分，有着大量的海外原创文学作品。“博客专栏”依据博客主题类型，分为海外原创、体育运动、女人世界、爱是有缘、科学探索、经营公园里、健康养生、科学探索等30个主题博客群，博客数量众多，大多更新迅速。不过该论坛里的“海外原创”与“热点论坛”中的海外原创并不相同，用户可以根据自己的兴趣选择发表作品的去处。“热点论坛”中的海外原创讨论区口号是“分享生活，讲出你的故事”，为方便用户使用，特设简体汉字与繁体汉字两版。海外原创讨论区内有小说、诗歌、散文等用户上传的各种体裁作品，经常有一些用户以连载的形式在这里发表长篇小说。不仅形式多样，这里的作品主题也非常丰富，有关于留学生的求学、爱情故事，移民生活的酸甜苦辣，远离故土的思乡之情等等。海外原创区设置了首页热点推荐、24 小时内热帖、最近一周热帖、最近一月热帖等功能，刚刚进入讨论区的用户可以依据这些分类找到论坛的热点、经典作品。需要指出的是，海外原创区的用户非常活跃，讨论区里每天都有大量新的作品发表。可以说，无论是“博客专栏”还是海外原创讨论区，读者在这里都可以找到大量的颇富文学性的作品。它们成为了海外华人文学的一道独特风景线。

目前，美国文学城的盈利方式主要是依靠互联网广告，方式比较单一。网站 CEO 林文意识到了该问题，指出要及时调整营销和付款政策等，尽量留住客户。需要提及的是，海外华人网站本身即有着受众数量小、市场狭隘等先天劣势，如何成功进行商业化运作以维持网站生存，成为众多网站首要解决的问题。有着大量稳定用户的文学城，也必须积极拓展盈利渠道。鉴于国内网络文学市场的火爆，从此种意义上讲，文学城中大量的优质作品将来未必不可能成为网站获益的一种方式。

（纪海龙）

99. 加拿大约克论坛（www.yorkbbs.ca）

加拿大约克论坛成立于2002年5月，是加拿大最具影响力的中文网站，创始人为加拿大约克大学当时的大二学生Edward。论坛成立初衷是为了方便中国留学生间的相互交流，其成员以当地的中国留学生为主。约克论坛非常火爆，成立一年时间注册会员数即达到了10万，2013年10月其注册会员数已达到了60万，在当地乃至海外华人中都有着较大的影响。

目前，约克论坛分为新闻、留学、房产、旅游、汽车、理财、图片、美食、移民、租售、时尚、买车、商业、视频等频道，内容丰富，涵盖了衣食住行各个方面，信息量巨大，更新迅速，堪称加拿大华人的生活向导。论坛不定时地开展各种活动，为成员提供聚会、交流机会，增强彼此间的情感和对论坛的认同感。如其曾组建足球队，参加华人社区联赛；举办单身情人节大型晚会、多伦多美食嘉年华、2012年度我最喜欢的多伦多中餐馆评选、2013约克宝贝（Miss YorkBBS）评选等活动。这些活动不仅增强了论坛成员间的联系，而且使论坛的影响不断扩大。2006年，约克论坛成为中央电视台大型综艺活动《同一首歌》的媒体赞助商；2012年3月，约克论坛与江苏卫视王牌栏目《非诚勿扰》合作，成为该栏目加拿大专场的唯一承办方；2002年4月，约克论坛与北京德云社合作，成为了“郭德纲多伦多巡演”的唯一指定网络媒体合作方。2008年，约克论坛也由当初一个单纯的社区论坛转变为拥有商城、黄页、移民、留学等频道的门户网站。其盈利点也具有针对留学生的特点。

尽管已经发展成为一个容纳多个频道、信息量巨大的门户网站，论坛版块仍是约克论坛最具特色、最活跃的部分。目前，论坛分为谈天说地、谈情说爱、留学移民、海外生活、娱乐休闲、兴趣爱好、车行天下、房产置业等区。每区下又细分为不同的小版块，如谈天说地区就包括了灌水、评论、发泄、笑话、原创、灵异、军事、文学几个部分；谈情说爱区分为活动、贴图、交友、星座、情感、女生、相册、同人几个部分；海外生活又分为美食、时尚、女装、旅游、美容、包包、同路、婚庆、饰品、幼教、育婴、代购等。可以看出，约克论坛内容确实非常丰富，用户可以在上面发现与学习、生活、工作等各方面相关的信息。

其中，谈天说地区下的原创、文学两个版块是约克论坛较为集中出现原创作品的部分。原创版主要接纳网友音乐、饰品、文学、创意、视觉等诸多方面的原创作品。文学版内的帖子则多是网友发布的一些文坛快讯、书籍推荐、评论文章，也有一些网友的原创文学作品。这些文学作品体裁多样，有小说、诗歌、散文、杂文等等，主题也非常广泛，既有海外学子在异域他乡生活的点滴感受，也有青春唯美的爱情故事。论坛用户可以自由上传自己的作品，与他人分享自己的感受，互相交流创作体验。可以说，约克论坛为这些远离故土的海外华人们提供了一个情感宣泄、交流的优秀平台。

（纪海龙）

100. 澳洲长风信息网（http://www.australianwinner.com/）

澳洲长风信息网创建于2004年7月，是澳洲长风国际展销有限公司旗下网站。澳洲长风国际展销有限公司是一家集物流、国际贸易、网络、信息服务等为一体的多元化企业，澳洲长风信息网为其官方网站。现在，澳洲长风信息网已经成为南半球日点击数最高的信息网站之一，吸引了来自中国、美国、澳大利亚、加拿大等各地的用户浏览，是用户了解澳大利亚的重要门户网站。

澳洲长风信息网内容丰富。作为澳洲长风国际展销有限公司旗下网站，澳洲长风信息网页面包括了相当多该公司的业务介绍及广告。其业务包括售卖澳洲红酒、澳洲海鲜、澳洲奶粉、澳洲蜂胶等等。不过，该信息网还开设了其他相当多的栏目，有澳洲房地产、澳洲移民、留学大全、外汇e点通、中国功夫天地、航班查询、征婚交友、人在他乡、情爱姻缘、社会百态、钓鱼知识、生活健康、走遍天下、灵异故事、脑筋急转弯、生儿育女大全、商业贸易、笑话幽默、文化交流、一起学英语、星相命理等等，涵盖了商贸、留学、移民、旅游、文学、新闻、娱乐各种信息，满足了不同用户的各种需求。澳洲长风信息网有中文、英语两版。2007年，该网站被澳洲国家图书馆确认为“对国家有重大意义的网络电子刊物”，并被收入到澳洲国家图书馆文献数据库，网站的信息可以同时为全澳超过1000家图书馆系统所共享。

澳洲长风信息网下设长风论坛。该论坛始建于2005年9月，很快就成长为南半球最大的华人网上社区之一。论坛页面显示，截止2013年9

月 30 日，该论坛已拥有近 50 万注册会员，帖子数目则超过了 100 万。[①] 长风论坛包括留学移民、世界商业中心、海市蜃楼、澳洲彩虹鹦、文化之窗、华人明星、日韩明星、澳洲彩虹鹦免费博客等栏目。每一栏目都吸引了很多用户。

其中，澳洲彩虹鹦在海外非常有名气，有自己专门的网站（http://www.azchy.com/），还有作家联合会——“澳洲彩虹鹦”国际作家笔会。该笔会是一家不依附于任何政治组织的、独立的世界性作家联合会，经常组织各种征文、比赛等活动，在海外有着广泛的影响力。该笔会主办的《澳洲彩虹鹦》刊物以收录海内外短小精悍优秀诗文作品为主，并分“人在澳洲”“海市蜃楼”“社会百态”“友情亲情”“游山玩水”“生活健康”“情爱姻缘”“文苑天地”“心灵絮语”“人在他乡”“谈古论今”“笑话幽默”等类别向社会征稿。《澳洲彩虹鹦》曾得到澳洲前国家第一领导人约翰·霍华德总理等人的高度评价，被收入了澳洲国家图书馆、北京中国现代文学馆以及多家澳洲中学图书馆。澳洲彩虹鹦网站与澳洲长风信息网也同时被澳洲国家图书馆确认为“对国家有重大意义的网络电子刊物”，收入到澳洲国家图书馆文献数据库中。

长风论坛设立了“澳洲彩虹鹦”区。这一区向论坛用户征稿，用户在该网站发表作品，即被默认为是向《澳洲彩虹鹦》杂志和网络版投稿，不过并没有稿费。这一区还面向所有用户征集驻站作家，那些加入长风论坛会员三个月以上时间、在论坛上拥有自己的博客并且发布作品 200 篇以上的作者，就有希望成为驻站作家。这一区又分为“世界各地作者、作家简介”“心血力作自荐特区”“散文游记”“故事小说”“随笔杂想”“评论与鉴赏”“对联专区”“澳洲八行迷你诗”“古韵新音”“散文诗”“现代诗歌”“中长作品”“新星园地、学生作品”“教育讨论专栏”“双语文学、西方文学”“文学宝库”“艺术天地”“点点滴滴——随心所欲”“在线留言、彩虹水库、自由讨论区”等小版块，接受网友在线投稿，也

① http://www.australianwinner.com/AuWinner/index.php? c=3

给用户们提供一个自由交流的平台。

除“澳洲彩虹鹦”版块外，长风论坛也开设了“文化之窗”版块，主要发布文坛动态、新闻交流、征文比赛等方面的帖子。其中一些小版块也接受网友在线投稿。如“滴水藏海——微型诗”一栏，就收录了网友很多原创的微型诗歌。

至今，澳洲长风信息网及其下的长风论坛还保持着相当的活力，吸引了众多用户。可以说，长风论坛下的“澳洲彩虹鹦”“文化之窗”版块对于活跃海外华文创作、促进中外文化交流，都有着独特的意义。

（纪海龙）

后 记

最初真正通过网络接触到网络文学，还要上溯到2002年的大学时代。那时，宿舍几个同学集资购买了一台颇大的台式电脑，然后大家经常凑在一起闲逛国内的各大论坛，分享有趣的帖子。其时，国内最火爆的论坛莫过于天涯论坛，除了这里，西祠胡同也是我们常去之所。论坛中那些颇富文采的小说常能引起我们的共鸣，也培养了我们最初对网络文学的情感。而痞子蔡、蔡骏、安妮宝贝、卫慧等一批通过网络写作成名的作家更是极大地吸引了我们的注意力。

尽管早已耳闻中南大学文学院网络文学研究的盛名，但2010年来这里工作后，才真切体会到这里网络文学研究风气的热烈。同事及学生见面常会交流最近哪位网络作家很火爆，其作品于哪些方面有了新突破等等，学院也时常会举行针对网络文学的学理层面的研究与探讨活动。2012年，我有幸跟随欧阳友权教授进行博士后研究，出于兴趣，选择了网络文学这一国内热门领域作为研究方向，并参与到了这套“网络文学100”丛书的写作中。

写作本书的过程辛苦而愉快。如何在众多的文学网站中选出100家并进行分类，这是本书写作的难点，也耗费了我大量精力。2013年长沙炎热少雨的夏季甚至使人饭后散步的欲望都消失殆尽，另一方面却也促使自己能够专注于写作。更令人愉悦的是，书中的一些网站还勾起了大学时代的回忆。那些美好、快乐的求学日子永久性地存在了记忆中，不经意间就会自己跑出来。

本书的写作得到了本院李玲、王洋圆、谢青芸、王今、瞿梦琴等几位同学的支持。她们非常优秀，基本上都是保送的研究生，李玲同学还被外保到四川大学读研。这里一并感谢她们，并希望她们在学术道路上有所成就。

学术研究的道路有如“曲径分岔的花园”，艰辛却也充满乐趣。未来，我将一如既往地坚持下去。

纪海龙

2013 年 10 月于中南大学文学院